松
晓
奇
谈

世界卷

高晓松
作品

XiaoSongQiTan

晓

湖南文艺出版社
HUNAN LITERATURE AND ART PUBLISHING HOUSE

博集天卷
CS-BOOKY

图书在版编目（CIP）数据

晓松奇谈 . 世界卷 / 高晓松著 . — 长沙：湖南文艺出版社，2017.1
ISBN 978-7-5404-7830-8

Ⅰ . ①晓… Ⅱ . ①高… Ⅲ . ①随笔—作品集—中国—当代 Ⅳ . ① I267.1

中国版本图书馆 CIP 数据核字（2016）第 252861 号

上架建议：文化 I 随笔

XIAOSONG QITAN · SHIJIE JUAN
晓松奇谈·世界卷

作　　者：高晓松
出 版 人：曾赛丰
责任编辑：薛　健　刘诗哲
监　　制：蔡明菲　潘　良
特约监制：龚　宇　闫　虹　王晓晖　王湘君
特约编审：阎京生　尹　约
特约顾问：陈　潇　王晓燕
特约策划：邢越超　张思北
特约编辑：尹　晶　周　岚　邹米茜　明　方　谷明月
制作团队：齐浩凯　万薇薇　陈　龙　金美呈　杨利威　许永光
营销支持：刘菲菲　李　群　张锦涵
封面设计：SilenTide
版式设计：李　洁
版权支持：爱奇艺
内文排版：百朗文化
出版发行：湖南文艺出版社
　　　　　（长沙市雨花区东二环一段 508 号　邮编：410014）
网　　址：www.hnwy.net
印　　刷：三河市鑫金马印装有限公司
经　　销：新华书店
开　　本：787mm×1092mm　1/16
字　　数：250 千字
印　　张：19.5
版　　次：2017 年 1 月第 1 版
印　　次：2019 年 6 月第 6 次印刷
书　　号：ISBN 978-7-5404-7830-8
定　　价：45.00 元

质量监督电话：010-59096394
团购电话：010-59320018

目　录

·001·

目 录

── 多项最牛"金州"──
加利福尼亚州

1. 草根的天堂

这一篇开始，我们讲美国，遥远的美国。

在《晓说》里，我讲了不少关于美国的事，但那个时候都是以点来讲，所以这次讲美国我先展开一张美国地图，这个地图跟大家通常看到的地图长得不太一样，因为每个州的名字都变成了各个州有偏见的绰号，这是美国的一个专门的网站做的地图，这个网站就叫 Atlas of Prejudice（偏见地图）。

美国这么大的一个国家，这么大一堆方块，那边还有一个小方块，远处还有一个夏威夷，这整个大版图的形成基本上分成三个大阶段。

第一个大阶段大家都知道——独立战争，我们叫独立战争，美国叫革命战争。革命战争之后，北美十三州先独立了，这十三州加一起还没美国现在的一个大州大①，但那是美国的发源地，美国最开始就是从那儿来的。

第二次美国大规模的开疆拓土是 1812 年战争，那时美国跟英国又打了一回。之后，美国就开辟了整个中西部地区，就是大家看到的五大湖这块，这里变成了美国的一大块重要的地方。大家可能常听美国人说 Midwest（中西部），但在地图上看其实是稍微偏东一点，那它为什么叫中西部地区呢？因为那个时候，美国还没有现在西部这一大块。

第三次是 1846 年开始的美墨战争。战后美国拿下了最大的一块领土，占当时墨西哥领土的一半以上，占现在美国领土的四分之一，其中就包括我最熟悉的加利福尼亚州，还有加州旁边的这几个——犹他州、科罗拉多州、内华达州，再往下的亚利桑那州、新墨西哥州。

得克萨斯州是美国本土上最大的一个州（除了太遥远的阿拉斯加州），加利福尼亚是美国本土的第二大州。美国面积较大的几个州都在这个地方，整个这一大块地方都是美国通过美墨战争得来的。但你不能说是美国抢来的，因为美国还是花了钱的。美国通常不愿意把自己弄得跟英国之类的老牌帝国主义一样，美国老说你看我没那么坏吧？战争我打赢了，你政府缺钱，我就给你一笔钱，一千多万美元吧，你就把这块地方给我吧！

可能有人要说了，这墨西哥一半领土都没了，得多心痛啊？但事实上墨西哥还真不心痛，为什么呢？因为当时墨西哥主要的人口都集中在墨西哥城周围，也就是原来的阿兹台克，整个北部地区一共才一万多人口，就这么点人，墨西哥当然无所谓了，甚至墨西哥后来还提出，要不然我再给你点地，你再给我点钱？反倒是美国说不要了，我只需要一条通道就够了。

现在美国的这些州，凡是跟墨西哥接壤的，几乎全都竖起了高墙铁网，上有飞机巡逻，下有地底探测。当年打仗的时候，墨西哥人英勇抵抗美军，

---

① 十三殖民地的总面积有几种不同说法，最大的估计值是大约 110 万平方公里，而阿拉斯加州的面积是 171.79 万平方公里。

现在反过来了，墨西哥人挖地道、飘热气球、翻墙，想出各种各样的办法往美国跑。但实际上美国最繁荣发达、富强的这一大块土地都是从墨西哥那儿得来的，地方还是那块地方，但是在不同的民族手里，却焕发出完全不一样的光彩了。

我们首先要讲的，是偏见地图上的这个 fake boobs and oranges（假乳房和橘子），也就是加利福尼亚州，之所以把加州放在第一个讲，不仅是因为我在这里生活了很多年，更重要的是在美国各种各样的排行榜上，加州几乎都排在第一名。

跑马拉松的时候，通常会根据名次顺序，将参赛者划分成第一集团和第二集团。在美国，第一集团只有一个队员，就是加州。加州的 GDP 是两万多亿美元，当其他国家还没有那么崛起的时候，加州曾经排在全世界第四名、第五名的位置，现在加州可能没有当年那么名列前茅，在全世界大概排在第七名，但是加州到现在还是比俄罗斯强，所以你别看俄罗斯整天好像要跟美国比画、跟全世界比画似的，其实它还没超过加州呢。在加州之后的第二集团，由排第二名的得克萨斯州和第三名的纽约州组成，这两个州都有超过一万亿美元的 GDP。

在美国，加州总是排第一，人口排第一，经济排第一；得州总是排第二，人口第二，经济也第二；纽约州的人口和经济则排第三。总之，在美国很少出现人不多但特别富，或是人特多但特别穷的地方。福布斯每年公布的前四百名美国大富豪里面，2015 年加州占了 92 人，遥遥领先，四分之一的大富豪在加州。因为纽约有贪婪的华尔街，所以纽约州以 60 多人的席位排名第二。第三名还是得州，反正前三名是不变的。

但也有一个很有趣的特例，在福布斯前四百名的排行榜里，排名第一和第二位的都不是来自加州的富豪。加州首富是 Larry Euison（拉里·埃里森），Oracle 的老板。2015 年在前四百名排行榜里排第三，但以前他连第三也排不上。福布斯榜的美国第一富豪来自华盛顿州，因为华盛顿州有个西雅图，西雅图有个微软，微软有个比尔·盖茨，这个我会放到讲华盛顿州的时候再说。美国的第二富豪出自一个大家想不到的州——内布拉斯加州，有一部我特别喜欢的电影曾被提名奥斯卡最佳影片，就叫《内布拉斯加》。内布拉斯加原本是美国特别贫穷的地方，但这里出了个巴菲特，巴菲特是一个特别让人感动的人，他不去大城市享受，也不去炫富，还跟比尔·盖茨一样把自己的钱全都捐掉。巴菲特住的房子是 1958 年用三万美元买的，现在大概也就值 70 万美元。

除了以上这个特例之外，你能想出来的几乎每一种标准，加州在美国都遥遥领先。

高科技方面，全美国的高科技几乎都集中在加州，不但北边有硅谷，南边现在还有硅滩，什么叫硅滩？在洛杉矶向南的海边有一个叫 Long Beach（长滩）的地方，因为经常搞 TED 演讲会等，慢慢变成美国又一个高科技创业集中的地方。大家都知道创业得找个场所，硅谷当然是最好的，但硅谷越来越贵了，现在是全美国最贵的地方，所以很多年轻的创业者不得不另辟蹊径地选择 Long Beach，硅谷的英文名是 Silicon Valley，Long Beach 现在叫 Silicon Beach（硅滩）。

娱乐业就更不用说了，好莱坞就在南加州的洛杉矶。娱乐业在美国是非常非常强大的，是排前几名的工业，中国的娱乐业近些年也在崛起，但跟美国比起来，可能也就是做筷子的这种级别的小工业。

海港方面，加州有美国最大、最好的洛杉矶港、旧金山（今译圣弗朗西斯科）港、圣迭戈港等。

加州的农业同样是第一名。美国的中西部虽然一望无际，可中西部地区主要种老玉米，值不了多少钱，但加州的农作物是葡萄和橙子，经济价值极高。现在全美国喝的葡萄酒基本都来自加州的 Napa Valley（纳帕谷）。有一部著名的美国电影叫《杯酒人生》，讲一个人到处去品酒，他品酒的地方也是加州著名的酒庄聚集地，叫 Santa Barbara（圣巴巴拉）。加州的橙子种类也很多，其中最有名的是 Sunkist，中国翻译成新奇士。连我们家都有一棵橙子树，每年橙子熟的时候，我妈就把橙子摘下来，但实在是太多了，根本吃不完，怎么办呢？我妈装了满满一口袋橙子，一下扔到墙另一边的邻居家里。我们平时跟邻居很少见面，也不聊天、不喝酒，没想到扔完橙子两天后，邻居也扔了一个口袋到我们家院里，打开一看，是邻居家成熟的桑葚。

　　关于加州的橙子还有一个故事——震撼全美国的辛普森杀妻案。辛普森（Simpson）是一个橄榄球队的大明星，他杀害了他的前妻和其奸夫，证据确凿。宣判的那天，上到国会和政府，下到全国百姓，全美国都在等着最后的宣判，连美国总统都推掉了会见。在法庭上，辛普森重金礼聘的特大律师只咬住了一点：警察赶到凶案现场的取证方式严重违法，所以警察呈递给检察官的证据有程序瑕疵。根据这个程序瑕疵，最后大陪审团宣判辛普森无罪，这个审判结果让以法治国家自傲的美国哗然。不过美国人还是特别追求正义的。辛普森这次虽然脱罪了，但有一天他突然不知道犯了什么病，带着几个哥们儿跑到拉斯维加斯的一家赌场宾馆里，这家宾馆里有人展示出售着辛普森打橄榄球时的好多纪念品，比如橄榄球、队服等，辛普森觉得这是我的东西，必须得抢回来，他就带着哥们儿从出售体育纪念品的人手里把属于他的东西抢走了。这回全美国人民都沸腾了，上回让你跑了，那没办法，法治国家，程序无瑕很重要，但这回你就别想抵赖了。结果辛普森就因为破门而入抢走了几个本来就属于他自己的橄榄球，被陪审团判了 33 年监禁，而且 9 年内不得保释。我记得 2015 年还看到已经老得不行的辛普森，他又一次申请保释，但又被保释官拒绝了。说了这么多，辛普森和加州的橙子有什么关系呢？答案就是，辛普森是加州的橙子的代言人，为什么让他代言呢？因为他的名字简写叫 O.J.，O.J. 就是 Orange

Juice（橙汁）的缩写。

除了农业，军事工业、航天工业等，加州也都是空前强大的。

加州的教育体系也应该算美国最强大的。当然有个别州不服，比如马萨诸塞州就有哈佛大学、MIT（麻省理工学院），纽约州有哥伦比亚大学、纽约大学，但综合起来，不论是大学的数量还是名声，加州都是名列前茅，北加州有斯坦福大学、伯克利（加利福尼亚大学伯克利分校），南加州有 Caltech（加州理工学院）。加州理工大学以前在中国不是特别有名，直到前几年，打假斗士方舟子打一个叫唐骏的人，中国的所有媒体上这才出现了加州理工的名字。加州理工在全美的理工类大学排行榜上总是排在前面，但因为学校比较小，历史也不是特别悠久，所以在中国不是特别有名。加州还有几所特别好的大学，如 USC（南加利福尼亚大学，南加大有全美最好的电影学院，因为好莱坞在这儿）、UCLA（加州大学洛杉矶分校）、UCSB（加州大学圣塔芭芭拉分校）、UCSD（加利福尼亚大学圣迭戈分校）等。

再来说说加州的体育。光洛杉矶的篮球就有湖人队和快船队，这都是美国最强的篮球队；冰球其实应该是天天结冰的北部地区更有优势，但美国的冰球冠军也在加州，就在洛杉矶，名叫洛杉矶国王队；美国最强的棒球队之一道奇队也在洛杉矶；美国最强的橄榄球队之一、得过多次 Super Bowl（超级碗）冠军的旧金山 49 人队（我习惯翻译成旧金山淘金者队），在北加州，还有一支强队，圣迭戈闪电队，在南加州的圣迭戈；足球冠军洛杉矶银河队也在加州，贝克汉姆曾经就在那儿踢球。所以毫无疑问，加州的体育也是美国最强的。

自然方面，加州有九座自然公园，排美国第一，排第二的是阿拉斯加州。在这些自然公园中在中国名声最大的是 Yosemite National Park（约塞米蒂国家公园），还有一个所有乐迷都知道的公园，叫 Joshua Tree National

Park（约书亚树国家公园），我们所有乐迷热爱的伟大的 U2 乐队，有一张专辑就叫 *The Joshua Tree*。

不是我故意夸我的第二故乡，加州就是要山有山、要水有水、要海有海、要森林有森林、要沙漠有沙漠、要雪山有雪山，夏天能滑雪，冬天能游泳，在我看来是一个完美的地方，但我最想推荐给大家的其实是加州的人。

加州的人特别 nice（友好），这种 nice 的可贵之处在于：如果你住在一个特别荒凉的穷乡僻壤的地方，大家都住得特别遥远，偶尔才见个面，那每个人肯定对别人十分 nice。但加州可是美国人口第一多的州，2012 年就达到了 3800 万人，光洛杉矶地区就有 1500 多万人口，这跟我们中国比起来可能没什么，但在美国就是人口密度相当高的地方了。生活在巨型的国际大都会里，每天能保持着很 nice 的态度是非常不容易的。

给大家举个例子，任何一个国家只要有两个大城市，这两个大城市里的人肯定会互相看不上，美国的纽约州和加州就是如此。作为美国第一大城市的纽约，觉得全美国除了纽约之外都是农村，洛杉矶虽然是美国的第二大城市，但加州整体比纽约州发达，所以洛杉矶人当然也看不上纽约人。

不过，洛杉矶人看不上纽约人的主要原因不是加州有多发达，而是加州人比纽约人要 nice 得多。就拿乘飞机来说吧，凡是在纽约和洛杉矶两地往返的飞机，你只要看到哪条登机队伍不动了，有一个人在那儿不停地装行李，也不管大家，说他也没用，这八成就是纽约人，不是我对纽约人有偏见，事实确实如此；再比如你和朋友一起乘飞机，你们的座位不挨着，想找人换换位置，同意跟你换的大多数是加州人，纽约人轻意不会同意跟你换，甚至当你在柜台换票的时候，如果你问换票员，我上飞机后能不能自己换座位？对方都会笑着告诉你，那要看你遇到的是加州人还是纽约人了。

另外，在加州，不管人口多密集的城市，早上起来大家见面一定要相互道早安，一群人进电梯绝对不会冷漠地都看着数字一个一个往上跳，一定会开几句玩笑。对于这一点，纽约人当然也有自己的道理，他们说，如果我每天看见一百个人，我愿意跟每一个人打招呼，但是我每天会看见一百万人，实在是没空一一打招呼。总之，如果你不想让自己变得那么冷漠，就去加州吧，南加州阳光灿烂，北加州郁郁葱葱，非常舒适。

当然了，加州人的 nice 不光体现在跟路上遇到的人打招呼这一点上，还有一点体现在美国特别严重的问题上——种族歧视。种族问题是美国这个国家的基因问题，但是，同样身为非单一民族国家，中国就几乎没这问题，因为大家都承认汉族是最大的民族。其他国家也一样，比如德国的主要民族是日耳曼，其他民族移民去德国，心里知道自己是客人，英国和法国也是如此。但是像美国、加拿大、澳大利亚、新西兰这种纯粹的移民国家，包括拉美的一些国家，就会出现比较激烈的种族问题。

美国是所有纯移民国家里最繁荣富强的，想移民美国的人非常多，所以关于怎么解决种族问题，两百年来也是不停地在修改和磨合，但到现在这个问题还没彻底解决。我去过美国一半以上的州，其他没去过的州，我也会经常看报纸和新闻，总体感觉下来，我认为加州是种族歧视问题最小的州。

肯定有人要跳出来提 1992 年的洛杉矶黑人暴动，那是近年来美国最严重的一次暴乱。当然，我并没有否认加州存在种族歧视的事实，只是说它比南部的一些州要强得多，在受教育程度较低的普通民众中，种族歧视是不可避免的，但在知识分子和中产阶级以上的阶层，这种歧视就几乎没有了。

但并不是说上流社会就完全没有种族歧视，比如前一阵子闹出的大新闻，中国也报道了，快船队的老板斯特林，因为吃醋而在电话里对他的女朋友说，你以后不要带你那黑鬼朋友来我球场。没想到他的这句话被女朋友曝光了，引发了轩然大波。因为公开表达种族歧视的言论在美国是十分严重的事，更何况 NBA 中有那么多的黑人球星。

NBA 不能允许一个种族歧视者领导球队，于是就逼斯特林卖掉球队，那时候洛杉矶的有钱人都在关注着谁能买下这支球队。当时我参加一个聚会，有一个纽约来的大地产商跟我说，他在考虑要不要买下快船队，我就跟他说，你把钱放在我的名下，我替你出面去买，这件事肯定能惊动美国，因为居然是一个华人把快船队买了，这是一件多么有利于种族融合的好事。当然，这只是一个玩笑而已。

后来斯特林卖掉了快船队，虽然他失去了球队老板的头衔，但却获得了20 亿美元的收入，倒也算因祸得福了。诸如此类的种族问题事件是经常发生的，因为在美国各州，其他种族的经济地位和社会地位确实没有白人高。

我说加州是种族歧视问题最小的州，还有一个重要的原因，那就是其他种族的人在这里做出了很多的贡献，也出了很多杰出的人。

大家想想看，好莱坞巨星中有多少黑人？歌星就更不用说了，多如牛毛的黑人；大家耳熟能详的体育明星，又有多少是黑人？出了这么多优秀的黑人，这说明加州人对这个种族是不排斥的。

再来说说华人，华人是硅谷最重要的支柱。北加州曾经统计过，户均收入最高的是亚裔，差不多十几万美元，其次才是白人，然后是墨西哥人、黑人。华人在加州做出了许多优秀的成绩，现任的旧金山市市长就是华裔，他叫李孟贤（Edwin M. Lee），曾代表加州做过各种各样的议员，也做过部长。李市长是典型的杰出华人代表，他父亲是第一代移民，在"二战"的时候参过军，当过老兵，开过一家小饭馆，很早就去世了，是他母亲一个人把一群子女养育成人的。李市长一路靠着个人的辛勤努力，先当上律师，然后一路奋斗到市长。

我和李孟贤市长有过一面之缘，起因是我的一个好朋友的电影公司正在拍一部电影，电影就是根据李市长当律师时办理过的一个案子改编的。

故事发生在旧金山的一个街角，那里开了一家中国 noodle（面条）店，就是功夫熊猫开的那种面店，街对面有一家 spaghetti 店，就是意大利人开的意大利面店。两家店面对面开，难免要相互较量，然后这家意大利店就起诉了中国店，说面条是意大利的，不是中国的，中国人偷了意大利人的专利，所以我们要起诉。中国面条店聘请了李孟贤律师来打这场滑稽的官司，法官也不知道该怎么考证面条的起源，中国人就说，面条技术是马可·波罗从中国偷到意大利的，马可·波罗还偷了馅饼，但他没学会怎么包馅，最后就变成了比萨。在电影中还加上了爱情线，说中国面条店老板派了儿子出马，意大利面条店的老板派了女儿出面，两个年轻人天天打，结果打出了爱情，总之很有意思，我不能再剧透了。

在加州除了有华人市长，甚至连州长都选过外国人，那位著名的外籍州长就是大家耳熟能详的施瓦辛格。

除了种族问题，加州也是等级和党派观念较少的一个州。

在纽约，如果你只想打个工倒还好，但你要想混进上流社会，那就痛苦了。在纽约的上流社会，你光有钱还不行，你还得有姓，你要背下至少两百个姓，以便在上流社会的沙龙和派对里不丢人。当别人给你介绍一位新朋友，一说出对方的名字，你就得立刻反应过来这个人家里是做什么的，否则就很难继续混下去了。东海岸的党派问题也是很严重的，共和党和民主党的人水火不容。但在加州你不需要太在意这些，因为加州是真正的白手起家州，硅谷那么多英雄豪杰，Google（谷歌）、Facebook（脸书）、Apple Inc.（苹果）等公司的创始人，这些被美国人奉为英雄的传奇人物，几乎都是草根出身，一路靠的是个人的天分和奋斗，再加上加州的环境——斯坦福营造出的那种优越的科技环境以及优越的投资环境。

南加州更是如此，因为你爸是球星，所以你就能当球星，这种事几乎是没有的，好莱坞也是一样。我以前讲过尼古拉斯·凯奇来自科波拉家族，但科波拉本人是靠着自己的奋斗才成为大导演的，因为受到科波拉的熏陶，尼古拉斯·凯奇才来拍电影。不过那也得靠尼古拉斯·凯奇本人的真才实学。好莱坞是一个纯商业社会，没人给你面子，不管你是谁家的孩子，你的电影不好看，观众就不会花钱买你的票。

从南加州的好莱坞，到北加州的硅谷，全都是草根英豪，加州人心中的英雄故事是草根的逆袭，至于你家里是干吗的，你们家姓什么，你什么党派的，加州人根本不关心。

2. 好莱坞与假乳房

继续跟大家聊加州。

fake boobs（假乳房），基本都集中在南加州。

北加州虽然有硅谷，但那是硅谷，不是硅胶谷，在硅谷上班的基本都是书呆子和宅男，他们上班的时候对着电脑，下班能看见女人就很高兴了，根本不在意对方胸部的大小。

南加州就不一样了，因为南加州有好莱坞。跟好莱坞比起来，北京的电影行业只有芝麻粒大小，都能吸引不计其数的北漂。现在网上很喜欢讨论整容女、外围女，我觉得本来挺有自己特色的人，整容之后都长成一样了，我肯定不找这样的人演戏，因为我认不出你是谁。但是，娱乐产业的发达必然带动整容业的兴起，在南加州，整容太流行了，这是没办法的事。

全世界渴望成名的人都会拼命往好莱坞挤，我们统称他们为好漂吧，好漂分成 wannabe actresses（想成为女演员）、wannabe actors（想成为男演员）、wannabe directors（想成为导演）、wannabe screenwriters（想成为编剧）。

你在洛杉矶街头随便问一个人，他们现在可能正在修鞋、当服务员、开出租车，但每个人心里都怀着一个电影梦。有一天，一个做广告的人说他发明了一个软件，只要把你想创作的电影类型和主角名字输进去，马上就能生成一个自动的剧本，把我笑得车都快开不下去了。

美国这种人多得很，有个电台主持人去采访这些人，遇到一个出租车司机，主持人上去就直接问，你的剧本怎么样了？结果出租车司机立刻说，我正在想那个剧本，我的 antagonist（反面人物）太多了。同样的问题，主持人又问一个饭馆服务员，她说我的剧本已经进行到 third act（第三幕）了。按照好莱坞编剧法则，一部正常的电影差不多分成三幕，分别叫 first act（第一幕）、second act（第二幕）、third act，所谓的 third act，就是 showdown（紧要关头），大 boss（头目）出来了，最后一关过去了。

总之你在洛杉矶随便逮着一个人，不用问他写不写剧本，只要问他剧本进行到哪一步就行了，而且他们的用词全都特别专业，普通美国人肯定不知道 antagonist 这个词，必须得是懂戏剧、有点文化的人才能说出 protagonist（主角）、antagonist、third act 这种专业词汇。

去 West Hollywood（西好莱坞）、Beverly Hills（比佛利山庄）这些地方，每一个咖啡馆和酒吧里，你只要坐在那儿开始谈电影，服务员的耳朵马上就竖起来了，很快就拿着一张带照片的大名片过来说，其实我是演员，给你我的名片等，很多女服务员直接就会跟你说，we can hang out（我可以跟你出去混 / 我可以跟你出去喝一杯）。

我很喜欢一家叫天狗日的餐馆，可惜那餐馆现在已经没有了。餐馆里有一个哥伦比亚的男服务员，已经 30 多岁了，长得简直太帅了，而且他会说英语、西班牙语、法语，得过两个硕士。我经常去那里吃饭，时间长了就和他熟了，他会偷偷给我弄点鲸鱼肉（洛杉矶不仅卖鲸鱼肉，还卖熊肉，只是不放在菜单里，只招待熟客）。我问这个帅哥服务员，你条件这么好，干吗在这儿当服务员？他的回答是要当演员。为了这个演员梦，他已经付出了太多青春，如果现在放弃，之前的努力都白费了。他问我，你觉得我能行吗？我不能说他行，万一我说他行，他再提出要演我的戏怎么办？我只好跟他说，你长得太好看了。其实在好莱坞，长得好看的人太多了，我不知道这个帅哥服务员整没整过容，但我看过的女的基本都整过，而且都整得差不多，胸都那么大。

洛杉矶中心有一条特别长的大街，叫 Wilshire（威尔希尔），在这条街的六千到八千号，每天都徘徊着很多好漂，他们在那儿干什么呢？因为那儿附近的大楼里全是 porno 公司（做三级片的公司），每一栋楼里差不多有几十家这种公司，公司都很小，几个人就可以开。

整个 porno（色情）产业是非常完整而有序的，正常情况下，投资 20 万美元拍一部片子，能卖 70 万美元。因为成本低，所以 casting director（星探）就共用，casting director 在好莱坞是很贵的，大家在好莱坞的主流电影里都能看到 casting director 的署名，就跟摄影指导差不多的级别，翻译成中文就是选角导演。电影和电视剧的选角导演叫 casting director，舞台剧的选角导演叫 audition director（试镜董事）。在纽约的百老汇，audition director 一来，至少三千人排队竞争，在洛杉矶也是一样，casting 一开始，三千人都是少的。

在中国没有选角导演这个职位，因为在中国投拍一部影视剧，女主角、女配角等角色主要都被制片人、投资人和导演自行承包了，但是在美国好莱坞，选角是不可缺少的重要一环。

大家为什么总觉得好莱坞电影比我们的电影好一点，其实我们的一线男女演员，演技不逊色于好莱坞一线男女演员，怎么电影拍出来就没人家那个味道和质感？其实就是因为周围的那些演员，横店群众演员的水平比好莱坞的群众演员差太多了。在好莱坞，即使只露半张脸，人家的演员也卖命演出。你再看中国电影，主角在那儿使劲演，旁边的人面无表情，导演的要求也只有一个，只要他们没看镜头就行了。

而且中国的一线演员都太大牌了，如果他们刚刚痛哭流涕演得特好，导演说再来一遍，因为你后面有一个群众演员表现不好，大牌肯定不干，导演怕大牌演员罢演，只能凑合着过了。这种情况在拍上流社会的场景时特别严重，按剧情，镜头里应该出现一群上流社会的先生和小姐，结果却走过来一群特土的群众演员。我没有歧视的意思，我只是说和我们比起来，好莱坞的确要专业得多。为什么好莱坞更专业？因为全世界想当明星的人都去好莱坞，好漂太多了，好演员也太多了，很多好演员得不到工作机会，只能去当群众演员，所以好莱坞的群众演员非常专业，片酬却非常低。

好漂最喜欢的工作是被政府雇去钓鱼执法，政府雇这些专业的演员，让他们装瘸子、装妓女，一天 100 美元，要知道这些人去当群众演员，一天才只能挣 70 美元。

电影《飘》选角的时候，全美国的女演员都疯了，都想演 Scarlett（叫郝思嘉），甚至有女演员把自己裸体装在木头箱子里，寄给制片人，制片人一打开箱子，一个裸女跳出来，说我就是郝思嘉，你必须让我演这个角色，特逗。

我有一个朋友拍 music video（音乐录影带），那在好莱坞已经属于非常小的角色了，结果他每次拍 MV，还是有几百甚至上千的人来排队 casting，每个试镜者就只有 30 秒的表演时间，30 秒能干什么，很多人直接就把衣服脱了。

还有一个我认识的男演员，他前一天给我打电话，说终于有人用他当男一号了，可是第二天他就郁闷得又给我打电话，告诉了我一个悲惨的消息：他今天去一个广告剧组排 casting，结果看见昨天让他演男一号的女制片人也排在队伍里。

总而言之，casting director 每天收到雪片一样的剧本，剧本的内容基本都是丈夫不在，一个修水管的工人或是送比萨的小弟就来敲门了，进屋后就和女主人那个了，然后 casting director 就坐在办公室里，让来试镜的演员一个个进来，看看谁的胸部比较大，具体过程我就不细说了。

为什么我对 casting director 比较了解？因为我刚到美国的时候，我就在 Wilshire Blvd 的一家中等以上级别的 porno 公司里拍电影。

当然了，我没拍过那种电影，中等以上的 porno 公司每一到两年都会拍一部艺术片，目的是告诉别人，我不是不热爱艺术，我心里其实是有追求的。

当时我想挣钱，也确实想拍一部 Arty-farty 那种文艺片，所以我就去那里参加导演的 Arty-farty，考了三关后我通过了，就去给他们拍了艺术片。

我拍的艺术片里也有裸体，但那是很不一样的裸体，具体怎么个不一样法呢？当时我的制片人是一个法国老头，他来自法国的电影世家，他告诉了我艺术片和 porno 的三大区别：第一，porno 要用大胸部的女演员，因为 porno 的目的就是带给观众感官的刺激，但艺术片要用平胸的女演员，因为胸部一大，思想就很难深刻，就不容易给人艺术的感觉；第二，porno 的镜头要打上很美的光，拍得要特别的美，但艺术片一定要用自然光；第三，艺术片不要用管乐，因为全美国乃至欧洲人民，只要一听到管乐声，就会自动联想到色情电影，所以艺术片要用自然声，如窗户的声音、床的声音、知了的声音等。

我严格按照这三条原则，拍了一部艺术片，由于给他们拍片，我就得去 Wilshire Blvd 上班，所以我每天都能看见许多来排队 casting 的女演员。她们不光胸部是假的，嘴唇也是假的，因为 porno 的女演员一定要有性感的厚嘴唇，就是往外翻的那种，特别可怕，反正我每次都是闭着眼睛往前走，一则我觉得假的不好看，二则西方女人一旦上了岁数，皮肤状况就会特别差，近距离看全都是皱纹和雀斑。

反正在好莱坞，想当女演员的就得做中型的 fake boobs，想当 prono 女演员就要做巨型 fake boobs，若是想拍那种特吓人的杂志的，就去做一对变态级的 fake boobs。从 Beverly Hills 到 Malibu（马里布）之间，有全美国数量最多的整容医院，而且整容技术也是全美国之首。

总而言之，在美国的偏见地图上，加州被取名为 fake boobs，我觉得还是有一定道理的。

3. 黄健翔发财记

在中国大家总爱谈贫富差距，美国人也爱谈这个，在加州，这个问题主要不是指不同阶层之间，而是指南北之间的贫富差距，问题严重到加州将来可能会分成两个州——南加州和北加州。

北加州的收入比南加州高至少一倍，教育程度比南加州也高很多。举两个小例子：在北加州，一桌华人坐在一起吃饭，这些人可能全都是博士，或是社会各界的精英，这是非常常见的事，但在南加州这就很罕见了。加州大概有 13000 名清华大学的毕业生，其中有 99% 在北加州。我在清华大学是学电子的，所以我的同学都是硅谷最需要的人才，我们班有 17 人在加州，但只有我一个人在南加州，其他 16 人全在北加州。

不仅是华人，其他各种族也是如此，精英分子基本都集中在北加州。

北加州收入高，人口素质高，物价也高，平均房价比洛杉矶高至少一倍。因为在气候、人口素质和收入上存在巨大差异，所以北加州人老觉得不公平，凭什么我们收入那么高，纳那么多税，要白养着南加州的穷人？南加州人当然也不高兴，他们觉得好莱坞在南加州，这说明南加州人虽然穷，但是很有文化和艺术气氛。

北加州多次提出要公投，让北加州独立，自成一州，但问题是，到底是全加州人民一起公投，还是北加州人民自己公投呢？要是全加州一起投，那北加州肯定独立不了，因为越穷的地方人口越多，南加州人口比北加州多得多。苏格兰的独立公投，在全世界都是极其罕见的，英国已经有那么多年的民主自由平等的传统了，才允许苏格兰对独立进行公投，所以北加州现在依然在闹独立。

美国每次大选，或者选州长、议员的时候，长长的选票底下都列着各种各样的公投项目。上次大选的时候，南加州的公投项目是"在南加州拍 prono 电影要不要戴避孕套"，南加州人民公投说必须要戴，这让色情电影界非常愤怒，因为这会导致收视率大幅下降，影片就卖不出去了，Prono 界要搬出南加州！结果南加州人民却说，我们宁可少收点税，你们赶紧搬走吧，我们受不了了！

提到南加州，就不得不说说洛杉矶的问题了。经常有人问，大洛杉矶地区有多少个市？这个问题很少有人能回答清楚，因为这里变化太快、太频繁了。所谓的大洛杉矶地区，有一个行政机构和大概五个县，有洛杉矶县（Orange County，中国翻译为橙县），东边有一个很大的县叫作 San Bernadino County（圣贝纳迪诺县），北边还有一个 Ventura County（文图拉县），以及 Riverside Country（里弗赛德县），每个县下面又有很多个市，所以美国人说的 LA 是包括了这五个县的大洛杉矶地区。

整个大洛杉矶地区有 1800 万人口，是一个非常复杂大型的城市群，这个城市群按照今天的城市规划科学来看，应该是全世界最失败的城市群，因为全世界的实验城市都想了很多办法，比如纽约那边是中心巨大的曼哈顿向四周辐射的城市群，但洛杉矶实验了一个没有中心的比萨饼式城市群。

从理论上讲，比萨饼上应该有好多的 pepperoni，就是那种红的圆的香肠片，大洛杉矶地区这块比萨饼上的每一个 pepperoni，都是一座 city。大洛杉矶地区一共有至少 136 个 pepperoni，每一个 pepperoni 的功能都是齐全的，里面有办公的地方、住的地方。这块比萨饼的设计理念是，一个人可以在他生活的 pepperoni 里面解决一切问题，而不用面临纽约那种交通拥堵的情况。

然后事实证明这个比萨实验彻底失败了，为什么呢？因为人类没有那么简单，他的居住梦想和事业梦想不可能控制在一个 pepperoni 里，所以洛杉矶的交通也和纽约一样拥堵。

我就在洛杉矶生活，也很喜欢洛杉矶，但是我的华人朋友到这里，基本上都会觉得和美国电影里演的不一样。其实在美国，除了纽约和芝加哥以外，很少有什么城市像电影里演的那么辉煌，很有可能你在美国第二大城市洛杉矶开了 30 里的车，还没看见高楼大厦。

洛杉矶大概是全世界城市面积最大的一个大城市群，这导致你没办法使用公交系统，也无法随时随地打到出租车，你必须自己有车。在这儿生活的人，每人至少都有一辆车，下了飞机到这儿的人，必须在机场租一辆车，你只能自己开车，因为洛杉矶太大了。

有时候我去北京、上海，或者台北、香港，当地人说你要去的地方有点远，开车得十几公里，我都笑了，觉得太近了。在洛杉矶，出门开 50 公里办事，再开 20 公里吃饭，最后开 70 公里回家，这都是司空见惯的事。

所以洛杉矶有大量的停车场，连一个小小的牙医诊所后面都有十个停车位，一个小小的7-11前面居然有十个停车位，如果你从空中俯瞰洛杉矶，地面上有一半地方都是停车场。这个比萨实验失败了，但又很难改造，因为美国是个民主社会，你要强拆了再重新规划，那是不可能的。现在洛杉矶来了几个巨贾级的中国房地产商，正打算在这儿盖高楼大厦，希望他们能有办法改造一下这块失败的比萨，把它变成一个有中心的大城市，但我估计几十年内是实现不了的。

再给大家讲一个好玩的事，我有个全国人民都非常熟悉的好朋友，就是那个不是一个人在战斗的黄健翔，他现在在洛杉矶要发大财了。

黄健翔住在洛杉矶的一个富人区，叫 Calabasas（卡拉巴萨斯），这里面住了相当多的明星，美国的一个大明星也住在那儿，而且她姐姐家跟黄健翔家还挨着。这个大明星在美国太著名了，她叫 Kardashian，我们翻译成卡戴珊，Kardashian 姐妹是富二代，虽然没有帕里斯·希尔顿他们家那么富，但是她爸是大律师，之前说过的辛普森杀妻案里，她爸就是代表辛普森的大律师。

卡戴珊跟黄健翔发生了关系，发生了什么关系呢？黄健翔的老婆别急。黄健翔因为长期在中国工作，所以在洛杉矶买了房子之后也不经常住，他就把钥匙交给卖给他房子的 broker（经纪人）保管。broker 是一个香港人，黄健翔觉得香港人应该比较老实，结果他去年圣诞节带着全家回洛杉矶，打开门一看就傻了，桌上还有吃完了没洗干净的盘子，床上还有被人躺过的痕迹，所有的东西都挪了窝，黄健翔吓坏了，以为有人破门而入，都要去报警了。

其实还真不是招了贼，而是那个 broker 闲着没事干，想跟周围的有钱邻居套套近乎。卡戴珊有一档著名的节目 *Keeping Up with the Kardashians*（《与卡戴珊姐妹同行》），这个节目在美国最大的娱乐台播出，当时找不到场景，结果这事被香港人听见了，就说我有一套空房子，房子挺好看，去那儿拍吧，然后这帮人就在没有得到授权的人家里拍了一期节目，而且这期节目还在美国主流电视台播出了。播出后，刚好有一个黄健翔的华人朋友看到节目，心想这房子怎么那么眼熟？就告诉黄健翔了，黄健翔这才恍然大悟，原来我这房子是被人拍了节目。

在美国，未经授权就直接上了银幕的判例，最高判到过两千万美元。我在美国拍过电影，在美国拍电影很痛苦，电影中的每一个人，哪怕是群众演员，街上露一下脸的人，都必须要签一个 photo ID，代表他同意自己的脸出现在你这部电影里。美国所有公开播映的东西，在播映之前都会有版权保险，哪怕你哼一首歌，只哼两句，也有版权保险。

我拍的电影中，有一次拍到电视里播放一段 MV，制片人就跟我急了，我解释说这是电影的主人公在家里看电视而已，制片人告诉我，MV 也是有版权的，美国唯一没有版权的就是天气预报和新闻，你只能让你的主人公看天气预报跟新闻。于是在那部电影里，我的主人公就坐在家里看天气预报跟新闻，每次美术人员都得问我，这两场戏到底隔了多少天？因为他要找出那天对应的天气预报跟新闻。

在美国，所有的东西，家里的环境，你家门口的一棵树，街上的广告牌，如果没有给你授权，你都不能让它们随便进入到公开影像中。美国的著作权极其保护各种隐私，更不可能允许在街上偷拍别人，如果一部电影在街上偷拍别人，别人正好带着情妇在街上走，被他老婆看见了，起诉他，他离了婚，家破人亡，他就能告你，最高判例能判到两千万美元，而且不是电影院或者电视台赔，是保险公司赔。

所以我就跟黄健翔说，那个香港 broker 不是一个人，他代表了他所在的地产公司。地产公司给每个 broker 的最高职业保险有几百万美元，也就是说，当他介绍别人看房子的时候，这房子如果出了问题，公司给你买的职业保险最高能到六七百万美元。

首先是 broker 赔你，因为他破门而入，这在美国是重罪，他的职业保险全都得赔给你；其次你诉隐私，而且你一定要让你太太抑郁了，因为她的床被人睡过了，她现在都不敢回家了，她要卖掉这房子，再买一幢新的。总之这种事在美国非常严重，可见黄健翔这回要发大财了。

美国的判罚跟其他国家很不一样，比如中国判罚要考虑被害人受到了多大伤害，多少个月不能上班，导致损失了多少钱等，最终其实判不了多少，美国不这么判，美国法官的原则是，我判一次就要让你永远记住，这辈子都不敢再犯同样的错。

我以前举过麦当娜的例子，她朝一个老太太脸上吐了一口痰，最后法官判麦当娜赔老太太五百万美元，理由是，并不是老太太受到了五百万美元的伤害，而是像麦当娜这么有钱的人，如果只罚她五万美元，她下次出门有可能还会吐别人，因为五万美元对她来说无所谓。所以判罚的意义不仅仅在于赔偿被伤害的人，还在于让加害人一辈子都不能再犯。

大家都知道，卡戴珊家族是非常有钱的，再加上美国最大的娱乐电视台，你说黄健翔是不是要发财了？

```
┌─────────────────┐
│ ──人类奇迹── │
│   内华达州      │
└─────────────────┘
```

赌城风云

这一篇给大家讲内华达州。

美国人管加州叫"金州"（Golden State），因为加州从前有金矿，内华达州叫银州（Silver State），因为那里有银矿，但现在金矿和银矿都没了。

加州没了金矿，却有了硅谷、好莱坞、军事工业、葡萄、橙子、假胸等；内华达州没了银矿，就什么都没有了。因为内华达州整体就是一片大沙漠，我也不知道为什么当初就让它成了一个州。

说到内华达州，我得先给大家说说所谓的美国普通话，中西部地区各州一直在争自己的口音最标准。总而言之，中西部地区的口音就是美国的标准口音，东海岸是最不标准的，西海岸则比较接近中西部口音。加州的口音还可以，阿拉巴马就比较差了，但美国人比较公认的是，内华达的口音是较为标准的美国普通话。

所以，内华达最有名的就是标准的美国普通话，第二有名的全世界的人都知道，那就是内华达州的著名城市——拉斯维加斯（Las Vegas）。

我们通常所说的世界八大奇迹，其实很多我都觉得不太合理。比如我去泰姬陵看了一圈，感觉就是一堆大理石，也没有什么高科技，顶多有点爱情故事，搁到湖南长沙，三天就能建成了，因为听说湖南长沙人用六天就盖了一栋十五层的大高楼；亚历山大图书馆我更觉得没什么；空中花园咱没见过，就不评价了。

在我的心目中，真正的奇迹是长城，修一万里长的城墙这个想法本身就已经很邪乎了，不仅有人想到了，居然还做到了，简直无法想象。我经常想，古代的人是怎么完成勘测的，当时没有直升机，没有卫星，也没有地图，谁决定从这个山梁修到那个山梁去，然后再经过这片湖？另外，砌墙的石头是怎么拉上去的？很多地方人都爬不上去，别说运石头上去了，这样庞大的建筑，是泰姬陵根本无法比拟的。

我觉得唯一能和长城并列的奇迹，就是拉斯维加斯了，这座城市给太多人带来了巨大的震撼。

举一个我身边的例子，有一天我的好朋友从拉斯维加斯回来，突然就跟我说他准备要结婚了。我问他为什么，他说他本来还在想自己是不是能成为世界首富，心里有点看不上跟了他好多年的女朋友，结果他去了趟拉斯维加斯，夜里坐在窗前看着这座纯粹用金钱堆砌起来的城市，这座建造在一个鸟不拉屎、前不着村后不着店的地方的城市，他突然就觉得，自己不能再把挣钱当成人生的目的，而是要做点更有意义的事情，然后他就决定跟女朋友结婚了。

拉斯维加斯是全世界能让人最快速结婚的地方，它不查你的户口，也不管你是不是重婚，大家经常看到美国电影里，人们跑到拉斯维加斯，一早醒来就发现自己莫名其妙地已经结婚了，于是第二天不得不再去离婚，反正离婚也特别容易。

　　总之，拉斯维加斯就是一个纸醉金迷但又会让你反思生活的地方，没结婚的人到那儿就想结婚了，结了婚的人到那儿就想离婚。

　　我第一次去拉斯维加斯是开车去的，从洛杉矶到拉斯维加斯要开六个小时，路上啥也没有，地名也都特别随意，因为根本就没人居住，也没人给那些地方取什么好听的名字。

　　然后当转过一个山坳的时候，画面突然就变了，视野一下子就充满了金碧辉煌，我不知道用什么语言来形容，就像海市蜃楼。那感觉跟我开车去巴黎、维也纳、罗马都不一样，那些地方是有文化和历史的沉淀的，心里会忍不住说"啊，我终于来巴黎了，我来了小仲马的巴黎，我来了可可·香奈儿的巴黎"，而进入拉斯维加斯的时候，我心里的潜台词是"哇，钱，到处都是钱"！

　　今天你站在上海的外滩，其实也挺辉煌的，站在香港九龙往对面看也挺辉煌，你站在北京 CBD（没有雾霾的时候），觉得也还行，但这些地方跟拉斯维加斯都没法比。

　　更何况我第一次去拉斯维加斯是几十年前，那时候北京盖一个二十二层的长城饭店，人们都激动得站在楼底下数楼层，当时中国还处在很落后的时期。你想想看，我突然看到辉煌灿烂的拉斯维加斯城，走在大街上，一会儿这边的火全起来了，一会儿整面墙的大霓红灯亮了，我无法用语言来形容内心的震撼，因为我从来没见过那么大的酒店。

　　拉斯维加斯的酒店其实已经不是酒店了，而是一个综合性的娱乐王国，你要做的所有事情都能在里面得到满足。酒店里光饭馆就有好几百个，娱乐设施更是极多。

　　最开始的时候，拉斯维加斯是赌博中心，但并不是每一个人都喜欢赌博，我就不喜欢，不是你多开几家赌场，赌博的人就会变多的，所以时间长了赌场就无法继续扩张了，于是拉斯维加斯的商业模式就变成了家庭娱乐（Family Entertainment），当男人赌博的时候，女人就可以去购物中心、看秀。每一个大酒店里都有全套的娱乐设施，甚至还有室内的河，你可以在上面划船，还有人给你唱歌。

我说拉斯维加斯是人类的奇迹，还因为这儿根本就没有任何自然风光，你找不到一个风光旖旎的地方。欧洲最大的赌场建在蒙地卡罗，那里有美好的港口，还有山，赌输了就可以看看山和海；马来西亚云顶赌场在山顶上，从上面可以俯瞰槟城，风景极美，坐在那儿，你就会忍不住想，输点钱没事，人生没什么大不了的。

不光是风景，一座赌城还得背靠一个巨大的人群腹地，澳门为什么行？因为它背靠珠三角，背靠中国这么大一国家。蒙地卡罗就更不用说了，背靠欧洲最富的地方。只有拉斯维加斯不一样，大家打开地图看看，一个巨型的大内华达州，中间孤零零地放着一个拉斯维加斯，那边是一个孤零零的大犹他州，里边啥也没有，这边的加州虽然很大，但其实只有沿海发达，东边什么都没有。

拉斯维加斯在这么一个地方，居然建起了这么大一个王国，而且其规模之大，足以让全世界都望尘莫及。

很多中国人知道，澳门的赌场后来居上，做得最好的时候，每年的赌博收入是拉斯维加斯的四到六倍，但近年中国政府加大了反腐力度，结果澳门的赌博收入一下子锐减近 40%。

而且澳门跟拉斯维加斯的收入结构是完全相反的，拉斯维加斯的收入只有少部分来自 VIP 客人，绝大部分来自散客的收入，但澳门赌场的 70% 收入来自 VIP，那是个畸形的地方，但拉斯维加斯是很健康的。

有一部著名的电影叫 *Bugsy*（《巴格西》），1992 年差一点拿了第 64 届奥斯卡最佳影片奖，结果被《沉默的羔羊》打败了。这部电影讲的就是

Bugsy 建造拉斯维加斯的故事，电影拍得特别棒，大家可以自己去看。

讲义气、爱情、梦想，敢斗天，敢斗地，这就是那个时代的美国。差不多从 1865 年开始，美国进入一个最快速的膨胀期，因为内战打完了，美国人脱下军装，开始追求每个人的幸福，于是就出现了大量的商业奇才，那个年代正是摩根、洛克菲勒等人崛起的时候。

那时候，你在华尔街挥舞手臂，说我要修一条贯穿东西的铁路，一天之内钱就能筹齐，两天后火车就通车了。20 世纪初，美国就已经有将近 30 万公里的铁路了，因为美国地势平坦，是上帝的恩赐。

当年，美国昂扬向上，密西西比河通了，运河通到五大湖，五大湖又挖了条运河通到了纽约港，当时所谓的美国梦，我想大概只有如今这二十年的中国能比，那感觉就像是我们的办公室里一早晨就修出一座机场来。

总之，对于全世界的人民来说，在内华达州那样一块什么都没有的土地上，美国人建出了拉斯维加斯，绝对是一个奇迹，当然，这也跟美国的体制有很大的关系。

美国是联邦制国家，联邦政府的权力非常小，各个州就像各个国家一样可以有强大的竞争力，比如加州的科技和娱乐发展得好，有的州农业好，有的州旅游好，但有一个州叫内华达，从银子挖空以后这里就什么都没有了，但有政策啊，这个政策就是全州人民都承认赌嫖合法。

大家想想，这政策有多不容易，美国可是个清教徒的国家。美国跟欧洲不一样，欧洲像一块老起司，老到已经都烂得长绿毛了，外面也是千疮百孔的，所以你去荷兰、德国、法国公开的红灯区，里面的女的恨不能把你身上的硬币都榨干了。

美国不行，美国几乎所有的州都禁赌禁嫖，只有一种地方可以建造赌场，那就是印第安保留地，因为美国人对印第安心怀愧疚，但那也都是很偏远的地方了，没什么人去。曾经嫖是全美国严禁的，每个州都禁嫖，加州禁到脱衣舞不能脱光的程度，而且舞厅不许开在闹市区，否则就会有所有邻居联合起来诉讼你，因为他们这么清白的百姓，不能容许身边有脱衣舞厅的存在。

我讲讲加州禁嫖法有多严厉，女警察会亲自钓鱼执法，她会自称是妓女，带嫖客到旅馆门口，只要嫖客把车钥匙拔出来，车子一熄火，女警察当场就把他铐在那儿，这就已经构成嫖娼罪了，完全不用进去开房，因为人家要保护那钓鱼执法的女警察。

总之，当时美国严格禁嫖，赌博只能去印第安保留地那种荒凉的地方。

但美国是个联邦制的国家，每个州都有强大的自主权，它们可以自由地去塑造自己州的性格，而且总有一些人愿意到内华达来，于是内华达人民决定，我们就来搞赌和嫖吧。

于是，黑社会同志们带着钱从纽约、芝加哥，从各个地方拥到内华达，建造了世界上最辉煌的拉斯维加斯。首先嫖这个事，好多人觉得到拉斯维加斯可以随便嫖，其实不是，内华达州里面只有几个县是可以嫖的，而拉斯维加斯县是不许嫖的。

内华达的各个县很有兄弟间的仗义，老大拉斯维加斯这儿发展起来了，但其他兄弟还很穷，那如果老大这儿既能嫖也能赌了，其他兄弟不就穷死了吗？所以我们拉斯维加斯县只许赌不许嫖，然后周围的五个县可以嫖，但是不可以赌，这样大家的经济不就都带动起来了吗？

在拉斯维加斯县，合法性工作者的收入只占很小一部分，大概10%都不到，但是有几十亿美元的非法性工作者收入，因为没有多少人赌完了，还乐意跑那么远去别的县嫖，而且拉斯维加斯也不太抓这事。

你走在拉斯维加斯的街上，有很多人会给你递小卡片，上面写着"76块钱聊天40分钟"之类的，而且这是合法的。

于是经常有女人来"聊天"，万一被抓了就说我们"聊"出感情了，自由恋爱，关你什么事啊？拉斯维加斯本身又是美国最自由的地方，通过六周离婚法，所以离婚的人都去拉斯维加斯，别的州离婚可能要半年才能离完，在拉斯维加斯几个礼拜就离完了

内华达就是靠自由吸引人的。美国 fake boobs 最多的地方是好莱坞，第二多的就是拉斯维加斯，因为这些想一夜成名的女演员，最想去的地方肯定是好莱坞，但好莱坞不好混啊，当不成影星，她们的第二选择就是傍个大款。上哪儿去找大款呢？总不能站在华尔街门口等吧，那儿的人进出匆忙，根本没空看你。只有大款不工作了，出去放松娱乐的时候，才是能傍上他的最好时机，所以很多在好莱坞混不下去的 fake boobs 都跑到拉斯维加斯去了。

我在拉斯维加斯认识一个出租车司机，从 Wisconsin（威斯康星州）来的，我问他为什么跑到拉斯维加斯来开出租车，他说我就是喜欢女人，所以就来了拉斯维加斯，我开出租车每天都能把美女拉回家，反正基本上就是两种美女，一种是喝大了打车走，还有一种就是赌得一分钱没有的。总之，他在拉斯维加斯当了两年出租车司机，他说棒极了。

我经常给大家讲著名的宋柯师兄的光荣事迹，宋柯长得比我还难看，他居然在拉斯维加斯遇见一个南部某州的漂亮姑娘，姑娘赌得一分钱都不剩了，就来跟宋柯讲说，你能不能帮我买张机票？你再给我三百美元的零钱，我就陪你玩两天。

宋柯从清华到拉斯维加斯，始终都能有这种艳遇，我就从来没碰见过这种好事，可能是因为我不爱赌，因为我的性格容易冲动，所以逢赌必输。拉斯维加斯为了吸引赌客，每个赌场门口都有非常长的数字屏幕，显示谁又赢了两千万之类的，很多人就会忍不住想，这赢了两千万的人为什么不是我呢？只要你有这样的想法，你的钱包就要倒霉了。

我曾无数次陪朋友去拉斯维加斯，某嫁入豪门的女明星，伉俪二人跟

我关系很好，夫妻俩去拉斯维加斯都已经有私人飞机来接他们了，为什么呢？拉斯维加斯说，我得吸引 VIP 客户，如果你在我这儿输过几百万美元，我就可以派飞机去接你，你再多输点待遇更好，比如先拿筹码后结账等，输多了还能打折，你就知道这伉俪二人丢在拉斯维加斯多少钱了，反正我在一旁看着我都受不了。

总之，我去拉斯维加斯不是为了赌博，而是去看秀。

像我这种热爱艺术的人，没事跑到 Edinburgh（爱丁堡）去，连那么小的舞台我都看，更别提拉斯维加斯有世界上最辉煌、最大投资、最匪夷所思的舞台艺术了，我必须要去看。

拉斯维加斯的秀，给人类艺术做出了伟大的贡献，那样的大秀，平均投资都在一亿美元以上，最高投到过一亿五千万美元。百老汇最大的音乐剧 *Spider Man*（《蜘蛛侠》）最多一次投资七千万美元，那已经是无与伦比的大投资，而且还赔光了。大部分百老汇的一线音乐剧，投资都在一千到一千五百万美元，所以大家就能想象到，拉斯维加斯大秀的辉煌程度。

大秀通常都一演很多年，因为它投资巨大，把整个剧院都为了这一个秀而改造了，整个舞台都设计成那种能拿起来 720 度转动的，神奇极了。我最喜欢的一场秀是 Cirque du Soleil（太阳马戏团）做的 KA 秀《梦》。

Cirque du Soleil 是法语，因为太阳马戏团在加拿大魁北克法语区，也是加拿大最光荣的文化名片。美国说我有好莱坞、百老汇和拉斯维加斯，英国说我有流行音乐，加拿大就说我有太阳马戏团。这马戏团里出了一个雄才大略的演员，他后来自己把马戏团给收购了，然后马戏团就不演马戏了，而是演更高级的舞台秀，最后做成全球最大的垄断性的舞台大秀公司。而只有在拉斯维加斯，他才能做得起如此大型的秀，因为那个秀的投资实在太巨大了，怎么卖票也赚不回来成本，而在拉斯维加斯，赌场会补贴秀场的成本。

拉斯维加斯的赌场会去补贴大量的其他娱乐项目，比如餐厅、酒店、剧院，你去拉斯维加斯可能会觉得那里什么都很便宜，那么豪华的酒店，那么大的套房，一天才两三百美元，吃东西也一样，恨不能给你白吃白住，目的就是把老婆孩子都吸引住，让老公在赌场里使劲赌钱。

我每次看秀的时候，都住二三百美元的豪华酒店，夜里看完秀吃东西，路过赌场的时候随便玩两把，我玩得小，但每次也能输个千儿八百的，这么一算，我这住宿费可就不是两三百美元了。其实赌场早就算清楚这笔账了，在拉斯维加斯，基本上是靠赌场这一个完整的产业链来补贴其他所有的娱乐设施。

正因为有补贴，太阳马戏团才能做出 KA 秀，现在去还有 O 秀，O 秀也是太阳马戏团做的。

现在已经看不到 KA 秀《梦》了，所以我给大家形容一下那秀有多吓人。

那舞台底下一下就涌上来几十吨沙子，沙子里会爬出各种各样的电动大动物，一下舞台又整个竖起来了，好几十吨沙子就掉下去了。我看过许多大秀，但每次看《梦》都能让我看傻了，我真想爬到舞台底下去看看沙子是从哪儿来的，又掉哪儿去了。

那舞台垂直起来有二三十米高，台面像雪山壁一样光滑，四个演员就顺着台面往上爬，一抬脚这儿就弹出一个杆，一伸手那儿又冒出一个抓手，舞台的机关和演员的动作配合得十分精准，而且四个演员的动作极快，中间毫无停顿。我到现在也没想明白原理，如果这是靠电脑编程实现的，那如果今天演员的体力不够，或是手脚稍微偏了一点，那弹出来的机关可能就直接杵他眼睛里了，怎么能做到如此精确？一弹就弹到手里，一弹就弹到脚下？如果这是靠人力控制的，那就更神奇了，因为这个控制员和演员必须配合到天衣无缝，0.1 秒的失误率都不容许。

KA 秀有一半的演员是中国人，太阳马戏团最有意思的地方，就是它把中国的吴桥杂技、中国的武术、匈牙利的蹬大轮、捷克的吹玻璃等世界各地奇人妙事全都融合到它的秀里。

我做《中国达人秀》的时候，有一季的冠军就是一位中国的杂技演员，她十几岁的时候去了太阳马戏团，在那里训练了三年，又演出了数年，她一登台亮相我就特别感动，因为那完全就是世界级的表演水平。只有太阳马戏团才能把一个在中国只会劈叉、顶碗，只空有技巧的杂技演员，改造成一个在舞台上几乎开了天眼、完全能够洞悉自己的灵魂、对力与美的掌控游刃有余的灵魂演员。

如果大家现在去拉斯维加斯看秀，我隆重推荐大家去看正在 Wynn（永利）酒店里上演的 *Le Rêve*，这是继 KA 秀之后，最令我感到震撼的一场天水秀。澳门从前唯一的一场叫《水舞间》的秀，就是模仿 *Le Rêve* 的，但水平跟 *Le Rêve* 完全不能比。

美国有一个无与伦比的优势，它能用绿卡把全世界最优秀的表演者吸引到好莱坞、百老汇和拉斯维加斯来。在拉斯维加斯，你能看到不计其数长得一模一样的漂亮男女演员，而且他们全都是三栖演员，除了在舞台上唱跳，还会潜水游泳、空中飞人，天水秀就是一会儿在空中飞，一会儿又跑水里去游，而且那水极深，我从前以为 Wynn 酒店的水顶多四五米深，后来才发现，从水里长出的树都有好几层楼高。

所以在我看来，拉斯维加斯的秀比赌博的贡献更大。而且我还要跟大家披露一点小道消息，听说太阳马戏团有可能被某几个中国大财团收购，听到这个消息以后我特别激动，因为中国的富豪们终于也开始关注这种世界顶级的艺术大秀了。

万达集团曾经在武汉做过一个巨型大秀——汉秀，本来计划邀请太阳马戏团的，但没有请到，但他们最后把太阳马戏团的一个副总给挖过来了，据说那场汉秀花了 20 多亿元人民币，已经超过 KA 秀，成为世界上耗资最大的秀了，但我还没去看，所以不知道汉秀能不能跟拉斯维加斯秀比。但是武汉可没有赌城补贴，只能靠政府补贴，这两者的意义和效果是截然不同的。

所以，中国的财团要收购太阳马戏团，肯定是瞄准了澳门和国内所谓的实景娱乐，以及旅游地产的大市场。不管怎么说，只要能提升中国舞台秀的水准，我觉得都是非常好的事情。

当然了，在拉斯维加斯也不是每家酒店都上演太阳马戏团级别的大秀，还有一些酒店里主打的是精彩的明星演唱会，也就是偏见地图上写的 retired pop stars（退休明星）。

这叫法其实挺讽刺，但有一些酒店确实就是把一些过气的一线明星请过来表演。美国最当红的一线明星，比如 Lady Gaga，一场演唱会也就需要350万美元，这点钱拉斯维加斯的酒店还是付得起的。

比如恺撒皇宫酒店就不做秀，专门做明星演唱会，比如邓丽君就是第一个到恺撒皇宫唱歌的华裔歌手。当年邓丽君来作秀，全美国西岸的华人都沸腾了，不管是穷的，还是从来不赌博的，全都蜂拥到拉斯维加斯看邓丽君演出，导致美国人民都傻眼了，说来了个漂亮的亚洲女歌手，恺撒皇宫突然就爆场了。

也有没过气的一线明星在拉斯维加斯演出的，比如席琳·迪翁就是第一位去拉斯维加斯表演的超级一线明星，每年演70场，她的正常价钱是每场两百万美元，但在拉斯维加斯她会打个大折扣，在拉斯维加斯的恺撒宫驻场演出，席琳·迪翁每场的出场费仅为47.6万美元。

席琳·迪翁跟太阳马戏团的老板都是加拿大魁北克人，也是那里的骄傲，他俩还是好朋友。她在迈阿密有家，我回我在迈阿密的家时遇到她，就问她平时在哪儿录音，她说她在拉斯维加斯驻唱，所以我就去拉斯维加斯，在棕榈泉的一个录音棚里给她录音。

录完音后我问她，你这 70 场都是什么日程？她说每次来演半个月。当时我特别想保留那张工作单，因为上头写着"Singer Celine Dion（歌手　席琳·迪翁），Producer Xiaosong Gao（制作人　高晓松）"，这个工作单咱拿着还是很光荣的。

那时候席琳·迪翁是超级一线明星，但录完音后我刚回酒店，她就给我打来电话，说谢谢我，我好感动。我录了这么多年音，也遇到过有良心的歌手，但确实遇到过不少翻脸不认账的，冲你翻白眼的，而且我们中国的歌手很少跟制作人说谢谢，这方面西方人的教养确实要好很多。

现在恺撒皇宫接棒席琳·迪翁的是小甜甜布兰妮，另外在拉斯维加斯的小饭馆里，你可能还会看到泰森为你打拳佐餐。说起来泰森还是在拉斯维加斯成名的，但最后也是在拉斯维加斯落的难，他在小饭馆里打一场拳，可能也就赚 3000 美元，要知道他最红的时候，打一场拳，不论输赢都至少有 2000 万美元的进账。

重要的拳击比赛几乎都是在拉斯维加斯举办的，为什么呢？因为要赌拳啊！不然你算算，一场拳击赛，泰森一个人就要 2000 万美元，被他咬耳朵的霍利菲尔德怎么也得 1500 万美元吧？也就是说，一场比赛光两个拳手就出去了 3500 万美元，门票才能卖多少钱？本来每个回合能播三分钟赞助商的广告，但泰森上来就把对手耳朵咬了，比赛就结束了，广告也没法播了，这不明显是亏本的买卖吗？

所以，这绝对不是我阴谋论，只要在赌城进行的比赛，全都有内幕。比如，成千上万的观众都下注泰森能赢，所以唐·金（全球最有影响力的拳击经纪人）就说了，泰森你必须得输，泰森是个没有文化的人，他本来能赢，你非让他输，他心里能高兴吗？所以他就把霍利菲尔德的耳朵给咬了，反正你不让他赢，他就让所有人都不痛快。

最后泰森把自己折腾进去了，罪名是强奸。在美国西岸，强奸是很难脱罪的，除非你能提供确凿的证据，比如有电话录音来证明自己是被陷害的，或者像大神探李昌钰一样，去拿内裤摸草地，但绝大多数情况下，不管你是科比也好，泰森也罢，人家控诉你强奸，你一点办法也没有。

泰森当时有三亿美元，他那么有钱，干吗要强奸一个女人？明摆着是被人陷害的。反正他从监狱里出来后，三亿美元全都没了，因为泰森没有文化，又不懂投资，他雇的那些白人会计师把他的钱全折腾没了，那些歌星退休后还能在恺撒皇宫驻场，泰森只能沦落到在饭馆打拳，一场 3000 美元。

还有我之前提到的橄榄球大明星辛普森，也是在拉斯维加斯酒店抢劫被判 33 年的。

总之，拉斯维加斯到处都是在那儿捞钱的退休明星。当然也有没退休的明星，见证奇迹的刘谦哥也在那儿演出过，我还专门跑去看了，我觉得刘谦哥是很有才华的，但跟拉斯维加斯那些巨型大秀相比，还需要加倍努力才行。

内华达州除了举世闻名的赌城拉斯维加斯，还有另一个比较有名的地方——胡佛大坝。

胡佛大坝是美国最大的大坝，也是美国最后一座大型水利设施，就是因为胡佛大坝，美国科学家监测到了水利设施对气候和环境的影响。埃及的阿斯旺大坝也对环境、气候和植被造成了很多负面影响，从那之后，美国就不再建大型水利设施了。

所以中国建造大型水利设施，一直存在大量的争论，但没有办法，我们是一个发展中国家，首先要发展，要先有电和航运，再考虑环境。

内华达还有一个风景特别优美的地方，叫 Lake Tahoe（太浩湖），那里离加州很近，冬天可以滑雪，夏天可以游泳，美极了。南加州人民周末喜欢去拉斯维加斯度假，北加州人民就去太浩湖。

在洛杉矶的华人社区，每个周末都有大量开往拉斯维加斯的班车，南加州的华人老头、老太太们，到了拉斯维加斯就跟到了中国一样，因为那里有好多华人服务员，一进门就有人跟你说恭喜发财。

拉斯维加斯和太浩湖我都经常去，所以我特别推荐大家去玩，但除了这两个地方之外，内华达州还有另一个著名的地方，这地方我从来没去过，那就是——51 区。

爱看美国电影和电视剧的人都知道 51 区，首先，我不知道 51 区到底是干吗的，但肯定是有这么一个地方，因为一直到 20 世纪五六十年代的时候，站在拉斯维加斯都能看到那个军事基地。后来开始冷战，为了防间谍，那里就什么都看不见了，但军事基地应该还在。

有一次，我开车太急，冲进了联邦调查局的一个基地里，差点被人击毙了，各种蓝衬衫、蓝衣服的军人向我冲过来，我赶紧跑了，因为我是华人，军事基地的人一看就会怀疑我是中国来的间谍。在美国的各种类似部门里，工作在里面的华人特别容易被 FBI 调查，调查一下你回国探亲的时候见过什么人等。

听说每当夜深人静的时候，51 区里飞碟成群起飞，奇形怪状的外星人在里面开派对，当然这都是谣传，至于 51 区里面是在造原子弹还是藏着外星人，我真不知道，大家如果在拉斯维加斯玩腻了，输得没有继续活下去的勇气了，可以勇敢地去探探 51 区，看看里面到底有什么。

千年老二
得克萨斯

1. 孤星共和国

先给大家讲一个小段子，说地狱来了一个得克萨斯州人，简称得州人，恶魔说，我得好好惩罚一下你，于是恶魔就把油锅的温度调到了华氏 100 度，湿度调到了 85％，准备折磨一下得州人，结果得州人一点也不害怕，还特别高兴。

恶魔问他："为什么这么高兴？"

得州人说："这不就是达拉斯吗？我太习惯了！"

恶魔一听，既然你不怕热也不怕湿，我就把温度调到华氏 120 度，湿度调到 100％，得州人还是自得其乐，说："这不就是休斯敦吗？"

恶魔心想，看来你不怕热啊，那我让你冷，然后就把温度调到零下华氏 20 度了，结果这得州人脱得光了膀子，居然高兴得直蹦："我得了冠军，得了世界冠军。"原来得州人搞庆祝一定要脱光膀子，因为对于得州人来说，地狱和天堂是一样的，反正他们什么都不怕。

这就是咱们今天要讲的美国得克萨斯州。

在美国的偏见地图上，得州的翻译是"人人都带枪，唯独敬畏上帝"，根据我一开始讲的那个小段子，加上偏见地图的备注，得州人的个性大家应该已经很清楚了。

得州是美国的千年老二，各项指标都排第二。

从面积上看，得州在美国排第二，其实从美国本土来看，得州是排第一的，但远处还有一个鸟不拉屎的阿拉斯加，面积广阔，但没有人烟，所以得州只能屈居第二。

得州的人口数量为 2600 万，排第二，第一的是加州，3800 万。

经济上得州也是老二，加州遥遥领先位居第一。这咱们讲过了，GDP 达到两万多亿美元的只有加州，比俄罗斯全国还多。紧接着就是得州，差不多 16 000 亿美元，然后是纽约州，13 000 多亿美元。

之前咱们说过，加州的昵称是 Golden State（金州），内华达州是 Silver State（银州），得州则是 Lone Star State（孤星州）。

得州是以国家的身份加入美国的州，也就是说，得州从前本来是一个独立的国家，所以得州至今还有得独运动，得独者经常说，我们原来就是一个 republic（共和国），我们想独立就独立。

也许有人会说，夏威夷也是一个独立的国家，但夏威夷和得州的情况完全不一样。夏威夷虽然有国王，后来又有女王，但实际上它一直是一个由美国操控的傀儡政权，它独立不独立的决定权在美国，所以从严格意义上讲，夏威夷并不能算是一个独立的国家。

在这一点上，被称为"孤星共和国"的得州绝对是一个真正的独立国家。下面讲讲得州的来历，但其实就差不多是把美国西南部大部分州的来历都讲了。

当年的得州共和国，也就是孤星共和国的面积，比现在的得克萨斯州要大得多，包括了现在的得州，包括新墨西哥州的一大块，包括脑瓜顶上内布拉斯加州，还有这边的科罗拉多，甚至包括犹他州的一部分。

那这么大的一个孤星共和国，是从哪儿冒出来的呢？话要说回当年墨西哥独立的时候，趁着拿破仑战争，宗主国都被消灭了，拉美都独立了，其中1821年墨西哥独立的时候，可比现在的墨西哥大多了，是整个新西班牙总督殖民地全都独立了，组成了一个名叫墨西哥的大国家。

这个大国家包括当年的阿兹台克帝国，再加上南边的玛雅帝国，那都是世世代代最好的地方。北边就是一片荒蛮之地，虽然面积很大，但其实只是探险者和传教士一路往北走，走到哪儿插一根桩子，说这就是自己的领土了，名字都是 San（圣）开头的，大家现在看美国的地名，只要是叫圣什么的，都是当年墨西哥的领土，总之这些探险者和传教士一直往北走到了 San Francisco（圣弗朗西斯科）。

所以，从圣弗朗西斯科往南那么大的土地，当时都属于墨西哥。但这个国家有一个特点，几乎所有的人口都集中在墨西哥城周围，北面幅员辽阔的土地上，得克萨斯州大概有三千五百人，新墨西哥包括现在的亚利桑那和内华达这么大的地方，就两千多人，然后加州那一块有四千多人，总之一共也就一万多人。当然，这一万人都是指来自西方的所谓的文明人，因为那个时代白人殖民者不把印第安人当人，所以当时的墨西哥有多少印第安人并不清楚。

于是墨西哥政府也觉得人口太少了，咱们出个政策吧，这政策就是鼓励移民，吸引全世界的移民来墨西哥。这一鼓励可不得了了，全世界离墨西哥最近的是什么地方？美国。而且美国当时刚从法国手里买到一块巨大的领土——路易斯安那，那时的路易斯安那比现在要大好几倍。

这里插段路易斯安那的来历。拿破仑战争时期，拿破仑被英国海军整个封锁在欧洲大陆，这一政策叫大陆封锁政策。在特拉法尔加战役中，法国和西班牙海军联军，被英国英雄纳尔逊打败，所以法国也出不了海了，就没法控制那些海外殖民地了。这时候美国就赶紧说，我用1500万美元买你在北美的殖民地，你干不干？法国一想，反正我也出不了海，干脆就卖给你吧。于是，从北到南贯穿加拿大、南到墨西哥湾，美国领土就整个向西平移了一大条。

之前我讲过，1812年战争时，美国向中西部挺进，挺进到现在伊利诺伊、五大湖这块，再往西正中间这一条全是路易斯安那，包括了美国现在大批的州，什么密苏里、路易斯安那、田纳西……

总之从路易斯安那变成美国领土后，美国和墨西哥就接壤了，于是墨西哥一鼓励移民，美国人就大量涌入了如今的得克萨斯地区。其实也没涌入多少，到了开始有"得州人"（Texasi）这个概念的时候，一共也才只有三万多人，反正总比3500人强多了。

这三万人以德裔为主，英爱裔为辅，还有3000多自称墨西哥人的西裔，总之美国移民占大多数，也就是说，以说德文和英文的人居多。就在这个时候，墨西哥开始改革了，当时整个拉美都在不停地废除奴隶制，所以墨西哥也要废除奴隶制。

这些移民而来的美国人基本都来自美国南部，不管是德裔的，还是英爱裔的，反正他们都是美国南部人。美国南部人有什么习惯？蓄奴。他们从美国南部移民到了墨西哥，拥有了得克萨斯那么大片的土地，你总不能让这些白人自己耕种吧？其实他们当然也能自己耕种，但他们不想，所以他们带了大批的奴隶来，没想到墨西哥现在要废奴，这就成了得克萨斯宣布独立的重要导火索。

移民到墨西哥的这些美国南部人坚决捍卫奴隶制，他们首先跑到华盛顿去，跟美国政府说，其实我们都是美国人，只是跑到墨西哥那儿占了一块土地，现在墨西哥要废奴，我们不同意，所以我们得克萨斯地区要独立，正好美国也没废奴，我们加入美国怎么样？

结果美国人没答应，因为当时是一八三几年，离美国爆发南北战争也就 20 多年了，正是美国联邦政府跟议会为了奴隶制而打得不可开交的时期。当时的参议院和众议院都一定要平衡，如果加入了一个蓄奴州，就必须加入一个废奴州，所以每当有一个新州要加入美国时，都得先问一下，你这个州是蓄奴的还是废奴的？

当时正好是蓄奴州和废奴州平衡的时候，如果美国同意得克萨斯州的加入，那废奴州就被削弱了，美国不想找麻烦，就拒绝了得克萨斯人。

得克萨斯人虽然被美国拒绝了，但他们独立的决心是坚定的，于是他们就自己宣布独立了，并竖起了一面"孤星旗"，美国不是加入一个州就往国旗上加一颗星吗？得克萨斯人说，我加入不了你那个星条旗里，但我也是一颗星，所以就升起星条旗，宣布独立了。

得克萨斯地区一独立，墨西哥当然不干了。当时的墨西哥和现在可不一样，当时它是整个美洲大陆上最强大的国家之一，面积跟美国差不多，在南美洲和拉丁美洲就不用说了，在整个西班牙殖民地里，最强大的就是新西班牙总督区，也就是墨西哥这块地方。

于是墨西哥总统桑塔·安纳（Santa Anna）御驾亲征，讨伐得克萨斯孤星共和国。我要特别介绍一下这位桑塔·安纳总统，因为这个人的经历特别有意思，他是一个军事独裁者。

19 世纪是一个非常混乱的时代，各种怪才辈出。当时我们中国也是前所未有地乱，随便来一个英国屌丝，就能把咱们折腾一顿，一个法国屌丝都能当雇佣军的统领。总之在那个年代，你只要敢冒险，敢冲敢拼，说不定就能混个国王当，拿破仑三世就是如此，还有桑塔·安纳，他就是那个年代的怪才之一。

桑塔·安纳极能折腾，比吕布还厉害，吕布是三姓家奴，这桑塔·安纳都不止三姓了，反正他遇到谁就打谁，墨西哥独立的时候，他先帮着西班牙，后来又帮着墨西哥，而且他还特别能打。等墨西哥独立了以后，他一会儿帮着刚刚独立的帝国派，一会儿又帮着共和派打皇帝，最后他索性两边都不帮了，打来打去他自己成了总统。

　　当上墨西哥总统后，桑塔·安纳继续到处打仗，他这一辈子就是不停地打仗，因为只要打仗他就能捞钱，捞完钱就捞权力，捞完权力再捞钱，反正他就一直折腾。折腾到最后，自己的腿也打丢了一条，瘸着腿到处流亡，欧洲、古巴、波多黎各、牙买加，到处都有他颠沛流离的身影，最后病死，成就了一个典型的19世纪冒险家的故事。

　　桑塔·安纳刚当上墨西哥总统时，腿还没瘸，他当然不会错过这么好的打仗机会，于是亲自率领几千大军征讨得克萨斯州。大家想想，当时得克萨斯州一共才三万多人口，虽然他们号称十个人里面就有一个当兵的，但那只是号称，一个国家的军人数量要真的占总人口的十分之一，那这个国家基本上就没法运转了，所以不管是所谓的自由军还是独立军，加在一起也就千把人。

　　当桑塔·安纳率领几千大军、兵分几路打来时，得克萨斯州的独立梦似乎就要破碎了，除非美国出手相助，但美国为什么要帮你？美国只是陈兵在路易斯安那和得克萨斯的边界，意思是只要你们别打到我美国来，我就在这儿看热闹。

　　于是就开打了。

　　其实所谓的得克萨斯独立战争特别可笑，主要就打了两场战斗，称它为战役我都觉得有点过分，因为参战人数一共才几百人。

　　不过，第一场战斗却永载得克萨斯史册，甚至永载美国史册，这场战斗名叫阿拉莫战斗，是得克萨斯最光荣的一战。当时，200多名得克萨斯自由军被墨西哥大军围攻了，还有些妇孺在里头，他们血战了13天，大部分壮烈牺牲。战斗当然是相当残酷的，但这些人牺牲得非常英勇，得州人本来就是十分彪悍骁勇的，所以得克萨斯的独立口号就是"remember Alamo（牢记阿拉莫）"，后来的战斗中，得克萨斯士兵就是一边高呼"remember Alamo"，一边冲锋陷阵的。

至于说这场战斗为什么会永载美国史册，因为美国最大的租车公司之一就叫阿拉莫，这个阿拉莫租车公司虽然是在佛罗里达成立的，但是它的名字是根据阿拉莫战役取的。

阿拉莫战役虽然鼓舞了得州人的士气，但自由军当时一没人，二没武器装备，比美国独立战争的时候还惨，美国独立战争的时候还有十三个殖民地源源不断地补充兵源和武器呢，得克萨斯当时是完全孤立无援。既然打不过，那就只能跑了。

得克萨斯当时的军队统帅叫山姆·休斯敦，休斯敦就率领着自由军一路乱跑，桑塔·安纳就一路狂追，没办法，桑塔·安纳是军人出身，天生就爱打仗，你越跑他越追，他越追就越高兴。休斯敦率军跑到美国边境，结果美国人根本不理他，所以他只好从边境再往回跑。自由军当时经过每一座小城镇，老百姓不仅不给他们粮食，还骂他们，说我们得克萨斯人骁勇善战，你们这些自由军却不敢打仗，只会逃跑。

休斯敦也没办法，实在打不过啊，只能跑，没想到这一来二去倒有了转机，其实这有点像毛泽东的军事思想——敌进我退，敌驻我扰，敌疲我打。但休斯敦不懂什么游击战，他就是单纯地逃跑。有一次，他率领不到一千自由军跑到一个三岔河口，实在跑不动了，就找一堆灌木丛藏起来，说如果敌人追上来，咱们就打一个小伏击战吧，打完了继续跑。

后来我常说得克萨斯运气好，你看他们没有任何战术指引，也没有任何预先设计，就刚好跑到一个三岔河口，他们刚趴到草丛里藏好，追击部队就来了，而且打头的就是桑塔·安纳。

军人当总统的弊端就体现在这儿了，拿破仑骁勇善战，被人们当作偶像，但事实上拿破仑本人也没横枪跃马地冲在第一个啊，但这桑塔·安纳本人就非要跑在大军的最前头，而且他当时已经十分轻敌了，觉得得克萨斯人已经不堪一击了，看这河口还挺好，就直接下令宿营造饭了。

于是墨西哥大军就都在那儿宿营了，一千三百多人就开始吃饭睡觉。桑塔·安纳是西班牙和墨西哥混血，大家都知道西班牙人最擅长吃饭和睡觉，那睡觉还得带引号，因为桑塔·安纳随军还带了一帮女人。一千三百多人把枪和马都放一边，然后带老婆的搂老婆，有的就搂着不知道从哪儿捡来的女人，各自高兴起来了。

潜伏在草丛里的休斯敦都看傻了，这件事史册里也记载了，作为一个身经百战的将领，桑塔·安纳当时连一个哨兵都没派，此时不打更待何时？于是休斯敦一声令下，得克萨斯军队就冲出去了。

当时军队的战术是，不排成方阵就不会打仗，那时还没有散兵线这种战术，那得到美国内战之后，克里米亚战争之后，一直到日俄战争的时候，才开始有大规模的散兵线。

排成方阵，穿好衣服，有装弹的，有送枪的，第一排听口令齐射，当时的军队必须得按这个步骤打仗，所以当得克萨斯人高呼着"remember Alamo"冲上来的时候，墨西哥士兵衣服也没穿、枪也扔一边了、马也找不着了，结果这么决定胜负的一场重要战役，没一会儿就打完了。

桑塔·安纳刚才还骑着高头大马，不可一世的样子，混乱中他套上了一件小兵的衣服，混在人群里掩人耳目。一开始休斯敦他们还没找到桑塔·安纳，后来有人不知怎么掀开了桑塔·安纳的外衣，看到了藏在底下布满勋章的统帅制服。

得克萨斯人生擒了桑塔·安纳，当场就逼他签署各种各样的条约，有一幅著名的油画，画的就是这个场景，当时休斯敦的脚受伤了，躺在大树底下的担架上，桑塔·安纳在一旁站着，被迫签署了同意得克萨斯独立的条约。

就是靠着这样的运气，得克萨斯正式独立了。

除了少部分墨西哥人，大部分得克萨斯人是想加入美国的，因为他们本来就是从美国来的，休斯敦本人就是个坚定的亲美派。在他的坚持下，最终把桑塔·安纳交给美国政府了，在华盛顿，桑塔·安纳又被逼着签了一大堆条约，还关了一阵子才被放回去。

被放回去之后，桑塔·安纳还是继续折腾，又拿钱贿赂副总统，又拿钱贿赂将领，又搞政变，一来二去他又上台了，不久后法国人就打来了，爆发了 Pastry War（蛋糕房战争），桑塔·安纳跟法国人打，打断了一条腿，居然混成了民族英雄。接着，茜茜公主的小叔子马克西米利安又跟墨西哥独立分子打起来了，桑塔·安纳继续在其中乱搅和，最终被墨西哥通缉并流放。

桑塔·安纳折腾了一辈子，几起几落，晚年在女婿的供养下勉强苟活，贫病交加，眼睛瞎了，腿也丢了一条，最后落魄地死在墨西哥。

不过在我看来，多亏了有桑塔·安纳这种能折腾的人存在，19 世纪的历史才这么有意思。21 世纪的历史就没什么劲了，单纯就是看实力，你有多少原子弹，多少坦克，多少飞机，我再看看我有什么，能不能跟你比，几乎没有什么偶然事件。

19 世纪一天到晚都是偶然事件，得克萨斯独立就是。

得克萨斯孤星共和国独立了好几年，美国都不接受它，主要是当时美国顾不上它。而且，桑塔·安纳虽然被抓起来了，墨西哥还是不同意得克萨斯独立，尤其是关于边界的划分问题，一直存在巨大的争议，甚至墨西哥又派兵打过得克萨斯一次。

从独立开始，得克萨斯就一直自己经营，艰苦地支撑了九年，也没经营出什么东西，就只有人口从三万增长到六七万。到 1845 年的时候，好运终于再次降临了，美国的共和党下去了，民主党上来了，民主党在南方，也就是支持蓄奴的那一方，他们决定接纳得克萨斯。

获得了美国的恩准，得克萨斯的腰杆一下子就硬了，以前得州说这条河就是边界，墨西哥说不行，现在美国来说话了，得克萨斯加入我了，我说这条河是边界，你墨西哥有意见吗？墨西哥当然有意见，就向美国宣战了，爆发了美墨战争。

美国把桑塔·安纳放回墨西哥，是想让他帮美国跟墨西哥谈判，桑塔·安纳走的时候答应得好好的，回到墨西哥就翻脸不认账了，竖起义旗，率领墨西哥开始跟美国打，反正这就是个生命不息、折腾不止的人。

美墨战争的结局是墨西哥战败了，割让了大片土地，只得到一些金钱上的赔偿。

美国收了得克萨斯之后，觉得这个州面积太大了，这样不太好，咱们把它切一切吧，所以现在大家看美国地图，可能会觉得得克萨斯州北部边界特别逗，横平竖直的，这就是美国常见的横线州，其实这些州不是因为自然地理环境天然就那么直，而是美国国会那些大老爷，坐在华盛顿的办公室里在地图上直接画的。

切了几笔后，如今的得克萨斯州就比当年的孤星共和国小了很多，但人们还是习惯叫它为孤星州。

以上就是 Lone Star State 的由来。

2. 盛产枪、堕胎药和美国总统

得克萨斯州的人口组成很有意思，河那边紧挨着的就是法属殖民地，大家虽然都叫美国南方，可是这南方的民风却完全不一样，法属殖民地是莺歌燕舞，美食无数，得州则是骁勇善战，极为彪悍。

到现在为止，得州的白人人口里，都是德裔排第一，英爱裔排在后面，所以大家去得州，河这边的地名都是什么什么威尔，河那边就都是什么伯格（德国地名后缀）。我第一次开车去得克萨斯州，发现那里卖房子用的拼写都是德语的 haus，而不是英语的 house。

大家经常看的美国西部和牛仔的电影，主要讲的就是得克萨斯这里，当然也包括从得克萨斯分出去的新墨西哥等，也就是昔日的得克萨斯孤星共和国，这里的民风最彪悍，著名的美剧 *Breaking Bad*（《绝命毒师》）就发生在美国西部的新墨西哥这一片。

在《绝命毒师》里，我们看到新墨西哥特别荒凉，那儿的人特别厉害，一会儿制毒，一会儿投枪乱射。《绝命毒师》火了以后，得克萨斯人还不高兴呢，他们觉得我们才是 Real Breaking Bad（正牌绝命毒师）呢。

关于得州人的彪悍，我可以给大家举几个例子："二战"的时候，美国历史上最著名的两位将领，一位是盟军总司令艾森豪威尔，另一位是太平洋战区总司令尼米兹，这两位主帅分别是陆、海军的五星上将，都是得州人。最近美国出了一条大新闻，在得州的一个地方，居然发生了大家拔枪互射的枪战，即使在枪支合法的美国，绝大多数美国人也只在电影里或是在禁酒令时期才见过这样的场面。事情就发生在两个星期前，肇事的是三伙摩托党，这摩托党就和当年骑马的牛仔一个意思。事情发生在一家酒吧，酒吧的名字也特别有西部特色，叫"双峰体育酒吧和烧烤"，枪战的过程基本就和电影里演的一样，先互骂，然后丢蛋糕，接着丢刀叉，最后就拔枪互射，后来警察赶到了，三方摩托党就一边互射，一边射警察，最后打死了九个人，十几个人受伤。

我曾经讲过，冷战时期苏联特别不理解美国的战略，美国的战略是这样的，大家先在边境冲突，然后打常规战，最后再搞战略核武器，总之咱们一步一步来。苏联的战略就和美国完全相反，它上来就先核武器，炸你个稀巴烂，然后上三防的坦克部队。所以苏联总觉得美国人这战略有诈，其实这就是美国人的性格，美国牛仔打仗就是这种路数。

说到这里，我要告诉大家一个得州的纪录，这回得州终于不是千年老二了，这个纪录就是，每年在得州被拳脚打死的人数，在美国排第一。大家经常在新闻里看到美国发生枪击案，动辄有暴徒冲进学校射死三五十人，但得州这不是被枪射死的，是被拳脚活活打死的。

所以大家到得州去千万要小心点，没事别跟人瞪眼睛，得州人动动拳头就能出人命，更别提在得州买枪也极方便。

你在加州买枪还得出示证件，还得查你有没有醉驾等不良历史，得州就容易多了，什么都不用出示，直接到集市上就能买枪。

得州的集市也很有特点，在这里卖得最多的东西有两样，一是枪支，另一个就是打胎药。但打胎药这个东西在得州是非法的，这么多年过去了，牛仔都从骑马变成骑哈雷摩托了，但美国南方的民风依然是保守的。得州大概是美国最严格反堕胎的保守州，其他州要么是随便堕胎，要么是二十四周以上禁止堕胎，唯有得州是二十周以上就严禁堕胎了，因为他们认为二十周以上的胎儿就是完整的个体了，而在过去的相当长的时间里，别说二十周，只要怀孕了就不能堕胎。

为什么得州人这么反对堕胎？之前我们在偏见地图上看过了，得州人敬畏上帝，大多数得州人依然坚持去教堂，上帝说了不许堕胎，所以你就不能堕胎。上帝创造了亚当和夏娃，所以你就不能亚当和亚当在一起，所以同性恋在得州也是受到歧视的。

不过，现在的休斯敦市长就是一位女同性恋者，但这已经是极其罕见的情况了。在休斯敦、达拉斯这种大城市，民风还是相对开放的，越来越倾向民主党的立场，但整个得州还是共和党的大本营，共和党在得州的议会占百分之六十以上的席位。共和党和民主党的主要差别就体现在反堕胎、反同性恋和反禁枪上，除此之外还有经济政策，民主党主张大家多交税、高福利、全民医保，共和党则完全相反。

得州大概是美国最低税收、最低福利的地方，几乎就没什么福利，税收也很低，得州尤其没有州税，加州还有 19% 的州税，而得州的州税是 0，你只要把联邦税纳了就可以了。所以最近这一二十年，从加州跑到得州的移民差不多有三四百万人，就是因为得州的税低，老百姓宁可少享受点福利，也受不了那么高的税。

总之，得州是一个强大的共和党的大本营，而且这里还盛产美国总统。

大家看看得州出产的这些美国总统，他们不仅全都是共和党人，而且都是共和党里面极其保守的一些人，并且都有得州人尚武的秉性。咱们讲过艾森豪威尔总统，他是保卫美国传统价值的最老派的共和党人。然后是布什父子，同样是保守派，不过这两位不是出生在得州的，他们来自东岸的大富家族，从老布什的曾爷爷那代，就已经发财了。实际上美国主要的大富家族都是从东岸来的，因为只有东岸才有一两百年的悠久历史。

历代美国总统里，出身的家族最大的应该是罗斯福家族，布什家族跟罗斯福家族差不多，同样是在 19 世纪末就已经崛起了，肯尼迪家族的辈分要小得多，他们发迹于一战后，老约瑟夫·肯尼迪对股票的投机。从地位上比，肯尼迪家族出过一位总统，一位差点当了总统的司法部部长，还有几位参议员，现在还有一位驻日本大使；布什家族出过两位总统，一位副总统，两位参议员，两位州长；罗斯福家族出过两位总统，好几位参议员，好几位众议员，还有包括将军在内的各种各样高层。

从权势上看，罗斯福家族和布什家族差不多，但罗斯福家族在战前是很厉害的，"二战"之后就已经没有多少人才了，而布什家族战前是大富家族，战后更是崛起成为大政治家族，堪称是美国目前为止最强大的家族。

大家知道老布什和小布什的名字中间都有一个"沃克"，写小布什的电影名字就叫"沃克"，而且他们两个的名字都叫乔治·沃克·布什，只是老布什前面还多了一个中间名。这个"沃克"其实就是老布什奶奶家的姓，这个沃克家族是美国的大银行、金融家族，这就是所谓的联姻，从名字上就能把别人震慑住。

老布什的老婆芭芭拉·布什也来自大家族，只有小布什的老婆劳拉是一位平民。

老布什和小布什都是最保守的共和党人，他们都出生在东部。"二战"结束后，老布什从耶鲁大学毕业，就来到得州创业了，他的家族来头这么大，创业很容易就成功了，从百万富翁变成了亿万富翁。小布什虽然也是在东部出生的，但他是在得州长大的。

布什家族出的这两位美国总统，对中国都很有感情。20世纪70年代，老布什是第一任美国驻中国大使，不过那时候中美还没正式建交，所以他的头衔是"驻中国联络处主任"，但级别已经非常高了，当时老布什带着老婆芭芭拉来到北京，两个人骑着自行车在天安门前到处跑，所以小布什小时候就来过北京看望他父母，从北京回到美国，老布什接任了CIA局长（中情局局长）。

2008年北京奥运会的时候，中国遭受了来自西方世界的很多抵制，当时布什父子俩都来了北京支持我们，两个人不仅人来了，而且情绪也很高，开幕式和比赛都积极出席，特别给面子。1977年老布什访华的时候，他的翻译是杨洁篪，等到2008年的时候，杨洁篪已经是中国的外交部部长了，所以在奥运会的时候，他们就拍下了那张很著名的照片。

老布什和小布什总统，在美国40多位总统的排名中，都排不上前20名，但是这两位总统刚好经历了20世纪后半期美国最重要的两件事情，一个是冷战结束，另一个是"9·11"。

从艾森豪威尔开始，到肯尼迪，起了最大作用的是里根，这么多美国总统奋斗了半个世纪，结果他们都没享受到胜利的果实，反而是给里根当了八年副总统的老布什享受了最大的荣光，老布什一上任，冷战就结束了。

1990年，苏联解体，东欧解体，大家全垮了，冷战不战而胜。1991年，老布什率领30多国联军、60多万大军发动海湾战争，那是战后最大规模的一次战争。如果当时还是冷战时期，绝不会出现这种情况，谁也不敢，但冷战结束了，美国一家独大，老布什率领世界各国联军主持了正义，把科威特从伊拉克的占领下解放了出来。

可是老布什这么荣光，就是没连任上总统，因为他不懂经济，他是那种典型的共和党强硬爱打仗派，反正他就爱打仗，老布什自己就是战斗英雄，还曾经当过空军飞行员，"二战"期间被日军击落过，掉到日本阵地前沿的海里数小时，差点被日本俘虏。

除了爱打仗，老布什还喜欢搞外交，但他自己也说，只要一说到国内经济，他就晕了，所以，即使老布什有冷战胜利和解放科威特的桂冠，但是克林顿竞选的时候，只用一句口号就打败了老布什——"笨蛋，问题在经济"。

而且像老布什这种保守派人士，都不太善于跟人辩论和演讲，所以在总统竞选的电视辩论里，克林顿年轻帅气又能说，老布什完全说不过他，所以就连任失败了。

老布什退休后也没闲着，依然保持着军人出身的风范，居然创下了一个纪录，他在75岁、80岁、85岁和90岁的生日上，都进行了跳伞庆祝。

前三次，他真的都是自己正儿八经地跳下去的，就跟当年被日本人击落时一样帅气。到了90岁他还要跳，大家都不放心了，美国的前总统总不能是跳伞摔死的，这传出去也不好听啊，所以就找了一个教练抱着他从直升机上跳下去了，那也已经十分不容易了。我跳过一次伞，就是被人抱着跳下去的，感觉自己已经要死了。

小布什跟老布什类似，他上任就发生了"9·11"。

"9·11"发生的时候，小布什正在一所小学里演讲，突然有一个人冲过来对他耳语了几句，小布什露出了非常有意思的表情，后来有个拿了奥斯卡奖的纪录片对小布什当时的心理做了这样的揣测——我回白宫一开会肯定要先说太棒了，我又能发动战争了，又能够减少人民的权利，又能监听人民了，又能多收税了，还能收反恐税，我太高兴了……

所以"9·11"之后，美国发动了阿富汗战争等，现在看起来都没什么道理，因为什么大规模杀伤性武器也没看见，每月花费上亿美元，一共花了美国人民七千亿美元，还在伊拉克战场上死了几千个美国大兵。

其实小布什当年当选的时候，支持率并不高，1888年之后的一百年来，小布什是第一个普选票数低于对手的美国总统。当时小布什比民主党的竞选人戈尔少了50多万票，但在选举人投票的时候，小布什却蹊跷地比对手高出了五票，最终当选。

这件事到现在也还是一个谜，因为选举人投票时，戈尔依然是遥遥领先，但当时佛罗里达州的州长是小布什的亲弟弟，不知道是怎么回事，反正佛州突然宣布重新统计票数了，于是佛州的最高法院、各种选举委员会下达了各种各样的神奇法令，要求全州重新机械点票，点完票觉得不行，又要求其中的四个县手工点票，还出现了美国大选上前所未有的第二天没开出票的奇迹（美国大选开票通常都是当天晚上就出结果了）。

一直到第三天，经过各种机械点票和手工点票，点出了大概几万张废票，最终的统计结果是，小布什以微弱的优势当选美国总统。

小布什普选就失败，上台时支持率又低，但发生了"9·11"。其实不光是美国人民，全世界人民都有民族主义。"9·11"以后，美国人民同仇敌忾，团结在小布什身边，他的支持率飙升到85%，全国人民和两党都开始支持他，然后他就开战、报仇、打仗、花钱、死人……珍珠港事件也就死了2000多人，结果"9·11"死的人比珍珠港还多，所以时间一长，小布什的支持率又开始下降了，到最后甚至创下了美国总统支持率的最低纪录——30%。

不过在小布什离任之后，支持率又翘起来了一些，因为大家突然又觉得他这个人还不错，主要是这哥们儿特别幽默。我举个例子，现在领导人讲话和演讲的时候，经常发生被观众丢鞋的事件，而小布什是第一个被人丢鞋的总统，所以按理说小布什肯定是完全没有准备的，可他闪过鞋子后，居然说了句，十号的，我看见了。幽默地化解了尴尬。

老布什是一个特别严肃的人，是一个策略家和政治家，但完全不是一个演说家。但在美国，你要当总统就必须是一个演说家，小布什就是一个不论走到哪儿，他只要一开口，大家就全都会安静下来听他讲话的演说家。

关于小布什的幽默，还有一个小段子。伊拉克战争中，很多人死在伊拉克战场上，美国人就帮在伊拉克战场上失去儿子的母亲组成一个团体，天天在白宫外面等着小布什，小布什一出来这帮母亲就大喊。有一次警察把她们抓上车，老百姓都急了，媒体就问小布什，人们天天这么骂你，你觉得你是一个好总统吗？小布什回答，我可能有很多地方做得不够好，但是有一点我做得很好，就是我保卫了美国人民的言论自由。又幽默地把尴尬化解了。

最后再补充一个段子，因为我觉得这个事太逗了。美国总统的交接有一个传统，就是上一任总统要在椭圆形办公桌的抽屉里放一张纸条——写上给下一任总统的忠告，以前的美国总统写的都是"提防苏联""不要相信中国""北朝鲜是恶魔"等，结果小布什写的是"桌子上的红色电话机是订比萨的"，其实那电话机大家都知道，是发射核弹的。

不过小布什幽默归幽默，身为一个政治家，很多人的生命都是掌握在他的手里的。他再有人格魅力，一旦下令发动战争，四千名美国士兵的生命就没了，还有几十万伊拉克人民的生命也没了，还有数十万人无家可归，流离失所。在这方面，小布什是丝毫不手软的。

小布什在当美国总统前，曾在得州连任过两届州长，第二任只当了两年就去当总统了。在得州当州长期间，小布什曾创下了一个纪录——他是签发最多死刑令的得州州长。包括得州推行的禁止同性恋立法、禁止堕胎立法等，都是小布什在任时搞的。

可见小布什虽然表面上爱开玩笑，其实内心是非常非常强硬和保守的。

得州除了盛产美国总统，还得提一提高科技，当然最著名的就是戴尔电脑了，戴尔电脑就是来自得州。还有一个军事迷特别特别熟悉的武器公司，叫得州仪器，得州仪器几乎是美国最最重要的高精尖武器公司。之前说了，得州的军火工业特别厉害，得州仪器也是美国最最重要的高科技公司之一，是尖端的军事科技。

得州还有NASA——休斯敦宇航中心，这太重要了，这是南部州的优势。大家知道地球曲率，地球自转导致越往南，发射火箭的时候需要的动力越低，你要在北极发射火箭，你得弄一个特别大的火箭。欧洲因为实在没有南部靠近赤道的领土，火箭的发射不得不放到法属圭亚那——南美北部的一个欧洲小小殖民地，因为那儿离赤道最近。中国不知道为什么选到西昌那么远的地方，中国在南部也发射过火箭，但为什么在西昌我特别不明白。大家都把火箭发射放到最南边，美国就是休斯敦宇航中心，因为它特别靠南——咱们讲到佛罗里达的时候，还要讲另一个宇航中心。

得州还有一个非常著名的人，就是多次获得环法自行车赛冠军、而且得了癌症还继续参加环法自行车赛（这是全世界最最著名的自行车赛）的阿姆斯特朗。

还有一个中国人民现在特别熟悉的东西，就是得州扑克，得州扑克当然不光中国人民喜欢，全世界人民都喜欢，得州现在最大的产品是得扑，全世界打得扑都打疯了，美国专门还有一个得州扑克频道。

我自己是不赌博的，到现在我也不知道得扑怎么打，但是我周围一大堆朋友，一天到晚在打得扑，而且赌得挺大。我听说在南京搞了次全国得扑锦标赛，还有明星去参加，我觉得特有意思。美国这儿也是，热火朝天，居然有专门的电视频道，每次转到那一台，就看一帮人在那儿打扑克，居然还有人看，太神奇了。

在拉斯维加斯，每次电视都转播得扑比赛，经常能看见一个华人的身影，而且他还总得冠军，那是一个在广州出生的老华侨，中文名叫陈金海。希望陈老师以后多来我们娱乐圈指教指教，因为我们娱乐圈里很多很多人打得扑，除了我。

3. 民意绑架死刑

除了走马观花，聊聊体育和娱乐明星等好玩的事之外，我一直都希望能跟大家讨论一点制度层面的问题。所以这次谈到得州，我就来重点探讨一下死刑的问题。

在得州被执行死刑的犯人数量占据全美国的百分之三十到四十，而且一直遥遥领先，原因是什么？得州民风彪悍当然是一个原因，但西部其他州，比如新墨西哥州、亚利桑那州、犹他州，它们的民风也强悍，为什么偏偏就得州处决这么多犯人呢？

其中最重要的一个原因是，得州有一个非常独特的体制，就是民选法官。大家知道美国的九大法官都是由总统任命的，不是民选的，美国几乎所有州的最高法院大法官、州下面的法官、县法官等，都是任命的，只有得州的法官是民选出来的。大家可能觉得一人一票选出来的肯定就是好的吧，其实不一定。

这民选法官出现了一个很大的问题，他必须完全忠于人民，但法官是干什么的？他首先要忠于法律，忠于人民是总统的职责，不是法官该干的事，法官属于司法部门，他该干的事是忠于立法机构制定的法律。

而人民经常会冲动，人民经常喊打喊杀，人民群众经常是不理智的，遇到强奸犯，人民觉得该杀，遇到通奸犯，人民也觉得该杀，人民最爱的法官就是包青天，人民一喊杀，包青天就拿大铡刀铡人，所以民选的法官只能当包青天，因为只有这样人民才会再选你，你才能连任。

拿包青天怒斩陈世美为例。宋朝的法律规定，男的通奸不犯法，女的通奸可以自诉，就是如果丈夫不诉，女的通奸也不犯法。这条法律一直沿用到元朝才废除，因为到了元朝，开始有很多男的利用这条法律掩护自己的老婆卖淫，然而宋朝对通奸还是很宽容的，所以你说陈世美犯什么罪了？他根本就没犯罪，戏里演了他想派人杀人，但只是聊了两句又没真杀，凭什么就把陈世美铡了？就是因为民意啊，老百姓喊杀负心郎，包公就把陈世美铡了，老百姓就欢呼包青天好。

但是宋朝是最宽容的一个朝代，我们讲了很多，就包青天那时候，尤其是宽容，根本就不犯罪，男子通奸不犯罪，女的通奸是自诉罪，陈世美根本就没犯罪，就算在戏里演，他说他想派人杀人，他也没杀人，最后只是聊两句，那凭什么把人给铡了，把人处决了？那不就是因为民意吗？民间喊打小三，民间喊打负心郎，打负心郎就给他铡了，于是人民欢呼说，包青天就是好！

包青天好什么呀？包青天根本就不是法律面前人人平等，老百姓通奸他连屁股都不敢打，凭什么陈世美通奸就给铡了？得州就是这样，这法官只要是人民选出来的，他就得天天听人民的，人民一喊打喊杀，法官就得签字处决，然后人民才说他好，说他为民除害，下回还选他，这也就导致得州的法官跟其他州都不一样，他不能站在法律的立场上公正执法。

另外，得州和其他州一样，也是州长签署死刑令，由法官来决定处决时间。加州和得州都是繁荣发达的州，民选的官特别多，得州也民选了几十个官，警察总监、税务总监、教育总监，都是民选的，这就出现了第二个问题，民选的官只听人民的，不听州长的，因为州长又没有权力撤了他们。

州长签完死刑令后，还有一个考虑期，而且州长还有赦免权，所以我说美国的法律特别奇怪，欧洲可没有这样的规定。美国的法律规定，总统和州长都有死刑犯的赦免权，总统可以签字从监狱里直接捞人，这叫作特赦。

这也是美国的好处，大量东西都是没有严格规定的，主要看你的道德和大家的惯例，也没有人给你个标准。虽然美国总统有特赦权，但从来也没有哪个总统徇私枉法。每届总统下台的时候，都会亲自特赦关在监狱里的中情局特工，因为 CIA 没办法，他杀了人只能关起来，但也没关系，最多关三年，总统下台就能赦免了。

美国很多州都有死刑，美国曾经在 20 世纪六七十年代民选高涨的时候，联邦高法废除了死刑。但废除了十几年后又恢复了，但各个州可以自行决定自己州有没有死刑。总之加州是有死刑的，但加州很多年没执行过死刑了，这里面的原因各种各样，比如法官说药水不合格，反正就是不愿意处决犯人，因为他有权力决定处决时间。

但在得州，州长签完死刑令还在考虑要不要特赦呢，法官已经执行处决了，因为法官就要博名声，为民除害，因为得州的法官是民选的，所以得州处决死刑犯的数量占全美国的 40%。

说到这儿，大家再想想，民选还都是好的吗？说得有点沉重了，还是说点得州的高兴事吧。

美国人特别爱挤兑得州人，美国人编段子最爱编的就是纽约人和得州人的段子，因为这两个地方的人特点太鲜明。纽约人都鸡贼、冷漠，没办法，大城市人嘛；得州人就是土，有口音，又彪悍，全都穿大靴子，而且得州人跳舞都喜欢把女人扛在肩上跳。得州汉子都喜欢大胖女人，反正长得胖又不想减肥的人就去得州吧，那里以胖为美。

我没事就提到的宋柯师兄，在得州留学的时候，就交了一个胖胖的美国女朋友，宋柯师兄的身体也是比较好的。他当时就读的学校叫"得州农机大学"，大家别乐，这是一所好大学。得州的公立大学系统比其他州还多了一个，其他州差不多就是 UX 系统（比如加州的 UC 系统）再加上一个州大系统，但是得州除了 UT 系统（和州大系统），还有一个公立学校系统，叫 A&M 系统。

得州的 UT 系统当然也都是很好的学校，尤其是 The University of Texas at Austin，UT Austin 是全美国最好的公立大学之一，排在公立常春藤里。因为私立学校有私立常春藤，有东岸的八个学校，耶鲁、哈佛等，公立学校不服气，也搞了公立学校自己的常春藤，包括了加州的 UC 伯克利、得州的 UT Austin、伊利诺伊州的 ULUC。这几所大学毕业的名人太多了，咱们中国人民最熟悉的，我们的徐克大导演，毕业于 UT Austin 电影系，UT Austin 曾经多年蝉联美国学生最多的学校。

UT 系统有七八所分校，大概仅次于 UC 系统，UC 系统可能有十所分校。UT 系统的七八所分校里，UT Austin 一所学校就有五万多学生，现在还有比它的学生更多的。而且 UT Austin 不但学习好，橄榄球打得也好，是全美大学橄榄球里最强的学校之一，全美大学橄榄球最好的是加州的 ULC。

另外 UT Austin 还有一个对手，这个对手不但是学习上的，而且是橄榄球上的，这个对手就是 Texas A&M University，就是得州农机大学，名字听起来觉得好像好土。那时候宋柯师兄说他去留学了，得州农机大学，我们都说你这是什么野鸡大学？来了美国之后我才知道，A&M 是个很好的公立学校系统。

A&M 跟 UT Austin 之间打橄榄球打了几十年，还造成了得州一个壮观的景象，这两方不管谁当主场，都要做很高的台子，燃起大火庆祝胜利，然后就今年 UT Austin 搭一个高的，明年 A&M 再搭一个更高的。直到前几年，搭了一个无比高无比高的，结果塌了，砸死好几个人，从此以后这传统结束了，接下来 A&M 被分到 SEC 区去了，也不跟 UT Austin 在一个赛区了，意思就是把你们俩隔开，你们别打了，别搭那高台了，别再砸死人了。

说到得州的体育，大家肯定已经耳熟能详了，美国前十大城市里有三个在得州，其中最大的是休斯敦，休斯敦有全美第四大的唐人街，仅次于洛杉矶、纽约、旧金山，唐人街大得几乎都可以称为华人区了。就是天气有点热，反正我每次去休斯敦都热得要死，而且除了唐人街，那里的东西都特别难吃。

得州人是骑马的民族，你想他们平时能吃什么？就是天天烤肉，反正我们的得州朋友每次都说，你们来得州我帮你烤肉。不光烤肉，得州什么都烤，有点像咱们的广东，四条腿的不烤桌子，俩翅膀的不烤飞机。

得州每年还有一个响尾蛇节，响尾蛇节干吗？就是烤响尾蛇玩，大家吃响尾蛇，各种各样乱七八糟的东西，什么都吃，而且极其难吃。得州有个大音乐家开过一家连锁烧烤店，在中国也有很多分店，卖那种涂着蜜的大猪排，还有酸了吧唧的烤鸡。

我上次去休斯敦是 2013 年，去看 All Star Game（NBA 全明星赛），结果在那儿吃烧烤吃掉了三颗牙，令人发指。总之大家去休斯敦一定要记住，去唐人街吃饭。

休斯敦是得州的第一大城市，第二大城市是圣安东尼奥（San Antonio），但我觉得应该音译成三头牛，我妈就管这地方叫三头牛，而且我妈管我们加州的首府 Sacramento（萨克拉门托）叫三块馒头。

第三大城市是达拉斯，其实达拉斯是一个城市群，包括美国最大八跑道机场，是全美第四大城市群，所以如果按单独的城市来算，达拉斯没有三头牛大。

休斯敦、三头牛、达拉斯，一说这仨城市，中国人民耳熟能详，因为 NBA 里面的三大强队就在这三大城市：休斯敦火箭队、达拉斯小牛队、三头牛马刺队，我就不多说了，懂篮球的人比我多多了。

说实在的，我不是特别喜欢看篮球，我比较喜欢看橄榄球，所以我每次跟别人说得州球星里我最喜欢杰森·特里，别人都笑我，说你看不懂篮球吧，怎么能喜欢杰森·特里？我说我也不知道，我就是觉得每次看篮球的时候，杰森·特里一进球，解说员喊出他的名字，我就觉得特别性感，以至于我一个特好的哥们儿在洛杉矶生了儿子，问我儿子应该叫什么名字，我就说叫杰森，这多好听。

但我也去看过很多次篮球，我曾专门千里迢迢开车从洛杉矶到休斯敦去看全明星赛，结果有一件事让我很吃惊。其实姚明在美国也十分著名，但是我去看比赛的那天，就觉得休斯敦的球迷对姚明是有意见的。

全明星赛好几年才会到休斯敦一趟，所以全是休斯敦火箭队球迷。先是那些为休斯敦队做过贡献的老球星进场，没上场的就坐在场边，喊他们的名字大家就鼓掌，每一个都热烈鼓掌，喊到姚明的时候，我特别震惊，因为全场都没鼓掌，当然也没起哄。

美国人跟其他国家不太一样，他们不太爱起哄，美国人是很给别人面子的一个民族，通常情况下，大家都会欢呼鼓掌，但是偏偏姚明出来的时候，大家都特别安静，我不知道为什么。可能因为姚明后几个赛季拿了最高的工资，导致休斯敦没法引进其他大球星，再加上他老受伤，打不成球，休斯敦那时候的成绩不好，休斯敦球迷可能对他有点意见。

不过当年姚明刚去休斯敦队的时候，球迷对他是很热爱的，"姚"这个发音在美国南部口音里特流行。大家看过 *Breaking Bad*，男二号平克曼最有代表性的一句话就是"哟，bitch！"，这个新墨西哥口音的"哟"跟"姚"差不多，叫起来很亲切，最后球迷都不爱姚明了，我稍微有点伤心。

得州的橄榄球不是特别强，反正打不过加州，能打进季后赛就已经很高兴了。得州有两支大联盟球队，一支是达拉斯牛仔队，另一支是休斯敦得州人队，这俩队都不是特别强，但是大学橄榄球很强，刚才说过了。总之得州的体育总体来说在美国是非常强的，主要是美国也很少有这么大的州。

文艺方面，得州也经常被其他州挤兑，还开玩笑说得州为什么叫 Lone Star State，因为得州只有碧昂丝一个孤星。其实不是这样的，应该这么说，现在美国人人皆知的明星，最大的当然是碧昂丝，她是得州来的。还有一个叫凯莉·克莱森，就是第一届《美国偶像》的冠军，《美国偶像》大概也只有第一届冠军凯莉·克莱森真正成了明星，唱片卖了一千多万张，从第二届开始就没出过很大的明星了。

得州的歌星还是有一些，我就不一一说了，但是影星我得说说，因为得州出了两位影帝，一老一少，而且这两位的成名电影都跟得州特别有关系。首先是老影帝汤姆·李·琼斯，他长得就像得州人那种彪悍的样子，汤姆·李·琼斯有很多代表作，但近年来最重要的一部电影是 *No Country for Old Men*（《老无所依》），这部电影就是科恩兄弟在得州拍的典型的现代西部片，但我管它叫中年危机电影，它结合了西部和中年危机等元素。汤姆·李·琼斯在里面演一个警察，电影里还有一个大悍匪，那哥们拿着一个打钉机之类的东西，总之在得州千万不要轻易惹这种人。

年轻的影帝就是目前在美国如日中天的马修·麦康纳，他演电影也如日中天，演电视剧也如日中天，当年帅的时候也如日中天，现在不帅了更加如日中天，他最重要的作品，是得了奥斯卡影帝的 *The Dallas Buyers Club*（《达拉斯买家俱乐部》）。所以你看这两位得州出的影帝，都对得州很有感情，最重要的电影都是在得州拍的。

除了男影帝之外，还有一位得州人获得了艾美奖最佳女主角提名，就是《阿甘正传》里那位女主角，现在比较火热的《纸牌屋》的女主角就是她。

还有一部非常著名的电影，就是李安导演的《断背山》，电影的最后，其中一个主角是在得州被人打死的，一个同性恋在得州被打死。李安导演这么心思细密的人，他这么设计剧情当然是有寓意的，之前我说过了，虽然现在没这么严重的，但得州对同性恋还是相对歧视和保守的。

再说说得州的风光，得州实在是太大了，从西部到东部、从南到北，风景都不太一样，总的来说，如果想了解得州风光，我给大家推荐两部电影：一部是 *Paris' Texas*（《得克萨斯州的巴黎》），还有一部是 *A Perfect World*（《完美的世界》），这两部电影都非常值得看。

得州人用四个词来形容自己的州——hot、big、cheap、right，前面三个大家都懂，hot，热；big，大；cheap，便宜，房价便宜，没有州税。第四个 right 就有点争议了，得州人觉得我们是对的，但其他州人说你们是右派，保守。我讲加州的时候说过，加州只有俩天气，旱季跟雨季，南加州没有四季；得州人说我们有四季，我们的四季是干旱、洪水、风雪和龙卷风，反正我认识的每个得州人都特别爱开玩笑。

网上有一道很有趣的填空题，让全美国人填：如果你发现自己已经在得州了，你会怎么样？有人说，我发现我骑在牛背上，因为得州人喜欢赛牛；有人说，我发现两个水管子出来的水都是热的，因为得州的冷水管也被太阳晒热了。

得州近年来经济迅猛发展，已经超过纽约州，仅次于加州，排在全美第二。

石化本来就是得州最强，美国大概四分之三的石化产业都在得州，三分之二的军火工业在得州，NASA航天工业在得州，美国最主力的战斗机F-16是在得州生产的，洛克希德·马丁公司在得州，现在美国最大的战斗机计划F-35，也是在得州生产的。

而且这几年得州的高科技也崛起了，加州有硅谷和硅滩，得州有硅草原，总之得州的经济迅猛发展，再加上这里没有州税，房价也特别低，我认识的很多华人正逐渐从加州往得州的达拉斯搬。

得州不但出现了高科技产业，而且失业率、新增就业率等各方面的指标，都是美国目前最好的，在未来很有机会超过加州。这就是得州，一个重要的州，给大家介绍到这里。

保守派美食天堂
路易斯安那州

1. 法属殖民地与拿破仑战争

美国是从东向西发展的，咱们是从西往东讲，因为我住在最西边，讲完了彪悍的得克萨斯州，就来到东边的路易斯安那州了，我最喜欢的美国城市 New Orleans（新奥尔良）就在路易斯安那州。

路易斯安那在美国非常有名，州虽然不大，但这里曾经是美国最大的地方，所以咱们先从最大的路易斯安那开始讲。这中间好玩的事有很多，比如美国是怎么变成如今这么大一个国家的。

路易是法国人的名字，新奥尔良也是法国的城市名，所以新奥尔良一听就是法国的地方。虽然 New Orleans 后边有个 s，但是美国的知识分子都按照法国的发音方法，念 New Orlean，后边的 s 不发音，不过念 New Orleans 也没问题。

我特意查了字典，字典上就写着应该念 New Orlean，s 不发音了。类似的还有伊利诺伊州（Illinois），后面也有这么一个不发音的 s，所以它们都曾经是法国殖民地。

当年，北美的海岸被西班牙和英国占领，稍微往西一点，整条密西西比河流域，以及美国中间这好的地方，包括加拿大南部，五大湖地区，都是法国的殖民地，以法国太阳王路易十四的名字命名，叫作法属路易斯安那。

这么大的地方，法国的控制力当然是不够的，那时候法国也还没那么强，还没有拿破仑，后来发生了七年战争，法国战败了，路易斯安那这块比法国本土还要大无数倍的土地就没了，密西西比河以西被西班牙占领了，密西西比河以东根据《巴黎和约》全部归了英国。

那时候美国还没独立，等于英国在北美的殖民地从北美十三州一下子又扩大了好多，密西西比河以西也变成了西班牙属的路易斯安那，所以路易斯安那虽然是法国名字，但那时候就已经不是法国的了。

紧接着就是美国独立战争，英国被打败了，美国开始西进，逐渐蚕食了《巴黎和约》划给英国的密西西比河地区。

那时候还没有铁路，密西西比河是美国中部最大的运输动脉，美国的奴隶贸易、棉花贸易都是通过密西西比河运输的，包括以前海上运来的奴隶，也是先到新奥尔良，再分配到美国南部各州。不过后来英国人来了，禁止了海上奴隶贸易，所以美国国内的奴隶贸易变成了从密西西比河上游往下游运。

反正不管怎么说，新奥尔良始终都是美国的奴隶贸易中心。当时奴隶贸易是美国南部最重要的贸易，所以美国总统杰弗逊就想花点钱把新奥尔良买下来，正打算买的时候，却听说这地方已经不属于西班牙了，因为西班牙跟法国签了一个密约。

这时候，拿破仑终于登场了。因为西班牙的衰落，拿破仑崛起了。

除了南美那些殖民地外，西班牙最早失去的就是北美的路易斯安那。

七年战争后，路易斯安那一直归西班牙，没想到法国突然出了个大神拿破仑，拿破仑先征服了意大利，然后回头瞪了一眼西班牙，西班牙就肝儿颤了，问拿破仑想干什么。拿破仑说我想跟你做一个交易，我刚拿下意大利一个叫托斯凯尼的地方，挺美，挺漂亮，你把路易斯安那还给我，我就把托斯凯尼给你，你看行不行？

西班牙也不想答应，但它打不过拿破仑，没办法，就跟法国签了一个密约，把西属路易斯安那还给了法国。不过这密约挺不严谨的，关于西属路易斯安那的边界，没有规定得特别清楚，反正是我从你手里抢来的，我现在还给你，至于这期间边界有没有变化我就不管了。

所以杰弗逊就派人拿着两百万美元的支票去法国了，想把新奥尔良买下来。但法国不同意，因为拿破仑还想把英国原来的殖民地抢过来，把北美都变成法国殖民地呢，反正拿破仑就是想要跟全世界开战。

但这时候出了两件事，对美国非常有利。在美国立国的过程中，无论是我之前讲过的美西战争，还是得克萨斯的独立等，美国的运气都实在是太好了，当一个国家昂扬向上的时候，老天爷都帮它。

第一件事，拿破仑去征服海地，海地本来就是法国殖民地，那时候正在闹起义，反正拿破仑一来，欧洲就乱起来了，不光是西属殖民地，所有殖民地都闹着要独立。拿破仑就派自己的小舅子率军到海地，去镇压人民起义，这小舅子率领的是拿破仑时代最厉害的好几万法军，居然没能征服海地。主要是海地那儿的疾病很厉害，之前讲大航海时代的时候我说过，美洲、欧洲和非洲的病一掺和起来，一般人都受不了，再加上法军里的黑人将领又叛变，总之征服海地失败了。

拿破仑不是那种狂妄的皇帝，他非常精明，他就想，如果法国连海地都征服不了，那北美这么大一片殖民地就更困难了。再加上刚刚被打败的欧洲反法同盟，也正在英国的组织下重新集结，所以法国的主力部队必须留在欧洲应付反法同盟。

这么一算账，拿破仑就发现了第二个严重的问题——海军。英国的海军实力远远超过法国和西班牙，甚至远超那个年代的所有国家。这样一来，法国的海外殖民地就形同虚设了，不如趁早卖了。

就是在这么一个背景下，拿破仑雄才大略，他派人去跟美国大使谈判。美国派去法国的代表是门罗，这个人后来还当了美国第五位总统，另外美国还派了一个号称"法国通"的人辅佐门罗，这个人叫杜邦，算上之前去买新奥尔良失败的大使，美国一共派去了法国三个人。拿破仑就一会儿跟这个聊，一会儿跟那个聊，东拉西扯，最终丢出一个方案，说你们也别光买新奥尔良了，我把密约里拥有的所有路易斯安那都卖给你们算了，就是从加拿大边境一直到墨西哥湾的所有土地，我便宜卖，给我两千多万美元就行，你们要不要？

这三个美国人当时就傻了，杰弗逊只是想买新奥尔良一座城市而已，只给他们兜里揣了两百万美元，现在拿破仑说要卖给他们的这片土地，跟现在美国本土一样大，等于是把美国突然就变大了一倍，这个事太大了！

但是，幸亏杰弗逊派出去的是这仨人，美国开国时期的这些人都是人中龙凤，带头的门罗一想，这是天上掉下来的大便宜啊，美国一下子就能增大一倍，这机会太难得了。当时欧洲政局和军事局面都瞬息万变，也没有电报什么的，要是仨人在法国写信给美国总统，信来回得大半年，到时候万一拿破仑变卦了怎么办？所谓"将在外，君命有所不受"，所以，这三位就在没有向美国总统汇报的情况下，把这事给定了。

当然了，他们三个没忘了跟拿破仑讲价，最后从2000多万美元降到1500万美元。这1500万美元里还含了美法战争时期，美国向法国的索赔，以及法国欠美国的债，都含在这里头了，所以实际上给法国的钱还不到1500万美元。这三个人琢磨过了，别说美国了，全世界人在拿破仑这儿都要不回债，这债与其一直欠着，不如趁这次一起都解决了。总之，三个人就代表美国，跟拿破仑签了合约。

三个人签完合约回到美国，立刻引起轩然大波，总统也晕了，赶紧查宪法，看看美国宪法里有这个先例吗。当时美国刚独立没几年，大家想想，美国1783年才打败英国，到1789年正式成立联邦政府，有了第一任总统，这时候是1803年，美国政府不像今天这么强大，查了半天宪法，也没查出什么东西，只好问问大家同意不同意让咱们国家突然增大一倍。

这明摆着是件好事，但当时在美国还是引起了不小的争论。因为美国不是中央集权国家，各州的利益不一样，东部的很多小州说了，本来我们州的发言权挺大的，现在突然整个国家变大了，我们是不是就不重要了？还有人说，也没事先征求我们同意，就把合约签了，联邦政府的权力是不是太大了？如果这次开了先斩后奏的先例，不经过议会同意就把钱花了，以后议会的权力会不会变小啊？

当然了，最后无论怎么辩吧，国家大了一倍的利益还是最重要的。杰弗逊总统也很聪明，颁发了很多优惠政策，比如拿到地以后，美国人只要去路易斯安那，人人都可以分到一块地等。总而言之，最后国会批准了，花了1500万美元，买下了路易斯安那。

1500万美元在当年是什么概念呢？相当于现在的差不多4000多亿美元。听着挺多，其实也不多，为什么呢？大家想想，美国打伊拉克还花了八千亿美元呢，结果一寸土地也没捞来，花四千亿美元就买了200多万平方公里的土地，而且是沿着密西西比河的相当好的一块地，等于买来一条运输大动脉，这在中国，就等于是把长江两岸给买了。

这事不仅对美国好，对拿破仑也有利，由此非常能看出拿破仑的雄才大略，他当时的想法是，反正我要跟英国海军打仗，这块殖民地我也管不过来了，卖给美国还能挣点钱，这钱在当时值6800万法郎，极大地支持了拿破仑的军事扩张。而且拿破仑还想到了更重要的问题，当时法国在海上被英国封锁，但在陆地上法国也封锁英国，法国的立场就是，谁也不许跟英国做贸易，谁跟英国做贸易我就揍谁，我海上不行，就在陆地上揍你。但从法国去美国要渡海，法国打不着美国，所以拿破仑就给美国送个人情，拉拢美国。

美国独立战争的时候，法国就帮了美国。说实在的，没有法国，美国根本独立不了，这时候法国又给美国增加了一倍领土，这样美国就能在后边牵制英国。首先，美国不跟英国做贸易；其次，美国还能帮法国，因为美国也有一点小海军。总之，拿破仑这个决定是有百利而无一害的，而且接下来发生的事情，完全应验了拿破仑的战略。

接下来美国就跟法国好起来了，两国开始做贸易，英国当然不同意了，英国要封锁法国，所以英国就在海上击沉美国和法国的贸易船只。美国好不容易才赶走英国殖民者，获得独立，现在海上商船又被英国击沉了，于是1812年，美国向英国宣战了。

大家知道英国海军有多厉害，之前咱们讲过1805年著名的特拉法尔加海战，现在伦敦最辉煌的广场特拉法尔加广场就是为了纪念在特拉法尔加海战中牺牲的纳尔逊上将，纳尔逊虽然牺牲了，但他打败了法西联军。没想到1812年战争中，美国在海上居然奇迹般地打败了英国海军，当然不是英军的主力海军。

最逗的是，美国跟英国的战争完全跟拿破仑战争同步。1812年，美国跟英国使劲打使劲打的时候，打得还占了上风，因为1812年是拿破仑军事生涯最高潮的时候，拿破仑60万大军入侵俄国，反法同盟一起打法国，就是死活也打不赢，法国那时候太强了，所以英国派到北美的军队就比较少，所以1812年战争刚打起来的时候，美国占了上风。

1814年，拿破仑被打败了，而且被流放到厄尔巴岛，英国大军立刻派到北美，不但打赢了美军，而且占领了美国首都华盛顿，还一把火烧了国会大厦。大家现在去华盛顿国会大厦参观的时候，里边还专门记录了英国人烧国会大厦的事情。

当时美国连首都都被英国占领了，都快完蛋了，结果这时候拿破仑居然奇迹般地再度崛起了，他突然从厄尔巴岛跑回了法国，又举起了大旗，把全欧洲打得乱七八糟，然后就发生了 1815 年的滑铁卢战役。

滑铁卢战役的主力已经是英军了，威灵顿公爵率领英军主力，普军做了配合，跟拿破仑主力打，所以英国又把主力从北美撤回欧洲。

拿破仑又救了美国一回，但他牺牲了自己，拿破仑在滑铁卢被以英军为首的反法同盟打败了，但美国趁英国顾不上北美的时候，又把英国在北美的军队打败了，而且跟英国签了协议，正式确定了加拿大和美国边境的这一大块地区，并沿用至今。

至此，美国算是胜利了。以上这一大串历史事件，其实都跟路易斯安那有关，现在的路易斯安那，差不多就是美国从加拿大一直到南部海岸的这 15 个州。

这 15 个州里其实没什么特别强的州，当然这纯属我个人观点。我看了看，从北部开始，除了明尼苏达有那么一点东西以外，再往南看，这一路看下来，北达科他、南达科他、内布拉斯加，反正就连美国人自己也觉得从这地方出来的人，也没有什么值得得意的。

但是毕竟这也是 15 个州，将近占了美国 50 个州的三分之一，正是因为有了这 15 个州，美国的领土才推进到密西西比河，跟得克萨斯接壤了，这之后才有了得克萨斯的独立，然后是美墨战争，进而是美国领土推进到太平洋海岸，所以这块土地是美国建国以来一次最重要的买卖。

15 个州是购买了之后才划分出来的，大家看地图上的边界，都是横线州，因为这是国会平均划分出来的，这 15 个州里最好的也是最有吸引力的，就是我今天讲的路易斯安那州。其实如今的路易斯安那州只是从前的路易斯安那地区最底下的一小块，但它虽然面积小，却占据了密西西比河出海口的位置，所以在偏见地图上，路易斯安那州的名字是"曾经沉没的大西洋"，因为它三分之二的土地，都是密西西比河冲击而成的平原，所以海拔非常低，卡特里娜飓风来的时候，这块地就沉没过。

卡特里娜飓风（Hurricane Katrina），大家应该记忆犹新，因为时间离现在并不遥远，就发生在小布什执政时期。当时小布什被骂得很惨，除了他发动伊拉克战争之外，还有一个重要的原因就是在卡特里娜飓风来的时候，救援非常不及时，导致路易斯安那南部被淹了一大片，包括新奥尔良城的一部分也被淹了。

2. 新奥尔良与小龙虾

要让我在美国所有的城市里，选一个我最喜欢的，我肯定选新奥尔良，纽约我都去腻了，洛杉矶我没办法，工作和生活都在那儿，只有新奥尔良是最吸引我的。

如果大家去新奥尔良的话，一定要住在 French Quarter（法兰西区），法国人最开始在河边建造了城市，虽然后来新奥尔良越来越大，但最核心的地方还是法兰西区，简直太美了！

在美国我看惯了一模一样的火柴盒楼、商场、饭馆等，烦死了。在美国绝大多数地方，基本上你蒙着眼睛都能走，因为走到哪儿都一样，这个地方是 CVS（美国最大的药品零售商），那地方是麦当劳，反正永远都是连锁的，每座城市的配置都差不多。但到了新奥尔良的 French Quarter，你会发现好多好多不是连锁的饭馆，还有好多好吃极了的东西。我是一个特别爱吃的人，我喜欢去的地方肯定好吃的东西特别多。

新奥尔良充满了法国风情，French Quarter 到处是酒吧，到处是小旅馆，小旅馆都有特别大的长条阳台，到了晚上，大家都坐一排，面朝同一个方向，这完全就是法国人的风格。大家去法国，不管巴黎也好，戛纳也好，咖啡馆都冲一个方向坐，而美国人是面对面坐，或者围一桌坐。

在 French Quarter 里最重要的那条中心步行街上，一到晚上，街两边的小旅馆二楼、三楼，全是大长阳台，所有人都拿着酒在那儿喝酒聊天，看着底下的行人，特别高兴。

而且大家想想，这里曾经是法国人的地方，法国人吃的东西肯定好吃，但新奥尔良这地方吃的其实不是传统的法式大餐，而是一大波法国殖民者辗转漂流，再加上不断混血融合，最终混成了一种叫 Cajun（法人后裔）的人，这些 Cajun 人搬到新奥尔良以后，自己的饮食习惯跟当地的菜肴结合，形成了一种食物，就叫 Cajun food（凯郡菜）。

我认为 Cajun food 是美国本土菜系里，唯一能拿得出手跟全世界菜系相比的，它不是法餐，也不是美国人只会吃的牛扒，Cajun food 最主要的食材是海鲜，因为新奥尔良在海边。他们的海鲜做法，我在别的地方还没怎么见过，但是在北京东直门的簋街见过，就是东直门簋街最著名的麻小——麻辣小龙虾，这东西就是 Cajun food 的核心，叫 crawfish（小龙虾）。

卡朋特有一首歌叫 *Jambalaya*，唱的就是新奥尔良最重要的小吃，crawfish pie（小龙虾派）和 fillet gumbo（肉片秋葵）。

Jambalaya 是炒饭的意思，其实不光新奥尔良，西班牙人也会炒饭，就是海鲜香肠乱七八糟的一盆，但西班牙海鲜饭是焗的，新奥尔良是炒的。

crawfish 就是小龙虾，好多人说小龙虾脏，外国人都不吃小龙虾，那是胡说八道，你去全美国所有的城市都能看见 Cajun food，洛杉矶就有好多特别著名的 Cajun food 餐厅，一进去全是卖小龙虾的。美国人不但不排斥小龙虾，还主打小龙虾，歌里唱的那个"小龙虾派"，就是把小龙虾的肉焗在一个派里，就跟大家熟悉的苹果派一个道理。

小龙虾派和肉片秋葵经常装在小盒子里卖，歌里为什么要把这两种食物放在一起唱？因为你在新奥尔良看所有体育比赛，观众手里主要就拿着这两样东西，每个人手里都托着两盒，这是新奥尔良最著名的小吃，就跟洛杉矶人爱吃热狗和比萨似的。

crawfish 至少有十几种做法，反正我吃过的就不下十种，我最爱吃的口味跟东直门麻小很像，是麻辣的。我还喜欢一种小龙虾肉和菜泡饭，跟咱们中国南方人爱吃的那种菜泡饭很像，而且美国的小龙虾不知道吃了什么东西，特别大，把肉挖出来能做出各种各样的食物。

除了小龙虾之外，新奥尔良还有一种重要的食物，就是 alligator（鳄鱼）。一说这个，各种环保人士又该急了，说美国这么文明，怎么能吃鳄鱼？美国人当然吃鳄鱼，而且不但吃鳄鱼，还吃得特别凶呢。

在新奥尔良的菜谱里，恨不得有三分之一都是 alligator，炸的，煮的，各种各样的，被它们当作食材的鳄鱼比咱们印象中的鳄鱼要小一点，我不知道中文怎么翻译，有点像短吻鳄，嘴没那么大，大概是密西西比河特产的鳄鱼，皮也好吃，肉也好吃。环保人士不用骂我，这不是我干的，是文明的美国人干的。

我从各种方向乘坐各种交通工具去过新奥尔良，有一次坐飞机去，旁边坐着一个专门捕鳄鱼的老太太，她特别纯朴，就是典型的那种美国南方人。我跟她聊了半天，她告诉我，这是她第一次离开路易斯安那。他们家族世世代代捕鳄鱼，所以他们家的孩子都是七八月份生的，因为大家都在捕鳄鱼季结束后才回家叮叮当当造小人，所以婴儿基本都在七八月份出生，生完孩子，就继续捕鳄鱼去了。有一部纪录片还专门拍过她怎么捕鳄鱼，她自己还在一个真人秀里拿过捕鳄鱼冠军。总之，捕鳄鱼的人特别勇猛，但是他们一离开了路易斯安那就特别害怕，她出去转了一圈，觉得美国其他州的人民都太坏了，她还提醒我出门要小心，不要被别人给骗了……总之，这个老太太对外面的世界完全不知道，对中国唯一的印象是，她前夫曾经去中国买过老婆。美国南部的很多白人也是很穷苦的，跟咱们中国的偏远山区差不多，他们经常得去越南和缅甸买老婆，偶尔也上中国买老婆，所以老太太对中国唯一的印象就是这个。

美国南部的人民都非常纯朴，尤其是路易斯安那人民，他们说起话来就跟唱歌一样，而且不管说什么都特别高兴，特别热情。路易斯安那虽然是南部最保守的种族歧视州，但是黑人该有名的还是有名，人都是这样，我种族歧视，只歧视普通的在街上看见的黑人，但是突然出了个大鲨鱼奥尼尔，也跟路易斯安那州有密切的关系，就没人敢歧视他，卡尔·马龙也没人敢歧视他，甚至白人也得追着他们签名去，所以种族歧视是一种泛泛的东西，只是心里感觉黑人不行，但真出了一个特别牛的黑人，白人也一样点头哈腰跟着合影留念去。路易斯安那的黑人多，会唱歌的人就多，简直就是一个音乐之乡，讲得克萨斯的时候我就说过，河这边人人骁勇善战，河那边天天莺歌燕舞，路易斯安那出了好多歌星，比如小甜甜布兰妮。

路易斯安那州还出了一个全世界都极其著名的人，你要是坐飞机去新奥尔良，飞机降落的机场就是以这个人命名的，这个人就是——路易斯·阿姆斯特朗，他是爵士乐的奠基人，爵士乐是世界三大音乐流派之一。而且这位路易斯·阿姆斯特朗还是个黑人。1913 年，他还是个十几岁的街头小混混，有一天被警察抓进了警察局里，没办法，搞音乐的人都比较能闹，我也是一个例子。警察被他闹得受不了，就塞给他一个小号，说你玩一会儿这个，就像小孩闹的时候给塞一个奶嘴似的。这阿姆斯特朗是个没受过教育的黑人，他一不识谱，二没学过音乐，就随随便便一吹，结果就吹成了世界级的音乐大师。

爵士乐跟其他音乐不一样，其他音乐是首先得有一些大音乐家，如贝多芬、莫扎特写谱子，也就是说主要是靠作曲家来驱动，很少有靠乐手来驱动的。当然后来的摇滚乐就是靠乐手来驱动的，但阿姆斯特朗那个时候还没有说靠乐手来驱动音乐流派的，而且这乐手还不识谱，不光路易斯·阿姆斯特朗不识谱，其实黑人很多都不识谱。

但就是因为他们不识谱，才能独辟蹊径，搞出了爵士乐，大家后来记他的谱时才发现，他是见到 mi 就降一下，见到 xi 就降一下，然后就有人总结说，爵士乐是这样的，就是降 xi，降 mi，十二切分里边那些节奏等，总结出了一套理论，其实阿姆斯特朗刚开始搞的时候，根本就不知道怎么回事儿，就是觉得这样好听，就搞起来了。

现在你去新奥尔良，最幸福的事情就是晚上在 French Quarter 找一个 Cajun food 饭馆吃鲜美极了的生蚝，然后吃小龙虾，吃完了以后在街上溜达，或者打一个当地的三轮车，你还可以找一个当地的姑娘，跟她说，我带你去听爵士乐，然后你们两个就可以乘坐一辆车，一起去了。新奥尔良有很多神奇的音乐大师，我坐在底下看，如果有人问我是干什么的，我都不敢说我是搞音乐的，因为我要是敢说自己是搞音乐的，他们就会拉我上台，跟他们一起玩一会儿。在那里表演，一晚上不知道要换多少回鼓手、小号手和吉他手。

全世界的乐手都来新奥尔良朝圣，当然也有来踢馆的，我就亲眼看见两个非常厉害的乐手较量，那真是太精彩了，在全世界几乎都见不到。

我还看见过一个老头和一个老太太，他们俩都是特别厉害的乐手。老头的乐器我不认识，但我起码还知道它是干什么的，基本上就是黑管的身体接了个萨克斯风的嘴，因为黑管是木头的，萨克斯风是金属的，所以连接处的钛木头和钛金属，他居然给结合到一起了，然后就吹起来，音色特别好听。但还不至于让我震惊，但这老太太一出手，我就震惊极了。老太太穿了一条围裙，围裙从上到下都是不同的金属片，她手里拿着俩勺，就在围裙上敲打起来了，有时候刮，有时候打，有时候蹭，而且每一个地方的音高都不一样，神奇极了。

如果住在 French Quarter 随便哪个高层酒店，顺着窗户往外一看，密西西比河正好就在新奥尔良转了个弯。其实黄浦江在上海也转了个弯，但黄浦江太窄了，跟密西西比河不能比，应该说是长江转了一个弯，然后你站在高处，大河南去，真是太美了。

所以对于我这种人来说，新奥尔良简直太好了，喝点小酒，听听音乐，看着美景，我要是退休了，就到新奥尔良待着去。

我曾经开车，先到休斯敦看 NBA 全明星赛，休斯敦离新奥尔良已经很近了，开车一会儿就能到，看完比赛我就去了新奥尔良，然后我想，咱既然到了伟大的密西西比河，就别整天看河看船，干脆去看看河口吧。

密西西比河和长江差不多，长江是世界第三大河，密西西比河是第四大河，但密西西比河的航运量可是长江的十倍都不止，为什么呢？因为长江要经过各种险滩，还有三峡大坝，密西西比河是从美国中部直接流下来的；而且长江的上游，到青藏高原就没了，密西西比河的上游则离五大湖非常近，所以挖了一条运河，把密西西比河的尾巴跟五大湖连上了，然后五大湖又挖了一条伊利运河，跟纽约的哈得孙河连上了。

等于是在新奥尔良港进来，沿密西西比河一直北上孟菲斯，一直走五大湖，这里有芝加哥、底特律这些大工业区，最后从五大湖伊利运河去纽约出海到大西洋去了，整个水系连起来，有点相当于长江从上海进去，一路往上走，连上青海湖，青海湖那儿再出来一条河，直接连到巴基斯坦的卡拉奇港，反正就是把两大洋给连上了，太厉害了。别的国家想修这么大的工程，光地形、地势问题都要累死人了，可美国的地形是一马平川，修起来完全不费劲。

密西西比河只修了很短一条运河，就到了五大湖，五大湖修了很短一条伊利运河，就到了哈得孙河，到了纽约。所以密西西比河在美国很重要，虽然不能叫母亲河，但至少是老公河，意思是重活、累活都叫它给干了。中国的母亲河是黄河，中华民族是在黄河流域发展起来的，美国是从海岸发展起来的，不是从密西西比河发展起来的。

为了看密西西比河的河口，我开车往南，边开边想，难怪会被 Katrina 淹掉，因为那地势低到什么程度，河跟地是平的，河稍微一涨就全给淹了，所以沿河两岸只能筑起很低的坝，而且你在路上开车根本是看不见河的，因为它太平，中间又筑起了一道坝。

我心里就说，我得看看河啊，于是我就把车开到坝上去了，反正河这边和河那边的高度是一模一样的。和黄河倒有点像，稍微一涨水肯定得决堤，而且真是杨柳岸晓风残月，因为太平了，柳树全垂到水里去了。然后我还在河上找马克·吐温的标志，因为马克·吐温之前当过密西西比河上的船员。像我们这种文艺青年，从小就读这些东西，听那些音乐，每当到了这样的地方，都有一种朝圣的心情，当时我就看着这河水，想着伟大的音乐家、作家、伟大的电影、汤姆叔叔的小屋，心中起伏着各种情感。我正在那儿准备吟诗一首，突然后边冒出来一个美国南方大汉，恨不得拿枪指着我问，你谁啊？闯到我们家来了！我赶紧解释，说自己要吟诗作赋什么的，结果南方人特热情。你要跟他横，他能拿枪崩了你，但你要是一表现热情，他就非得比你更热情。最后那个大汉摘了四个血橙，不是我们加州的大橙子，是路易斯安那那个地方长的特别红的那种血橙，硬塞给我，说送点土特产给我，于是我拿着倍儿高兴。

本来我还想开车去佛罗里达，但被这大汉一闹，我就灵机一动，心想佛罗里达我经常去，这回我沿着密西西比河往北走吧，然后就到了阿拉巴马，这都是南部最最保守的种族歧视区。路易斯安那口音已经比得克萨斯重很多了，等我开到阿拉巴马，都快听不懂了，到超市买东西，得特别认真地听半天，尤其是南方黑人说话的口音。

最后我就一直开到田纳西去了，一直开到孟菲斯的密西西比河河口，孟菲斯就是密西西比河旁边的大港口。我实在开不动了，从孟菲斯坐飞机回洛杉矶，花了几百美元，车也托运了，总之那一次旅行给我留下了极好的印象。

我每一次去新奥尔良都感觉特别幸福，但二月是最好的季节，因为Super Bowl 在二月举行。

Super Bowl 在北方举行的时候，实在是太冷，我去新泽西州参加过Super Bowl，最后冻得都不行不行了。在新奥尔良看 Super Bowl 就太幸福了，因为二月的南方不冷又不热，舒服，两队的球迷前一天晚上就群集在整个 French Quarter 唱歌，每一个饭馆和酒馆里，大家都穿上两队的衣服。我去的那届是 49 人队对巴尔的摩乌鸦队，因为我是 NFL（美式橄榄球联盟）的 VIP，所以被请去看比赛。我就混在 49 人队的加州球迷里一起唱歌，那边还有巴尔的摩来的球迷，还包括一个大腕球迷，叫飞鱼菲尔普斯。

菲尔普斯就是巴尔的摩人，他也是球迷，跟着到处看比赛，他也在那儿唱歌、跳舞。美国的球迷远比欧洲的球迷客气，欧洲球迷这时候估计就打起来了，至少得互相扔凳子，你别看美国枪多，但还没听说两边球迷互相开枪的事，不管赢输都没人在街头斗殴，美国人在这方面比欧洲人要文明得多，可能是美国人发泄的地方比较多吧。

比完赛紧接着就是著名的新奥尔良狂欢节，叫 Mardi Gra，也可以叫Mardi Gras。

Mardi Gra 非常盛大，有点像拉美的大狂欢节，跳舞、游行、唱歌、胡搞等，热闹极了。所以最好二月去新奥尔良，先看 Super Bowl，然后参加 Mardi Gra，喝得五迷三道，反正你也走不了，因为 Super Bowl 结束后，飞机票你也买不着。Super Bowl 去的时候，离城 30 英里都没旅馆，完全租不着任何一间房，人多到不得了，索性 Mardi Gra 看完了以后再喝两天，在密西西比河上泛舟，一路直入墨西哥湾，最后再飞回来。

总之，二月就是新奥尔良最美好的季节。

3. 南部顽固对抗同性恋

路易斯安那最初是法国的殖民地，所以不仅是文化和民俗，政治制度也保留了很多法国特色。

法国政治制度跟英美是很不一样的，美国是联邦制，各州有各州的制度，但路易斯安那州保留了很多法国的制度，包括选举制度，尤其是基层制度。美国绝大部分州的基层都叫 county，翻译成郡也好，县也好，总而言之，州下边是 county，county 下边是 city，只有路易斯安那州是没有 county 的，它下边叫 parish。

这 parish 什么意思？ parish 就是教区的意思，翻译成堂口和堂区也可以，因为法国的天主教控制很严，所以 parish 是从上到下建立的，而 county 是人民自己选地方建造。这 parish 也是当年的法国传教士弄的，所以路易斯安那州一直没有 county，到那儿都叫 parish。路易斯安那的首府是 Baton Rouge（巴吞鲁日），是一座比较大的 parish，但比新奥尔良小多了。

路易斯安那州因为有新奥尔良，所以它的经济几乎就是靠新奥尔良，而新奥尔良这个城市的经济收入，40% 来自旅游业，这比例太大了，也就是它 40% 的收入来自我这样热爱新奥尔良的人。连诺拉这名字我都觉得特好听，诺拉其实就是新奥尔良，你要是写信给新奥尔良的人，他的地址最后就是诺拉（NOLA），因为他的城市叫 New Orleans，就是 NO，而路易斯安那州的缩写是 LA。美国有俩 LA，洛杉矶是 LA，路易斯安那州的缩写也是 LA，所以路易斯安那州的新奥尔良，缩写就是没有 LA（NOLA）；警察局的缩写是 PD（Police Department），所以新奥尔良的警察局就是没有警察局（NOPD）。NO 还不是最怪的缩写，还有更怪的，犹他州的 Salt Lake City，就是盐湖城，缩写是 SLUT，这 SLUT 就是荡妇的意思。旅游城市当然是最希望推广自己城市的，如果推广城市，最好的办法就是找人来这里拍电影，所以之前我在其他场合讲好莱坞的时候，讲过美国近几年来特别大的一个趋势，就是各个州拼优惠，你来我的州拍电影，我就给你退税。其中退税最多的，也是吸引电影拍摄者最多的几个州，就是南部的这几个州，李安现在的戏正在亚特兰大拍，其实没别的原因，就是因为那个州给的退税多。但有的州退税也没用，因为它境内什么都没有，导演不愿意去。路易斯安那就不一样了，又有大城市，又有大河，又有风光，又有红树林，又有沼泽，什么都有，所以这几年在美国，大量的戏都是在新奥尔良拍的。

2005 年的 Katrina 大飓风，导致几十万人离开了新奥尔良，各个州都接待了大量 Katrina 难民，当时我看电视，休斯敦体育馆里住满了人。比较有钱的白人基本都搬到别的州去了，导致新奥尔良现在黑人至少占 60%，跟整个路易斯安那州的黑人比例相反。

其实在美国，从路易斯安那成为一个州之后，其黑人比例一直是全美最高的，为什么呢？之前就跟大家说过了，新奥尔良港是黑奴交易的集散地，从南方来的所有黑奴都得从这儿上岸，然后沿密西西比河再运到美国内地，后来英国禁止奴隶贸易，美国国内的奴隶贸易也是到新奥尔良来集散，所以新奥尔良有最大的奴隶市场。不仅如此，在法属殖民地里也有很多黑人，因为法国废除奴隶制后，被解放的很多黑人就从法属的加勒比殖民地，来到新奥尔良定居了。

所以，新奥尔良本来就有好多不是奴隶的黑人，人家本来在法属和西属时代就不是奴隶了，是自由人了。西班牙还有严格的法律，禁止将本地黑人占为奴隶，奴隶必须从外边买，结果突然路易斯安那归美国了，南部变成 15 个州了。美国南部的州都是蓄奴州，蓄奴州里看见黑人就是奴隶，那就得抓起来，你要是敢跑，我把你抓回来还能对你动私刑，私刑也是到了"二战"以后才被美国最高法院禁止的。所以这就产生了一个很严重的问题，生活在路易斯安那的自由黑人，本来在这儿有家有产，突然就变成没有公民权的奴隶了。

路易斯安那州的名人有艾伦，《艾伦秀》是美国非常火的一个秀，而且是第一个有版权引进中国的美国秀，大家可以在我们的搜狐网上看到《艾伦秀》，很有意思的一个秀，艾伦是一个非常非常有意思又聪明的人，长得虽然一般，但是谈吐非常锐利毒舌。

还有一个中国人民太熟悉的来自路易斯安那州的名人，陈纳德将军，他其实生在得州，但很小就来了路易斯安那州，那就算路易斯安那州人吧。

每次大家骂美国骂得一塌糊涂的时候，就会有人说，美国还有陈纳德将军曾经来帮助了中国人民。虽然陈纳德将军的到来跟宋美龄的邀请有很大的关系，但最开始他确实招募了一些退役的志愿飞行员到中国来组建飞虎队，他是美国第 14 航空队的司令，组织了在整个中国战区的空军。

大家知道中国战区空军后来就是因为有第 14 航空队，所以才再也没有出现过弱于日本的情况，而且在最后反攻的时候，已经是日本人跑在沟里藏着去了，天上都是美国的飞机，当然还有驼峰运输等。

陈纳德将军跟中国人民结下了深厚的友情，还娶了中国一个漂亮的女记者，叫陈香梅。当时中国百万人民在美国第 14 航空队后方修机场，陈纳德亲眼看见中国人民在没有任何机械和电力的情况下，拿肩挑着小篓子，头顶着小篓子，就那么给美军把机场修出来了。而且当时如果没有原子弹的话，本来是有一个大规模的进攻日本的计划，就是从中国西南的机场起飞，轰炸日占区，然后再向前进攻。

中国想拍飞虎队已经很久了，仅我知道的飞虎队剧组就已经好几个了。还有一次吴宇森导演要拍飞虎队，那剧组还挺大，就在我的剧组隔壁，结果后来吴宇森导演因太平轮事件，就又一次太平轮沉没，船沉一回，电影沉一回，现在估计是由好莱坞的导演在接手做这个事情。两个跟中国有关的美国空军故事，都一直在筹备，一个是杜利特，另一个就是陈纳德，咱们可以拭目以待。

下面咱们说说每个州的标配。路易斯安那州的车牌上写的是 Sportsman's Paradise（爱好体育者的天堂）。只要你是爱好体育的人，不管是什么运动，到了路易斯安那州，你就尽情玩吧，水上的也有，陆上的也有，捕猎的也有，钓鱼的也有，坐船出海的也有。新奥尔良爱好音乐的人最多，第二多的就是爱好体育的人，这也算是这个州对旅游业的一种推广。

关于路易斯安那州的标志，就说说美国的钱吧，美国的钱是美联储印的，咱们之前讲过，一美元后边印了个共济会的标。不过美国为了给各州一点小小的自主权，它让各个州自己设计两毛五分（a quarter）硬币上的图案，你在美国花钱，一毛钱、五分钱硬币都很少，两毛五最多，因为美国人特别爱四进位，两毛五分是美国最重要的硬币。

路易斯安那州的硬币图案，特别能代表他们这个州对自己的期许，上面首先就是一个路易斯安那的地图，就是最开始那个巨大的地图；其次是一只 pelican（鹈鹕），就是嘴底下带着一个大兜子的那种水鸟，是密西西比河畔的著名物种；最后就是一把小号，这才是路易斯安那最光荣的东西，因为代表了路易斯·阿姆斯特朗。

下面讨论一下美国对同性恋的态度。最近美国联邦最高法院判决了同性恋婚姻符合宪法，也就是禁止同性恋婚姻违宪。这个判例一下，全国的50个州，都必须执行联邦最高法院的这个判例法，无数人为此狂欢，说美国更加自由民主了，但是南部的保守州，比如咱们刚才讲过的得州，就第一个跳出来反对。

得州州长说，我觉得平等固然重要，平权固然重要，可是自由也很重要，我们得州人民的信仰自由怎么办？我们得州人民信上帝，上帝说了，亚当跟夏娃，不是亚当跟亚当，夏娃跟夏娃，所以我要保护得州人民的信仰自由，以自由来对抗平等。这就是美国历史上多次演变过的自由和平等互相制衡的问题，到底是平等在先，还是自由在先？这两个东西当然是有矛盾的，大家都平等，当然会限制人的自由。

那自由是什么？首先我有歧视你的自由是不是？我是不是有和你不平等的自由？这是不是我天生的自由？如果我没有和你不平等的自由，那我的自由叫什么自由呢？我当然不是说杀人的自由，那当然是不行的，但是在我不违法的情况下，我可不可以和你不平等？

所以平等限制自由，自由就会伤害平等，这一直以来就是美国重要的政治博弈两极，也是美国两党各自的立场，民主党宣扬的就是平等，所以民主党主张平等医疗。共和党就激烈反对，说凭什么平等医疗？就应该奋斗的人有医保，不奋斗的人没有医保。民主党说不行，平等必须放在第一位。共和党就说了，那我的自由呢？我有没有不买医保的自由，我有没有跳大神治病的自由，我有没有看中医的自由？所以这就是两党最大的区别。

民主党标榜平等，但是它叫自由派，这个挺逗的，我们把 liberty 和 freedom 都翻译成自由，我觉得有点问题，但是总而言之，我们管民主党叫自由派。共和党实际上一直崇尚自由经济、小政府，崇尚各种各样的自由，但是管共和党叫保守派，它管自己也叫保守派，因为自由是美国立国的最基本的理念，所以它叫保守派。

这个我就不多说了，因为这个博弈是美国的常态。但是这次出现了非常态，就是不是在涉及国家危亡的大是大非的事情上，联邦最高法院居然以通过判例的方式行使了立法的权力，而且强制要求 50 个州都执行，我觉得对美国这个立国 200 多年的三权分立的国家来说，是一个非常非常危险的信号。

因为立法权是在国会，法院是司法机构，但因为美国的特殊性，国会是由好多好多的州组成的，有时候吵来吵去，一些特别细小的东西没办法在国会通过，所以才授予了联邦最高法院一点点通过判例这一方式的变相立法权。但是在之前的两百年，只有在大是大非面前，比如说不同种族能不能结婚、黑人能不能平权上学等，最高法院才以判例立法，通常情况下，最高法院尽量能不做就不做这件事情。

美国是三权分立的制度，立法权是给国会的。这次九个大法官，五票同意，四票反对，就通过了，但是四票反对里包括了首席大法官，首席大法官写了一个长达 29 页的文件，警醒美国人民。

我仔细读了这份文件，觉得说得非常好，他说，首先我不是反对这事儿，我们四位投反对票的法官都不反对同性恋平权，我们是反对最高法院大法官以个人的意志、个人的好恶来凌驾于法律之上。我们首先是司法机关，法律怎么写的，我们就怎么司法，而婚姻法不是联邦法，婚姻法本身就是各州的州法，美国联邦就没有婚姻法，我们为什么要去司这个法呢，难道不应该由各州去司这个法吗？

投同意票的五位大法官认为自己是自由派，认为自己倾听了人民的呼声，实际上是被人民绑架了，其实美国还有沉默的大多数，他们啥话也没说。美国联邦最高法院的法官不由人民选举，而由总统任命，就是为了不被人民绑架，而这五位大法官最后被人民的呼声绑架，超越了司法权，在联邦并没有婚姻法的情况下，用判例立法。

首席大法官的文章写得特别好，他的意思不是反对同性恋平权，是反对一刀切式的同性恋平权，应该像过去一样，一个一个州去奋斗，让每一个州的人民都认同，因为人民的认同最重要，人民最反对的就是中央政府一刀切。他希望那些同性恋平权组织，到每一个州去努力，改变州立法，而且你们已经努力成功说服十多个州了。

婚姻法不是联邦法，而是州法。美国立法的管辖权不应该在联邦大法院，但是美国的任何一个案子的管辖权到底在哪儿，最终是由联邦最高法院决定的。而这次五位大法官利用这个权力，这对美国来说是非常危险的，因为民主党明显就是为了政绩而做成了这个事儿，最高法院连续通过了支持民主党的两个判例，一个是同性恋平权，另一个就是医保补贴符合宪法。

大法官是终身制的，除非他自己要求退休，那么万一有一天，有一个大法官死了，或是退休了，正好共和党的总统上任了，他任命了一个共和党的大法官，那么五个保守派大法官对四个自由派的大法官，一切是不是要全都反过来？那美国就乱了，这是一个很危险的开始。

三权分立，立法权在国会，实际上应该是大多数州都已经立法同意同性恋婚姻以后，这些州的议员代表本州在整个联邦的国会里，也投票赞成，由国会修法，那是可以的。无论是改变各州婚姻法，还是由国会修法，都不应该由联邦最高法院超越联邦法律，去管各州的州婚姻法，而去下这种一刀切的判例，我觉得这个说得特别好。我也坚决地支持同性恋平权，这个我早就表达过了，但是我也坚决地反对，一个党以同性恋平权当作自己的政绩，尤其是在马上要大选的情况下，推动绕过国会，绕过全国最高立法机构，绕过联邦最高立法机构，直接由最高法院做这样一刀切的判例法，我觉得这开了一个很危险的先例，希望它不要被重复下去。联邦曾经通过一个判例法，就是不同种族之间可以结婚，但是那是在美国绝大多数州都已经通过了不同种族可以结婚立法的情况下，最高联邦法院顺应全国大多数民众的民意，做出这个判例法，那是对的。

但现在同性恋平权在美国只有十来个州得到认可，还没有形成全国的共识，您就等不及了，等不到2016年大选之后再干这事了，就为了给民主党做点业绩，直接在仅有少数州通过、多数州并没有同意的情况下，硬性一刀切，这个先例开得太坏，而且我猜这个决议将来一定还会遇到问题，不会顺畅地执行下去。

而且联邦最高法院以判例形成的立法还有一个危险性。国会的立法还有一层制约，总统可以不签字，所以国会跟总统之间有多次这种博弈，国会虽然通过了，总统拒不签字，参议院打回来再来，只有多次博弈才可以否决。

应该这么说，首先参众两院都同意，这个法案才能成立。这个法案如果成立，总统不签字，就要打回参议院，参议院要三分之二多数通过，才能再否决总统的否决，就否决再否决，这是美国立法程序的基本的博弈过程，这样的法律才成熟。而联邦最高法院通过判例立的法，是没有人有否决权的，总统也没有否决权，国会参众两院都没有否决权，这个先例开得可太危险了。

阳光之州
佛罗里达

1. 一辈子的乐园

我讲美国，主要讲比较有特色的明星州，其实是沿着美国 10 号公路讲的，先讲加州，然后得州，再向东延伸到路易斯安那州，现在来到了 10 号公路东的终点，邻近大西洋的佛罗里达州。

佛罗里达州是美国的一个巨型旅游中心，除了旅游业，航天和航运也都很发达，在美国属于千年老四的角色，各种指标都排第四，人口排第四，GDP 排第四，富豪人数也排第四，这是好的部分，坏的部分它也都排第四，比如在种族歧视问题上，佛罗里达也是第四。

佛罗里达州我要多讲讲，为什么呢？因为我是爱玩的人。大家听我讲新奥尔良就知道，只要是好玩的地方我就经常去，所以佛罗里达州我去过很多次，陆、海、空从各种方向去，从 10 号公路开着去过，从 95 号公路也开车去过。我之前跟大家提过一句，美国的高速公路编号是很有规律的，就是以 5 为单位纵贯南北，从西开始往东越来越大，5 号在加州最西边，然后 15 号、25 号、35 号、45 号，东海岸的 95 号就是最东的一条；然后纵贯东西的以 10 为倍数，所以最南边这条就是咱们刚才说的 10 号，接着是 20 号、30 号、40 号、50 号，到了北边的旧金山和芝加哥，差不多就已经到 80 号了，最北边的是 100 号，所以大家一听主要高速公路交叉的两条，大概就知道这是美国的什么地方了。佛罗里达州位于 10 号和 95 号交叉，95 号在最东，10 号在最南，所以佛罗里达在美国最东南。

大家看地图上的佛罗里达，它长得有点不雅，美国人自己说有点像阳具，但是我觉得大概是像美国人的阳具吧，反正我是不太了解。它的形状比较臃肿，直接深进东南方，而且深得特别远，基本上就是大西洋和墨西哥湾的分界线，然后南方散布着无数明珠一样的小岛。

咱们先说好的方面，佛罗里达州被称为 Sunshine State（阳光之州），其实加州才应该叫阳光之州呢，尤其是南加州，一天到晚永远有阳光，但佛罗里达到了南部迈阿密这一带，阳光就不是特别充沛了，不知道为什么他们管自己叫阳光之州。我去过很多次迈阿密，那地方每天都得下一会儿雨，尤其到了更南边，每天下午准时下雨，不过下雨时街道特别漂亮，到晚上雨停了，夕阳出来了，大家就可以到街上去玩了。

在美国，你想找一个地方，年轻的时候就去玩，等有了孩子还能去玩，老了之后照样能去玩，这样的地方也就只有佛罗里达州了。

年轻的时候去哪儿玩呢？去迈阿密。迈阿密是美国特别特别像现代欧洲的一座城市，你到那儿一看，就是一座现代城市的样子，反正我们加州是没有什么城市能比迈阿密漂亮。而且迈阿密的海非常独特，它是一层一层的，大家看迈阿密的城市地图，你以为这是海湾，那边过去就是大西洋，其实过去一看不是，它是一层一层的海湾套着，一座一座的大桥过去。

像洛杉矶就只有一层海湾，你对着海只能盖那么多房，迈阿密可不是，它有无数层海湾的风景，你在这儿盖一层，然后去对面再盖一层，然后过去又是一片海湾，就是一层又一层，所以迈阿密的富人特别爱住在那儿，因为那里到处都是海景和湾景。

因为这地方好，所以除了富人和高档的酒店之外，像流莺啊、酒吧啊，各种各样的东西也都集中过来了。这里有家著名的酒店，你要是住在那儿，半夜两点还睡不着，就能在楼下的大堂和门口看到美国很少见的情景——到处都是女的。其实这种情况拉斯维加斯也有，但迈阿密还是不太一样，拉斯维加斯是全国各地的美女，而迈阿密这里基本都是长得特别漂亮的西裔姑娘，这里的西裔不是指墨西哥人，迈阿密的姑娘主要来自古巴、波多黎各、牙买加等，就是加勒比海那一片说西语的人。

所以佛罗里达说西语的人特别多，但是长得都比墨西哥人漂亮，我不是种族歧视，只是客观评价一下长相。墨西哥这支人种，其实是白人、黑人来到了美洲后，和当地的印第安人混出来的，墨西哥大概没有一个纯种的白人，全部都混至少一次吧，很多人混过八遍，所以他们多多少少带点印第安人的长相，印第安人的长相以我们的审美观来看是不够好看的。但是加勒比来的这些人，尤其是白人，他们是西班牙后裔，这种黑白混血的人里，长得好看的人就太多了，奥巴马就是黑白混血，长得还行。这种黑白混血的姑娘，如果是白人的血统更多些，皮肤颜色浅浅的，长得非常好看，而且她们的西语说得特别好听。

加勒比一带的西语真是非常的好听，因为西班牙的殖民地太多了，而西班牙殖民地在每个地方的口音都不一样，会西语的人一听就知道这是阿根廷口音，那是智利口音。如果是墨西哥口音，听俩元音就能听出来，所以那边说西语的人，一说起老墨来就是满脸的鄙夷，而且墨西哥人长得也不好看，说话又土，人家正宗说西语的人确实是长得漂亮。

在迈阿密的那种酒店里，甭管几点，你不用问服务员，也不用找什么互联网，你就只要一个人往那儿一坐，马上就会有一个姑娘坐到你旁边来，跟你聊天，后边就……此处删去八百字不讲了。总而言之，购物也好，玩也好，喝酒也好，出海也好，基本上美国前三大邮轮公司，差不多也就是世界的三大邮轮公司吧，都是以迈阿密为基地的。所以从那儿出发，就去加勒比海潜水，去钓鱼，各种各样的豪华邮轮都在那儿，所以年轻的时候，就去佛罗里达玩。

等有孩子以后去哪儿呢？那就是全世界比迈阿密更著名的奥兰多了。在西方，所有有孩子的人全都知道奥兰多，因为这是全世界最大的一个主题公园聚居地，基本上全世界最大的主题公园在那儿都有，而且它还跟其他地方不完全一样。

说到主题公园，最最基本的就是迪士尼，你要是去过奥兰多的迪士尼，香港的迪士尼你就甭去了，完全不是一个级别。我觉得奥兰多就不应该叫奥兰多市，干脆应该叫迪士尼市，因为市区有好几万亩土地都卖给了迪士尼，迪士尼的老板比奥兰多的市长还厉害。

迪士尼在奥兰多建了大概五个园，这在全世界都没有，迪士尼在加州洛杉矶那儿有两个园，已经算大的了，到日本东京就只有一个园，香港也只有一个园，巴黎有一个园，所以其他所有迪士尼加一块都没有奥兰多的迪士尼大。到了奥兰多，光迪士尼就至少得逛三天，估计三天也逛不完，因为你还得陪孩子，太累了。

我每次去奥兰多就去迪士尼那个动物王国，因为迪士尼里全是卡通，大家知道迪士尼的动画片就是卡通人物，但是奥兰多有真的动物园，而且里面的动物长得都跟卡通动物似的，它不是那种普通的动物园，全都是各种各样古怪神奇的动物，到那儿我就说，这是什么东西？有全身一根毛没有的全裸的大老鼠，有长着黑脖子的白天鹅，有长着斑马屁股的鹿，有比狗还大的蜥蜴，大猩猩大得能吓死我，三米高的大猩猩，长得跟鸽子那么大似的大蝙蝠，那鸽子大到我以为是孔雀呢，大意就是都特别大，特别罕见，或者是杂交的，或者是变异的，反正倍儿怪。

奥兰多还有环球影城，有人可能要说了，环球影城我去过，洛杉矶就有环球影城，而且影城的总部就在洛杉矶，但是奥兰多的环球影城这几年多了一个重要的园——哈利·波特园，这在洛杉矶可没有。这个太有意思了，一派童话小城的风情，包括南加州的海洋世界吧。还有太阳公园，Six Flags 公园，我们好像叫六旗魔术山。

为什么叫 Six Flags？因为这个主题公园是从得州发展起来的。得州之前咱们讲过，它的历史在美国是极为复杂的，它可以同时树六个旗，都代表得州，有他们刚独立时的孤星旗，有得州的州旗，有他们参加南方叛乱时的邦联旗，有现在的邦联旗，总之得州有六面旗，六旗①就代表了得州。得州的主题公园就叫六旗主题公园，里面都是各种过山车，别说小孩，我这大人上去坐一趟都吓得半天没缓过来，而且我坐的还不是最厉害的，最厉害的那种过山车基本上是为身强力壮的人设计的，反正我坐过一回就再也不敢去六旗了，身体特别好的人可以去得州的乐园里挑战一下。

整个奥兰多遍布主题公园，其实那里确实挺适合做公园，因为到处都有水、湿地、湖泊等，就是天气稍微有点热，所以大家最好不要夏天去。第一次到奥兰多的时候，我就非常惊叹美国人的创造力，他们在沙漠里建造起一座拉斯维加斯城，又在这一大片潮湿炎热的湿地里造了这么多主题乐园。

奥兰多的酒店也做得很有意思，这里的酒店规模跟拉斯维加斯差不多大。拉斯维加斯走家庭娱乐模式，客人都是一家子一家子的来，所以酒店巨大。奥兰多也是，而且除了一两家特别高级的五星级商务酒店以外，其

①　六旗（Six Flags Over Texas）代表历史统治过得克萨斯的六个国家：西班牙、法国、墨西哥、得克萨斯共和国、美国、南方邦联。今天得克萨斯州州徽的背面也有这六面旗。

他所有的酒店都围着主题公园，导致你早上在酒店里刚睡醒，走到阳台上就开始看长颈鹿谈恋爱，特别有意思。

迪士尼还有一种特有的手环，只要你在跟迪士尼有关的这些酒店里入住，你就会有那么几个手环。这手环干吗用呢？它就相当于你的钥匙和门票，还绑定了你的信用卡。手环主要是设计给小孩带的，小孩戴上这种手环就高兴极了，因为小孩都有个特别大的乐趣，就是喜欢结账，喜欢说我来埋单，或者我来开门，或者我来买门票，有了这手环，小孩终于有一种当家做主人的感觉，走到哪儿小孩都说我埋单，拿手环就把账结了。反正迪士尼特别会骗小孩的钱，因为小孩不会算账，小孩也不管父母有没有钱，小孩知道拿手环一对就什么事都能搞定了，所以家长到了奥兰多要小心，千万别把手环给年纪太小的小孩，因为小孩真的什么都不懂，你这一个不留神，回头一看账单非吓傻了不可。

美国的很多东西都是这样，靠特别密集的规模来做大，导致最后没人能跟它竞争，比如拉斯维加斯的赌场、奥兰多的主题公园。反正等你有了小孩，想出去玩，奥兰多绝对是个不错的选择。

那么，等你老了之后去哪儿玩呢？大家看地图，整个佛罗里达州的南部，有一串特别特别长的岛，这串岛叫 Florida Keys（佛罗里达钥匙），因为钥匙有很多齿，很像这么长长的一串岛。这些岛的名字基本上也都是各种钥匙，有的大的岛叫 Key Largo（拉戈岛），最南端的一个小岛叫 Key West（凯威斯特岛），反正都跟 Key 有关系。

这一大串岛除了旅游之外，其实没什么经济价值，旅游可以乘船去，也可以开车去。

很多年前，我第一次沿着 95 号公路开下来，一直开过迈阿密，就决定开到那岛上去看看，发现那里居然有这么多的岛，我忘了是 42 个还是 43 个了，而且它们居然都用跨海大桥连起来了。

那时候中国还没有现在这么繁荣富强，现在中国说在台湾海峡上建一座桥，其实也能建，珠港澳大桥也建起来了，宁波、杭州大桥也建起来了，但这毕竟都是在中国的经济最发达的地方，目的是方便商务人士出行，总归是为了经济才建造那么大的桥。Florida Keys 可不是，那儿没什么经济，就是去岛上钓钓鱼，去海边发发呆，它居然用跨海大桥连起来，而且跨海大桥已经修了两代，因为我在开车的时候，就看见旁边有那种已经废弃了的大桥，其实那废弃的大桥也很美，还能看到很多人在上边跑步、骑车。从一个岛到另一个岛，恋人在上面拉着手散步、看海，看到这些，你就能感觉到美国真是太有钱了。

我建议大家在黄昏的时候，也就是差不多下午四点从迈阿密出发，这样开到跨海大桥应该是晚上六点多的时候，刚好能看到夕阳从海平面落下去，你就在一座又一座跨海大桥连接的美丽小岛上行驶，速度可以达到差不多一百迈，全长估计有一两百公里。

一直开到最南端的那座像大鼓似的岛，你就得停下车来排一会儿队了，因为那儿有各种各样的人在拍照，那儿有个牌子，意思是这里是美国大陆的最南端，也是 1 号公路的终点，然后写着往那个方向 90 里就到古巴了，也就是说，这里离古巴比离本州的迈阿密还近。

我最喜欢的法国风情的城市，大的是新奥尔良，还有一个小的，其实也不逊色，特别特别的美，就是 Key West 岛的中心。

Key West 岛当年也是法国殖民地，后来又从西班牙手里卖给了美国，但实际上 Key West 是法国风情，所以小城中央的那条街极其美好，到了晚上，其实特别像新奥尔良，到处是乐队，到处是法国美食。而且它比新奥尔良好，好在哪儿？新奥尔良的酒店都在密西西比河河边，但 Key West 比较好的五星级酒店就太浪漫了，它的前台还在 Key West 岛上，开完房就得坐船去房间了，因为房间都在一个一个特别小的小岛上。

反正开完房，拿着钥匙，你就等着，开往各个小岛的小船十分钟一班，如果你不喜欢热闹，就不用到 Key West 主岛来，你就在你自己那个特小的小沙滩岛上待着，有点像马尔代夫，但是马尔代夫可没有 Key West 主岛上的法国风情小城。在 Key West，你高兴的时候就到主岛上来喝酒，听音乐，玩，吃，你想安静、想写东西的时候，你就回你自己的小岛上待着就行了，小岛上也有吃的，也有 SPA，各种服务什么都有，在那儿住着特别美好。

2. 单腿写作的海明威

在美国，听到 Key West，很多人会立刻想到一个人，那就是海明威。

Key West 岛在中国不太著名，因为咱们刚开始出境游没多久，还都是去那些人流特别密集、能购物的地方，还没有上升到想去看看美国名人居住的地方那种境界。中国人提到佛罗里达州，肯定都知道迈阿密、奥兰多，但是不知道 Key West。

美国人太崇拜海明威了。海明威最喜欢的地方，一个是法国，另一个是长得很像法国的 Key West，所以海明威年轻的时候在法国住了很长时间。有一本我特别喜欢的书叫《流放归来》，讲的就是美国的 Lost Generation，也就是迷惘的一代，他们"一战""二战"期间在巴黎跟毕加索这些大师混，后来都混成大师了，包括海明威在内。这些人的下一代在美国更著名，叫 Beat Generation，就是垮掉的一代。

海明威他们为什么要跑到巴黎去？当然追寻艺术是一方面，但还有另外一个重要原因。一九二几年的时候，美国正好处于禁酒令时期，不能喝酒，这帮艺术家不喝酒怎么创造？所以没办法，这一大帮人都被流放到巴黎去了，所以海明威当然是一个大酒鬼。

海明威从法国回到美国能住哪儿？新奥尔良黑人太多了，Key West比较贵，所以没什么黑人，而且住的都是挺有钱的白人，所以海明威就住到了Key West，并在那儿生活了很多年。如果你去到Key West，无论如何都要排队去看一眼海明威故居，反正我是去看过两次，而且非常感慨。

海明威喜欢六趾猫，这个猫有六个趾头，人类也挺坏的，专门把动物弄成大眼鱼、六趾猫，海明威养了一堆六趾猫，所以到了海明威故居，我的天，床上、桌子上、椅子上，到处都是六趾猫，没有一个人去干扰它，也没有一个人去诚心地喂喂它，美国人不干这事，大家就是特别安详地看着六趾猫躺在海明威的床上，然后你看着它，就觉得这猫是有灵性的，它好像是见过海明威的，或者说它就是海明威本人。

海明威住的地方是很朴素的两小栋房子，一小栋房子里有餐厅、卧室和一个会客厅，另外一小栋就是他写东西的地方。这个地方我要跟大家澄清一下，过去看文艺青年始祖海明威的传记，都说他是站着写作的，所以大家都特崇拜，觉得这海明威多特别，每天早上五点钟起床，六点钟就开始站在那儿写，写到中午，而且说得神乎其神。至于为什么他要站着写呢，说是因为他这个人就是这么简练。人都有一种毛病，一旦谁成了英雄，咱们就要把各种各样的传奇包装到他身上，事实根本就不是这么回事。

海明威是美国文学的重要代表，他不像英国文学那么华丽深奥，英国文学里很多词你还得查字典，美国文学以简练著称。海明威是记者出身的，马克·吐温也是记者出身，所以他们在当记者的时候，就特别训练过不写那些华丽的辞藻，尽量简洁地把东西描述得很清楚、很硬朗，海明威曾说过，为了让自己简洁而站着写，结果就被人夸张成海明威站着写作了。

我还听说过更邪乎的，说海明威是单腿站着写作，可我当时居然相信了，而且我也试过，早上起来我就单腿站着，可我单腿啥也写不了，单腿更没法弹琴。所以我去海明威故居的时候，特意仔细看了看，找他站着写作的那个书桌在哪儿，看了半天并没有，那里都是正常的书桌和凳子，我还问人家，这单腿站着写作的地方在哪儿？人家都说没有那回事。海明威故居里有一个老头，我每次去都是那个老头给大家解说，他还是义务的，把海明威讲得特别特别神奇，但就连他也不承认海明威有站着写作的这种习惯。

所以我怀疑是这样的，可能海明威很年轻在巴黎的时候，估计他想要范儿，因为在巴黎的大家都得要范儿，毕加索也要范儿，所以海明威就单腿站着写作，但是他到 Key West 的时候，已经大概是第三个太太了吧，那时候他已经上了岁数了，所以肯定是不能单腿写作了。

不管怎么说，反正在海明威故居里面待着，我觉得还是很美好的，大家如果到 Key West，一定要到海明威的小院子里徜徉一下，感受一下大师的光辉。

海明威是美国人民最最崇敬的作家，也是美国人民心目中最最伟大的英雄之一，为什么呢？我在这儿多说两句。其实美国的大作家有很多，福克纳，还有菲茨杰拉德，前两年有一部电影叫 *Great Gatsby*（《了不起的盖茨比》），原著小说就是菲茨杰拉德写的，文笔简直优美极了，辞藻非常漂亮，大家要是练习英文写作一定要看看这本书。

美国人民并不崇拜菲茨杰拉德，为什么呢？美国是个上古民族，不适合那种酸了吧唧的骚柔。我特别爱用"骚柔"这个词，欧洲就有很多骚柔的民族，喜欢那些骚柔的作家。美国人喜欢的作家得是英雄、硬汉，你看这书名《永别了，武器》《丧钟为谁而鸣》，一看就是作者自己亲身经历过的。

海明威差不多从高中毕业开始，这世界上的战争就没有他不去的，这哥们太厉害了，真正体现了一个大作家的那种勇敢，他就是一定要去看看人类正在打的仗是什么样的，他就是典型的美国硬汉。

"一战"的时候，到处都招志愿兵，杜鲁门就是那时候被招募的，连农民都去参战了，海明威就志愿去意大利战场，但他的视力不太好，打枪的活儿干不了，就当救护兵。后来英勇地去救一个意大利士兵，结果一个炮弹炸了两百多片弹片在他身体里，海明威一直到死，身上都带着几十片没拿出来的弹片，就是这次负重伤留下的。

　　西班牙内战海明威也去了，大家都知道西班牙内战全世界左翼记者全去了，说是当记者，其实也都跑前线去了，大家都觉得我是反对资产阶级，反对帝国主义，都觉得自己最光荣，海明威也是。

　　海明威是很"左"的一个作家，他"二战"中来过中国，听说在成都的一个省委大院里，还有一个"海明威故居"，海明威著名的《丧钟为谁而鸣》就是在成都写完的，而且海明威还带着新婚的妻子到重庆见过蒋介石和宋美龄，他觉得自己代表美国媒体而来。为了让海明威帮忙正面歌颂抗战，国民政府给了他很高的待遇，不过他到处找共产党，但始终找不着。

　　最后特别有意思，他在江边散步，突然有个荷兰女人跑过来说，大师，我受共产党的一个叫约翰·奈特的人委托，约你明天见面。这约翰·奈特很多人都知道，是周恩来同志的英文名字，其实就是淮安话发音的周恩来。海明威特别激动，太好了，终于见着共产党了。于是第二天，这个荷兰女人带着他穿过菜市场，一路左拐右拐，又摆脱国民党的特务等，终于把海明威带到一个地下室，见到了约翰·奈特。

　　关于周恩来总理会不会说外语这件事情我看到网上争论了很多年，有的说他会，而且还会八国外语；有的说不会，他什么外语都没学过。我可以稍微公正一点地说，约翰·奈特同志肯定是不会说英语的，但是他肯定会说法语，这不是咱们自己的历史记载的，是海明威说的。海明威在巴黎待了那么多年，他肯定是会说法语的，他当时跟约翰·奈特坐下以后，就用法语交谈，两人相见甚欢，而且约翰·奈特同志给海明威同志留下了非常好的印象。

海明威后来还访问过苏联，还曾经跟着轰炸机去轰炸过德国，轰炸机还坠毁了，他又死里逃生了一次。总之，他是标准的美国人民最热爱的尚武的硬汉。在美国，文学要写得生猛，音乐要搞摇滚，美国人民的荷尔蒙太多了。

海明威14岁就冲上拳击场被人打得红毛绿眼的，自己还特爽，他一生受伤无数，光脑震荡就十几次，做了二十来次手术，两次在报纸上看见有关自己的讣告，就是别人都以为他死了呢。写完《老人与海》，海明威感觉还是不能抒发豪情，于是从 Key West 又跑到非洲去了，到了非洲又两次坠机，死里逃生，所以大家知道他后来还有著名的《乞力马扎罗的雪》，就是在非洲的经历。就是这么一个传奇的人，用现在的话说，他就是一个特别能作死的人，所以他真的死了的时候，JFK（肯尼迪）还给他写了一个巨长巨长的讣告。

他写的东西当然是特来劲，简短有力，尤其是《老人与海》，完全是坚定的美国精神，他在《老人与海》里写过一句被所有美国硬汉奉为座右铭的经典名句—— 一个男人可以被摧毁，可以被消灭，但是不能被打败。

《老人与海》其实是真事儿，当然没那么夸张，海明威确实曾经出海捕过鲨鱼，而且他亲手去拖那鲨鱼，准备拿手枪把鲨鱼打死，结果一枪打自个儿小腿上了，这哥们的眼神看来确实不太好，然后负着伤自己徒手跟鲨鱼搏斗，书中写的这段是海明威的亲身经历。在非洲也是，坠完机大家都以为他死了，结果他看着报纸喝着咖啡，哈哈大笑，结果后来又坠了一回，摔得肝脏破裂，晚年他还得过肺癌和皮肤癌。

另外，古巴革命海明威也去了，还跟卡斯特罗成了好朋友。有一阵子全世界的人都以自己是卡斯特罗的好朋友为荣，反正只要觉得自己是左派的，就得跑到古巴去，跟卡斯特罗在一起，大家闹革命，总之卡斯特罗好像代表了最不腐败的、最纯净的、真正的、最勇敢的革命者。后来海明威的古巴故居揭幕的时候,卡斯特罗还亲自去剪彩。所以海明威回美国后,中情局一直想要调查他,再加上他又去过苏联,FBI还怀疑他是间谍,跟克格勃有联系,就是一通折腾他。美国到了战后的麦卡锡时代,到了开始迫害左翼作家的时候,海明威干脆就隐居起来了。

但其实海明威是非常受不了平静的生活的,你想他本来能上大学的,就为了去打仗,大学也不上了,他就是这么一个人,就这么一副性格,一定要在激荡的革命中,或者在离婚和结婚中,在各种各样喷溅着荷尔蒙的生活中,他才能找到自己。可见大家要想当伟大的作家,自己最起码要先撞撞墙,拿门槛练练手什么的。

海明威自杀前的那些年,世界已经不是他习惯的那样了,巴黎已经再也没有当年的 Lost Generation(迷惘的一代),Beat Generation(垮了的一代)也已经过去,整个世界进入到一种对他来说肯定是特没劲的状态,冷战对所有文艺工作者和艺术家来说,确实是特没劲的时期,所以海明威特别颓废,最后选择了自杀。

如果你去 Key West 的海明威故居,那位义务讲解的老头肯定会告诉你,海明威就是在这张餐桌,坐在这个椅子上自杀的,而且说得有鼻子有眼的,枪是怎么拿的,对着哪儿,搁嘴里还是怎样,但实际上海明威并不是在 Key West 自杀的,他最后是在爱达荷州的家里自杀的,这是正史明文记载的。那位老解说员估计是太爱海明威了,所以在自己的脑子里编好一个关于海明威的故事,有意思的是他还指着那餐桌说,你看这桌子上是不是还有血的痕迹,然后就真有游客趴在那桌面上看。这个故事告诉我们,到了旅游景点千万不要听导游瞎讲,大家最好还是自己事先多看点书。

每当说到自杀,我都想说一些个人想法。不管你所处的环境有多独特,不管你的人生有多惨，其实都有比你更惨的人存在。你说你是艺术家多愁善感，同时代没有别的艺术家了吗？你说你怀才不遇，你比凡·高还怀才不遇吗？其实比海明威惨的作家太多了，可别人都没自杀，而且全世界能给的奖项，海明威都获得了，诺贝尔文学奖、普利策文学奖，全世界人民都崇拜他，连很多大师都崇拜海明威。马尔克斯就曾经回忆，说自己曾经在街上碰见海明威，结果马尔克斯居然崇敬到不敢上前打招呼，只能远远地喊了一声，当时海明威回头看了马尔克斯一眼，就那一眼，给了这位伟大的文学巨匠马尔克斯一生巨大的鼓励。

受海明威影响的作家太多了，川端康成也热爱海明威，但川端康成自杀当然不是因为海明威，是因为三岛由纪夫先自杀了，然后川端康成才自杀的，我不知道这俩人之间有什么关系啊。

反正我觉得自杀是一种基因，海明威的家族血统里就带着自杀的基因，他家四代人中自杀了五个，他的兄弟姐妹自杀了两个，他的爸爸自杀了，他的孙女很多年以后也自杀了，另外海明威的儿子是 2001 年去世的，他是以变性人的身份去世的。反正基因是挺神奇的东西，它给了你们世世代代的才华，也让你们世世代代困在一个自我毁灭的诅咒里。

有关海明威自杀，有一个小事我觉得很悲壮。大家都知道斗牛士在西班牙是全民的偶像，现在因为环保人士的存在，斗牛士的地位已经开始下降了，但当时那个时代，斗牛士就和日本的相扑选手一样深受人民的拥戴。总之，听到海明威自杀的消息后，西班牙最著名的斗牛士沉默了良久，吐出三个字，"干得好"，然后他也追随海明威自杀去了。

一个人活到这种地步，你自杀了，还有人追随你去自杀，可以说海明威的人生是伟大的人生。

3. 古巴自由和旅游圣地

回到美国的偏见地图，佛罗里达州的名字是 Cuba Libre（古巴自由），爱喝酒的人都知道，这是一种著名的鸡尾酒，其实就是 rum coco（朗姆酒可可），成分是朗姆酒加可口可乐，可能在古巴不是这么调的，但是美国人懒，酒也调得特简单，就把 rum coco 叫 Cuba Libre。如果你想喝酒精多一点的话，点的时候就说我要一个纯的古巴自由。

迈阿密到处都是酒吧，有很多很多种鸡尾酒，Cuba Libre 是最著名的一种，就是因为那儿有太多太多古巴人了，以至于到迈阿密市中心，你会看到一座纪念碑，那儿燃着长明的火叫作猪湾登陆纪念碑。咱们讲"妄人列传"的时候，讲过切格瓦拉立的大战功之一，就是在冷战高潮时期的猪湾那地方。

古巴革命以后，资产阶级富农都逃到佛罗里达来了，所以美国就把他们组织起来，从佛罗里达出发去猪湾登陆，其实是当炮灰去了，然后被英雄切格瓦拉指挥古巴的民兵给消灭了，死了很多人。

其实早在革命之前，佛罗里达就有很多古巴人了，因为差不多有半个多世纪之久，古巴是美国的殖民地，而且是美国从西班牙手里拿下的殖民地，接下来就要讲 1898 年的美西战争了。

咱们之前讲总统的时候说过，美国每场战争都会出现总统，除了美国人民觉得最无聊的"一战"、越战跟韩战之外，美国本身还有独立战争、南北战争、打印第安的战争等，美西战争诞生的总统就是西奥多·罗斯福，他是美西战争中的美国英雄。

西奥多·罗斯福是美国历史上第一个有缩写的总统，他的缩写是 TR，Theodore 的首字母是 T，Roosevelt 的首字母是 R，所以美国人管罗斯福叫 TR。在罗斯福之后，还有两位总统也有缩写，一个是 TR 的堂弟兼侄女婿富兰克林·罗斯福，他的缩写是 FDR，另一个是我们很熟悉的 JFK，这三位都是美国历史上伟大的总统，美国人习惯用缩写来指他们。

美西战争说起来特简单，就是一个国家一旦强大，它就开始来劲，它走在街上看谁都不顺眼，你瞅我干吗？你再瞅，再瞅我就拔枪射你，美国当时就这样。到 1898 年的时候，美国的工业产量已经超过最强大的大英帝国，位居世界第一（当时不统计 GDP，统计工业产量）。

于是美国就开始顾盼自雄，就想找个人练练手，先揍谁呢？一看鼻子底下的古巴、波多黎各，怎么都是西班牙的殖民地？西班牙离美洲那么老远，而且都被法国揍成那样了，我就找西班牙练手得了。所以美国就开始找碴，说西班牙这不行那不行，你在我鼻子底下不能干这个，不能干那个，我要保护拉丁美洲，保护加勒比海这些国家，不能被你西班牙欺负，反正就一直跟西班牙来劲。

美国还派出了一艘主力战列舰，叫缅因号，美国的战列舰都是以州名命名的。缅因号一直开到哈瓦那，结果在哈瓦那港里爆炸了，炸得就剩下三分之一，死了二百多美国水兵，于是美国就以炸我主力舰为名，在公海上击沉西班牙商船，俘虏西班牙船只，最终逼到西班牙向美国宣战，因为西班牙实在是走投无路了。

一个衰弱的大帝国被逼急了，不仅会向一个新兴的强国宣战，还能向 11 个新兴的强国宣战呢，"庚子之难"就是大清帝国向 11 个西方列强宣战。

缅因号爆炸在美国历史上至今仍是个无头悬案，基本上不知道是谁干的，美国人只要知道这事是谁干的，它追到天涯海角也得把真凶找出来，但缅因号这事至今仍是悬案，这说明美国人心里也有愧，就跟 JFK 是怎么死的一样，美国人也不愿意提，反正我估计缅因号就是美国人自己炸的，为的就是找个碴打西班牙。

美西战争打响时，TR 是美国助理海军部长。美国的部跟咱们不一样，咱们的一个部里有好多副部长，副部级干部非常多，美国是没什么副部长的，都叫助理，助理部长、助理国务卿，其实都是副部长。反正 TR 当时立刻辞职不干了，说我要当骑兵上校，骑兵是所有兵种里最光荣的，而且 TR 家是大富商，自己也特有钱，官职也挺高，这样身份的人都主动要上前线去打仗，可见美国像海明威那样的硬汉极多。

于是 TR 就率领骑兵团去古巴了，到古巴以后，TR 在自己的日记里写道：我在古巴最痛苦的一件事，就是西班牙人这太不禁打了，我一率领骑兵冲锋，西班牙人就跑了，我要是能负一回重伤该多好啊。不光 TR 觉得西班牙军队弱，当时美国人人尚武，前线记者也都带着枪，他们本来是去采访的，后来看美军势如破竹，结果美国记者也冲上去了，几个美国记者竟然俘虏了好几百个西班牙士兵。

其实不怪西班牙人不堪一击，TR 确实是非常有政治头脑，他做的事都是在攒自己的政治资本。他有自己的水军，这个水军不是指军队，而是咱们现在在网上跟人吵架的那种"水军"，TR 的水军专门负责在前线写各种东西，描述 TR 多么英勇，永远冲在第一个，率领骑兵团冲上山岗，冲下山谷，创造了各种大捷。总而言之，TR 是美西战争中的第一大英雄，后来他真的当上了美国总统。

FDR 也当过助理海军部长，完全是顺着 TR 的路走，也当过纽约州参议员，因为 FTR 一直崇拜 TR，可见 TR 在美国人民心中也是地位很高的英雄，有关 TR 跟 FTR 的事，以后咱们另辟专题再详细讲。

1898 年美西战争后，古巴就已经是美国的殖民地了。不光加勒比海的西班牙殖民地，遥远的跨过太平洋的菲律宾也被美国占了，太平洋上重要的基地关岛也归了美国，所以美国一下子变成了一个世界性的大国，正式站上了世界舞台。

美国的大种植园主就都跑到古巴去了，在那儿种植烟草、水果、甘蔗什么的，古巴也有很多人去了佛罗里达，再加上后来古巴革命，资产阶级往后一跑，大家也都往佛罗里达跑，所以佛罗里达是古巴人的一个重镇基地。

生活在佛罗里达的古巴人，一直有一种要解放祖国的胸怀，打回本土的大志，但只能在佛罗里达当美国公民，就在前不久，美国和古巴正式建交了，估计这些古巴裔美国人连复仇的愿望都要没了。

冷战的时代过去了，意识形态也淡去了，古巴不像当年那么刺头了，当年半个世界都是红的，古巴在最前线觉得自己最光荣，现在古巴一看不行，我也改革开放吧，别坚持了，于是美、古两国的关系正常化了。

美国人民当然高兴了，半个多世纪以来，美国有钱人最高兴的事儿，就是抽着古巴大雪茄，在古巴海滩的大庄园里，跟那些屁股翘得上边能放一杯鸡尾酒的漂亮古巴姑娘在一起。以前美国人民去趟古巴，回来后政府要找你聊聊的，问你到古巴干吗去了，现在两国建交了，美国人又可以去古巴了，我也打算去古巴看看呢。

美国买过很多领土，路易斯安那、阿拉斯加、佛罗里达，佛罗里达花的钱其实只比阿拉斯加贵了一倍多一点，但是我觉得这地方买得比阿拉斯加值，阿拉斯加实际上真没什么东西，也就是当飞机不能跨越大洋的时候，它能充当中转站，美国跟苏联冷战的时候，在阿拉斯加放了个雷达，万一苏联发核导弹，能提前侦测到。另外能多捞点鱼和石油，还有一点金矿，别的价值就没有了，佛罗里达可是美国的宝库。

佛罗里达是世界级旅游大中心，它的邮轮旅游是世界最强的。有一人来找我，说是受迈阿密那儿的邮轮大老板的委托，来问我有什么办法能开拓中国市场呢？比如说我能不能想点办法，在他们的游轮上搞一些中国的神兽什么的来表演表演。

世界上比较大的邮轮基地都在迈阿密，而迈阿密的邮轮公司之所以能在美国打开市场，最重要的一招是他们做了一个非常长的电视剧，叫 *Love Boat*，就讲在邮轮上大家怎么谈恋爱，这戏一下子就火了，于是大家才知道，邮轮上还能有艳遇。当然了，如果大家多坐两回邮轮就知道了，邮轮确实是这么一个东西，两个人如果没结婚，上完邮轮下来估计就求婚，然后就准备结婚了。但两个人如果结了婚，从邮轮上下来估计就要离婚了，因为在邮轮上，时间一长就会感觉特别无聊，每天除了白天能出去玩一会儿，整个晚上就只能在船舱里待着。本来没多少感情的人，在邮轮上能把恋爱谈得特别充分，下来就可以结婚了，夫妻俩在邮轮上没事干，也只能吵架，下来就准备离婚了，这是邮轮的一个副作用。

现在中国人也开始搞邮轮了，我们有去韩国的和日本的邮轮，只是还没拍出 *Love Boat* 这种剧集，谁有兴趣可以玩玩这东西。

中国人民熟悉迈阿密的另一个重要原因是热队，因为中国有太多太多 NBA 球迷。热队很多年前好像没什么大名，但是这几年三巨头都跑到热队去了，先是大鲨鱼奥尼尔跑到热队去了，奥尼尔是中国人民的老朋友，紧接着是小皇帝勒布朗·詹姆斯，这可是 NBA 现在的第一大腕，然后是韦德，三巨头都在热队。热队风光了几年，开始有一点不行了，小皇帝詹姆斯也回到了骑士队，热队今年也就开始下去了，颇有点昙花一现的意思。

除了奥兰多的主题乐园、迈阿密的邮轮，佛罗里达还有很多有意思的地方。而且佛罗里达最大的城市不是迈阿密，迈阿密当然特别美，是一座现代化的大城市，也有几百万人口，但佛罗里达最大的城市是 Jacksonville（杰克逊维尔）。之前咱们讲过，一个地方只要一叫 ville，就是法国殖民地，只要一叫伯格，就是德国殖民地，所以 Jacksonville 一听就是法国殖民地。它是一个大型军事基地，是大西洋舰队的主力基地之一，大西洋舰队在整个大西洋沿岸有 Jacksonville 和什么诺福克两大基地。

还有卡纳维拉尔角，离赤道越近的地方，越适合发射航天的东西，美国南方的是得克萨斯州的休斯敦，所以休斯敦有一个航天中心，再就是佛罗里达州的卡纳维拉尔角，卡纳维拉尔角实际上比休斯敦还更向南一点，在那儿有一座大型的航天中心——肯尼迪航天中心。所以佛罗里达不光有旅游业、邮轮业等，还有航天中心、军事基地，军事基地还不光是Jacksonville，还有坦帕贝，Jacksonville对着大西洋，坦帕贝是在这边对着墨西哥湾，而且风景极其美，有红树林、白沙滩、透明的海。

　　我去过坦帕贝，那里美到什么程度？白色的沙滩深到海里，海面上一丝浪也没有，平静到你想参禅的地步，红树林也一直延伸到海里。不过那片红树林有点躁动，因为那是一个车震圣地，反正那树林里只要有一点空，就能塞进一辆车去，然后你就看见车在那儿震，对着沙滩、大海、红树林，在这儿车震确实比大街上浪漫。

　　如果你穿过红树林，站在白沙滩上，看着透明的海水，望着整片海湾，你会有种特别美好、平静的感觉。我在坦帕市找到了一家中餐馆，在那里吃中餐的时候，遇到一个四五十岁的女服务员，我问她来这地儿多久了，她说她来这地儿有20多年了吧。我就说，你赶紧告诉我坦帕贝哪儿最好玩？她说我来20多年都没去过坦帕贝，因为她在坦帕市，不在那个贝那儿。我很好奇，在坦帕市住了20多年，居然没去那么美的海滩看看？结果她说，她来这儿是做牛马的，怎么会去那种地方呢？

　　这不是很久很久以前，大概就是几年前的事情，一位华人大姐告诉我，她来美国是做牛马的，坦帕贝不属于我们该去的地方，听完以后我心里非常难过。大家经常说美国这好那好，其实很多华人来美国，真的是怀着一种极其自卑的心态，他们在美国活得是很辛苦的。

4. 美国白人的伤疤

讲了这么多佛罗里达的好，也得讲点不好的地方，世界上没有一个地方是天堂。

佛罗里达州最大最大的问题，跟所有美国所谓的深南州一样，就是种族歧视问题。

全美各州的两百万人自愿参与过一项调查，采样率非常高，就是在你心目中，你是不是有种族歧视。因为都是自愿参与的，所以接受调查的基本都是年轻人，而且受过很好的教育，而且我估计那些极端的种族歧视者应该不会来参与。

根据调查，越往南种族歧视问题越严重，就是咱们之前讲的揭竿而起的南部七州，Deep South（深南州）。南北战争咱们也讲过很多次，七个州先揭竿而起，然后边境四个州又加入，所以这十一个州是美国南方的所谓邦联，其中种族歧视问题最严重的，就是这七个州。

佛罗里达是美国的千年老四，它的种族歧视名次也排老四，第一名是南卡州。南卡州直到如今，才把南北战争时期的南方邦联旗从州议会大厦顶上降下来，它也是美国最保守的州，现在你问南卡州人，他还会告诉你，他不是美国人，他是南卡州人。佛罗里达就是深红州，这里的种族歧视问题是非常恐怖的，而且他们不光歧视黑人，我就亲身经历过。

有一次，我自己开着车，毫无理由地就被警察给拦住了，我在美国各个州都开车到处玩过，还从来没遇到过这种警察，他戴着一顶有点像南北战争时期南军的帽子，问我，我在加州有没有犯过什么罪。我就反问，我在加州犯过什么罪跟你有什么关系？你先说你为什么拦下来。他就说，我就是要调查你，你先说你在加州有什么问题。

一般都不会跟别人说，我是一个名人，我觉得这有点不太好，但那天我真生气了，我就指着我驾照上的名字跟他说，你直接谷歌一下看看我是干吗的。然后那警察还真谷歌了一下，这才稍微地客气了一点。我心里还是很不舒服，如果我就是一个普普通通的老百姓，他今天是打算怎么弄我？把我按地上，骑到我身上打两拳？或者干脆直接开枪把我击毙？

后来我就死活问他，我到底怎么了，你凭什么拦我？那警察就说你超速了。我问我开多少迈？他说98。我说不可能，我这车一过80就会响，自己提醒我超速了。美国各州的最高限速基本都在75，允许的超速上限大概有10%，所以一到了80，车就会自己发警报，当时我的车一点声都没有，我绝对不可能开到98。但那警察就死活坚持我开到98了，还要跟我上法庭。他明知道我没法跟他上法庭，因为上法庭差不多就得约到一个月后了，难道我到时候再来一次迈阿密？没办法，最后他说要罚我钱，我只好答应了，罚了我好几百。这就是我被种族歧视的经历。

大概是在2012年的时候，有一些白人为了防范黑人，邻居间轮流在外面巡逻，然后有一个白人，就觉得一个黑人不对劲，就开枪把黑人打死了，事实上这白人是没有任何执法权力的，而且这黑人什么事也没干，就这么一个事，佛罗里达州法院居然判白人无罪！因为佛罗里达和一些南部保守州有一条法律，这条法律规定，如果我主观感觉到你对我有威胁，我就可以向你开枪。

这导致全美国轩然大波，连奥巴马都愤怒地说，这要是倒回35年前，被打死的黑人青年可能就是我！全美国的名人、明星、知识分子，尤其是黑人，全都愤怒地抗议美国南部州的这条法律，麦当娜也抗议了，蕾哈娜和JZ也抗议了，贾斯汀·汀布莱克也抗议了，亚瑟小子说，我永远不去佛罗里达，因为我走到街上，会被人打死。

大家可能觉得这件事已经很令人愤慨了，几乎可以称得上是美国的伤疤，没想到没过两年，一模一样的事又发生了一次，那就是前一阵子弗格森的事，美国又闹得一塌糊涂。

美国的种族歧视问题，是一个非常非常难解决的问题。我的律师是位犹太白人，他跟我说过，其实他并不喜欢奥巴马，也不喜欢他整天操弄LGBT的这些话题，不好好发展经济，偏要去搞同性恋平权、搞医保这些事情，可他虽然不赞同奥巴马的政策，但是两次投票却都投给了奥巴马，为什么呢？因为他们这些白人其实是想通过选出一个黑人，来弥合他们这个国家多年来愈合不了的伤口。

但是现在看这效果如何呢，八年快过去了，奥巴马也快卸任了，这个伤口似乎还在，不知道要到什么时候才能最终愈合。

当然了，虽然有那么多明星愤怒抗议，说他们永远不去佛罗里达州，但是在迈阿密，还是有大量的明星豪宅，美国明星特别爱住的几个地方，迈阿密就是其中之一。

住在迈阿密，只要有邮轮或自己的游艇，你随时都能出海，因为它到处是贝，洛杉矶游艇就不多，因为它没那么多贝，它直接对着大洋，浪很大，所以大量的明星住在迈阿密。我在拉斯维加斯给席琳·迪翁录音的时候，我还问过她，我说你除了在拉斯维加斯一年演70场，你平时住在哪儿？她说我反正就是夏天的时候就回加拿大的蒙特利尔，冬天的时候我在迈阿密，她过的就是典型的明星生活，反正她有钱，有私人飞机。

还有我之前经常穿的一个服装品牌，叫Versace（范思哲），范思哲这哥们就住在迈阿密，而且大量的时尚大师都住在迈阿密。迈阿密发生过一个著名的凶案，就是范思哲，范思哲是个同性恋，他住在迈阿密的一座豪宅里，然后有一个同性恋的男妓觉得范思哲有钱，就管他要钱，范思哲没给，那男妓就气疯了，趁范思哲早上晨练回来，就在豪宅的阳台上直接把范思哲打死了，美国还有一个纪录片专门讲这件事，包括怎么追踪凶手，如何执行抓捕等。

另外，还有泰格·伍兹、马特·达蒙——马特·达蒙演《长城》的时候来过中国——还有美国各界的一线大腕，迈克尔·乔丹、比尔·盖茨，这些人在迈阿密都有自己的住宅，这些人太会生活了，冬天天一冷，大家就都去迈阿密住着。总之，冬天的迈阿密就是明星大聚会的地方。

说回佛罗里达，那里的民风确实比较凶悍，我第一次开车到佛罗里达州的时候，我吓了一跳，因为那里的车，车头上都没有车牌子。因为佛罗里达人民就是彪悍，就是不乐意在车上装两块牌子。在佛罗里达，你买车的时候，人家就给你一块车牌子，而且这还是人民投票通过的法案。这样万一我跟你干起来了，我至少是车头对着你，你看不到我的车牌，等你想记我车牌的时候，你已经被我打晕了。当然美国还有不少州都只有一块车牌子，但是我第一次看到这种事，还是很震惊的。

加州大概 20 年前，也是一块车牌子，但是为了防犯罪，改成了两块车牌子，但是佛罗里达州到现在还保持着一块车牌子的传统。

高科技常青州
华盛顿州

1. 摇滚音乐与华人的骄傲

美国的南部各州，我已经一路讲到大西洋尽头去了，这回掉头向北，讲美国最西北角的州——面对太平洋的华盛顿州。

首先要给大家厘清一下，美国其实有两个地方叫华盛顿，一个是美国的首都华盛顿（华盛顿DC，华盛顿特区），在离首都特别远的地方，还有一个华盛顿州。美国人说到华盛顿，通常指的是华盛顿州，首都则被称为DC。美国只有这一个州是以美国总统的名字命名的，由此可见华盛顿在美国人民心中的地位是很伟大的。

我没去华盛顿州之前，对它的印象是非常好的，有两个原因，一是音乐，二是华人。

首先说音乐。我不光热爱音乐，而且是靠这吃饭的，从西雅图出身的那些乐队给人的感觉太好了。美国的音乐分了很多种，大部分商业音乐都在洛杉矶，当然纽约也有不少，但是美国有一种非主流的摇滚音乐，摇滚音乐的大本营就在西雅图。所以在我还没去华盛顿和西雅图之前，就已经十分喜欢那儿了，听说那儿阴雨连绵，很容易让人潮湿，就产生出了一种伟大的非主流音乐。著名的 Nirvana 乐队（涅盘乐队）的主唱后来自杀了，自杀原因据他自己说，是因为他红了，变得商业化，被大众喜欢了，所以他觉得自己不再是小众音乐，不再是摇滚，这违背了他的理想，所以他就自杀了。

另一个好感是因为华人。我们经常批判民族主义，其实批判的是那种狂热的民族主义，那个很危险，会导致战争等，但是我们对自己的民族还是应该有感情的，如果华人在美国当上了参议员，当上了州长，我们心里还是很骄傲的。西雅图出了一个很有名的华人，叫 Gary Locke，也就是中国人都知道的美国驻中国前大使——骆家辉。

当骆家辉当上美国驻中国大使以后，很多狂热的民族主义者开始特别讨厌他，摆出一副要看他热闹的嘴脸，因为他们觉得骆家辉骨子里其实是美国人，尤其是他在美国当了那么多年的官员，他首先肯定是要为美国政府服务的，这个我倒觉得无可厚非。

骆家辉这个人也挺有意思，骆家辉是他们家的第三代移民，当选的时候，他说了一段话，非常激励美国的所有华人。他说当时我的祖父母远渡重洋，从中国那么远的地方，只花了几个月时间就到了美国，从我的祖父在这里刷盘子，到如今我站在州长的官邸，这足足花了三代人的心血，用了一百年的时间……这段话振奋了在美国被视为少数民族的华人，我也觉得骆家辉说得很好，所以我对他出生的西雅图印象好极了。

西雅图还有很多知名的大企业，微软在西雅图，波音在西雅图，还有号称美国阿里巴巴的亚马逊网，星巴克咖啡也是从西雅图起家的。

说到企业了，我再补充一句，西雅图这些企业有一个共同的特点，都是特别可怕的垄断性企业，它们经常被美国的反垄断法弄。不知道是什么基因，肯定不是因为总下雨，因为美国总下雨的地儿多了。而且西雅图这座城市产生的大型企业，都是横扫天下无敌手，或者说，它们的对手只有一个——美国政府，美国政府会推出反垄断法、限制你、起诉你、分拆你。

但即便这样，有些大企业还是没有对手，微软就没有对手，在微软所在的那个领域里，它完全没有对手。波音也是，它在一九三几年的时候就已经垄断天下，被美国政府强行分拆，拆成了今天的三家美国大型公司：联合飞机公司、波音飞机公司和联合航空公司，美联航今天依然是美国最大的航空公司。

亚马逊在美国的垄断地位和阿里巴巴在中国是一样的，但阿里巴巴在中国好歹还有一个对手——京东，但亚马逊在美国几乎就没有对手，易贝和亚马逊的性质不一样，易贝从本质上来说是一个拍卖网站。

星巴克也没有对手，像星巴克这种咖啡厅，如果说在某个区域内，可能有些其他咖啡连锁企业还能跟它比画比画，但从全世界的范围来看，没有人能跟它竞争，而且现在星巴克都开始开茶馆了。

总之，西雅图这座城市不知道有什么特殊基因，从它那里长出来的企业，都能巨大到必须得靠反垄断法才能稍微制衡一下它的地步。

西雅图旁边的好多山特别像中国的庐山，云雾特别多，你到西雅图一看那山、海，全都是"日照香炉生紫烟"的那种景色。但这种阴郁的景色也造成了一个负面影响，西雅图那儿有一大桥，好多自杀的人都从这大桥上往下跳，所以西雅图的自杀率在美国排名是很靠前的。但美国自杀率最高的地方不是西雅图，是拉斯维加斯，因为赌钱倾家荡产的人太多了，无路可走只能自杀……

我曾经开车从洛杉矶直接北上去华盛顿，一路上历尽千辛万苦，所以建议大家以后要是开车去，千万别像我一样，我是因为太贪心了。

加州和华盛顿州中间还隔着一个州，美国的西海岸不像东海岸，东海岸就是一大堆小碎州，西海岸是后来才有的，所以比较集中，一共就三个州，一个加州就挺长，占了快一半，然后就是俄勒冈州，之后就是华盛顿州，沿着5号公路一直开就到了。

可我当时想，这一路上顺便就去各种国家公园看看吧，我的天，这可害苦我了。刚开始过纳帕的时候还特幸福，Napa Valley是加州最大的酒产地，我在米其林餐厅吃了一顿特别特别丰盛的大餐，吃了鱼子酱，喝了纳帕最好的酒，觉得特高兴，喝完酒我先睡了一觉然后就开车继续往俄勒冈州走，接着就遭遇了各种各样的艰苦奇遇。

当然了，俄勒冈州最著名的城市波特兰还挺好的。首先，从Napa Valley往北，就再也没有西班牙的地名了，从加州到圣弗朗西斯科，都是这San那San的，再往北就不是西班牙殖民地了，都是英德裔移民（开发建设的地方），尤其以德国移民为多。华盛顿州的德国移民在白人中也占第一位，俄勒冈州也是德国移民占第一位。

到了波特兰，我最大的印象是，除了一座著名的什么花园之外，最重要的一点就是，那里的人怎么都那么瘦？因为我在加州已经习惯了看满街都是大胖子，我在加州都属于很瘦的人了，结果跑到波特兰一看，这里的人长得都瘦，而且都是白人，男男女女在街上都挺漂亮，听说德国人都吃不胖，这真是太令人羡慕了。

再往北去就惨了，大家都说美国怎么怎么好，可美国有些地方可比中国吓人多了。开到黄昏的时候，车子的刷玻璃水已经用完了，那铺天盖地的蚊子就糊在整个风挡玻璃上，大概就剩下一道小缝，我也不敢下车擦玻璃，几十万只蚊子，前边的路根本都看不见了。

没办法，我就想找个地方先住下来吧，这就更难了，两边全都是特别可怕的土路，一点信号也没有，我吓得在车里直叫唤。最终找来找去终于找到一座加油站，太好了，结果到了加油站一看，就是一个油桶和一个自来水龙头，这怎么加油？加油站旁边还有个小院子，我刚过去的时候吓了一跳，一个老头和一个老太太，像两个僵尸一样站在那儿一动不动，外面全都是蚊子，深更半夜的，这俩人就在那儿看着我的车，吓得我一开始根本不敢下车。

后来我冒着被蚊子咬的危险下了车，幸好这加油站还有一个小房间可以给我住，但是没有厕所，上厕所得穿过这个小院，怎么穿，院子里全都是蚊子，根本没法在这种地方住，所以我就又开车回去了，幸好我依稀记得来时的路上有一家小旅馆，39.99美元住了一晚。本来第一次路过的时候，我还觉得这小旅馆不好，现在再住，觉得简直就是天堂，而且房间里还有卫生间，人真是一种特别容易满足的动物。

接下来的路程都差不多，一路上到处都没信号，晚上也都住在差不多的小旅馆，还在火车里住了一晚，后来路过一座湖的时候，听人说这湖中心有信号，但我又不能游过去，后来找了一条船，把我划到湖中心，打了个电话。

总之，为了看国家公园，这一路真是吃尽了苦头，不过国家公园确实很美。

华盛顿州还有个别名是"填满水的火山口"，确实特别美，那才叫天池。你上去后，从各个角度看，那火山口都像一块玉一样，碧绿碧绿的一座大湖在那儿，非常美。更美的是森林，华盛顿州到现在没有完全统计，但绝对是森林物种最多、森林保护最好的一个州，在美国是排第一的。

早在微软、波音、亚马逊之前，华盛顿州最大的产业就是伐木，因为这里的森林长得太好了。中国的森林也是北方的好，因为北方冷，树生长的时间就长，木材质量就好。美国的东部从纽约去波士顿的路上，森林也很好，但那里还是没有华盛顿的森林。

另外，每个州的车牌子上都有一个名字，比如加州是金州，得州是银州，华盛顿州是常青，因为它的树木种类和森林的覆盖率都是全美第一名。

还有冰川的数量，除了阿拉斯加之外，全美本土所有州的冰川加起来也没有华盛顿州多，所以你一路上开车，除了森林就是冰川，还有湖水、海滨、海湾等美景。

总之，最后我就在华盛顿州美丽的大森林中，一路开车到了西雅图。

2. 西雅图夜未眠

咱们重点说说西雅图吧，西雅图确实是一座非常美的城市，应该这么说，西雅图跟温哥华加一起，是一座很美的大城市。

如果大家看地图的话，西雅图和加拿大的温哥华基本是连着的，开车也就二十分钟路程。两座城市合起来其实是一座特别美的巨大的海湾，这个海湾里头，靠海湾的这块上边是温哥华，下边就是西雅图，中间就是美加边境。

我经常说，上帝对美国真好，美国的大海湾之多，咱们中国是不能比的，中国的海湾很少，好不容易有点海湾，比如青岛、大连，马上就被当成最好的港口了。青岛和大连的海湾跟旧金山、迈阿密和西雅图根本比不了，这些庞大的海湾中有好几百座小岛，上面还都住着人。

西雅图有个交通工具特别有意思，叫 seaplane（水上飞机），因为那些岛都特别小，不可能建机场在岛上，你要坐直升机去成本就太高了，因为直升机的耗油量受不了，所以就坐那种看着破破烂烂的水上飞机，在各种小岛上穿梭。

水上飞机就相当于西雅图的公共汽车，票价非常便宜，差不多27美元，而且还是通勤票，买一张票，不管你去多少个小岛，只要最后飞回西雅图，都是那么多钱。每个地方降落的时候，都有从小岛伸出来的一条栈桥，水上飞机就架上去停那儿。在岛上住的人就提着从西雅图买的东西下去了，还有人抱着自己的狗上飞机，反正住在岛上的人就这么在大陆和小岛间通勤，你在西雅图只要一抬头，天空中永远有至少一架水上飞机。

西雅图还有一种水陆两用的游客汽车，那汽车下边是一条大船，本来还开在路上，就听上边车喇叭还介绍着，这是西雅图什么什么地方，说着说着车就开到海里去了，在海里转一圈，又开到陆地上。加州也有海，但我从来没在洛杉矶见过这么多有意思的交通工具，真是太有意思了。

西雅图这座城市非常清秀，因为它就在海边，全是这种海滨的饭馆和酒吧，游客里有各种各样奇怪的怪咖，现在流行管这种人叫奇葩，看到这些人，我终于明白为什么西雅图能出非主流音乐了，绝对不是因为下雨导致人们内心潮湿，而是这里本来就怪人云集。

我在西雅图总会有一种恍如隔世的感觉，夜里走在街上，你就能看到，这个人永远在这个门口站着，那个人永远在那个地方坐着，海边的一个台阶上，老是歪歪斜斜地待着一个人，白天上街的时候，你要是不仔细看，就会以为街上的人应该换了一拨，但要是认真一观察，就能发现其实还是那群奇葩。

最逗的是我每天在西雅图的海边走，都能看到一个特别特别像香港早期黑帮电影里的大哥的人，他前半拉头发都快掉没了，发际线很高，但是后边是大长发披着，穿着典型的那种南洋华侨式的大绸布衫，下边是一条大裤衩，手里拿着大扇子。

我就想不明白，西雅图有这么多大企业，这里的人一天到晚肯定忙忙碌碌的，可这些奇葩就不上班，每天都在那儿像吸血鬼似的待着，街上走的也都是走马观花的游客，其实我不太喜欢这种感觉。因为我在加州生活习惯了，尤其是像我这种在南加州待久了的人，到其他地方我都不太适应，因为南加州的人都特别友好，见面都相互打招呼，电梯里也互相开玩笑，可西雅图的人都很冰冷，也许是那里阴雨连绵，人们内心潮湿吧，反正在西雅图我要是跟陌生人打招呼，人家可能都觉得我是个奇葩。

在美国的偏见地图上，华盛顿州的名字是 Geek（极客），就是那种每天除了高科技之外什么都不会的人，这也是全美国其他州人民对华盛顿州人的印象，关于这个，我可以给大家讲两个小段子。

如果你从国外飞往美国，比如飞往纽约和洛杉矶，事先都得先填一个健康表，证明你没带肉、没带菜，没携带什么不合法的东西，是一张蓝色的表，但是你到西雅图就不用填表，因为西雅图是高科技城，不需要这个。飞机到了西雅图，海关那里完全没有人，全都是各种机器，仪表都在那儿摆着呢，你自己上去接受检查就行了，你带没带肉，带没带菜，机器直接就录进去了，很方便快捷，而在纽约和洛杉矶，永远有一个海关的人上来很麻烦地盘问你。

我第一次去西雅图，住在海边的一家酒店里，第二次去我就不想住那儿了，因为海滨的奇葩太多了，人又很冷漠，我不喜欢。所以第二次去我就找了一家特别特别美的民居，位置在西雅图郊区的一座山上，房子在靠近山顶的地方，日落的时候美极了。

美国的整个西海岸，对着太平洋的这一面，都能看到极其美丽的日落，但西雅图和洛杉矶的日落又不一样，洛杉矶的天是蓝的、晴的，所以看到的是一轮大太阳缓缓地落下去，西雅图有雾霭，就是那种特别美的云，每当太阳下去的时候，通红的晚霞染红了所有的云彩，特别特别的美。

我住的民居主人是一对飞行员夫妇，西雅图有一家航空公司，叫阿拉斯加航空公司，这对飞行员夫妇自己亲手盖了这么一家民居，只有两间客房，我住其中一间。本来按我的印象，民居恐怕是要简陋一点，我还准备住进去后自己手动整理一下，结果一进房间我傻了。

窗帘、灯、音响、电视就不说了，所有东西都配有各种各样的摇控器，飞行员老太太先进来教我使用摇控器，教了半天，这个摇控器这么用，那个摇控器那么用，整个就是一间高科技全自动房间。就这么一家只有两间客房的民居，都能搞成这么高科技的地方，我终于领教了 Geek 的含义。

我在纽约那么发达的大城市，也从来没有见过这么高科技的地方，而且它就是一家小民居而已，还有按摩大浴缸，又有平台上的那种高科技，里边能调各种光线，还有一个能治疗皮肤问题的桑拿房，里面也是各种遥控，里面这个灯是治疗这种斑的，那个灯是治疗那种痘的，反正我一进去就拿各种灯不停地照自己。

总之西雅图的人都对高科技有一种狂热的追求，我跟这对老飞行员夫妇聊天，就聊他们的生活，还挺伤感的。他们当年做飞行员是很风光的，每年能挣二三十万美元，现在只有七八万美元一年，而且每周的飞行时数是过去的三倍。我问他们，这么辛苦为什么不跳槽去别的航空公司？他们说没法跳槽，美国的工会很厉害，为了防止恶性竞争，航空工会规定，如果你从竞争对手那里挖走了一个飞行员，不管他之前飞了多少里程，他在你那儿都必须从头干起，从副驾驶开始，重新积攒他的飞行里程数，福利待遇也全都化为零。中国就不是这样，对于这种飞行里程数高的飞行员，你来了就当机长，待遇也肯定比你之前更好，因为中国没有行业工会。

所以，这对老飞行员夫妇只能忍着，现在他们把以前的积蓄拿出来，买了这块地，完全两个人自己动手盖了这家家庭旅店。美国人这一点也特别厉害，他们什么活儿都会自己干，会修车、会割草、会铺摄影机的移动轨，一个个美国人好像都上过蓝翔技校似的。总之这家小旅店，一砖一瓦、一草一木，都是夫妻俩自己弄的，差不多弄了八年，现在平均每隔一天能接待一个客人，赚两百美元。大家以后有时间去西雅图，可以去照顾一下这对老飞行员夫妇的生意，风景特别好，还有自己的小院子，可以对着海喝喝茶，而且这对老夫妇做的早餐特别好吃。

说到西雅图，不能不提到微软和波音公司。

大家应该都看过《比尔·盖茨》传记，我也去过比尔·盖茨家，当然不是被邀请的，是我自己想去看看比尔·盖茨的房子，因为听说那是全世界最高科技的一座大宅子，里面的东西全是自动的。

我专门查了地址，就开车过去了，跑到比尔·盖茨家门外看了一眼，宅院在海边，确实很大，但有多么高科技我就不知道了。在今天这个移动电子的时代，其实微软跟谷歌比、跟苹果比，甚至跟阿里巴巴比，我觉得都并没有做出伟大的贡献，今天微软给大家的贡献，主要是比尔·盖茨夫妇做的慈善，他们捐了几百亿美元，救了上千万的贫困儿童，我觉得这是最伟大的。

所以微软和比尔·盖茨我就不讲了，但微软还有一个人值得讲一下，那就是第二大股东保尔·艾伦，西雅图人民对保尔·艾伦的热爱，要超过比尔·盖茨，因为美国著名的橄榄球队 Seahawks（海鹰王朝）就是保尔·艾伦的。

2014 年我在新泽西亲眼目睹了 Seahawks 夺冠，而且是横扫丹佛野马队，扫到最后野马的球迷都觉得没劲了，所以 Seahawks 的球迷都说，咱们回西雅图再游街狂欢吧，别在这儿欺负人了。而且那天还特别冷，我裹着一条大毯子也没暖和起来。

整个西雅图都沸腾了，因为 Seahawks 队很长时间都不是一支强队，但保尔买下了它以后，它就越来越强，并终于夺冠。2015 年在菲尼克斯比赛，西雅图去了那么多球迷，海鹰队准备蝉联冠军，结果最后居然输了。

我认为是打了假球，而且有点过于明显，因为最后时刻，海鹰队最大的王牌 Lynch（林奇）在差一码的地方传球，然后就被人超截了，当时全场目瞪口呆。西雅图很多球迷都哭了，因为当时冠军已经如探囊取物一般了，居然发生了这么大的失误。了解橄榄球的人可能不太多，我就不太细讲了，总之我认为这事肯定有黑幕，肯定是假球，大家可以随便骂我。

回到保尔·艾伦身上，他的性格跟比尔·盖茨完全不一样，比尔·盖茨是一个很严肃的人，这些年来专心做慈善。但保尔·艾伦很喜欢体育，还是个音乐迷。他不仅买了 Seahawks，而且 Seahawks 比赛的时候，他这个大胖子老在那儿亲自升旗。他还有音乐方面的助理，那助理还找过我，我们还一起吃了顿饭。

保尔·艾伦在世界各地买了很多好的录音棚，因为他太有钱了。喜欢音乐的人应该知道披头士的一张著名唱片 *Yellow Submarine*（《黄色潜水艇》），保尔·艾伦就真的在威尼斯弄了一艘黄色的潜水艇，在里面建了一间录音棚，他希望世界各地的音乐家都去他的录音棚里录音。

清朝的时候，中国的有钱人提着笼子遛鸟，保尔·艾伦不遛鸟，他养橄榄球队，养录音棚，请全世界有才华的音乐家跟他做朋友。收到他助理的邀请，我感觉特别高兴，他说我什么时候去欧洲，就可以去保尔·艾伦的潜水艇、游轮的录音棚里录音。其实我特别动心，关键是我自己不唱歌，我不知道给谁录音，现在好了，我们有了阿里音乐集团，各位愿意投身到阿里音乐集团的歌手，你们现在有机会去威尼斯保尔·艾伦投资的黄色潜水艇里录音。好了，广告宣传时间结束。

3. 波音公司进化史

我要特别讲一下波音，这是一家伟大的公司，里边还有中国人的功劳，值得骄傲。

美国的新型高科技公司，比如微软和苹果，都不用创始人的名字来命名，但美国内战之后起来的这些大公司，比如洛克菲勒、摩根、杜邦等，都用自己的名字来命名，所以当两家公司合并的时候，就把两个人的姓放在一起，比如，你叫惠利特，我叫普卡德，这公司就叫惠普（Hewlett-Packard）。

咱们中国就没这个传统，中国人有儒家气质，不喜欢把自己的名字放上去，所以中国人的公司叫阿里巴巴，不叫马公司。如果叫马公司的话，那腾讯跟阿里巴巴其实是一家公司，都拿自己的姓当公司名，腾讯叫马公司，阿里巴巴也叫马公司。

波音当然首先也是一个人名，这哥们姓波音，1916年的时候开了家飞机公司。要造飞机首先得有工程师，波音雇的第一个工程师是一名MIT毕业的中国人，叫王助。王助很爱国，他后来回来报效祖国，为中国早期的航空事业出了很多力，可惜没做出什么名堂，因为中国不是没有优秀的工程师，而是没有波音这样的航空大亨。

到一九三几年的时候，波音公司因为迅速膨胀，遭到了美国政府的强行肢解，刚才提到了，被拆分成了三家公司。

波音公司的厂房是破了吉尼斯世界纪录的，它的总装厂房是世界最大的单体建筑，到现在还保持着这项世界纪录，因为它造的飞机太大了。

战争期间，波音一开始做军用飞机，还出口过中国，比如驱逐机等，然后就开始做空中堡垒，以及超级空中堡垒。"二战"时期，最大的大飞机B-29，就是波音生产的，B-17空中堡垒也是波音生产的，它们以做香肠般的速度造大型轰炸机，雇用了几十万的工人，可见当年的波音公司在西雅图是多么的庞大，最鼎盛的时期，造好的飞机得排着队出厂。

应该这么说，是波音公司的飞机打败了德国，是波音公司的飞机打败了日本，因为轰炸德国主要是靠 B-17，当然也有一些 B-24（B-24 是由其他工厂生产的），打败日本的主要是 B-29，B-29 是远航程，从硫黄岛就可以起飞去轰炸日本，把日本很多地方炸为平地的就是波音公司生产的这个B-29，巨型轰炸机。

B-29 战后改装成民用客机，也曾经是战后最大的民用客机，所以波音公司战争期间立了巨大的功劳。当然不光是波音公司，战争期间，美国所有的大公司，全部转产军需品，连汽车厂都在造军用飞机、军用坦克。底特律的那些大汽车厂，通用、福特全都改产大型轰炸机了，美国一旦焕发出战斗力，真是不容小视。所以大家判断美国的时候，别看它平时的生产量，一看它平时还没我们生产量大，你要知道美国一旦动员起来太吓人了。

美国在战前的 1939 年和 1940 年的时候，就已经能年产三百万辆汽车了，转成战时生产的时候，在 FDR 的领导下，美国整个战争期间，三年零十个月，从三百万辆汽车的生产量变成三百辆，所有的这些产量，都转成军需品生产。波音是飞机公司中的翘楚，当然那个时候还有很大的另一家公司，叫道格拉斯。

道格拉斯公司是生产运输机的，世界上有史以来产量最大的纪录，到现在还被道格拉斯的 DC3 保持着。道格拉斯公司生产的运输机，跟中国人民也有很大的关系，驼峰航线用的全是道格拉斯生产的这些飞机。

为什么要讲到道格拉斯公司呢？实际上今天已经没有道格拉斯公司了，也已经没有麦克唐纳公司了，后来生产美国主力战斗机 F-4 鬼怪式和 F-15 鹰式的，都是麦克唐纳，这些公司现在都属于波音了，所以美国拆分了波音没什么用，它后来又越来越大了。

波音原来在民用飞机上并不是最大的，道格拉斯公司才是最强大的，所以大家知道的 DC-3、DC-4、DC-6、DC-7 ——到 DC-8 开始已经是喷气式的了——两边都是一起竞争，DC-8 就跟波音的 707 竞争，DC-9 就是后来大家知道的麦道 82，还有麦道 80，麦道 82 是大家很熟悉的机型，当时叫 DC-9，是跟波音 727、波音 737 竞争，而且不落下风。

但是到了最关键的一次竞争的时候，波音公司一战打败了所有对手，这件事是非常有意思的。

这光荣的一战就是宽体客机波音 747。在波音 747 以前，大家都是窄体客机，只是螺旋桨变成喷气的了，然后不增压的客舱变成增压的，大家都是一步一步地改进，这边的 707、727、737，那边的 DC-8、DC-9，终于到了民航客机井喷的时候，大家都认为迫切地需要一种大型的宽体客机了，就是两条过道的、中间有四五个座、两边还各有两三个座的那种。

波音和道格拉斯都看到了大型宽体客机的市场，因为飞机越大，油耗越低，单独分到每个客人的油耗就越低，一架装四百人的飞机比四架装一百人的客机效率要高得多，油也省得更多，所以大家都开始研究这个，但是这个东西谁都没经验，全世界也没有人研制过这么大的飞机。

当时全世界能研制这么大宽体客机的三家大公司，现在两家都已经没了，而且都在美国。当时还没有空客，空客是后来崛起的，由欧洲四个大国一起凑起来的，连补贴带什么的做到今天已经非常不错了。当时的三家大公司是波音、道格拉斯，以及现在已经放弃了民用飞机，只做军用飞机的洛克希德。洛克希德当时还不叫洛克希德·马丁，后来它又买了马丁公司，才叫洛克希德·马丁，现在生产 F-22、F-35 主力战斗机的都是洛克希德·马丁公司，当时它还产民用飞机。

所以三家巨型大公司，波音、道格拉斯、洛克希德，一起下豪赌，这豪赌是什么呢？就是把公司所有资产抵押给银行，因为研究这个太花钱，花的时间也特别长，要用掉几乎所有的研发队伍，所有的钱也都得搁进去，咱们大家要么就胜利，世界第一，要么就破产，只有这两条路可走。所以三家大公司都抵押了几乎全部资产给银行，借来钱就开拼了。

这边就是波音747，道格拉斯是DC-10，后来道格拉斯破产了，被麦克唐纳收购以后，又改叫麦道11，也是那种三个发动机的宽体客机。洛克希德的叫L1011三星式，也是三个发动机，但是长得跟DC-10不太一样，DC-10中间的发动机是直杵的，L1011三星式中间还拐了一个弯下来。三家大公司各自拉伙伴，当时全世界能研制这么大飞机的喷气式发动机的公司，也就三家，于是大家都拼了，各自拉来了一家，配对跟彼此打。

这三家大发动机公司，一家是英国的Rolls-Royce，它生产的汽车咱们翻译成劳斯莱斯，发动机翻译成劳尔斯·罗伊斯，其实英文都是Rolls-Royce，剩下两家是美国的，一个是普拉特惠特尼，另一个是通用电气（GE）。这三家公司要研制这么大的发动机，也需要抵押财产，也需要拼命赌了，反正大家就一起赌吧。于是每家发动机公司再拉上一家大型航空公司，为的是多争取点订单，这样才能有钱继续拼，于是这边拉来了泛美航空，那边拉来了大陆航空，所以整个就是一场大混战。

这轮竞争的结果就是你死我活，最后就波音活了，波音747彻底赢了。道格拉斯公司破产，被麦克唐纳收购，麦克唐纳有钱，因为它在冷战期间供应美军主力战斗机，当然是有钱，于是就变成了麦道公司。冷战结束之后，订单减少了，于是麦道公司又被波音收购了，所以等于是波音最后收购了它曾经最大的对头道格拉斯。

洛克希德后来就只做军用飞机了，大陆航空公司也卖给了别的公司，大概是卖给美联航还是美航吧，反正就是因为这场豪赌。每一支队伍有三家公司，一家飞机制造公司、一家发动机制造公司、一家航空公司，航空公司只有飞机的产量大了，它才能降低成本，飞机公司失败了，航空公司也就跟着一块输了。

这是波音历史上最光荣的一次胜利，导致波音几乎垄断了整个民用机市场，一直到今天，波音其实还在全世界民用机市场占到三分之二或四分之三的份额。自从空客起来以后，波音和空客天天打官司，波音说，你是靠英国、法国、德国、西班牙政府的补贴，没什么光彩的。空客确实是靠补贴，蓬皮杜出访，到处去推销飞机，你买我的飞机我给你贷款。而美国是自由竞争的市场，美国政府可不会给私营飞机公司补贴，全靠你自己拼，拼输了的道格拉斯公司倒闭、麦道倒闭、洛克希德关闭民用飞机部门，波音是在这样的环境中脱颖而出，独占鳌头的。自从这一战胜利后，波音已经完全没有对手了。

不过波音后来也输过两回，都是在军用飞机这块输的，一次是主力重型战斗机竞争，在最新一代战略轰炸机 B-21 项目上败给了诺思罗普·格鲁曼，然后是联合打击战斗机（JSF）的竞争，波音也投入了大量的钱，洛克希德的叫 F-35，波音的叫 X-32，结果最后国防部一拍腿一瞪眼，我就要那 F-35，四千亿美元的订单就去了洛克希德那里。你波音那 X-32，我国防部不要，你投的钱就全白花了。所以波音现在在战斗机这块基本上放弃了，反正民用这块我最大，战斗机就归你洛克希德吧，你洛克希德最大。

除了民用飞机外，波音还吃了另一大块，而且也是垄断，那就是航天。大家都知道的"挑战者"号和"哥伦比亚"号航天飞机，都是波音收购的洛克韦尔公司制造的，天上最大的那个玩意，叫国际空间站的，也是波音造的。所以说东方不亮西方亮，战斗机那一块波音不要了，航天飞机和空间站我可得站在最前面。

所以说，波音是一个伟大的公司，也是西雅图的骄傲。有时候我想算算数，西雅图这座城市一共才 60 万人口吧，但是波音就 20 多万员工，当然不是都在西雅图，在全球各地还有 5000 多员工，但是主要集中在西雅图。还有亚马逊、星巴克的好几万员工。大家算一算，这西雅图里，除去给这几家大公司打工的人和家属，还有一些给他们做饭、开出租车的，基本上就不剩什么人了吧。

不过这几年我们能从新闻里看到，波音终于又有新的对手了，这个对手是谁呢？就是波音自己的工会。

这工会太厉害了，你公司大，你有钱，那我就涨工资，涨福利，一直逼到波音公司没办法了，说你们要这么弄，那我就要搬家了，虽然华盛顿州有特别好的政策。

当然了，华盛顿州虽然没有州税，但不是一分钱都不交，联邦税还是得交的。咱不是说华盛顿州的人挣了钱不交税，您交您的联邦税，但是州税是没有的，这就是华盛顿州一个吸引人的地方，而且它的企业所得税也是没有的，所以那么多大企业都往那儿跑。有人开玩笑说，最好在俄勒冈州和华盛顿州边界那儿盖一座房子。加州消费税很高，最高的时候可能过十了，现在好像九点多，华盛顿州的消费税也很高，大概也是九点多，而俄勒冈州没有消费税，也就是说，你买东西能比别人便宜将近10%，所以你在华盛顿州挣钱，不用交所得税，再去俄勒冈州花钱，没有消费税，真是太幸福了。

总之，波音被自己的工会逼得没办法，2001年把总部搬到了芝加哥，但这其实对工会没什么大影响，因为总部没多少人，波音的20万员工主要都是技术工人，而且这可不是一般的技术工人，不是咱们富士康那种模式，二十来万人进来上了生产线就能做飞机了，做飞机没那么简单。

最后波音找来找去，说南卡州有一个飞机修理厂，自己也能做点飞机，有熟练工人，而且这工会肯定没有波音这么强大，不然咱们就搬那儿去吧。

最逗的是南卡原来那个飞机公司的工会一听波音要来，高兴了，我们要涨工资了，因为波音公司的员工福利好、工资高，动辄10万美元的年薪，在波音，连签约费都有1500美元，就是你刚签约入职，什么活儿都还没干呢，就先给你一万美元，几年后还有一个 5000 美元的红包。

反正南卡州的工会就大家坐在一起投票，说咱们怎么吸引波音来呢？要不把咱们的工会解散了吧，没有工会就没人跟波音唱反调，所以南卡州的工会居然就自动解散了，波音公司就说，那好，我们就把工厂搬到南卡州去吧。这工厂一搬可就是七八万人的大事，结果全美国的机械技术员工会就开始大规模起诉波音了。

这个机械技术员工会在美国是非常强大的，我之前经常讲到美国所谓的平等和自由，其实这两者根本就是矛盾的。这些技术工人起诉波音什么呢？因为美国联邦有法律规定，不许报复工会，而且这条法律还是罗斯福兄弟俩搞出来的，TR 上台前美国还没有工会这种东西，TR 上台后开始限制美国资本家，FDR 时强大的工会就建起来了，总之工会在美国有很强大的法律做保障，只要你企业报复工会，我工会就可以立即起诉你。

但是有个非常敏感的问题，就是什么叫报复工会？我派人把你腿打瘸了，那当然叫报复工会了；你工头带头闹事，我把你开除了，那也叫报复工会；可是我把工厂搬迁到别的州去，这算不算报复工会？美国是一个最崇尚市场经济和自由营商的国家，我企业难道没有权力把工厂搬到东海岸的南卡州去吗？美国难道没赋予我搬厂的自由吗？

可是美国又说了，咱们得平等。平等就得有保护工会法、保护就业法等，你不能搞歧视，所以自由跟平等又冲突上了。

经过大规模的诉讼，最后波音还是在南卡州建了厂，当然波音也做了一些让步。其实当时波音和工会闹得不可开交，除了搬厂外，还有一个重要的原因，就是养老金问题。养老金原本是固定的，该拿多少钱就拿多少钱，但是波音后来把养老金的条款改了，它拿出一大笔养老金去做投资和增值，然后按每年拿出去的养老金的基金回报率，来决定你这一年能拿到的养老金是多还是少，如果波音投资成功了，你就能多拿养老金。但工会拒绝接受这个条款，工会说，万一你投资赔了，我今年不就拿不到养老金了吗？总之波音最后在养老金这件事上也做了一些让步。

这件事结束后，波音开始陆续把分包的活儿，比如机门、机翼等，我估计除了总装厂外的其他活儿，都搬到中国来了，波音的工厂到了中国，政府还保护它，毕竟波音是给中国人提供了就业机会，作为中国这样的新兴国家，你先解决你的就业问题吧。

在美国，波音的总装厂除了搬到南卡州一个外，后来又搬了一个到密苏里州，总而言之波音在西雅图的总装厂是越来越少了。

但波音目前也不能再往外搬了，因为工会还是很强大的，华盛顿州政府也坐不住了，说波音你不能再搬了，你再搬走，我们这州就全民玩摇滚了，全民搞音乐了，现在都已经这么多奇葩天天没事在街上晃荡，都够愁人的了。为了挽留波音，于是华盛顿州除了免州税外，又多给了波音一个补贴，补贴了八十多亿美元，最终把波音剩下的厂留在了本州。

所以波音目前虽然在逐渐向全世界扩散，但主要的总装厂和八万多名技术工人还是留在西雅图的。

这就是波音公司的故事，咱们除了讲每个州吃喝玩乐的事，也讲点有意义的事。

19世纪60年代
世界的高潮

1. 列强与天朝大国的剧变

现在大家总搞民族主义，动不动就说我们这个民族又站起来了，我就想，我们这个民族是什么时候趴下去的呢？

这　想才发现是从19世纪60年代趴下去的，那时候的世界很有意思，不光是中国，全世界都在一个特别转型期。当时咱们中国被打趴下了，开始转型了，开始自强了，开始洋务运动了，其他的国家一看，也都开始干这些事了，所以咱们就讲讲19世纪60年代的世界是什么样的。

我先总结一下，然后再分门别类地来讲一讲19世纪60年代的国家、艺术、文学、科技、经济等，都很有意思。

首先，我觉得19世纪60年代是人类的一次高潮，当时整个世界进入了一个大高潮，只有中国和奥斯曼土耳其是低潮。或许你应该这么理解，每当这个世界要进入高潮的时候，都是有国家要付出代价的，人也一样，你到了高潮的时候，一定有其他倒霉蛋正在为你的高潮付出代价。总之咱们那时候比较倒霉，和奥斯曼土耳其是世界高潮的代价，一个东亚病夫，一个西亚病夫。

蒸汽机发明以后，第一次工业革命到了最高潮，第一次工业革命带给人类昂扬向上的力量，所有东西到19世纪60年代都达到了最顶峰、最高潮。因为从19世纪70年代开始，电就来了，这电来了以后，就开始孕育第二高潮，第二高潮到"一战"前，差不多又到了一大顶峰，这时人类就开始作了，最后作得不行了，只好打仗了。

所以19世纪60年代是蒸汽机时代的最高潮，或者叫作黑暗时代的最高潮吧，也可说是英法统治世界的最高潮。而1870年以后，人类进入了有电的光明时代，世界也变成了列强世界，但在19世纪60年代的时候，世界还没有列强，只有两强，就是英国和法国。

19世纪60年代，所谓的列强都还在各自的娘胎里孕育着，这其中包括了19世纪60年代孕育出来的一个巨大的大魔鬼，就是德国，德国当时已经孕育得差不多了。

19世纪60年代，普鲁士先后打败了丹麦，打败了奥地利，最后打败了强大的法国，到德意志帝国成立时期，世界离开了英、法两强的时代，这就是19世纪70年代的开始了。

除了德国，还有意大利，一个撒丁王国统一了意大利，这时又一个列强在19世纪60年代的尾巴上诞生了。

19世纪60年代上半叶世界特别倒霉，跟中国差不多一样倒霉，当时世界上有两个无比庞大的国家，在爆发着令人发指的内战，就是中国跟美国。

中国的内战规模比美国还大一点，正在搞什么呢？三场内战加一场外战正在同时进行。那时候的中国也真是够倒霉的，以前也倒霉过，但从来没有19世纪60年代那么倒霉。三场内战，一是南方的太平天国起义，二是北方的捻军，三是西北的陕甘回民起义。一场外战就是英法联军侵略中国，还火烧了圆明圆。

美国有一个纪录跟中国差不多，就是美国的内战，南北战争，也是在19世纪60年代，打死了75万士兵，这个数字虽然跟中国死了几千万人不能比，但75万这个数字并不准确。现在南北战争已经过去150年了，各种纪念杂志我都看了，2013年是林肯发表著名的葛底斯堡演讲150周年纪念，于是重新校订了南北战争的士兵死亡数字。

我从小看书的时候，记得南北战争的死亡士兵数是62万，到前年才突然说不是62万，是75万，不知道是从哪儿刨出来了十多万人的尸体，还是在哪儿找到了一本人名册，总而言之，官方的统计说75万士兵死于南北战争。民间死了多少人无法统计，因为美国那时候地广人稀，不像中国是中央集权国家，为了让老百姓纳税和征徭役，一直有严密的户籍制度和保甲制度，美国是个民主国家，它勉强知道自己有多少个县，连自己有多少个市都不知道，更不知道自己有多少人口了，所以具体死了多少老百姓，不得而知。

美国还打过印第安人，1898年美西战争打过西班牙，紧接着参加了"一战"，紧接着又参加了"二战"，"二战"以后又韩战、越战、伊拉克、阿富汗，等等吧，所有这些战死的人加一起，都没有美国南北战争的时候死的人数多。中国也一样，中国在19世纪60年代之后，又打过甲午战争，打过八国联军，还有各种内战，北洋内战、国共内战，日本人来了又跟日本人干了14年，日本人走了以后，又是解放战争，中国在19世纪60年代之后，所有战争中死的人加在一起，也没有60年代那么多。

所以19世纪60年代的时候，中、美两国都创下了一个死人纪录。但之后的两国却走上了截然相反的方向，美国经过内战的大浩劫之后，突然昂扬向上地、一发不可收地追上了英国、法国、德国，超过了所有世界列强，到19世纪末期的时候，美国已经是世界上工业第一、GDP第一的一个令人发指的超级大国。所以 19 世纪 70 年代之后，世界列强不但加上了德国、意大利，还加上了一个美国，美国也登上了国际历史的舞台。

但另一个哥们，它就没有美国这么争气了，在 1860 年的时候，中国被英国、法国狂揍，揍完了以后赔款，签订各种不平等条约。

日本其实也签了这些一模一样的东西，黑船事件以后，日本也被迫开放通商，也赔了人家不少银子。荷兰也去跟日本签了不平等条约，中国那个时候好歹还没跟荷兰签过不平等条约，在 19 世纪 60 年代的时候，还只有英国、法国和美国，以及刚才漏掉忘记说的俄国。

俄国也是 19 世纪 60 年代蹿上历史舞台的，但其实俄国还不能算是一个列强，俄国当时是一个以说法语、听西欧的音乐、穿西欧的衣服、贵族们都以去过西欧尤其是巴黎为荣的这么一个国家，它自个还没搞清楚自个是干吗的呢。但是从 19 世纪 60 年代开始，俄国也开始觉得自己是光荣的、骄傲的了。总之，19 世纪 60 年代，每个民族都开始认识到，原来我们是一个民族，原来我们是有一个国家的，这个国家是由我们这个民族组成的等。所以 19 世纪 60 年代开始，或者其实应该说是从 1848 年革命的时候就开始了，欧洲各国开始有了民族意识，然后各个国家也都开始认识到这个问题，所以它们就产生了一种空前的自豪感。

19 世纪 60 年代，俄国废除了农奴制，当然紧接着后来美国因为南北战争，北方赢了，也废除了奴隶制。奴隶制这个东西，按照马克思的说法，是人类第一个正式成形的制度，但其实好像也不是，因为有很多地方一直也没出现过奴隶制，还有好多地方到现在还有奴隶制，反正咱们权且按马克思的说法，全世界的主要国家，一直到这个时候才肃清了奴隶制。继俄国之后，1862 年，林肯发表了《解放黑人奴隶宣言》，美国的奴隶制也被废除了。

如果我的记忆没错的话，在 19 世纪 60 年代末的时候，全世界的主要国家里大概只有巴西还存在着奴隶制。所以南北战争之后，一帮死硬分子绝不向北方投降，你要是以南方的观点看，他们就是烈士。最后这些坚贞不屈的农场主、绅士，拖家带口都跑巴西去了，因为只有巴西还有奴隶制，所以巴西到现在有一个少数民族，这少数民族的名字特别逗，叫 Confederados，大家一听就知道这是什么意思，因为美利坚邦联国就是 Confederades，他们那儿还有一面旗帜，叫血痕旗，上面有十几颗星，反正在巴西他们坚持搞自己这一套，最后在巴西也成了少数民族，估计他们现在也挺后悔的。

奴隶制时代结束后，全世界的民族都有了自己的民族意识，也有了国家的意识。日本人也认识到了这一点，日本之前不知道自己是一个国家，日本人以为自己是好多好多国家，总之在日文的汉字里，"国"这个字的意思是，我封你在那个地方，你是个侯，或者你是个公，在日本叫你是个"大名"，你的那块封地就叫"国"，所以日本有这个国，那个国，好几十个国。

所以 19 世纪 60 年代开始，日本被打开了国门，认识到原来我们这个是一个民族，是一个国家，我们要奋起，所以，尽管和中国的遭遇差不多，但日本并没觉得那是不平等条约，反而很感谢列强帮我们打开了国门，所以中国和日本这俩国家的皇帝，心态真的很不一样。

日本天皇以前一点权力都没有，天皇他们家在京都那儿待了六百多年，也没什么权力，都习惯了，日本天皇就觉得，我是一个没有权力的人，我就在这儿赏赏樱花、赏赏风景。突然列强打开了国门，老百姓开始说，你看，那一定是幕府无能，总得有人出来负责。

天皇一下子特高兴，我六百多年都没权力，拜西方所赐，拜黑船来了所赐，我突然有了权力了。于是明治天皇睦仁就从京都跑到东京去了，就是江户，天皇跑到江户去了，他的心态是，西方人太好了，我得好好谢谢他们，他们让我从京都一个游手好闲的人，变成了君临天下的皇帝。

所以日本对西方的态度是非常好的，并在 19 世纪 60 年代开始进行明治维新，也跳上了世界的舞台，所以 19 世纪 70 年代开始，这世界就不是英法的世界了，而是英法加上德国，加上美国，加上俄国，现在又加上一个日本，这个列强的格局基本上都是在19世纪60年代孕育并诞生的。

19世纪60年代是英、法的世界，也是剧变中的世界，这时候中国发生的最大变化就是死了近一亿人，当然这也不算最根本的变化，中国后来连续遭受天灾人祸，有时候饿死也能饿死好几千万人。但不管怎样，中国至少也在那个时候开始产生了民族和国家意识，这对中国来说是一个非常巨大的转变。

在19世纪60年代之前的上千年间，或者说有记载历史的大概两千年间，反正肯定没有五千年，"五千年"这个数字是咱们自豪的时候说的，大概也就两千年吧，两千年来，我们从来没有认识到我们是一个国家。那我们对自己是什么看法呢？我们这两千年来，一直认为自己就是天下，天下都是我的，国就是我封给你的那块地，我封你在那儿，你就是齐国，我封你在那儿，你就是鲁国，至于我，我就是天下。

所以中国人一直说亡了天下，夺了天下，大家来争天下，反正争的不是国，争的是天下，总之我们就是把自己当天下看待了两千多年，直到19世纪60年代，被列强坚船利炮打开了国门，我们才明白自己错了，我不是天下，天下也不是我，我是天下的一部分，我是一个国家。

今天大家听起来可能会觉得很惊奇，这不是常识吗？从我生下来那天，对着这地球仪一看，就知道那只鸡是你，但鸡背上还有一个比你大一倍的东西，那肯定不都是你的。但19世纪60年代以前，中国觉得天下的一切都是我的，只是跟我的亲疏程度不一样，除了我自己之外，有的人是我亲生的，有的人是我的儿子，比如朝鲜、越南，有的人是我的侄子，比如琉球、缅甸，还有我各种各样的亲戚，北边来的就是狄，南边来的就是蛮，东边来的是夷，西边来的是戎，不管你是表亲，还是堂侄，反正都是我的孩子，你要一进贡，我很高兴，不愿意进贡，来跪一下也行，你跪都不愿意跪，距离有点远，我就派人拿张纸给你，说我任命你那地方是一个国，国是我这天下下边的一级单位。

反正两千年来我们就是这么想的，从来没觉得还能有什么是能和我平起平坐的，就像天上不能有两个太阳一样。直到 19 世纪 60 年代，人家列强跑北京来烧了圆明园，占了紫禁城，皇上跑到热河，回来以后我们才终于意识到，这帮列强不是来夺我这个"天下"的，他们打完烧完就走了。

皇上就开始琢磨了，这列强为什么回去了呢？那时候无论是"二十四史"，还是《资治通鉴》，告诉我们的流程都是这样的，列强占了北京，就得改朝换代了，皇帝跑到热河，清朝就变成北元了，皇帝也变成元顺帝了。可这帮列强居然上船回去了，还让皇帝重新回北京，这是怎么回事？大家不明白，互相问，这帮外国哥们是干吗的？他怎么就没有把这天下变成他的？

因为大家早都习惯金来了占了汴梁，于是就成立了新的国，然后我们就跑了，后来蒙古来了，就成他的了……反正最后绕来绕去，总算搞明白了，说人家是一个国，人家来咱们这儿不是要改朝换代，不是要把北京占了，人家没别的目的，就是来揍你一顿。来揍你是为什么呢？因为你说话不算数，你以为你跟人家签的是一本诏书，你可以不照着那上面的要求做，但人家认为那是一个条约，你签了条约，你就得照着做，你不做，人家就来揍你，揍完就回家了。

所以那个时候清朝还下过一个非常非常神奇的圣旨，大概是"兹承认大英帝国是一国家，是和我们平等的国家，允许大英帝国自治，允许大英帝国和我大清平起平坐"。这个诏书一下，有两层意义：第一层意思是，我允许了，大英帝国才可以自治，我允许了，你才不再是我的藩属或进贡国，而是一个跟我平等的自治国。其实这道圣旨还有一个更深远的意义，就是说，我承认了你和我平起平坐，等于我承认我不是天下，因为至少天下已经出现了一个跟我平起平坐的大英帝国了。那我现在是谁呢？

我是谁这件事很重要，原来我是中国，我只是一个国，接着就有了新的说法，叫万国，因为那时候咱也不知道到底外边有多少个国，其实也没有一万个国，那时候全世界加一块，我看也没有三十个国家。反正中国终于意识到我不是天下，只是天下的一部分，是一个国家，而且我还不是最厉害的那个国家。

2. 妄人拿破仑三世与镀金年代

我一直想讲一位法国的妄人，老没空讲，正好这次就着19世纪60年代这个题材，把这哥们讲了吧，这个妄人就是拿破仑的侄子——拿破仑三世。

拿破仑是靠干革命起家的，后来自己当了皇帝，所以这侄子也有样学样的，也是靠干革命起家，革命的时候是一个革命家，1848年欧洲革命的时候，他又开始演讲了，后来他也当了皇帝。一个人的出身，对这个人的终生影响是极大的，尤其是越老越能看出来。年轻的时候可以全身心地干革命，但是到老了，虽然戴着皇冠，心里老觉得不太踏实，总觉得自己的出身不太好。

尤其是当他想结婚的时候，皇帝总得找个贵族结婚吧？于是他就给全欧洲的贵族都发了请帖说，嫁我一位公主吧。结果全欧洲的皇室贵族一律都不回信，根本不搭理拿破仑三世，您哪位，什么时候成了贵族了？你爸啥都不是，你叔叔就是一个炮兵低层军官，您自个靠革命爬上位，您就敢娶我们家公主？

拿破仑三世心里非常难过，因为全欧洲的皇室贵族那个时候还不全是一家子，在维多利亚女王旺盛的哺育生产能力下，直到19世纪60年代之后，差不多全欧洲才团结在欧洲家母维多利亚女王身边，成了她的子孙。"一战"开战的时候最明显，德国皇帝是维多利亚的外孙子，英国国王是她孙子，俄国沙皇是她孙女婿，希腊国王是她另一个孙女婿，总而言之这维多利亚女王就是生了一大堆孩子，再加上那个时候大家互相联姻，也联姻了上百年。

反正当时，没有一位公主愿意嫁给拿破仑三世，最后他只好娶了一个没落小贵族的女儿，拿破仑三世心里就老觉得不太舒服，他就问英国，你现在打算干吗？英国说，我准备去克里米亚揍一个叫俄国的家伙，这家伙太讨厌了。说实话我到现在都挺讨厌俄国的，凡是特别冷的国家都挺讨厌的，因为天气太冷，夜长昼短，所以这些地方的人都比较阴暗，不像热带国家，大家都很光明，因为一睁开眼睛天就是亮的，到闭上眼睛的时候天还是亮的，于是大家都特高兴。反正英国说我要去揍俄国，拿破仑三世就说，我跟你一块去，看谁敢惹咱俩。于是俩人就跑到克里米亚去，胖揍了俄国一顿，当然自己也伤得不轻，但是创下了很多的历史纪录。

首先创下了舰队对战要塞胜利的纪录，拜工业革命所赐，拜蒸汽机所赐，拜坚船利炮所赐。过去舰队对要塞在世界上还没有赢过的先例，包括强大到横扫天下的元帝国，那么庞大的舰队，去进攻日本都失败了，所以舰队对要塞的第一次战而胜之，就是英法一块胖揍俄国的克里米亚战争。克里米亚战争诞生了好多纪录，它是第一场有人拍照片的战争，那是1856年，大家记住这个年代。我为什么要讲19世纪60年代？还有一个原因是这个时代已经有了照片，那时候的重大历史事件都有照片留存，包括圆明园被烧之前是什么样子，包括恭亲王长啥样，当时还挺平等的，维多利亚和慈禧这当时世界上的两大女皇都有照片，维多利亚有点胖，慈禧虽然不胖，但是也不好看。

所以克里米亚战争创造的那些纪录，后来都在美国的南北战争，以及中国的内战里被发扬光大了，最大的原因就是照片，大家看 19 世纪 60 年代的中国，照片多极了。再就是那个时候有了记者这个伟大的行业，战地记者也是 1856 年克里米亚战争诞生的。英法联军来打中国的时候，随军来了好多记者，这些人把当时中国的情景给记录得非常详尽，以至于我们现在想吹吹牛都不行。我们以前都是这么跟列强吹牛的：原来你们来之前，我们可富可富了。还有特别特别不要脸的人，也不知道他是怎么算出来的，说 1860 年的时候，中国的 GDP 位于世界第一，大家听到这种言论就狂欢，到现在经常还有人在饭桌上跟我说，你知道吗？1860 年的时候，中国的 GDP 排世界第一，我说还世界第一呢，连片钢都炼不出来，你就世界第一了？就靠你种点粮食就世界第一？

幸亏 19 世纪 60 年代的时候，有大批的西方记者和传教士在中国详细地记录了那个时代的中国，大家可以仔细看一下照片，照片骗不了人，那时候中国是一个很破落的，非常贫困的国家。

乾隆时代的时候，号称康乾盛世，马戛尔尼使团走漕运北上到北京，这个事由中国的外交部来安排，当然那时候不叫外交部，叫礼部。但那时候其实还不是礼部，因为礼部都不稀罕管这个英国使团，那时候是让理藩院管，理藩院是干吗的？就是把你英国当成一个藩，我给你成立一个局级部门管理你们的事，那礼部可是部级部门。

当时英国人就很不理解，说为什么不走海路去北京，为什么让我们走漕运？这个事儿英国人不理解，今天的中国人也不理解，但是我能理解，为什么呢？以当时的航海能力，南方的粮食也好，税收也好，走海路绝对没问题，郑和那会儿都下西洋了，你从长江出海运到天津大沽口，上了岸到北京这多好，干吗在运河里由纤夫一路背着拉着？

其实在运河里拉纤走船，就跟把英国人背到北京差不多，因为那运河不是咱想的那样，一摇橹就能走，那运河有大量的段落。中国的地势北方高，南方低，南方的水乡，是靠船闸跟纤夫硬拉上去的，因为运河到南方就断了，所以从那儿开始，要把船抬起来，从这段运河放到那段运河里去，才能继续北上，要不然水就都顺着运河流到南方去了。

这么费劲干吗非要走漕运呢？很简单，因为腐败。漕运有大量的既得利益者，漕运养活了沿途几乎所有的官府，养活了漕运的转运使、衙门的一大票人，养活了押运漕运的军队，养活了镖局，咱们之前讲镖局的时候讲过，镖局最后能保漕运，把货号（货号就是差不多百分之一到三的银子）挣到兜里去。但你一走海路，这些收入就都没有了，那大家吃什么喝什么？所以还是得让英国人走漕运。

从这一条就能看出来，当时中国是一个多么腐败的国家，坚决不走海路，就是要走漕运，所以马戛尔尼使团一路北上的时候，沿途仔细地记录了当时的中国，那些破败的乡村，偶尔才能看见一两户富户。尤其记录了那些纤夫，拉船的纤夫都是军队现抓来的壮丁，抓来以后，白天拉纤，晚上逃跑，因为不给纤夫饭吃，不给纤夫衣服穿，所以官军白天抓来的纤夫，到夜里就全都逃散了，只能第二天再去抓。总之，这一路上就是一个破烂至极的中国。

如果没有马戛尔尼使团对乾隆时代的记录存证，说实在的，英国估计还不敢在鸦片战争的时候打中国，在之前，英国人都是从马可·波罗那儿了解到中国，当时他们觉得中国太厉害了，哪儿敢打中国的主意。结果为了贪便宜，中国人安排马戛尔尼使团走漕运，把中国最真实的一面暴露了，导致英国议会一看到这些记录，顿时觉得这国家没那么厉害，揍他。

所以那个时候的中国是贫困的，而不是我们想象中那么富足的。当然了，圆明园里是富足的，这不用说了，那印度的宫殿里也是大理石造的，但咱不能看圆明园里的东西好，就说全中国都富足。当时我们是贫困的、落后的、愚昧的，北京城里连下水道都没有，没办法，大家都只好随地大小便，这个毛病一直到民国时期才改掉。这样一个庞大的中国，在那时才开始认识到自己是一个国家，并从日语里引进了一个词，叫"中华民族"。

爱国青年们听我这么说肯定很生气，但是不要向我扔臭鸡蛋，"中华民族"这个词确实是日语，大家翻开"二十四史"《资治通鉴》，里面从来没出现过"中华民族"这四个字，是日本人先说，我们是中华民族，然后我们才引进了这个词。

19世纪60年代，中国第一次以国家的身份，到法国巴黎参加了世界博览会（世博会）。世博会早在1851年就开始了，因为当时维多利亚觉得，在我的统治下，大英帝国幅员辽阔、物产丰富，于是就创办了世博会。大英帝国一办，法兰西帝国也觉得自己幅员辽阔、物产丰富，所以法国也办了一次。中国人就带了点瓷器跟扇子去巴黎参加世博会了，这都是有照片存证的，结果到那儿一看，我这东西跟人家比真不行啊，人家那武器随便拿一个出来都能灭了我。反正中国在世博会看了一圈后，回来就说，我们也得搞起来，咱们也努努力，卖卖力气吧。所以从19世纪60年代开始，中国和日本也一起努力向前走了。

美国更加努力向前走。欧洲当时已经享受了蒸汽机时代的最大繁荣，觉得这已经很好了，除了马克思饿死了仨孩子，当然不一定都是饿死的，但也是19世纪60年代发生的，不过马克思还是有秘书和海滨度假的。总之，工业革命带来的成果，导致整个欧洲都是一派虚华，已经可以上天堂了。19世纪70年代以后，欧洲进入了一个更美好的年代，为什么叫更美好的年代？就是亮起来了，电来了，上帝要垂青你的时候，绝对不会给你一下就完了，上帝说欧洲你别着急，好东西又来了，电来了。

第二次工业革命开始了，欧洲进入更大的繁荣期，那时的欧洲，眼看着电灯亮了，眼看着什么都有了，开炮的那种战舰变成了大炮塔，可以转来转去发射，还有铁甲舰等，全都来了。更美好的年代来了，德国出现了，意大利出现了，美国来了，日本来了，美国进入了镀金年代。

美国为什么把 19 世纪 70 年代叫作镀金年代？因为看起来简直太好了，今天美国的绝大多数财阀家族，都是那个时代诞生的。大家现在总说中国发展得太快了，但咱们这已经是最后的世界奇迹了，那个时代的美国比今天的中国快一倍都不止，快到什么程度？你只要站在华尔街高呼一声，老子要建一条横穿美国的铁路，从大西洋一直到太平洋，你就站在一个肥皂箱上喊一声，钱立刻就有了，所有人都投资给你，说你赶紧马上干，眨眼间铁路就建成了。

在 19 世纪 60 年代的最后一年，1869 年的时候，美国横贯东西的两洋铁路建成了。1865 年战争才结束，1866 年美国还满目疮痍呢，大家正在恢复期，到 1869 年的时候，就已经建成了两洋大铁路，美国发展之快，简直令人发指。更让大家没想到的是，当美国这两洋大铁路通车六个月之后，19 世纪 60 年代还没过去，一条叫苏伊士运河的大运河也开通了，全世界的大船省了八千公里到一万公里，从伦敦到孟买，再到大英帝国皇冠上的珍珠印度，一下子省了一半时间。

美国的大运河和咱们的运河还不一样，人家那运河是能走“泰坦尼克”号的，八万吨的船能在苏伊士运河里走，而我们这大运河呢？八百吨的船都过不去。你想想看，刚才跟大家说了，我们是靠纤夫和船闸把这船从这段运河抬起来，抬到那段运河里去，所以我们的大运河走不了八百吨的船，人家这运河八万吨的船都可以过。

美国两洋铁路加上苏伊士运河，是什么意思呢？就是你突然发现自己可以环球旅行了。过去环球旅行就等于永别，因为不知道你什么时候就死在路上了，但苏伊士运河一修通，这就方便了，从欧洲地中海直接就进了印度洋，到了太平洋过去以后，以前得绕到合恩角、德雷克海峡，我去过那儿，给我颠得吐死了，现在不用了，从美国旧金山下船，乘铁路开到东海岸去，在大西洋那儿上船回英国，中间可以环球旅行。

所以在 19 世纪 60 年代诞生了一种新的文学，代表作有大家很熟悉的《八十天环游地球》《海底两万里》等，这都是 19 世纪 60 年代的文学作品，人类突然发现八十天可以环游地球，海底两万里也来了，所以这是个大发展的年代，美国后来把它称为"镀金年代"。但美国人其实是自己讽刺自己，镀金年代只是看起来发展得特快，实际上各种贪腐横行，各种财阀垄断，什么坏事儿也都有了。那时候也没工会，资本家剥削和欺压工人的事件层出不穷，所以到 TR（老罗斯福）上台当总统的时候，开始有了工会，开始限制财阀，不过那已经都快到新世纪来临了，所以这个所谓的"镀金时代"，真正的意思是外面镀了一层金，里面其实很肮脏。

既然提到了文学，咱们就从《海底两万里》开始说说。如果说你让我为了文学艺术这些东西回到 19 世纪 60 年代，我还真愿意回去，但后来想想那时候没有电，尤其那时候的北京人还随地大小便，像我这样很久不随地大小便的人，还真不习惯。19 世纪 60 年代的文学界，大师辈出，诞生了《战争与和平》，诞生了《罪与罚》，俄国诞生了一大票的伟大作家，两位托爷都来了——托尔斯泰和陀思妥耶夫斯基，法国诞生了伟大的雨果，写出了《悲惨世界》等。总之，全世界诞生了一大批伟大的文学巨匠。

工业革命导致了政治和世界的巨大变动，这当然会影响到艺术家。虽然我嘴里老说艺术家跟政治没关系，其实艺术家跟政治的关系非常大，因为政治投射在艺术家心里，而且是放大的投射，不是缩小的投射，所以当整个世界的剧变投射在艺术家心中的时候，艺术家产生了一个很大的变化，这个变化导致了什么呢？年轻的莫奈登场了，年轻的莫奈一登场，就意味着当代艺术时代拉开了序幕，也就是印象派准备登上世界舞台了。虽然那时候凡·高年纪还很小，但是莫奈已经登上了舞台。

年轻的柴可夫斯基也在19世纪60年代登上了历史舞台，这些事情让人想起来，觉得简直太美好了。另外在大洋的那一边，年轻的马克·吐温也登上了世界的舞台。如果生活在那个年代，看着年轻的莫奈画出的画，听着年轻的柴可夫斯基指挥的美妙的音乐，读着年轻的马克·吐温写的伟大的文学作品，这可真是一个很好的时代。

当然了，还有年轻的诺贝尔发明了炸药，爱国青年估计又要拿鸡蛋来打我了，说我放屁，炸药是中国人发明的。听好了，中国人发明的叫火药，那炸不死人，并且没有任何证据能证明我们是什么时候发明火药的，你说火药是我哥们发明的，你总得告诉我你哥们是什么时候发明的吧？

好吧，那就算是我们发明的火药吧，总而言之，最后列强的坚船利炮来把中国给轰得乱七八糟，你的意思就是他们用的火药都是我们发明的？但就算是我们发明的，那也是黑火药，黑火药跟诺贝尔后来发明的这种黄火药，完全是两种东西。

黄火药并不是在黑火药的基础上发展出来的，而是纯粹的化学配方做出来的，不是我们炼丹的时候自个炼出来的，所以诺贝尔发明了炸药，紧接着潜水艇也有了，鱼雷也有了，各种各样的东西都发明出来了，伦敦有了地铁。

19世纪60年代想想简直令人发指，中国那时候还没听说过火车和铁路这东西呢，中国人出门乘坐的马车，那木头轮子还是纯木头的，外边还没有橡胶，那轮子还颠屁股呢，人家地铁都已经有了，不但有了地铁，英国还有了谢菲尔德足球俱乐部，人家都已经开始玩起来了，玩成那样了。

以上就是整个19世纪60年代的总论，我这总论讲的时间有点长，但是非常值得跟大家好好地聊一聊。

19 世纪 60 年代
欧洲的残酷扩张

1. 蛮夷的武装上访

继续跟大家聊 19 世纪 60 年代，首先我有一两个事给大家回应一下。当然，大多数人都认同我讲的，不论是 19 世纪也好，工业革命也好，西方确实是繁荣的、昌盛的，中国确实是落后的，就算再有爱国主义和民族主义情怀的人，也得承认清朝那个时候确实是愚昧的。但是也有人争辩说西方也不怎么样，认为我把西方说得太好，西方那时候也都是血汗工厂，妇女没地位，剥削殖民地，到处都是污染，总之没我说的那么美好。

这个我必须回应一下，我承认，跟今天的西方比，尤其是跟今天白左统治下的欧洲的这么高的福利比，那个时候是完全没法比的，但是你不能拿那个时候跟今天来比，你要拿那个时候跟过去比，或者同时代横向比。

比如说跟东方比、跟中亚比、跟美洲比，欧洲当然是文明的、进步的。虽然是血汗工厂，虽然工人没有福利，虽然一天工作十几个小时，但是跟封建时代的欧洲比，工厂里那些流血汗的工人是有工资的，还有自由，他可以辞职，他可以去找别的工作，他可以迁徙，过去他被锁在封建领地上。就算不是奴隶也差不多吧，比起之前那个贵族领主有初夜权的时代，其实是进步了很多的。

所以我们比的时候不能这么比，说因为欧洲那会儿没福利，妇女没有选举权等，它就是落后的，至少它在那个时代的世界是先进的。污染当然有了，现代化的代价嘛。在今天的世界，大家都已经认识到污染的情况下，咱们还出现了这么严重的雾霾污染。但你也不能说二零一几年的中国，因为有雾霾，有污染，中国就落后了，就退步了，中国其实是在进步的，这是进步过程中必然要付出的代价。

而且，你知道这是污染，在这样的前提下，你都没办法避免污染，更何况那个时代的人还不知道那叫污染。19 世纪 60 年代的伦敦，污染极其地严重，那会儿也没口罩，大家每天吸着煤烟、吸着粉尘就上班去了。伦敦那时候烧的煤恨不得占全世界的一半，但是那个时代人的认识特别有意思，他们认为煤尘不但没什么污染，而且有利于防止污染，那个时候的人坚持认为，污染都来自那些大自然的地方，例如生物和植物造成的污染，比如瘴气之类的，那些才是污染。还有些科学家说，你看这煤烧出来的粉尘里含有一些元素，这些元素还能中和空气中的有害物质，所以那时候的人天天吸着煤烟，还觉得特高兴。

明确意识到这是污染，已经是 19 世纪末 20 世纪初了，人们终于开始知道这东西叫污染。别说 19 世纪 60 年代了，伦敦一直到 20 世纪 60 年代还下酸雨，伦敦的污染也用了一百多年才治好，所以中国现在的环保部部长，也就是我们清华的前校长，现在焦头烂额，因为领导告诉他，必须马上把环境治理好。

西方费了一百年的劲，才把这个事儿给治理好，而且还要把工厂都搬到第三世界去，才把环境治理好，咱们现在处于这么大规模的现代化进程中，这个事恐怕不是一朝一夕能解决的。发展经济确实有很多很多的弊端，但是总的来说，那个时代它是带领世界向前走的。

当然了，带领世界向前走不能光靠GDP，光靠GDP这个民族是不能称为文明的，也是不能称为带领世界向前走的，有很多国家人均GDP很高，比如科威特、沙特，但是你不能说它们带领世界向更文明进步。

那个时代的欧洲不光是工业文明，不光是蒸汽机，不光是电来了，不光是光明了，还有大量的思想大师诞生，例如我们的革命导师马克思、恩格斯，还有叔本华、尼采，更更重要的是，在19世纪60年代的序曲时期，也就是1859年的时候，震撼世界的进化论发表了。

今天大家可以驳斥进化论，我也曾经在节目里驳斥过进化论，而且达尔文确实不是一个科学家，他就是一个博物学家，就是这哥们看的书比较多，去的地儿也比较多，自己又比较能琢磨，所以进化论在自然科学立场来看，是站不住脚的。但是进化论给了当时的欧洲一个重大的启迪，这个启迪就叫社会达尔文主义。

进化论发表之前，原来欧洲的殖民者也好，帝国主义者也好，很多时候心里还是有些愧疚的，你看我们自己生活得越来越好，可是我们对殖民地还是有些愧疚的，包括之前讲过英国主动废除奴隶制，而且要求全世界废除奴隶制，还派舰队去非洲打击奴隶贸易等等，但是这进化论一发表可就不得了了。

进化论发表以后，从19世纪60年代开始，西方列强进入到血腥、残忍、疯狂、无以复加的地步，为什么呢？进化论给了他们一个"物竞天择，适者生存"的观念，这东西很洗脑的，那时候不光洗了欧洲人的脑，后来中国因为被暴捶之后，开始慢慢地打开国门，第一批翻译进来的作品，就包括进化论。

于是中国后来的洋务运动也好，维新变法也好，大量的人也信奉"物竞天择，适者生存"，意思是我是上帝选中的，所以我就是物竞天择里该生存下来的，你们就是在进化中、应该被淘汰的落后物种。这种思想是非常可怕的，它一上来就把对落后国家的一切暴行都合理化了。

其实达尔文心里并没这么想，达尔文只不过是在观察花草鱼虫时，发表了一点看法，但是这个东西给了整个西方一个向外扩张的重要理论依据，以至于它们扩张得越发残暴。西方的所谓文明，比如瓦格纳的文明，比如柴可夫斯基的文明，这都是上流社会的文明，下面其实是非常黑暗和丑陋的，而且是对内更民主一点、更自由一点，对外更残暴一点、更掠夺一点。

这些《资本论》里都写了，资本需要市场，产品需要市场，需要原料，需要工人，这只是从经济学这儿讲，我觉得还有一个可以讨论的原因吧，就是你急剧地扩张，你越民主自由，越向议会政治等进展的时候，越会发现一个问题，就是统治成本也急剧提高。

今天很多人说民主不适合中国，你看民主多浪费，民主多消耗，你看美国弄一个特朗普就搞得乱七八糟，民主不好，民主不适合我们。其实这都可以商榷，但是有一点是肯定的，就是民主政治的成本是很高的，你说完了我还不同意，然后咱还得投票，咱还得全民公决，那成本多高。我还得出来竞选，我嗓子都喊哑了，我要是一纸诏书就禅让登基了多好，根本不需要那么麻烦。

所以当你统治成本提高的时候，你就不光只是需要资本、市场、生产工具、原料这些简单的东西，你还希望扩张到一些统治成本低的地方去，来平衡你越来越高的自由民主的成本，这也是向外扩张的一个重要原因。

给大家举一个特简单的例子，维多利亚女王一直是英国历史上在位时间最长的君主，在位64年，比康熙皇帝还长三年，但就在几个月以前，伊丽莎白女王以顽强的毅力超过了维多利亚女王，她已经统治超过了64

年。今年 9 月的时候，伊丽莎白女王荣登英国历史上统治时间最长的君主的宝座，于是，查尔斯王子也荣登了当太子时间最长的太子的宝座，当了好几十年太子，现在还是太子。维多利亚去世的时候，太子也已经 60 岁了，所以现在看来查尔斯王子能不能熬到亲妈去世还不一定，没准孙子能直接登基。

维多利亚女王的亲舅舅是比利时国王，叫利奥波德一世，女王的亲表弟利奥波德二世，就是我现在要举的典型例子，他对内搞平等自由。在利奥波德二世当政的时候，比利时还有了初步的福利，给工人各种各样的东西，比利时人民觉得这国王太好了，但是他后来以私人名义占领了刚果，刚果并不是比利时的殖民地，只能算是国王的个人领地。

这个对国内很贤明的人，他在刚果的残暴却是无法想象的，你都不能相信那是同一个人干的事儿，连其他帝国主义国家都看不下去了，英国、法国、美国纷纷愤怒谴责。他不但是残暴地屠杀，残暴地统治，而且所有他领地上的刚果农民也好、工人也好，只要没完成 KPI（工作指标），老婆和孩子就得被剁手，那剁手可是真剁手，不是像今天咱上淘宝和天猫那样的剁手，而且他不剁工人的手，因为工人还得给他干活儿，他剁工人老婆和孩子的手，这都是有照片存证的。

我说为什么要强调 19 世纪 60 年代，因为是人类开始有照片的年代，你会看到无数残暴极了的照片，利奥波德二世在比利时国内推行民主、推行平等，但在自己的海外领地上却如此残暴，这就是那个时候典型的西方社会。最后不仅是西方其他的列强，比利时人民自己都看不下去了，最后比利时议会只好通过了一个法案，把国王的私人领地刚果变成比属刚果，刚果正式地变成比利时的殖民地，彻底地废除了那些剁手的刑法。

总之，我同意很多人说的，那个时代的欧洲确实有很多不足的地方，但它后来改进了，马克思和恩格斯在 19 世纪 60 年代成立了工人国际，后来恩格斯成立了社会主义国际，到了列宁时代，又成立了共产国际等。所以 19 世纪 60 年代的时候风起云涌，欧洲哲学大师辈出，不光是科技，不光是经济，不光是钱，不光是坚船利炮，还有思想，一旦思想带着坚船利炮一起来，你就没办法阻挡了。

蒙古人来咱可以挡，因为咱比蒙古文明，你野蛮民族打了我，咱可以说你这个蛮夷打了我这个文明人。你逼我剃发、扎辫子，弄成那么丑陋的样子，我也可以愤怒一下。问题是现在人家不但揍了你，而且还比你文明，而且还带着各种你不能与之对话的哲学，世界都已经进步成这样了，我们却还什么都不懂，最后我们只能向人家学习。

大家如果非要按人头算 GDP 的话，其实也能算出来，也就是说，那时候中国应该还保持着 GDP 第一很多年。但是那是咱们之前讲过的马尔萨斯陷阱，就是在人均 GDP 一直不涨的情况下，在工业革命大发展之前，人均全世界就是四百美元，那当然你中国人口多，你可以说我人均 GDP 低，但那没有意义，咱要比工业产值的话，那中国肯定不是第一，而是不知道排哪儿去了。

当时英国的工业产值已经占全世界的 30% 多，19 世纪 60 年代的时候，美国虽然内战，但是也占到了世界的 17% 左右，德国虽然还没统一，但德意志联邦这个地方奋起直追也占到了全世界的百分之十几。中国要是按钢铁、煤炭这些东西来排，咱就不聊了，你要是非得把每个人的口粮算上，就是我们每个人生产的粮食都被自个吃光了，然后把这些吃掉的粮食加在一块，说我们中国的 GDP 是世界第一，那我也没意见。

清朝为什么腐败和落后？我觉得最根本的一个原因，就是清朝大兴文字狱，搞各种各样的迫害，导致知识分子噤若寒蝉，知识分子啥也不敢干，那他们能干点什么呢？这个大家都知道，宋朝有理学，明朝有王阳明，清朝最著名的学问是考据，知识分子天天就看金文，看古文，考据各种历史上的书，比谁肚子里考据的学问大，比谁认识的字多，比谁解释的字更全面，结果就变成了一个完全没有思想、没有哲学、没有世界观的这么一个朝代，这么一个国家。最后当西方的坚船利炮打进来，传教士带来了宗教，还带来了思想，宗教你还可以抵抗抵抗，义和团就杀了人家的传教士，但是人家带来的思想，你是没法抵抗的。

列强打进中国后，我们先是有一批人接受了进化论，接受了社会达尔文主义，他们拼命地改革、变法，还有一批人接受了列宁主义，接受了共产主义，接受了马克思主义，他们说，咱们既然自己没哲学，自己没思想，那我们就学别人吧。

有人说，我们从有了中国特色社会主义这个概念后，才算开始学人家，其实从 19 世纪 60 年代，咱们就已经开始学了，一直学到 20 世纪 60 年代，大跃进、集体农庄等，其实都是在学，一直学到改革开放，一共学了一百多年，一直到现在仍然只能摸着石头过河，过完一条河，再过另一条河。

其实中国各朝各代都有屠杀、饥荒和战争，但是一个朝代没有大师、没有思想，这个是很少见的，如果是宋明时代，西方的坚船利炮来了，中国说不定还真能跟它对对话，因为那个时代，中国的宋明理学不比西方落后。但是那个时代已经过去了，到了最倒霉的时代，自己最空虚的时候，各方面都一齐到了最弱的时候，经济也到了最弱的时候，列强来了，来你这儿寻找市场，寻找商机，寻找低成本统治。

不光是相对于民主自由，跪拜式统治的成本低，相对于选举跟议会，我们的科举制度也是低成本的，大家想想科举制度有什么成本？我也不管你，不教育你，我也不管你怎么竞选，你就自个在家学，你自己家出钱，你寒窗十年，你来科举考试，我无非就是弄一个考场，弄好几百间小屋，大家考完了，你分数高，你就来当官，我没有付出任何成本。但议会政治的成本就太高了，你想培养出一个政治家，就得花费无数的成本，然后两党再争论，再吵架，再投票，才能决定谁派出来的政治家上台，这成本是极其高昂的。

所以列强一来到中国，发现这么大的一块地方，统治成本居然这么低，我们可以到这儿来比画两下。19世纪60年代的时候，我们是真正地被揍了一回，应该这么说，从我们自己的屈辱民族史的立场来讲，鸦片战争永远是近代的开始。

但实际上鸦片战争对清朝来说，并没有伤筋动骨，北京也没被占领，《南京条约》虽然赔了两千一百万银元，但当时清政府年收入过亿两，随便拉一个大贪官出来都能赔得起这个钱。五口通商，实际上也没真的通商，《南京条约》里头写得很清楚，外国人可以随便在广州城内定居、经商、营生，因为在那之前，外国人都必须住在广州城外，沿着珠江河边的十三行那个地方，他们也不能自己经商，只能找十三行的华人替他们去买卖商品，夜里也不能到广州城里乱走。但《南京条约》签订后的20年里，历届的广东巡抚也好，两广总督也好，从来就没执行过条约，他们从来就没让外国人进入广州城，所谓的五口通商，外国人到了每个地方都还是被百般刁难，经商环境基本上没什么改善。所以第一次鸦片战争，实际上对清帝国没有什么特别大的影响。

对于道光皇帝和咸丰皇帝来说，他们也就认为是，有一个蛮夷在武装上访，因为之前也发生过武装上访的事，就是新疆和蒙古那儿出现过的少数民族武装叛乱，反正清政府就是能镇压的镇压，不能镇压的给点钱，他们就回去了。所以对北京的皇帝来说，他不认为这是什么鸦片战争，他觉得就是有蛮夷来武装上访，我们就平和地给他们点钱呗，答应他们点条件，他们就不上访了。

2. 额尔金火烧圆明园

真正对清朝皇帝产生触动的是 1860 年，我们叫第二次鸦片战争，虽然说是第二次鸦片战争，但其实跟鸦片真没什么关系。第二次鸦片战争主要是换约的问题，因为《南京条约》里有一个确实不太平等的条约——最惠国待遇，意思是，如果你跟其他国家签了比对我更优惠的条约，我有权力换约，这就相当于咱们现在 WTO 或者自由贸易中的"双边最惠国待遇"，反正你要是跟人家签了新的优惠政策，我就要求给我也享受一下。于是后来跟法国签了一个《黄埔条约》，英国就说，是不是我也得享受一下这个，那咱们就再签一份东西吧，后来美国也加入进来，俄国也加入进来，咱们签个《天津条约》吧。

签《天津条约》之前，确实是英国比较挑衅。有一条曾经注册成挂英国旗但注册期已经过期的船，也就是说，完全是一条中国的船，被中国当成走私船逮住了，于是英国领事就不干了，也不管那船上其实根本没有一个英国人，就说你中国是弄我英国的船了，所以我得跟你换约。其实现在英国也承认当时它就是挑衅。反正清政府就觉得，这蛮夷又来武装上访了，这回咱们给他点颜色看看吧，反正我们对付武装上访无非就俩办法，一是给钱，二是揍你，之前给了钱了，那这次就让蛮夷尝尝咱们的厉害吧。

然后当英国跑到大沽口来换约，还有军舰武装示示威，也就没什么准备，结果吃了一个大亏，与大沽口炮台的清军炮战，死伤了百十号人，打沉了几艘船，清朝的对外战争出现了少有的一场小胜利。但这确实激怒了英法联军，于是英国就从印度、法国从阿尔及利亚调来了大军。

要说这国家的国运好的时候，就什么事都顺利，国运差的时候，所有的倒霉事都一块来。如果稍微早两年跟英国干，英国根本没法跟咱们干，因为 1857 年的时候，印度爆发了大起义。大家知道印度是分种姓的，最高种姓是婆罗门，婆罗门不当兵。军官里刹帝利（以及穆斯森）较多，英国人来印度之前，人家在印度就是贵族，英国人来了，人家就来参军，那个时候英国还没有真正殖民印度，结果因为猪油什么的，就导致印度军队里的高种姓军官跟士兵们率先发起了大起义。

这可不是农民起义，农民拿着刀子、叉子就来了，这是拿着枪的士兵和正规军，于是英国派大军到印度镇压，搞得焦头烂额，伊丽莎白女王那时候也睡不着觉，天天就折腾这事。那个时候中国如果跟英国打仗，其实是有机会的。但是这大英帝国的国运就是这么好，刚把印度这事儿弄完，正式把印度划成了英国殖民地，就跟中国干上了。维多利亚女王原来是叫大不列颠爱尔兰联合王国女王，现在又加了一个印度女皇的头衔，后来爱尔兰独立了，今天的英国就叫大不列颠及北爱尔兰联合王国。

总之英国搞定了印度的事，刚腾出手，中国就撞枪口上来了，英国大军直接从印度调过来就跟中国干，偏巧这时候李秀成出来进攻上海，太平天国打得一塌糊涂，这边又闹捻军，西北又跟回族打，打得简直是全国上下一团糟。

咸丰皇帝确实是一点事都不懂，一开始他还说，只要列强不来北京，我愿意多开几个港口跟他们通商。跟他们签协议，在天津签，不要来北京，千万不要来北京。因为咸丰皇帝一想，万一列强不给他跪拜，这个事就极为严重了，刚才咱们说了，跪拜是低成本统治，低成本统治有低成本统治的问题，就是它脆弱。

低成本的东西只要有人不跪，就是太平天国来了；有人不跪，陕甘回民起义；有人不跪，捻军来了；有人不跪，白莲教上来了。所以皇上对你不跪我这个事儿，感觉非常严重，就想让列强在天津签条约，不要来北京，顶多多给他们两个钱呗。结果列强不同意，人家非得到北京来，说我是大使，我要来递国书，必须得来北京。

结果僧格林沁出了个坏主意，你也不能说僧格林沁不对，因为他也没有经历过这种事儿，天下万国的时代，他也觉得我们是天下，你们是蛮夷，对付蛮夷有的是招。他说不如这样吧，咱们就让外国使团到北京来，然后我弄一堆清兵脱了衣服假装流氓，在路上把他们都宰了，这不就解决了吗？

咸丰皇帝一听，好主意，太好了，就这么干，然后就对列强说，你们从北塘上岸吧，我们来迎接你们，但是英法联军也不知是得到了汉奸的消息，还是自己也感觉不太对劲，反正他们就没从北塘走，人家直接进攻大沽口，这回英法联军是有备而来的，大沽口陷落了，天津也陷落了。

其实英法联军里也没有几个英法人，英军以锡克族为主，锡克的骑兵，旁遮普团，大家一听这名字就是印度来的，英军的主力都是这个，法军的主力是阿尔及利亚骑兵，阿尔及利亚骑兵是北非的，所以英法联军士兵没几个英法人。

僧格林沁这个人我觉得还是有很大问题的，每次刚一打败的时候，他就决定我们不打了，我们签约。这次说到通州来签约吧，派谁签约呢？大家就说，就派个使团去签约吧，这个时候还没打到北京呢，实际上英法联军在很长时间里，并没有想占领北京。

我看过各种各样的回忆录，尤其是他们那个最高的统帅额尔金，他的名字叫詹姆斯·普鲁斯，额尔金是他的爵位，他是额尔金伯爵，爵位后面带的都不是这个人的姓，比如爱丁堡公爵（Duke Edinburgh），后边是他这公爵的地名。额尔金是他们家祖传的伯爵，而且他们家还祖传一个技能，就是专门抢劫别人家的珍宝。

额尔金在西方特别著名，但不是因为小额尔金抢了圆明园，西方人其实不太了解这个事，但是西方人都知道额尔金最后火烧了圆明园，额尔金他爸——老额尔金伯爵，当时在当驻奥斯曼帝国公使的时候，把希腊的巴特农神庙给毁了。

巴特农神庙是整个希腊民族的民族精神。现在大家去雅典看，巴特农神庙就剩下两根柱子了，那个时代的巴特农神庙里面，还有美轮美奂的雕塑、浮雕，结果都被这个老额尔金伯爵给炸的炸，刮的刮，凿的凿了，破坏了一大堆，然后把剩下的都给运到大英博物馆去了。现在去大英博物馆会看到一个巨型的大厅，里面都是从埃及抢来的东西，就是各种各样法老时代的东西，还有一个巨型大厅就是老额尔金伯爵从希腊抢来的这些东西。

西方人都知道额尔金，说句公道话，他倒也不是最残暴的，英法联军里有很多更残暴的中级将领和下级军官，他们就是奔着抢劫来的，有的在参军之前就是流氓、地痞，你想想他们到远东来想干吗？

但是这额尔金伯爵世代是伯爵，他一开始老觉得我们是不是有点太欺负人了？尤其他跟英国的公使有点不合，因为那英国公使是一个在中国长大的英国屌丝，就是因为会说中文才当上了大使，额尔金伯爵这种英国世代伯爵，挺看不上这哥们的，他就说，咱们这样的英国绅士，干吗总干这打砸抢的事？那公使就说，你不了解中国，对付中国人就得这样，我从小在中国长大的，中国人都不讲信用，你就听我的吧。

开始额尔金不是很积极，中间有一次，他从上海去武昌，坐船路过长江，经过太平天国的首都天京的时候，停了一晚上，还差点跑去跟洪秀全聊一聊，因为他就是想看看中国到底什么样。但其实太平天国自己也不太懂，说实在的，太平天国虽然信仰上帝，但他们是一个比愚昧、无知、腐败的清政府更愚昧无知的政府。

反正太平天国也没抓住这个机会。至于额尔金伯爵最后为什么下令，把圆明园给烧了呢？因为清朝政府劫持英国使团，清朝政府说不打了，来通县签约吧，于是公使团就去签约了，结果被僧格林沁全抓了，抓了以后还严刑拷打，打死了十几个人，而且还肢解尸体，搞得比较残酷。

对于西方人来说，每个人都说自己有理，他不记得他在广州怎么把两广总督叶名琛抓到印度去的，他不想这件事儿，他就觉得你抓我使团不行，两国交兵不斩来使。我抓你叶名琛是因为我进攻广州，这叶名琛在广州城里不战不和、不降不走，太碍事了，而且我也没抓他，我就跟叶名琛说，你跟我走一趟吧，于是把他带上船弄到印度加尔各答去了。到了印度以后，叶名琛坚持不食敌粟，就是不食敌人的粮食，只吃自己从广州带过去的，不知道是因为广州的东西好吃，印度东西不好吃，还是因为他确实有气节，总之这位号称海上苏武的叶名琛最后绝食而死，他还写了几首诗，但因为这诗写得没什么才华，我就不给大家念了。

每一个人英勇就义之前都写一些诗，曾经我给大家介绍过斯坦福大学历史系主任伊恩·莫里斯教授写的一本书，叫作 *Why the West Rules - For Now*（《为什么西方一直到现在都统治世界》）。

这本书的开篇特有意思，讲的就是钦差大臣叶名琛在伦敦的朴茨茅斯港上岸，女王跟女王的老公一起匍匐在地给叶名琛跪拜。这一幕当然是莫里斯教授想象出来的，他是想通过这个告诉大家，其实中国如果按照宋明的路线继续发展，是有机会实现这一幕的，但最后机会都丧失了。

反正这额尔金伯爵发现，中国人不但劫持使团，还杀他们的外交使节，他彻底被激怒了，而且当时法军已经先进了圆明园，在里面抢了一天了。所以额尔金就说，我得惩罚一下中国，不过我不惩罚中国人民，我就把圆明园烧了吧。

帝国主义，尤其是上层贵族，非常喜欢往自己脸上贴金，他们说，你看中国皇帝杀我使节，但我没有大肆屠杀中国人民，不像后来日本人、俄国人大肆屠杀中国人民，英法联军确实也没有大肆屠杀中国人民，我就是把圆明园给抢了，烧了。

有一些非常非常热爱西方的人说，英法联军把圆明园里的东西拿到西方去，其实是保护了这些珍贵的文物，不然这些东西也得毁在"文化大革命"。我自认为自己还算客观吧，做的好事我就说它是好事，做的坏事我就说它是坏事。我要说的是，火烧圆明园时毁的文物，要比抢走的多得多，因为它拿不走，这圆明园是中国千年的沉淀都在这里。在火烧圆明园之前，国家的国宝全部被拿完，那还要上推到宋钦宗时期的靖康之变。

反正当时英法联军把圆明园洗劫一空，把这些历朝历代留下来的珍贵字画、古玩等，凡是大点的东西，带不走的就砸了，要不然就全都熔成一个大金锭子，揣兜里走了。他们回国的时候路过香港，就已经卖掉了一大批，那时候在香港买这东西的人，也因此发了大财。

圆明园确实被毁得不轻，伟大的作家雨果写过文章痛斥英法联军，那个事当时在西方还是比较轰动的，占领了大帝国的首都，相当于打奥斯曼土耳其的时候，突然把伊斯坦布尔给占领了。

咱们老说西亚病夫奥斯曼土耳其更惨，它520万平方公里的土地，最后被打成70万平方公里，我们至少还保存了960万，但有一些事我们比西亚病夫更惨，至少人家的首都伊斯坦布尔从来没被占领过，我们这一上来北京就让人给占领了，然后圆明园就被烧了。

反正不管怎么说，额尔金烧了圆明园，但他并没有下令搬走国库。大家想想最后签的《北京条约》，包括战费、英国商人的损失费、被屠杀的使节的损失费，中国一共就赔了几百万两银子，实际上当时中国的国库就在北京，咸丰皇帝带着慈禧跑的时候非常仓皇，也背不走几两银子。

所以咸丰皇帝就一直想不明白，人家把我首都都占领了，怎么没有改朝换代呢？真是百思不得其解，所有人都百思不得其解。

当时恭亲王留在北京，恭亲王是咸丰的亲弟弟，大弟弟通常都叫恭亲王。中国这个爵位的封法，我觉得也挺有意思的，西方跟东方好像没怎么交流过，但咱们封的这些爵位还是很相似的，西方的爵位翻译成中文是公、侯、伯、子、男，咱们也差不多，皇帝那位比较大的弟弟就是恭亲王，醇亲王肯定是排在恭亲王后面的。包括封王也是，通常秦王、晋王这都是最大的王，单字王，李世民那会儿就是秦王，李定国封晋王，这都是固定的爵位，你要是蜀王和宋王，对不起，你就后边一点。

所以历史上留下了一张恭亲王的著名照片，却没有留下咸丰皇帝的照片，因为英法联军的摄影师进了北京的时候，咸丰皇帝跑到热河去了，而且他后来就病死在热河了，只有尸体回到北京，错过了拍照片。

恭亲王的这张照片就是签订《北京条约》的时候拍的，当时恭亲王摆了一大桌饭菜等待英法使者，英国人先来的，额尔金伯爵坐着八人抬大轿，后边还跟着各位将领，还随身带了一大堆意大利摄影师，对着恭亲王就说，你别动，我给你拍张照片。

当时也没人给恭亲王介绍，说这盒子是照相机，我要给你拍照片，反正他就看见一个盒子的头对着自己，当时恭亲王还以为那是一门炮呢，以为英国人这是要处决自己呢，所以恭亲王的表情是极难看的，脸色极为煞白，这就是清朝的皇亲国戚第一次拍照片的经历。

结果拍完发现没开炮，自己没死，然后说好好好，咱们签约签约，签完约以后，又说咱们吃饭吃饭，英国的贵族很讨厌的，额尔金伯爵说谁跟你吃饭？我堂堂大英帝国的伯爵，我不跟你吃饭，然后就走了。额尔金伯爵走了以后法国人又来了，签完约以后，恭亲王说吃饭吃饭，法国人就吃吃吃。

法国人爱吃，所以恭亲王准备的饭菜，英国人没吃就走了，法国人留下来吃了。

《南京条约》清朝根本没当回事，等到英法联军打到北京来，烧了圆明园，大家才意识到，原来这条约是有法律效力的，这才当了回事，还成立了抚夷局，你看，这名字还是换汤不换药，叫抚夷局。后来这西方人都不干了，说我不来跟你们交涉，我没事来抚夷局交涉什么，我是夷吗，要你来抚我呀？后来没办法，咱就改名吧，改成总理各国事务衙门，西方人这才说，那我可以来了，咱们可以交涉了，然后清朝就开始有外交官来了。

我早就说过了，第一次鸦片战争对清朝没什么影响，《南京条约》签订了之后，也没有外国的外交官到北京来，但是 19 世纪 60 年代，不但广州有洋人进去了，北京也有洋人来了，洋人来北京当了外交官。

TPP 与欧洲难民危机和美国大选

1. 太平洋上的小伙伴

很多人问我 TPP（跨太平洋伙伴关系协定）的问题，我虽然不是经济方面的专家，但是我在西方包括美国等，生活了很多年，所以可以稍微跟大家聊两句我的粗浅想法，不成熟的小想法。当然啦，专业的问题还是留待经济学家去讲。

我个人的想法其实是没什么，不是天塌下来了，不是多大的事，我觉得首先就是他们害怕了嘛，所以他们就组一个小组织。怕什么呢？不是怕你有钱，你有钱其实挺好，你买大家的东西，大家公平买卖，这没问题。美国有钱，日本有钱，欧洲有钱，但是因为大家长时间地遵守国际贸易规则，即使有点生气的事，也亮在台面上来说。他们觉得我们好像有点不太遵守承诺，不太遵守国际条约的规则等。其实也不是不太遵守，我们好像就不太理解为什么要这样，我们也不太认同你们制定的规则，但又非得由我们来执行，我们虽然签了字，但是心里其实是不太高兴的。

世贸跟《南京条约》还是不太一样的，但是总的来说还是由西方制定规则，我们现在民族主义又高涨，总是说，为什么不能保护我们自己的东西呢，为什么不支持我们的民族工艺呢？今天你用三星的手机还有人骂你呢，说你是棒子，是汉奸，问题是三星不也是中国生产的吗？

我举几个简单的小例子。我们加入WTO都已经十几年了，自从敲下那一锤子，按照当时我们的承诺，我们早就应该开放各种产业，比如电信不能垄断，但一直到2016年的7月，电信依然还是垄断的，不但垄断，而且要靠行政命令，才把我们的剩余流量滚到下个月去。你要是早就开放不垄断，有的是人来竞争，谁还需要行政命令来强制？

总理说了一句话，你们三大运营商才给我们减点费用。总之，我们早就承诺电信产业不能垄断，但我们今天依然垄断着，人家外国电信商根本进不来，那就等于是违背了WTO的承诺嘛。

我们还承诺了银行的开放，但今天别说外资银行了，咱们自己千辛万苦弄出来的支付宝，方便了千千万万中国人的支付宝，居然国有银行还在下旨下文，说五千块钱以上的交易不行。

我就不说开放给全世界了，您开放给自己的民营资本都没做到，为了国有银行的垄断利益，反正就是这也不行，那也不行，连自己对自己都这样，更不用说WTO里的那些承诺了。

我们的电信也没有排除垄断，银行也没有开放，远远没有兑现承诺。还有国企补贴，你的国企每年喝那么多好酒，发那么高的工资，你不补贴这国企怎么办？但是你补贴国企，就相当于是降低了价钱，你就相当于倾销。人家都是自由企业，你是一堆靠政府补贴的国企，这些国企反正有政府补贴，所以它的产品都可以不要钱，可以白送给消费者，那别人怎么跟你竞争？

其他的我就不一一列举了，跟大家说一个最小最小的例子，经济上不开放，电影总可以开放吧？咱们当年签 WTO 的时候，承诺 2017 年开放国内电影市场，虽然是 2017 年，但你之前总得逐步开放一下吧，您看现在跟之前有什么区别？

大家知道配额本身就已经相当于变相的关税了，既然要 2017 年取消配额，那现在总得有一点开放吧？哪怕你说这配额来了，咱们就分到哪家电影公司，愿意把哪个发好，咱们就去竞争吧。好莱坞有个选择，说我进了配额了，那我也选这电影公司，还是那电影公司去宣发，对不起，没有配额，我们的电影就中影一家。

所以中影这大爷太高兴了，寻租空间太大了，大家想想我每年手里拿着什么？《速度与激情7》《变形金刚》《蜘蛛侠》《蝙蝠侠》，我想打谁就打谁，你今天惹老子不高兴了，老子就给你同一天上，你甭管是什么电影，我只要拿这东西打你，绝对给你的票房打死。今天你把老子伺候高兴了，让老子舒服了，老子连假期都给你让开。大家经常看到五一档、十一档、春节档出现很蹊跷的情况，明明好莱坞大片上来就能捞钱，它给你弄到最后上，让国产大片先上，或者让它喜欢的电影先上，上完了以后好莱坞再上，反正好莱坞的大片又不是咱投钱拍的，怕什么，反正分账又少。

首先分账少不公平，WTO 精神按说是大家都一致，国企、私企、外企，大家都应该是一样的国民待遇嘛，我们自己的电影到电影院去放，分 43% 的票房，好莱坞大片就分 25%，这本身不就已经是歧视人家了吗？

然后挑谁当分账大片，也是中影一家说了算，那你让人家怎么办呢？人家只能求你了。你想什么时候发就什么时候发，你说我就不十一黄金周发，我就想 10 月 8 日发，你怎么办吧？你没办法，因为我无所谓，我一家独大，寻不寻租不知道，至少我今儿高兴了，我放你一马，明儿我不高兴了，我就跟你同一天上，弄死你这民营电影公司。

电影才多少钱？就这么小的一个产业，都被既得利益阶层把着不放，更不要说银行业、电信业、国企等了，所以我们不是成心不想遵守承诺，我们是成心想不遵守规则。

从咱们加入 WTO 到现在的十几年间，绝大多数贸易诉讼都是针对中国的，其实我们不习惯加入国际 WTO，不习惯大家平等坐下来。中国自古以来就不习惯大家都平等，就是要不你跪、要不我跪，咱们必须得有一个老大才行。所以弄到最后，人家干脆就说，我们也惹不起您，那我们就不带您了，我们自己玩，然后人家就签了 TPP。

当然了，我觉得他们自己应该也玩不起来，因为中国这个大经济体摆在这儿，中国未来会发展成最大的内需市场，我们将会是最大的买家，所以大家不能不跟我们玩。

大家为什么都愿意带着美国玩？美国特简单，美国就是最大的内需市场买家，美国买全世界的东西，它买中国制造，它买韩国的手机，它买欧洲的汽车，它什么都买，这个世界就是谁买谁说了算，你卖你就只能听人家的，买家说价钱低点吧，你只能低点，买家说我要用这种货币买，你总不能说你不卖吧。买家说我没钱了，你要是卖方，你怎么办？你生产的东西得有人买，你只能借钱给买家，让它买你的东西。总之，等你变成买家的时候，全世界都会听你的，所以不用着急，现在我们还是卖家，而美国是最大的买家。

当年大英帝国强盛的时候，也是因为它有两亿多人口，从全世界买这买那，所以大家都用英镑，大家都用英国的制度。后来美国成了大买家，大家都用美元。总有一天中国会成为大买家，当你买全世界的东西的时候，你就有发言权了，你说你想用这种货币，你不想卖给我呀？你不卖他卖，有的是人愿意卖给我，到了那个时候，不论是货币制度也好，国际贸易制度也好，都得根据中国的需求来调整。

但这得给我们点时间，我们现在有点像 IT 企业，国际上的 IT 企业发展太快，刚十几年，就都发展成那么大的企业，其实管理层和制度都还很年轻，真正适应国际社会的、懂国际法的、适应国际贸易的这一代人，现在还正在成长。各国也要给我们点耐心，我们会逐步遵守国际规则，会逐步遵守条约的。

所以我觉得，从这个角度来讲，其实 TPP 对中国人民还是有好处的，为什么呢？因为政府也希望中国成为最大的买家，让大家都来遵守我的规则。所以政府必须想办法，让中国人民解开钱包去买东西，它要把人民的后顾之忧拿掉，人民生个病，爸妈生个病，我爷爷奶奶生病都看不起，我哪敢买东西呀？老百姓的钱都套在房市里，您这房子 90 多项税，房价里70% 都是税，这么高的房价，我把我这辈子积攒的钱都搁在这里了，我没法消费啊，我想旅游，我想出国购物，可我让这房子拖死了。所以，医保、教育、房价，这些政策是不是都要更好一点，让老百姓把自己的存款解放出来，踏踏实实地去消费，去花钱，去全世界旅游，买东西。

让你的银行更开放，没有那些垄断银行来欺负我们；把电信开放了，不能再垄断，不用非得等总理发话了电信才降价；国企不补贴了；电影不再由中影一家独大，让大家在黄金周看到更多电影公司的更好作品，这样是不是中国人民会更得利呢？

TPP 的成立，大概会让一些人生气，但是对广大的老百姓其实是有长远的利益的。有人说，这 TPP 是美国要围剿我们，我们赶紧跟俄国团结起来吧。我觉得这些人是想得太多了，这又不是小孩子过家家，大家都是生意人，没有人会故意跟谁过不去。而且我们跟美国的关系，才是真真正正解不开的关系，不管美国谁当政，不管咱们这儿搞什么民族主义，中国和美国都解不开地捆绑在一起，是每一根毛细血管都连通的关系。

我们跟美国是什么关系？全美国人民都在使用中国制造的东西，中国人民也吃着肯德基，穿着耐克鞋，用着各种各样的美国品牌。互联网现在逐渐开放，美国的大互联网公司也在进入中国，两个国家的人民都在互相使用对方的产品和服务。

华裔在美国做了州长、部长、参议员，那么多美国人在中国经商；美国到处都有唐人街，洛杉矶地区有七个城市都是华人的，奥巴马的弟弟在深圳卖烧烤，不论任何政治操作，不管什么阴谋言论，都没法解除中国和美国之间千丝万缕的关系。

至于说到我们要跟俄国团结起来，我们跟俄国怎么团结？中国和俄国，除了老大们坐在一起喝喝酒，你看见哪个中国人用俄国的产品了？大家往周围看看，有人开俄国的汽车吗？还是谁用俄国的牙膏了？俄国人民用中国制造吗？俄国有唐人街吗，华人在俄国不要说部长和州长了，当村长的有没有？对了，有一个华人在俄国当过厂长，很多很多年前，蒋经国曾经在苏联当过工厂的厂长。反正说白了，中国和俄国之间就没有形成过真正的关系，中俄贸易只有中美贸易的不知道多少分之一，少到都可以忽略不计了。

俄国卖给我们点武器，后来它还不想卖给我们先进的武器，因为我们老拿来仿制，我们就卖给俄国点伪劣产品，假二锅头、假羽绒服等，也就这点联系了，哪有像中美关系这么千丝万缕，两边的血管都连在一起，没有这么深厚的经济关系，其他任何关系都是很脆弱的。

你说中俄的老大经常坐在一起喝酒，哪两个老大不能坐在一起喝酒？中国和美国不用坐在一起喝酒，因为大家肯定要在一起，大家都得坐波音飞机吧？波音737飞机大部分零件是在中国制造的吧？所以不论老大们喝不喝酒，中国和美国的经济关系是谁也打不破的。所以不用担心，我们现在只要等待着那一天，中国人民拿出银行里的存款，去购买全世界的东西的时候，所有的问题就都会消失了。

2. 欧洲难民危机

这节的话题是欧洲的难民问题。

我好多的好朋友，尤其是知识分子朋友，居然有人半夜睡不着觉，就为这个事，然后整夜地给我发微信，担心人类该怎么办。知识分子都有这样的毛病，经常为了人类忧心忡忡，每次我都说，睡吧，人类没问题。人类看似有问题、要完蛋、要绝望无数次了，比现在欧洲还严重的情况，至少出现过 50 回，看起来都要不行了，但是没问题，最后都会解决掉的。反正我就是觉得，这不是什么很大的事。

今天欧洲的文明是怎么来的？大家回头想一想，是不是应了那句话，出来混总是要还的，现在还没让它还呢，就是让它吐出来一点而已。

当年，法兰西占了小半个世界，英国占了大半个世界，德国也抢去了好多地方，意大利也殖民了好多地儿，包括比利时、荷兰，也就是大家很熟悉的八国联军，其实不是八国，是十国，它们疯狂地扩张、掠夺、殖民，才让自己繁荣地、蓬勃地发展起来，奠定了今天的欧洲。

当然了，大家也可以说欧洲是因为发生了工业革命，还有文艺复兴，那是不是如果没有工业革命，没有文艺复兴，我就可以殖民你了？中国就可以把英国女王弄到北京来，给慈禧太后下跪了？

你当然可以有工业革命，可以有文艺复兴，但这不是你掠夺和剥削别人的理由。因为我比你文明，我比你法制健全，所以我就可以殖民你，我就可以在你的领土上有治外法权？因为我有信仰而你没有，我就可以觉得你不是人，因为只有我们上帝的子民才是人？因为我有工业革命，而你没有，我就可以坚船利炮地打你，我就可以把你的圆明园烧掉，我就可以把你变成殖民地？当然不是。

对 19 世纪和 20 世纪上半叶的历史，今天的欧洲，尤其是西欧，只要是稍微有一点良心的欧洲知识分子，都不用说左派知识分子了——左派知识分子恨不能赶紧把大英博物馆里边的那些东西都还回去，不需要这么激进的知识分子——他们心中都是有愧疚感的。不光是知识分子，政客内心深处也是有负罪感的，当然政客也是知识分子，文盲是当不了政客的。

所以实际上这事特别简单，就是这么来的。现在大家老说东欧对难民不友好，东欧人伸脚绊人家抱着小孩的难民，让人家难民摔一个大跟头，还派军队和警察。看西欧人多好，德国、法国、意大利，都向难民敞开怀抱。其实原因很简单，西欧有负罪感，就觉得自己应该赎点罪。

你说东欧人招谁惹谁了？我本来就是受害者，我东欧先被你们肢解，原来我是奥匈帝国，奥匈大帝国被肢解成那么多国家，然后冷战，东欧说我从来没殖民过任何一个穆斯林国家，匈牙利说，我什么时候去殖民过别人，我有什么负罪感？其他的东欧国家，波兰说，我自己还被灭过三回，我一路含辛茹苦，自己还复过自己。包括俄国也是，当然俄国其实跟穆斯林还是有一些算不清的账，但它毕竟只是针对俄国境内的穆斯林，好歹它没去过埃及，没去海湾地区殖过民，好歹没抢过别人的石油，没把苏伊士运河当成自己的领土，在那儿驻军，在那儿收船费，没有在中东设立过绞刑架，没有绞死过想独立的穆斯林的领袖们，所以俄国也没有什么负罪感。东欧国家对难民的这种冷漠和排斥的态度，是完全可以理解的。

当然还有一个原因是，东欧国家本身的民族很单纯，大家看之前的世界杯，居然出现东欧观众冲着法国队和荷兰队的队员，喊种族歧视的口号，管他们叫 Negro（黑鬼）。其实如果你给东欧人一个荷兰护照，或是法国护照，他特高兴，可是他看到球队里边有黑人，还有拉美来的有色人种，他们的反应就不太高兴。从历史上来看，我觉得也没什么可苛求东欧人的，他们没有负罪感，他们没有奴役过别人，他们的华沙国立博物馆里不但没有穆斯林的东西，也没有埃及的狮身人面像，甚至人家连自个的东西，都被抢走了，放在柏林的博物馆、大英博物馆里，所以东欧人的反应很正常，没什么大不了的。

西欧就像刚才说的，它们对殖民地一直以来怀着一定程度的负罪感，当然从某种程度来看，经济发展也需要大量的外劳，早在这次难民潮之前，西欧本来就有大量在殖民时期过来的穆斯林和有色人种等。

我大概 2 月还在西欧开了一圈车，去了法国、意大利、瑞士等地，那时候还没爆发难民潮，我可以跟大家讲西欧是什么样子。基本上西欧的大城市，巴黎也好，戛纳也好，摩纳哥也好，热那亚也好，你打开电视，最少都有十个穆斯林电视频道。

但是咱听不懂人家的语言，我也不知道这十个穆斯林频道，它说的是同一种语言呢，还是有的说阿拉伯语，有的说波斯语，有的说乌尔都语，反正我也听不懂，都是那种长得曲里拐弯的那种文字，人也都长得差不多，在电视里有唱歌的、有跳舞的。而且我特别负责任地说，在大城市里头，穆斯林的电视频道数量比英文频道还多。

你在酒店里打开英文频道，差不多就只有 BBC（英国广播公司）、CNN（美国有线新闻电视网）、HBO（美国有线电视公司，即家庭影院）、ESPN（美国娱乐和体育节目广播公司），一共就七八个吧，然后往后一看我吓一跳，这穆斯林频道之多，基本上快赶上美国西岸的西语频道了，在美国西岸你打开电视，西语频道有好几十个，那是因为人家本来就是墨西哥的地方。

所以西欧本身就已经存在着许多的穆斯林了，光电视频道、报纸就那么多，你说穆斯林难民愿意往哪儿跑？他当然愿意往西欧跑，他要是跑东欧去，要看电视也没有，要看报纸也没有，要穆斯林社区也没有，要清真寺也没有，对穆斯林来说，没有清真寺是非常麻烦的，那你说他们跑东欧去干吗？

那些难民，尤其是那些忠诚的教徒，他们当然是希望去一个有清真寺的，有阿訇的，有能吃干净肉的，有自己的社区的，有穆斯林电视台的，而且有很好福利的那种地方了。

当然你可以说，海湾国家都有清真寺，沙特阿拉伯有钱，也有很多清真寺，阿联酋有钱，也到处都是清真寺，科威特更有钱，难民怎么不往那儿去？这个我也想跟大家稍微解释一下。大家如果去过阿联酋、迪拜，或者去过沙特、科威特，你就会发现，海湾那些石油国家的人民都富得流油。在迪拜这样的地方，本国人口数差不多就占百分之十几，剩下的百分之八十几都是穆斯林国家来的，也就是说，那里的外劳人数远远超过本国人口。

海湾国家太有钱了，有钱人就懒，它就需要大量的外劳，但那些国家的军队和公务员是不能用外劳的，所以这两个行业基本上就把本国的男性人口都消化掉了，所以剩下的工作，全都得由外劳来做。那这些国家的外劳和穆斯林的难民有什么区别呢？唯一的区别是外劳大部分都不带家属，平时往家里汇钱，逢年过节要回家的，而难民则是带着家属的外劳。问题是海湾国家实在是不缺外劳，而且这些国家对外劳有大量的限制政策。

这些限制政策都是非常夸张的，我觉得都不能用种族歧视来形容了。其实说到底海湾国家的人和外劳都是同一个种族的人，只是你的国家屁股底下有石油，人家国家屁股底下是沙漠。就这么一个区别，你外劳就不能开店，干任何生意都不行，你要想经商，就必须得找一个当地人给你去申请执照，给你做担保，然后你就给当地人感谢费。

所以海湾国家的当地人生活得舒服到了极点，除了当公务员、当兵、训练训练，剩下的人都在给外劳当担保，一个当地人至少给十几、二十几个外劳当担保人，光帮外劳弄执照，就能挣好多钱，发好多财。

当年北京没那么开放的时候，你如果在北京吃羊肉串，一看那店的营业执照上面，都是一个北京老太太，其实那北京老太太就负责办一个执照，她就是把北京身份证借给你，就已经挣了你的钱了。而且海湾国家都特别热，你到迪拜、沙特，往大街上一看，装外劳的那种大巴车，上班下班都没有空调，那些本地人恨不得给每一棵树都一年花上一千美元，但是给外劳的待遇就是这样，连给你的大巴车上装个空调都舍不得。

那你说，如果你是难民，你怎么选择？到欧洲去，看病不要钱，上哪儿都有福利和优惠，去海湾国家，要保证没保证，要福利没福利，连空调都没有，连我做个生意的平等权利都没有，那我当然去欧洲了，欧洲多好多文明啊，当然要敞开怀抱，接纳我们了。

西欧里边，应该说德国是让我觉得很感动的。在整个19世纪加上20世纪上半叶这150年的过程中，压迫和奴役穆斯林人民的主要是英法两国，意大利也算一点点帮凶，它跑到北非整了点地，但德国还真的没在穆斯林地区有多少殖民地，虽然有那么一点点吧，但是那简直跟英、法这种大面积的奴役别人是不能比的。

但是德国有德国的负罪感，德国觉得自己愧对整个人类，这也是德国人比日本人强太多的地方。"一战"也好"二战"也罢，尤其是"二战"，德国纳粹对人类犯下的罄竹难书的罪行，德国人民始终都背在身上，记在心里，所以大家可以看看，现在全世界出现任何人道危机的时候，德国都是最先给钱的。日本也不落人后，日本人其实心里也有负罪感，但是日本对自己的民族实在是太热爱了，日本爱自己干净美丽的羽毛，所以日本都是偷偷给钱。

而且德国不光是给钱，它还能敞开胸怀接纳这些难民，我觉得这是日本做不到的，这两个国家确实是很不一样，咱们讲过很多次地理决定论，日本民族也真是缺乏心胸。

你说日本面积小，人口多，德国人口也不少，也有8000多万人口呢，而且大量的移民已经都扎根德国了，现在去德国，到处都能看见穆斯林。

相比德国，我觉得英法最应该毫不犹豫地接纳这些难民，说实在的，整个穆斯林世界从兴盛转向衰落，最最重要的几次被重击，都是被英法重击的。奥斯曼土耳其是慢慢衰落的，那是一个很漫长的过程，奥斯曼土耳其最终被英法肢解，俄国也稍微帮了点凶，大量的原来属于奥斯曼土耳其的地方，都变成了英法殖民地。再加上北非这一块，甚至在东南亚的穆斯林，马来西亚到今天都是苏丹轮流当元首，马来西亚被谁奴役了，那不是英国吗？印度尼西亚是今天世界上最大的穆斯林国家，印度尼西亚是被谁奴役的？那不是荷兰吗？菲律宾是被谁奴役的？菲律宾北边是基督徒，南边都是穆斯林，开始西班牙干了点，美国稍微做了点小帮凶，但是美国不承认，美国说我没奴役过菲律宾人民。

美国跟英法的殖民方式是非常不一样的，美国自己老有那种道德优越感。你看菲律宾，虽然其实就是美国殖民地，但是人家菲律宾也有总统，美国也说了，我没干吗呀，我就在这儿驻驻军，就在这儿种点香蕉，也就干点这个。

但是英法对整个穆斯林世界的掠夺和奴役，把穆斯林世界的不光是资源，不光是石油，不光是苏伊士运河，不光是红海，不光是这些东西拿走了，是整个民族的自豪感和士气都给摧毁了。

在这一点上，中国实际上还真的没有被奴役过，就说咱们的半封建半殖民地时代吧，虽然中国被打得不轻，从1300万平方公里给打成了960万平方公里，但人家奥斯曼土耳其是从520万平方公里给打剩下70万平方公里，而且咱们就是有几个传教士和几座教堂，还有几个通商口岸，外国人再要点治外法权，划一块租借，人家在租界里面玩自己的，你中国广大的土地还是你中国人的，被你们中国自己的军阀统治着。

总之，中国从一个充满自信的、充满了诸子百家精神的、充满了儒家精神和道家的空明精神的天朝大国，变成了阿Q国，而穆斯林世界可是直接被奴役和殖民，它的人民是直接被英法的总督下令开枪屠杀，比如"二战"结束后法国搞的叙利亚大屠杀，整个联合国都被震惊了，因为叙利亚总统直接举着牌子在那儿抗议说，法国军队在我们的土地上屠杀穆斯林。

第二次中东战争是怎么爆发的？因为埃及的民族英雄纳赛尔想把苏伊士运河收归国有，其实那苏伊士运河本来不就是埃及的吗？它是埃及人民在自己的土地上建造的运河。当然了，法国人要说话了，说运河是我设计的、我投资的。咱们之前讨论过类似的例子，日本人在东北投资过那么多东西，比如水电站是日本投资的，日本人说了，这水电站是我的，别人不能用，所以苏联就从中国东北抢了好多东西，回苏联去了，苏联一贯就是这个态度。

没有这个道理。你来我这儿殖民我，你盘剥我的人民的血汗，变成你的钱，你奴役我的人民挖了一条运河，然后你就说那运河是你的资产，运河两岸还得由你驻军，是你的领土，我们只能在一边看着，然后我们自己的船只过运河，还得给你们交钱，没这个道理。

美国当年为什么要闹独立？也是因为这个。美国人说，我是大英帝国的殖民地，但是你不能这么盘剥我。所以纳赛尔一收回苏伊士运河，英法直接就出兵了。但那已经是一九五几年的时候了，都已经是战后了，殖民地独立运动已经风起云涌了，世界已经很文明了，英法那个时候还能悍守埃及苏伊士运河，去打人家要求独立自主、要求收回苏伊士运河的埃及，这才爆发了第二次中东战争。

现在大家去大英博物馆，去罗浮宫，看看里面有多少穆斯林上千年来最最珍贵的东西，这些东西目前都还在这俩博物馆里待着呢，所以我觉得英法对穆斯林国家是犯了最大罪行的。当然英法还经常觉得自己是英雄，还歌颂阿拉伯的劳伦斯，阿拉伯的劳伦斯被描绘得极度英勇，一个人就能东奔西突地弄一点穆斯林的兵，去帮英国打仗去。

你说这是什么英雄？你英国跟别人打仗，跟我有什么关系？然后你派个劳伦斯来组织我们骑着骆驼，去给你当炮灰，这就是西方歌颂的英雄——阿拉伯的劳伦斯。这阿拉伯的劳伦斯，我跟大家多说一句，最后这位阿拉伯的劳伦斯，穿着阿拉伯的衣服，头上戴着那种白色的头巾，自己一个人高举抗议示威牌子，为阿拉伯人民在那儿抗议，但抗议没有用，英法那时候都是帝国主义老大，谁管你。

一战结束后的巴黎和会，中国人都知道，五四运动就是因为这个闹起来的，因为帝国主义把我们的青岛划给了日本等，那对我们其实还算挺好的，日本最后到1922年把青岛还回来了。

总之在巴黎和会上，帝国主义国家就坐在一起划划地图，这儿归你，那儿归我，要不是土耳其出了一位民族英雄，拼命奋战，保住了最后一小点土耳其，当时在巴黎和会上，就把土耳其彻底给肢解了，土耳其曾经是伊斯兰世界最强大的国家。

所以说英法今天接纳这么多难民，我就跟我那帮知识分子哥们说，你不用替欧洲文明操心，你先替阿拉伯人操操心，先替穆斯林操操心吧。你不能说今天有几个恐怖分子，极少数穆斯林干了坏事，大家就对穆斯林出现严重的歧视，欧洲文明的大老爷们，就不能分点饭给人吃吗？况且这些饭本来就是从穆斯林身上榨来的。

我觉得饮水要思源，或者说出来混一定要还。今天跟大家多说一个小证据，我看咱们自己拍的影视剧，比如《火烧圆明园》《英法联军》，这里面的英法联军全是白人，穿得漂漂亮亮的，大炮机枪一通轰。实际上第二次鸦片战争入侵了天津和北京，烧了圆明园的这些英法联军里，根本就没有几个白人，英军的主力兵团是锡克骑兵团，印度的锡克族人，法军的主力是阿尔及利亚骑兵，一帮阿尔及利亚人，除了那些军官老爷是英国人和法国人，剩下那些打仗的全不是白人，所以这电影拍得完全不符合历史。

在电影里，八里桥大战完全变成英法的白人士兵排开大炮，排开排枪，然后僧格林沁的骑兵就以大兵团冲啊，然后被枪炮全打死了，接着法军统帅回去被封了一个八里桥伯爵确实叫八里桥伯爵，特别可笑。实际的情况不是这样的，蒙古骑兵没那么傻，咱们有那么傻吗？对着大炮、大排枪，就那么傻愣愣地往上冲。实际上在整个八里桥，应该说从通县到八里桥，到洋村的广大的地区，蒙古骑兵和英法联军里的锡克骑兵、阿尔及利亚骑兵，发生过无数次的骑兵冲锋战，而且死的不全是中国人，还有殖民地的锡克骑兵，清军也恨啊，你打死我们那么多兄弟，清军抓到锡克的骑兵就挖眼睛，先剁手，然后大卸八块，锡克骑兵也来报仇，抓住清军也如此残酷对待。

最逗的是有一个记载说，英法联军攻破北京城以后——实际上没攻，就是北京城投降以后，英法联军进城以后，居然在牛街发现了自己的同胞——回民兄弟们，因为当时的英法联军里，没几个信上帝的，很多都是穆斯林，阿尔及利亚骑兵也是穆斯林。这才是真实的英法联军和第二次鸦片战争的实际情况。

而美国对伊斯兰国家不但没有负罪感，而且还觉得自己挺好，它觉得自己还逼着英国、法国替伊斯兰国家主持过一些正义；虽然美国支持以色列，但是对伊斯兰国家并没有真的犯下什么罪行。以色列的犹太人掌握了整个美国，所以美国不大量接纳这些难民。

奥巴马在国内天天搞同性恋平权，有人就问了，就你美国人是人啊，你美国同性恋平权都平成这样了，那我们全世界其他的人类，是不是要跟你也一起平平权呢？

要是共和党的话，根本就一个难民都不许放进来，一个都别来，共和党就是右派，怎么了？就不要！但是奥巴马反正是挺左的，他想来想去，最后说，我们美国接纳一万名穆斯林难民怎么样？于是乎引起全国轩然大波，两党都一齐骂他。民主党比较左的说，一万人太少了，你看我们美国这么民主自由的国家，怎么能就接受一万人呢？你太抠门了，太鸡贼。共和党说你凭什么代表全国纳税人，就要接受一万名难民来啊？我们南部这些州就是不同意，你接纳来搁你加州去吧，那都是你们民主党的地儿，反正我们不接受，我们这儿本来失业率就挺高了。

于是两边一块骂奥巴马。

美国实际上是接受过大量难民的，也是来源于美国的负罪感。美国最大的负罪感是对越南，或者应该叫南越，美国曾经支持南越跟北越打了多年，最后打败了，美国自己走了，美国还认为自己把南越留给共产党了，所以南越人民就生活在水深火热里了，其实美国在那儿的时候，也没看越南生活得有多好。总而言之，美国对南越人民是有很大的负罪感和愧疚感的。

美国人民都看到过一张历史性的著名照片，就是美国大使馆最后一架直升机离开南越的照片，想走的人像彗星拖着的尾巴一样跟着飞机，包括西贡小姐，她们都给美国人生孩子了，美国人走了，越共来了，她们可怎么办？

最后美国接收了100多万南越难民，上百万南越难民啊，美国敞开胸怀接收了他们，到现在加州还到处都是越南人。越南人的米粉叫火车头，特别好吃。就是这样吧，谁有负罪感谁有感情，谁就接纳难民，这是一个基本的原则。

就我们也曾经接纳过越南难民，现在还有数十万越南难民在香港生活；内地也接受过那么多越南的难民，当然主要是华侨。印度尼西亚排华的时候，我们也向印度尼西亚华侨敞开怀抱，当初国家穷的时候你们出去了，现在你们受到排挤想搬个地方，我们不要谁要？这不都是我们应该做的事吗？

所以我觉得接收难民这件事，没什么可担心的，也不认为几十万、上百万的穆斯林到了欧洲，这欧洲所谓的文明就毁了，欧洲的文明本来就沾满了穆斯林的血泪。总之接收难民这事，我就是这个态度，就是应该由欧洲来接纳。

3. 美国大选喜剧秀

2016 年的 11 月 11 日很快就要到了，中国国内一片莺歌燕舞，大家都欢天喜地地列出长长的购物清单，准备大买一场。

阿里巴巴的双十一晚会会在 10 号晚上举行，我们在美国的部门帮忙请来了很多国际大腕，来为这台晚会助兴，欢庆这个由中国人发起的全球购物狂欢节。

然而这些日子，美国人民的心情却是复杂的，可谓几家欢乐几家愁，或者说，大部分美国人的心情都是愁闷的。

写下这篇文字的时候，距离 11 月 8 日还有一段日子，我并不知道美国大选的最终结果，但这并不妨碍我事先写点什么。

我们可以假设希拉里赢了，也可以假设川普赢了，这都不重要，因为我今天写的事情，跟输赢关系不是很大。我今天要写的是这场选举对美国和全世界的伤害，以及给世界历史进程带来的改变。

每当我们回顾历史的时候，总会觉得过去发生的那些事是多么辉煌，多么悲伤，给当今的时代带来了多大的剧变，但实际上我们今天发生的事，对未来来说，很有可能也是至关重要的。至少这一次的美国大选，无疑是一次重要的历史事件，不论是对美国，还是对东西方乃至整个世界而言。

这些年，全世界总是在说美国要衰落了，西方要衰落了，东方要崛起了。但人们也就只是说说，而这次的美国大选，全世界人民都亲眼看见了美国的衰落。

大家不妨回想一下八年前奥巴马当选的时候，美国和西方世界是多么振奋，多么昂扬向上。美国上下万众一心，人们讴歌美国的民主、制度和价值观，美国信仰的所有东西都再一次获得了重大的胜利。

奥马巴到欧洲访问的时候，全欧洲热烈欢迎，堪比当年 The Beatles（披头士）出道时的那种盛况，他所到之处，欧洲的每一座城市都万人空巷。因为人们都觉得，黑人当上了总统，这代表着西方的民主和普世价值的胜利。

短短八年过去了，大家再看看这次美国大选愁云惨雾的气氛。选举期间，人们见面聊的不是你支持谁，而是你更讨厌谁。选举的氛围和八年前也是天壤之别，以前大选的时候，到处都能看到飘扬的旗帜，到处都能看到标语，每户人家都挂出自己支持的候选人的头像，最后投票之前，到处都挂满了美国国旗。而如今，你到洛杉矶街上走一圈，根本感受不到这是一个大选年，几乎看不到国旗和标语，没几个人支持希拉里，也没几个人支持川普。人们一聊起大选，皆是一片长吁短叹，你能清楚地感受到一片绝望和颓败的气氛。

不过八年时间，怎么就变成这样了呢？

很多人都在探讨原因，但大部分人都在就人论事，人们都觉得这两个候选人，一个是老油条商人，另一个是老油条官僚，各自都有很多不能见光的秘密。而奥巴马的背景则相对干净得多，他既没有钱也没有那么多黑暗过去，再加上他的肤色，简直是给美国带来了一股清新之风。奥巴马甚至什么都不用做，人们就颁给了他一个诺贝尔和平奖。

如今，回想起奥巴马的年代，真是恍如隔世。现在这两位候选人，每天就在互相揭短，互相诋毁人格。最可笑的是媒体也跟着争相站队。

过去的美国，虽然没有法律明文规定，但人们都还有个最起码的默契，每当大选的时候，媒体、国家机关，尤其是作为权力机关的军队、警察、FBI 都要保持中立，维护美国的民主制度，不影响选民的判断，确保每一个选民都能自由地投票。

可这一次所有人都赤膊上阵。美国发行量最大的报纸 USA Today（《今日美国》）公开表示，我们已经几十年没有表明过态度了，但是这一次我们实在忍不住了，我们支持希拉里；福克斯电视台去街上做采访，提问的方式更是无比露骨，抓住一个路人就直接问："你觉得谁会当选？"记得有一个戴墨镜的大胖子对着镜头回答："我支持希拉里！"主持人居然问他："你嗑药了吗？"（Are you on drugs？）大胖子特别幽默地回答："我没有嗑药，我只是在接受福克斯的采访。"（I'm not on drugs,I'm on Fox）因为大胖子知道福克斯电视台是支持川普的。

自从四十年前的水门事件之后，国家权力机关绝不发声干涉大选，即使有什么意见也等选举结束后再说，因为你事先说出来，显然就会影响选举结果。结果这一次，FBI 的局长居然跳出来说，他实在没办法了，希拉里确实犯法了。他这么做违背了大选静默期的游戏规则。接下来的发展就更有意思了，希拉里的竞选总经理和司法部的助理总检察官（相当于司法副部长）频繁地一起吃饭，紧接着司法部就任命这位副部长担任这次调查的总负责人，直接管理 FBI 的局长，而这位副部长还有另一重身份——希拉里的同学，这么显而易见的关系，居然完全都不避嫌，还直接来干预这件事，这剧情简直比《纸牌屋》还精彩。

这一次的美国大选，是美国营造两百多年的民主和文明的大倒退，几乎退回到了美国刚开始搞民主时的程度。记得我读书的时候，有一本非常著名的美国小说——马克·吐温的《竞选州长》，讲的是一个揭露资本主义丑恶的选举故事，当时我们都当成笑话来看。那部小说写了一个名叫马克·吐温的人，他是一位非常不错的绅士，想要为州里的人民服务，就去竞选州长。马克·吐温觉得自己竞选的最大优势就是干净的背景，他认为自己从来没有做过什么乱七八糟的事情。结果选举一开始，一切都失去了控制，对手疯狂地揭露马克·吐温的过去，不断往他身上泼脏水，说他在印度支那如何行骗，又如何被人家绑起来游街，甚至在马克·吐温在台上演讲的时候，居然有九个不同肤色的孩子冲上台管他叫爸爸……种种竞选过程中的丑恶，充分展示了资本主义原始时期的不完善和混乱。

美国当然不是从一开始就是一个民主和文明的国家，早期的选举也有很多恶性竞争，唯一一个做到明哲保身的美国总统就是华盛顿，那时候还不是人民投票，而是议会投票，而且华盛顿在全票当选了两届总统后就高风亮节，不再连任了。

最初的美国总统选举就很像现在，候选人之间也相互撕咬。现在正在排演的著名音乐剧 Hamilton（《汉密尔顿》），就讲了国父 Hamilton 的不光彩故事，在别人竞选副总统的时候，Hamilton 到处散发小册子，宣扬候选人的隐私，最后导致人家落选，后来人家去竞选纽约州长，他又去散发小册子。那个年代还没有互联网，小册子就像今天的 Twitter（推特）和 Facebook（脸书）。Hamilton 最后逼得人家走投无路，提出了跟他决斗，结果，Hamilton 在决斗中被打死了。在民主的初期，甚至还出现了人民不接受选举结果的事件，不接受怎么办呢？分裂！于是就爆发了著名的南北战争，美国内战将民主制度推到了最尴尬的境地。从南北战争之后，至少再也没发生过不认输的情况。

如今，美国的民主已经发展了两百多年，而这一次美国大选，却把一切都打回了原形，甚至变本加厉。川普在一次电视辩论会上公开表示，如果他输了这次选举，那就说明美国的现行体制构陷他。这就意味着，如果他落选了，是肯定不会认输的。不认输怎么办？再爆发一次南北战争？还是刺杀希拉里，就像刺杀肯尼迪和林肯一样？不论是哪一种，都是民主和文明的极大倒退，是肮脏的、野蛮的行为。

民主文明了两百多年的美国，为什么会出现这样的选举呢？只是因为凑巧出现了这样两位候选人吗？我个人倒觉得这不是希拉里和川普的责任，就算再换两个候选人上来，可能情况也不会好多少。

当然这只是我个人的粗浅小观点，我觉得造成这次选举闹剧的一个重要原因，就是互联网的兴起，所有的一切都曝光在阳光下了，黑客们能把你所有的隐私都挖掘出来，这种毫无隐私的挖掘是非常可怕的。大家不妨想一想，所谓的民主和文明，真的是越来越干净，越来越进步吗？其实不是，而是大家越来越擅长玩这个游戏了，大家都懂得要包装自己，把丑陋的藏起来，把美好的展现给世界。

其实丑恶一直是存在的，不然就不会有水门事件和肯尼迪被刺，那都是在互联网诞生之前，偶尔被曝光出来的丑恶，而如今，大部分的丑恶都被巧妙地藏起来了。可在互联网当道的今天，只要有一台电脑，你就是一个卧底和深喉了，全世界有成千上万的黑客，也就有成千上万的卧底和深喉，只要你通过互联网留下了一丝蛛丝马迹，他们就都能给你曝光出来。

所以这次大选的种种丑恶，其实并不是希拉里和川普这两个人有多丑恶，而是互联网把潜藏在底层的种种利益交换都公开化了。

这真的是一件很讽刺的事。互联网诞生以后，西方世界曾经是无比欢欣鼓舞的，因为它迅速横扫世界，几乎能把专制的国家变成民主的国家，因为互联网让一切秘密都无所遁形，因为有了 Facebook，所以有了阿拉伯之春等。西方原本特别振奋，极力推崇互联网的全球化，一旦有哪个国家说互联网不好，西方世界立刻抗议这个国家。

结果，现在互联网这把大火终于烧回西方世界了，互联网先在专制国家推行了民主，然后回头就把民主国家的虚伪外衣给撕破了，真的是让美国特别没有面子。

我在美国的朋友们，尤其是上过常春藤盟校、有一份体面工作、一直觉得自己是美国主流价值观代表的，都觉得特别羞耻。每当打开电视，听着里面的污言秽语和毫无底线的攻击，他们不相信那是自己生活的国家。

从反越战之后，这是美国社会第一次被如此剧烈地撕裂。反越战的时候，因为社会被严重撕裂，所以诞生了伟大的摇滚乐，诞生了伟大的诗人金斯堡，诞生了伟大的诺贝尔奖获得者鲍勃·迪伦。但是从里根上台开始，被撕裂的美国社会迅速治愈了伤口。由此可见，美国的自愈能力还是很强的。在里根总统的带领下，这个国家又重新团结起来，随后上台的克林顿又搞活了经济，布什上台后因为反恐，全国人民更是空前地团结起来。

总之，美国社会已经很久没有被如此撕裂了，这种撕裂在西岸尤其严重。东岸的纽约和波士顿还是很有政治传统，西岸完全没有政治传统，没有人关心你支持哪个党，人们只在意你赚了多少钱和将要赚多少钱。但这一次，整个美国西岸都充满了政治气氛，当然大多数人都支持民主党，加州更是民主党的铁票仓，支持共和党的人遭到了疯狂的攻击。

硅谷的大佬 Peter Thiel（彼得·蒂尔），这次公开站出来给川普捐了一两百万美元，结果他遭到了硅谷从上到下的猛烈攻击，人们在 Facebook 和 Twitter 上疯狂围攻他。最夸张的是，因为 Peter Thiel 是同性恋，而川普反对同性恋，所以一家著名的同性恋杂志也发表文章骂他，说他背叛了同性恋，要开除他的 gay 籍，这完全已经是民粹了。

人们还强迫 Facebook 的董事会开除 Peter Thiel，Zuckerberg（扎克伯格）还挺勇敢的，站出来质疑，难道我们不是一个多元化的民主自由的国家吗？支持哪一个候选人难道不是每一个公民的权利吗？虽然我不支持川普，但毕竟有 40% 的人支持川普，难道 Facebook 要开除 40% 的员工吗？

这还是我熟悉的美国吗？

没想到，Zuckerberg 也遭到了铺天盖地的臭骂，就因为他没有开除 Peter Thiel，人们就说他也是川普的支持者，也反对同性恋。总之，民粹一旦上来，就不分青红皂白，只要你和他观点不一样，他就要审判你。民粹主义真的是太可怕了，别说是一些自由和独立思考不深厚的国家，就算美国这样文明了两百多年的老牌民主国家，也扛不住民粹的高涨。

那些大媒体，难道不知道自己报道的东西是不中立的、不民主的吗？但是它必须这么写，因为民粹来了，它只有这么写才能卖钱，就连最平等自由的硅谷，也没逃过这个厄运。

以前在生活的社区里，根本没人关心谁是共和党，谁是民主党。现在完全不一样了，每个邻居见面都在议论别人的党派，有一次我开玩笑问他们，根据什么判断别人的党派？得到的回答特别有趣——骑马的都是共和党，骑自行车的都是民主党。因为这是这两个党派的基本价值观。共和党代表美国的传统价值观，美国是骑在马背上的牛仔的国家，所以共和党人肯定骑马。民主党宣扬的是欧洲白左的思想，环保，骑自行车。

我常去按摩的店里有一个老太太，她跟我说，最近的按摩生意特别好，因为人们都太紧张了，肌肉僵硬，需要通过按摩来放松。她还说，有一个老头，已经都快半身不遂了，还坚持每天来按摩，因为他要活下去，坚决不能让川普当上总统。这位按摩店的老太太特别有趣，她对美国的历史一无所知，甚至分不清印第安人和墨西哥人有什么区别，有一次她给我按摩的时候，居然说当年要是印第安人把欧洲人都打跑了，美国就能成为墨西哥和加拿大的天下了。我问她为什么这么说，她告诉我，因为我们美国是世界上最年轻的国家啊，如果我们没能诞生，不就被那两个老国家占领了吗？我都听傻了，她根本不知道美国早在 1776 年就建国了，比墨西哥早好几十年，加拿大建国就更晚了。就是这位老太太，还曾经特别天真地跟我说，不管希拉里和川普谁当选，肯定会被刺杀，因为美国有强大的纠错制度。

美国确实有强大的纠错制度。从美国建国至今的二百多年里，从来没有出现过军事政变，但人民手里有枪这件事谁也控制不了，美国的纠错制度就体现在刺杀总统这件事上。美国大概有八九个总统被刺杀，平均每二十年就有一个总统被刺杀，自从里根遭刺杀后，美国已经有很长一段时间没有总统被刺杀了。如今，连一个按摩店的文盲老太太都预测又要发生总统被刺杀事件了，可见这次大选的恶劣影响有多大。

美国的国务卿克里在英国访问，英国人问克里，您怎么看待贵国的这次大选？克里直接回答，我觉得羞愧和丢脸。克里还说，以前他跟其他国家搞外交，经常对别国的元首说，你们国家应该走上民主的道路，以前人家都很尊敬美国，如今那份尊敬荡然无存。当然克里也说，美国的民主有很大的弹性，我们一定能纠错，我们未来一定能扭转过来。

我曾经写过一个剧本，假设有一天每个人的脑门上都有一个显示器，能把自己脑子里想的事情显示出来，这样一来，地球人口肯定瞬间少了一半，因为欺骗和谎言全都暴露了，两个人正你侬我侬，结果脑门上显示我不爱你；两个国家互称友好也是一样，既然都不是真心的友好，那就开战吧。

但是剧本写到最后，我又觉得人类是有很强大的生存能力的，人类经历了无数的变革和苦难，总是能在错误到极点的时候纠正过来，所以剧本的结尾，所有的人类都习惯性地说真话了。

我不知道互联网能不能给未来的人类带来这样的改变，但至少在现阶段，互联网已经开始让我们感受到痛苦了，积累了那么多的黑暗和丑陋，现在都要揭开，摊在阳光下。现实中的这场美国大选，简直比《纸牌屋》要精彩多了。我记得《纸牌屋》的编剧说，其实他根本就没有编，剧里的一切都是真的。

然而现实不是戏剧，这出大选的戏剧该怎么收场？川普已经公开表示，他肯定不会认输。希拉里也完全可以表示，你们这就是在迫害我，我也不认输。所以双方都不肯退场，都要把对方往死里搞，一会儿找了十二个跟川普睡过觉的女人，一会儿又冒出七八个跟克林顿睡过觉的女人。这简直是闹剧，那么多女人跟克林顿睡过觉，人们难道不该同情希拉里吗？结果也没有，因为民粹是完全没有逻辑可循的，一切审判都是最恶毒的，人们反而去骂希拉里，觉得她居然能纵容老公这么花心，可见你自己也不干净。

我们不妨设想一下希拉里和川普当选后的画面。

希拉里往白宫里一坐，肯定立刻就论功行赏，国务卿和 FBI 的局长滚蛋，CIA 和国防部归谁，卖武器的过来签合同，采购多少艘潜艇和飞机，等等。希拉里毕竟是在官僚体系里打滚了几十年的老油条了，再加上她老公当过总统，这错综复杂的关系，她都得一一兑现。美国的官僚体系特别有趣，大使这个职务主要就是拿来酬功的，因为大使不需要什么能力，毕竟有很多参赞在那儿工作，大使就是个头衔而已，所以奥巴马才会任命肯尼迪的女儿去当日本大使，因为肯尼迪家族是支持民主党的最强大家族之一。希拉里肯定也会延续从前的官僚体系，这对美国是没有好处的，官商勾结，开空头支票，继续借债，继续把人民的保险费都涨起来。

如果是川普坐进白宫呢？就他那个性格，肯定先在里面打一圈滚，再撒两泡尿，然后红色按钮按一按，看看核导弹能不能发射。但接下来的事就由不得他了，因为他竞选时说的那些都是胡说八道，真正要管理国家的时候，他说的真不算。国防部长、国务卿、外交部长、国务院下边的司长、局长，最重要的是国防部采购部的局长、军队的将军们、海军上将和陆军上将们，这些人把川普往沙发上一按，语重心长地跟他说，你竞选时承诺的那些事，我们根本做不到，你知道我们现在的真实情况是什么吗？我们跟中国之间有什么秘密协议？跟俄国又闹成什么样子？你知道朴槿惠身后有一个姓崔的女人吗？你知道金正恩身边的将军是谁吗？你根本不懂，只有我们才知道这些事该怎么玩，你得听我们的。你要减税？那你就自掏腰包吧，你不就有四十五亿美元的资产吗？全卖了也不够给美国塞牙缝的。美联储你懂吗？国债你知道吗？

川普很快就会傻了，他才做过几十亿美元的生意而已，美国是一个几十万亿美元的大买卖，而且你别说州长，你连镇长也没当过，管理这么大一个国家，你不行。当然了，川普也可以一意孤行，那下场可能就跟肯尼迪一样，被刺杀了。他要是听话又有什么好处呢？可以再让他连任一届。

议会也会来找川普的麻烦，因为他把共和党撕裂了，所有的政策都没法执行了。现在共和党有一大半是不支持川普的，众议员的议长就公开反对川普，最重量级的共和党参议员也公开骂川普。民主党就更别说了，恨不得吞了川普。川普怎么当这个总统？他的任何一个法案拿到国会都会被嘲笑，被否决。

总之，这次大选给美国带来的重创是不可估量的，国家需要用巨大的成本去弥合这些创伤。不论谁当选，都会出现各种问题，美国立国的两党制的基础都会被打破。我先赌一下，至少有七成可能共和党是要分裂的。

民主没有一定之规，目前西方国家普遍承认的成熟民主制度分为以下几种：一是美国的两党制，三权分立，总统制；二是像法国一样，直接由人民投票选总统，还用了一个双首长制来限制总统；再有就是瑞士的人民代表大会制度，以及英式的政党议会制，哪个党得票最多，就由党魁当首相。

但是多党制也有一个很大的弊端，那就是议会里总是吵得不可开交，每一个提案的通过都要经过漫长的时间。按照这种情况，两党制确实要比多党制发展得快，多党制的初衷，它不是用来发财和快速发展的，它是为了让这个国家更加民主和文明，对人民有更多的保障和承诺，对未来有更多的期许和理想。

然而，如今我们很痛心地看到，民主制度在全球像多米诺骨牌一样溃堤，欧洲的难民问题之所以那么严重，归根溯源也是民主制度产生了很大的问题才导致的。所以英国才会脱欧，独立地搞自己的民主和自由。

美国这次大选的故事，我还能用《纸牌屋》来举例。韩国的故事，全世界都没有哪一部电影能编出这种剧情，除了崔顺实，最近又曝光出来朴槿惠背后真正的教主另有其人，竟然是崔女士的姐姐在垂帘听政，别说在整个朝鲜历史上，在世界历史上都没有发生过这样蹊跷的故事。而现在，这个故事刚只是开了个头，未来只会曝光出更多丑闻，这显然也是韩国民主制出了严重的问题才造成的。一个没有任何职务的女人，居然就能让韩国的大财阀和总统都听命于她，为了让她的女儿上大学，就可以颠覆整个教育系统，而这些丑恶都是在互联网上被揭露出来的。

把丑陋的一面揭露出来，清洗和革新，这固然是好事，但如今这个世界还是让我感到很忧心，因为尽管西方的民主制已经暴露出如此多的缺陷，但暂时还没有一个东西能够替代它，这不像宗教改革，一个宗教下台了，另一个宗教就能上台，而民主制度至少在现阶段是无可替代的，包括福山在内的许多大师都认为，民主制度已经是世界的终极制度了。现在这个终极制度出问题了，这该怎么办？

当然，我们也可以乐观地说，民主制度有强大的纠错能力，人民也没有那么盲从。但不论是纠错还是民众的意识，都不是一朝一夕就能达成的，民粹之火更不是一下子就能平息的，只要社会缺失了强大的信仰，民粹就会露头，而扑灭它是很困难的。

这就像我们中国特色的社会主义道路，也是根据我们特有的国情而选择的，全世界都没有哪个国家跟中国一样。俄国就更不用说了，普京根本不信奉任何主义，他就是要当一个硬汉，靠着民粹来连任，根本没有救世界和救人类的价值观。

也许是知识分子总会有更多的忧患意识，每每想到这些，我真的感觉非常难过，因为我从小生活在一个充满理想的时代，那时候的世界也是年轻的，充满了各种各样的理想和主义，有不胜枚举的大师在带领各国人民昂扬向前。

结果等我步入中年的时候，突然发现世界走到了这个地步，谁也看不清未来的路。可能有些人会说未来的理想就是赚钱，但人生总要追求一些意义吧？除了发财，我们能为这个世界做些什么？

民主制度已经到了垂暮之年了，年轻的时候它尚且有自我纠错能力，但如今它还能不能纠错，能不能抵制民粹，整个民主世界将会走向何处？这是值得我们所有人去思考的课题。

在我写到这里的时候，时间已经过去了多日，现在是半夜，美国大选的结果刚刚公布了。

我刚刚看完了川普的获胜感言，我猜整个美国今夜是无眠的。几乎所有的美国精英阶层和知识分子，皆如丧考妣。美国的大城市，从纽约到洛杉矶，从波士顿到芝加哥，从旧金山到休斯敦，全都炸了锅。

虽说美国常常自称是一个年轻的国家，但它当世界警察已经很多年了，仅次于大英帝国。如今美国的很多政策就是惯性，习惯性地树立敌人，习惯性地采购武器，习惯性地挑起战争，习惯性地多花钱，如今，这些惯性都面临着重大的变革。

美国从1776年建国开始，就是由精英来统治国家的。所谓的民主制度，其实就是在精英中选取适当的人，美国的所有国父，都对民众有着高度的警惕性，所以才会在宪法和选举制度里做了各种各样的设计，目的就是警惕民众，防止民粹，因为他们知道民粹的伤害性有多大，多数人的暴力有多可怕。

而经过了两百多年的精英治国之后，变革终于猝不及防地降临了。川普的上台，意味着美国的精英阶层受到了重创。

我昨晚和哥伦比亚大学的国际与公共事务学院院长和副院长吃饭，聊到了大选，他们俩说了一句特别有意思的话："希拉里虽然不是天使，但川普根本就不配去被评价。"

我本人也不是很喜欢希拉里，所以我不评价她个人的是非。我就只说说民主党，蓝色阵营。我之前是有误判的，因为我生活在加州，是个深蓝州，但是几乎所有的美国主流媒体都是一边倒地支持希拉里的，因为媒体都是精英，只有福克斯一家主流媒体是支持川普的。

而刚才川普的获胜感言，更是令我大跌眼镜。他感谢了很多人，随后突然感谢了两位将军，而他接下来说的话，令我简直难以置信，他说："我还要感谢两百多名陆军和海军的将军，他们都背书支持我。"他之前提到的两名将军和八十八名为他背书的都是退役的将军，而这两百多名将军，他没有提到是否退役的，也就是说，这两百多人极有可能都是现役的将军。

这个问题就大了，这严重违背了美国的传统——权力机关不得干预选举。有一个很有名的新闻，有几个警察在街上拿着支持川普的东西，被人拍照了，结果这几个警察都受到了严重的处分，因为你是警察，是国家权力机关的执行者，所以你就不能公开表明自己的党派和态度。而现在，几百名将军背书支持川普，这是什么情况？更夸张的是这些话是从一个总统嘴里亲自说出来的，川普这一句感谢，等于出卖了那两百多个将军。

所以我越发觉得，川普的上台，将会导致美国社会被严重撕裂。不论人民支持谁，最后上台的总统还得是精英才行，因为只有精英才知道该如何治理国家。

总之，美国的精英阶层如丧考妣，甚至我们阿里巴巴的双十一晚会也受到了影响，我本来邀请了凯蒂·佩里（Katy Perry）来参加晚会，结果11月9日排练那天她来不了了，因为她要去纽约，给希拉里庆祝胜利，结果到了节目 10 日正式录制的时候，她又告知我们，她实在不能出席了，因为希拉里落选了，她受到的伤害太大了。

虽然凯蒂·佩里的缺席令我们十分遗憾，但我们也能理解她，毕竟这是她的家国情怀。其实不光是她，整个美国的精英阶层都在崩溃，Lady GaGa 亲自到川普大厦门口去抗议，票选结果公布的晚上，整个好莱坞一片悲伤。

我估计晚上睡不着觉的人还有很多，不光是美国人，日本和韩国都会无眠，因为川普竞选的时候说得很清楚了，你得付保护费给我，否则我不会再保护你们。这意味着，它们从此就失去了美国这保护伞。它们也不傻，就算它们交了保护费，美国也不一定真的保护它们，它们必须要自保了。

广大的美国乡村是一片红色的海洋，其实就算川普不上台，这个国家也会逐渐走向衰落，但如果让希拉里上台的话，我们至少还能保持现状，因为她和奥巴马是一样的，能维持这个国家不迅速凋零，不被严重撕裂。

现在，我唯一觉得欣慰的是，身为一个热爱历史的人，我终于能在有生之年，亲眼看到这样活生生的历史变革。如果希拉里当选，世界不会变得更好，但至少能维持原状。可是现在川普来了，未来的一切都无法确定了。

但这件事对我们中国肯定是有利的，这个是毫无疑问的。我们争议了很久的关于包围中国的 TPP，川普上来就会废掉，因为他早就说过，一旦上台肯定要废除 TPP，他才不要搞什么自由贸易协定，因为自由贸易会把美国人的工作偷走。川普是生意人，他要做生意，他要赚钱，他也不保护日本和韩国，这对中国都是有好处的。

换个角度来看，就算川普把美国搞乱了，那对中国也是没有坏处的。

总之，现在一切已成定局，川普上台了，成为新一任的美国总统，未来的四年，让我们擦亮眼睛，亲眼见证活生生上演的历史吧。

大电影看历史
阿甘正传

1. 3K 党创始人和猫王

接下来跟大家聊聊电影，一聊电影我就轻松多了，电影本身就是艺术，所以它里边的历史也好，各种东西也好，都经过艺术加工了，咱就可以天马行空地聊了。真聊历史的话，咱还得这儿考据一下，那儿争论一下等，聊电影，就是麻子照镜子，个人观点，所以就没什么好讨论的，就算讨论起来也没有你死我活的问题、阶级斗争的问题，就只是对一个艺术作品的不同看法。

所以咱们从电影符号中间看一些历史，看一些价值观，基本上是从这个角度来聊，咱不全从艺术角度来聊，要不然就变成电影学院讲课了，那也没意思，太过专业也不好，所以咱们从最容易聊的一部电影开始，就是《阿甘正传》。

《晓松奇谈》的各位读者应该没人没看过《阿甘正传》，全世界稍微看一点电影的人，应该也都看过，因为这算是美国电影史上的重量级电影。

1995 年是奥斯卡少数的大年，就是因为有三四部伟大的电影，一起争夺同一年的奥斯卡，分别是《阿甘正传》《肖申克的救赎》《低俗小说》，这三部伟大的电影，文艺青年应该都看过，当然其他的电影也都不弱。

最后《阿甘正传》大胜——最佳影片，最佳男演员，最佳这，最佳那，一大堆。

20 多年过去了，其实回头再看，真的要从电影艺术上来讲，我个人觉得《肖申克的救赎》应该排在最前面，咱们把价值观先放一边，《肖申克的救赎》应该是到现在为止，美国的电影爱好者评出来的最好的电影。我经常看不同的电影排行榜，大部分时候《肖申克的救赎》都排在第一位，应该在 IMDB（互联网电影资料库）就是第一位，但是 1995 年的奥斯卡《肖申克的救赎》没得什么奖，被《阿甘正传》镇压了。

《低俗小说》其实应该算更加重要的一部电影，好莱坞有很多类型的电影，但《低俗小说》这样的电影一下子划破天际，让大家惊讶地说，原来电影还可以这样拍。而且《低俗小说》不是地下电影，虽然是独立电影的拍法，导演昆汀·塔伦蒂诺也因这部电影成为好莱坞重要的大导演。这三部电影代表了三种完全不同的电影类型。

《阿甘正传》当年能得奖，我觉得最重要的是价值观问题。好莱坞没有广电总局，也没有什么文化部，但美国的大部分观众还是比较保守的，所以好莱坞不是从政治性出发，而是从市场出发，好莱坞也希望自己的价值观更主流一些，那么被更多观众接受的电影，它就要给予褒奖和鼓励，这样看的人就会更多，所以这是市场行为导致的，战略正确也很重要。

《阿甘正传》是非常典型的美国保守派价值观，或者叫右派价值观。稍微解释一下，中国说的右派、左派，跟美国说的右派、左派有那么一点点不太一样，咱们 1957 年的时候说右派、左派，跟三几年肃反的时候说的右派、左派也不一样，跟延安座谈会时候的也不一样。

因为美国不是统一了思想和价值观的国家，其实西方国家都不是，美国在西方国家里还算稍微比较统一的，你要去欧洲看看，左右派泾渭分明，欧洲的左派恨不能就是社会主义，右派也非常地右，现在欧洲的右派恨不能极右到纳粹的倾向去了。跟欧洲比起来，美国还好，主流价值观基本上是中间偏右的。

在美国，左右派是很容易判断出来的。有上帝，珍视上帝，有家庭，珍视家庭，相信爱情，重视对国家的义务。对朋友的义务等，所有的这些传统价值观都是右派，当年清教徒们来到这块新大陆，就是以这些价值观来建立了美国，但是在国家不断进步的过程中，咱也不知道是进步还是倒退，反正就是在国家的演进过程中，诞生了大量的左派，尤其是在革命和反战的时候。

左派就是和右派正相反。上帝滚到一边去，家庭是束缚我们的桎梏，爱情太不靠谱，虚伪，至于对国家的责任感，就更是胡扯淡，恨不得要烧兵役证，只要是政府发起的东西，左派统统反对，政府发起战争，左派就反对战争。

左右派的价值观在文艺作品里体现得非常鲜明，在一部电影里，一个角色承载的是什么样的价值观，他是一个正面的人，还是一个可笑的人，或者是一个负面的人，这个一眼就能清楚地看出来。

《阿甘正传》里的主人公阿甘身上，就承载了美国右派价值观的所有特点，从阿甘一亮相开始，不论大事小事，阿甘的口头禅都是"妈妈说"，这就是标准的右派家庭价值观，妈妈说的是对的，上帝是要忠诚的，对爱情、对家庭都要忠诚。

《阿甘正传》的女主角珍妮，在电影中代表的则是左派的价值观。这个女主角现在又火了，当年拍《阿甘正传》的时候反而没有现在火，现在她演电视剧演火了，就是《纸牌屋》里的女主角——罗宾·怀特。

阿甘代表了右派价值观，阿甘这个人简直没缺点，只是智商上有一点点缺陷，但是那个缺陷非但不是缺点，反而成了一件好事，总之阿甘就是美国右派价值观的集中体现，我们不要那么滑头，我们不要那么聪明，我们不要那么机会主义，我们就是傻傻的、忠诚的，在上帝面前，在母亲面前，在爱情面前，在一切的责任面前，我们是忠诚的，所以阿甘这个人就是一个高大全的人，几乎没有什么缺点。

实际上，阿甘这样的男主角承载的电影，不能称其为伟大的电影，因为伟大的电影最基本的要素，就是主人公必须要有三种矛盾：第一是主人公与人之间的矛盾，第二是主人公和环境的矛盾，第三是主人公和自己的矛盾。前两种矛盾电影里都有，但最重要的是第三种矛盾，伟大的电影必须要有人物和自身的矛盾，《肖申克的救赎》里这个矛盾就非常突出，《低俗小说》里也有。

大量的伟大电影里都有人物和自己的矛盾，这是电影中人物的构建，以及人物的进展和改变的重要内核，而《阿甘正传》里没有这个，阿甘从开始就那样，他从未怀疑过自己的价值观，从未怀疑过自己内心深处信仰的每一件东西，这哥们从头到尾就没变过，一点没变过，所以这个只能叫右派价值观的优秀电影，而不能叫一部伟大的电影。

而且在《阿甘正传》这部电影里，左派全部都是小丑，要么吸毒，要么乱性，而且还打女人。在真实的美国生活中，到底是右派打女人多，还是左派打女人多，咱没统计过，反正在这部电影里，左派全都是打女人的、吸毒的、始乱终弃的、不要脸的、不负责任的，电影里的一切坏事都是左派干的，而且左派太坏了，以至于把阿甘同志一生的挚爱都给毁了，阿甘同志一生的挚爱就是珍妮，结果珍妮沾染上大量的左派价值观，所以她就背着吉他去革命，去吸毒，去乱性，最后还得了艾滋病。但阿甘始终如一地爱着珍妮，不管你变成什么样，我这一生就是唱一首歌、爱一个人，反正我阿甘就是这么一个好男人，这部电影基本上就是这么一个故事。

但是电影这种东西没有绝对的规定，我只是说大部分的伟大电影应该是这样的，但是《阿甘正传》的创作目的，它不是要在电影里展现一个高大全的好男人，而是要去承载美国的那段历史，所以创作者的初衷很重要，而且这部电影也实现了创作者的初衷，而且做得非常好，最后电影获得了那么多的荣誉，票房也是巨大的丰收，到今天提到这部电影，无人不知，无人不晓。

所以我们讲这部电影的时候，就不去讲人物了，因为这部电影的人物太简单，我们就讲这部电影的创作者想通过这部电影去表达和承载的东西，也就是以美国右派的价值观去观看美国的历史，历史是个任人打扮的小姑娘。从什么角度看历史很重要，如果你从左派的角度拍一部美国那个年代的电影，那可能完全就是另外一种效果了，电影中的右派会变成一堆蠢货。

说实在的，我看过这部电影很多回，每一回我都有一点佩服这个导演，因为大部分导演，恨不能用每一分钟去铺陈电影中的人物情感，用每一分钟去刻画男女主人公之间的爱情，大部分导演，包括我本人在内，我们费了九牛二虎之力，用了电影里的每一分钟去讲爱情，最后人物没铺出来。

而《阿甘正传》的导演厉害在哪儿？他大部分的篇幅都不是在铺陈男女主人公之间的爱情，虽然男女主人公是绝对的大主角，因为电影里的三号人物几乎已经没什么戏份了。导演用了清明上河图式的方式来展示那个年代的美国，但他又时刻提醒自己别离观众太远，时不时地把镜头拉回来一点，让男女主人公的关系再稍微推进一步，所以男女主人公的关系只占这部电影的很小一部分，我估计最多也就三分之一，剩下的时间都给了美国。

但观众还是能哭出来，我每次看这部电影，看到男女主人公之间的感情戏时，都能热泪盈眶，可见这部电影的功力之深。我拿不到三分之一的篇幅，就把你们费了那么大劲都搞不定的事给玩完了，剩下的时间咱们都献给祖国。

下面我们开始讲这部电影好玩的地方。电影里有大量的美国真实历史，而且它这真实历史里的人物，几乎都是不用演的，它没去找一堆特型演员，比如找古月演一下毛主席之类的，当然特型演员也是一种方法，咱们不能说它不好，比如咱们的《建国大业》，赵本山和周润发都来出演那历史人物了。而《阿甘正传》特别巧妙地找到了替代特型演员的方法，这大概也是这部电影能得奖的原因之一。

《阿甘正传》每当要讲历史的时候，就直接把历史纪录片找出来，然后用 20 世纪 90 年代的特技技术，把阿甘做到真实的历史场景中去，直接跟那些真实的历史人物跑到一块去了，而且他们还聊天，当然没法真的聊天，那是后期配音的，但画面是百分之百真实的历史画面，约翰·列农也出现了短短的一会儿，是一个小丑一样的人物，说话挺可笑。总之在电影中，除了美国独立战争时的几个镜头是演的，因为那时候没有留下画面，其他的画面都是用特效做出来的。当年的特效技术跟今天可是千差万别，大家知道，数字特效技术是最近这 20 年才突飞猛进的，20 年前，《阿甘正传》是在没有数字化的情况下，做出了这样的特效，那是非常了不起的。而导演更高超的技巧，是把这些真实的历史全都一样不漏地巧妙融入到男女主人公身上了。

我们现在开始看这部电影，电影的一开始，就是大特写镜头以及主题音乐，这大家太熟悉了，我就不讲了，人人都能哼出来的。

另外那根羽毛，每所电影学院讲电影的时候，都会先讲这根羽毛，你看这个符号多厉害。咱们中国人自古就说过，生命或轻于鸿毛，或重于泰山。说了半天，人家一根羽毛就把这事全给聊了。在美国社会最最动荡的20世纪，战后一直到里根年代，一个人如果要坚持最传统的价值观，不为当时的社会所改变，你就像这根羽毛一样在飘，但是最终还是飘到你脚下，飘到你身前。

电影首先讲的是阿甘名字的由来，阿甘的全名是 Forrest Gump（福勒斯特·甘普）。原因阿甘他妈已经说得很清楚了，电影中还播放了真实的历史纪录片，但这纪录片其实不太对，为什么呢？因为阿甘他们家是美国南方人民嘛，所以他妈给他起的这个 Forrest，其实是为了纪念 3K 党的领袖 Forrest。但早期的 3K 党和后来民权运动时期的 3K 党不是一回事，前者是在美国内战后，失败的南方人民和军队都不愿意投降，所以军队里的少数军官又组织了一个 3K 党，大家套上那个套，坚决不投降，一路打游击，杀了些北军和黑人，最后格兰特当总统的时候，强力镇压了 3K 党，并对南部各州采取了非常非常严酷的统治，这些 3K 党人就销声匿迹了。阿甘他妈崇拜的是最早的这个 3K 党的领袖，但电影里播放的是后来民权运动期间的 3K 党的纪录片画面，也是大家更为熟悉的 3K 党，很多电影里都讲过。

《阿甘正传》是发生在美国南部的阿拉巴马州的故事，阿拉巴马州是 Deep South（美国的南方腹地）里最重要的州之一。当然了，电影不是在阿拉巴马拍的，电影主要是在南方的乔治亚州拍的，乔治亚有一座漂亮的小城叫 Savannah（萨凡纳），在那儿拍的，大家如果有机会去南部旅游的时候，可以去 Savannah 看一眼。

当然了，电影里阿甘他妈说得是很含蓄的，她对小阿甘说，因为你的祖先就叫 Forrest 将军，所以你也叫 Forrest Gump，而且你的祖先是一位战斗英雄。电影里编剧肯定得这么编，要不然就太明显了，他妈总不能直接说，我们就热爱 3K 党的创始人，这样不太好。我猜导演肯定不会不知道他放的纪录片里的 3K 党和 Forrest 将军不是一回事，他这么做只是为了让观众更容易明白，因为后者更广为人知。总之，阿甘的名字是在向 3K 党致敬，首先就先给这部电影定了个基调，这是一个保守的南部家庭。

接下来小阿甘出场了，他上了公共汽车，因为小阿甘的腿脚不太利索，所以他腿上弄了一个铁架子，但他上了校车后，先是一个姐们不给他让座，后来又是一个哥们不给他让座，最后是女主角珍妮给阿甘让的座，第一幕就干脆明了地让男女主角都亮相了，不来那些虚的。这一段还有个有趣的事要跟大家说一下，第一个不给小阿甘让座的红头发姑娘，其实就是男主角汤姆·汉克斯的女儿，第二个不给他让座的男孩，是这部电影导演的儿子，反正就是电影的两位主创，分别把自己的孩子放上去演去了。

然后就回述阿甘的家世背景，他们家是单亲家庭，住在阿甘他妈祖传的一座位于美国南部的老房子里，这座老房子是电影中最重要的场景，而且老房子前面的那棵树是比老房子更重要的场景，老房子里面有一些房客，其中有一个房客拍得很有意思，这房客一直用的是背影出镜，为什么呢？因为导演坚持要用纪录片里的人物，而不用真人去演历史人物，所以大家看到这哥们一直是一个背影。但这时小阿甘突然在那儿开始玩起抖腿这个事了，全世界爱音乐、爱摇滚的人一看这个抖腿的动作，应该一下子就知道背影这哥们是谁了，因为抖腿这个动作全世界没第二个人，就是猫王，然后镜头就切换到小阿甘和他妈经过一个商店，一看那不是咱家的房客吗？那哥们正在里头使劲抖腿呢，这就是这部电影里见证的第一个真实历史画面——猫王。

电影永远是这样的，先从轻松的事情开始，然后慢慢进入各种各样重要的事。先轻松地讲一下猫王，猫王是那个时代最最重要的人物之一，也是摇滚音乐的开端，全世界摇滚乐的第一嗓子，就是由猫王唱出来的。大家如果现在去美国的孟菲斯，猫王以前就住在那儿，猫王的家你可以进去看一看，以今天的审美倒不觉得好看，那颜色都挺土的，到处都是紫色的大帘子，猫王本人就埋在那里，他的家人也都埋在那里。

孟菲斯当年是密西西比河中游的一座重要大港口，非常繁华，现在基本已经废弃了，你差不多开出十条街，也看不见一个路灯，周围空无一人，比底特律还吓人，基本已经是空城一座，水运都已经衰落了。因为它是黑人的中心，马丁·路德·金就是在孟菲斯被人刺杀的，黑人一多，白人就都跑了，所以孟菲斯几乎没什么人。

像我们这些爱音乐的人到了孟菲斯，除了猫王的故居之外，还一定要去看看那个全世界摇滚乐迷心中的圣殿，猫王的录音棚——Sun Studio（太阳录音棚）去朝圣。

朝圣的心情是挺伤感的。录影棚位于一个街角，这条街上没有人烟，只有大巴车来的时候，下来一堆老头和老太太，那都是猫王的老歌迷。大巴车卷起的尘土，在阳光里一点一点落下去，整条街上空荡荡的，四面八方都没人，只有街角停了几辆大巴车。

不过进到录音棚里面的心情还是很幸福的，猫王当年录音的时候，用的录音机等设备都还在那儿，最关键的是他唱歌的那个棚还在，地上还有一个小池子，写着猫王当年就是在这个地方，在这个画叉的位置上，唱出了世界第一声 roc'n'roll，唱出了世界第一声摇滚乐，你可以站到那个叉子上，自己 roc'n'roll（摇滚乐）两下。

很多很多伟大的摇滚乐队，都去太阳录音棚录过音，包括我挚爱的摇滚乐队 U2 也去那儿，其实那儿也没什么，设备都已经很老旧了，但是气场好。我录了 20 多年音，特别讲究这个，录音不是设备好就能录出好音乐，什么设备都能录出烂音乐来，但是猫王的录音棚非常有气场，革命圣地都有这种气场，这很重要，拿着那么简陋的设备，照样能录出伟大的唱片。

我常想，如果有一天我也录一个摇滚乐手的话，也要去太阳录音棚里录两首。

2. 阿甘的兵役生涯

小阿甘慢慢长大了，去上了阿拉巴马大学，一上了阿拉巴马大学，真实历史里发生的事就又被他目击了，而且直接跟纪录片弄到一块去了，这纪录片就是当时真实的纪录片，挺有意思。

这纪录片是这样的，当时美国联邦最高法院要求，必须让黑人大学生进大学读书，于是黑人大学生就勇敢地去上学了，包括黑人女大学生。结果阿拉巴马州的州长华莱士，亲自站在大学门口阻挠黑人大学生进校门，因为他不同意联邦法院的规定，坚决不让黑人上大学。

这事放到今天，包括美国人自己想起来都觉得不可思议，但当时的美国南部就是那样，州长带头歧视黑人，阿拉巴马州有多保守，由此可见一斑。反正阿甘就被特效做进了纪录片中，当时有一个黑人女大学生走进校门的时候，随身掉了一个本在地上，阿甘就走过去帮人家捡起来了，在众多白人学生虎视眈眈的注视下，交还给黑人女生，所以阿甘他妈虽然给他起了个3K党领袖的名字，但他本人的政治立场还是挺正确的，最后阿甘就傻了吧唧地跟着黑人学生进去上学了。总之，阿甘参与了这个重要的历史事件，之后华莱士被刺杀的时候（当然没被打死），阿甘也在场，大家能在电影中看到华莱士被刺杀的纪录片，反正枪一响，画面就变得乱七八糟了。

这个华莱士，他不但在阿拉巴马大学门口拦着黑人学生不让进，而且他还发表了这么一个宣言，宣言的内容是"segregation now, segregation tomorrow, segregation forever"，翻译过来就是"今天种族隔离，明天种族隔离，永远种族隔离"，一个州长居然能发表这样的宣言，如果放到今天，黑人都当美国总统了，这哥们估计不用等着别人刺杀他，他直接就应该自杀了。

华莱士是美国历史上当政时间第三长的州长，当了5800天州长，而且还四次代表民主党参选总统，当然都失败了，被誉为影响力最大的失败者。那个时候民主党是南部保守派，跟现在还不太一样，现在南部保守派变成共和党了，美国历史挺有意思的。

阿甘是一个特别能跑的人，整部电影就是阿甘一路横冲直撞，撞上了各种历史事件。还有另外一半历史事件，是靠阿甘的媳妇，也就是珍妮勇敢地背上吉他，到处去经历的。通过两位主人公的来回乱撞，就把美国那个年代的重要历史事件都撞击出来了。

接下来电影就要开始利用阿甘的奔跑能力正式展开了，这个非常搞笑，每次看到那儿我都哈哈大笑，就是阿甘当跑锋，抱着橄榄球飞跑，因为他跑得实在是太快了，谁也追不上他，最逗的是他也不知道规则，跑着跑着就冲着边线跑过去了，教练本来特高兴，一帮人指着边线在那儿喊，往那儿跑，往那儿跑，阿甘就继续跑，橄榄球的规则是你跑到边线得触地才能算得分，阿甘也不管，直接抱着球就跑出了端线，跑体育场外边去了。

关于打橄榄球的事，等阿甘大学毕业的时候，他自己说的旁白也特别有意思，他说我也不知道是怎么回事，反正我就打了五年橄榄球，最后我就拿了个学位，我就毕业了。阿甘的橄榄球打得非常好，好到见了总统的程度，而且见过历任总统，他见的第一个总统就是 JFK（约翰·菲茨杰拉德·肯尼迪），因为他橄榄球打得好，所以他就跟各种各样的球队一起去见了 JFK。当时阿甘所属的球队叫 All-America Team（全美明星队），这是电影里的一个小失误，因为这个队名是在 JFK 被刺杀一个月以后才有的，这么严谨的电影里，也难免出现了这样的问题。

在当时的美国，一个持右派价值观的好青年，你一定得去为国服兵役，这是美国左派和右派很大的一个区别。大家看现在共和党竞选的时候，经常说我服兵役了，哥们我就是战斗英雄。但现在 Trump 就揭露 John McCain（约翰·麦凯恩），说你根本不是战斗英雄，你就是去打仗了而已，但是你根本没成为英雄。所以共和党是现在的保守势力，也就是现在的右派，他们都以"我为国服过兵役"为荣。

既然这个电影是代表右派价值观的电影，那阿甘就必须得去为国服役，所以他就毫不犹豫地为国服役去了。阿甘去了越南，这也是美国那个时代最重要的历史事件之一。

有关越战，咱们已经看过了无数的电影，比如得过奥斯卡奖的越战电影《猎鹿人》和《现代启示录》，都是跟《阿甘正传》持相反的价值观，这些电影里基本上都这么描述越战：越战的指挥官无比贪婪，越南遭受侵略，越南人民遭受屠杀，导致士兵在前线都丧失了为正义而战的理想，所以这些士兵回到美国后，要么就走向了《第一滴血》的路线，跟你们这些侵略者、强权势力、黑暗的政府开战，要么就是整个人生就此一蹶不振了。

如果不考虑右派的立场，咱们从正常人的价值观来看，越战当然是不对的，而且对美国的伤害也是巨大的。越战战场上打死了四万美军，参加过越战的美军到目前为止，自杀了八万人，都是因为不堪承受那段回忆，因为那是一场非正义的战争。

一直到今天，越战都是美国人心中的伤疤。从建国到越战之前，美国人民对政府、对军队的尊重和信任是相当高的，而越战之后，美国人对军队倒还好，但对政府的不信任感已经极为强烈了，由此滋生出反战革命、摇滚乐、性解放、吸毒等，彻底改变了美国社会。

但是《阿甘正传》以极为正面的态度表现了越战，表现出越战期间美军之间团结、友爱、忠诚等品质，然后阿甘因为能飞跑，所以他救下了他们连的几乎所有人，当时他们连长的两条腿都打没了，也被阿甘给背出来了。因为电影在这个阶段埋下了很重要很重要的伏笔，所以我就多讲了几句越战，下面讲这个重要的伏笔。

《阿甘正传》里有两位重要的男配角，一前一后，都是在这个阶段出场的。电影的艺术性也是很重要的，虽然讲的是美国历史，但人物的出场也是很有学问的，你不能傻了吧唧地拿一张地图，说我要讲美国了，然后你一下子就穿越过去了，这两个男配角的出场都很巧妙。

第一个男配角是阿甘的一个黑人战友，名叫 Bubba（布巴），如果大家来美国吃虾，可能会听说过一个专门卖虾的连锁餐厅，就叫 Bubba Gump，这个很有意思，在这部电影里，Bubba 是阿甘的黑人战友，Gump 就是阿甘自己。

当时在前线打仗的时候，阿甘是为了救这位黑人战友 Bubba，才跑进树林里，背出了无数受伤的其他战友，可惜最后这个 Bubba 还是死了，但他埋下了一个重要的钩子。

一部好的电影一定要不停地埋钩子，把钩埋下来，等到需要的时候再起钩。Bubba 埋的钩是什么呢？就是他不停地跟阿甘描述自己的理想，Bubba 的理想是拥有一条能捞虾的船，捞到虾以后，Bubba 还想出了各种烹饪方法，喜剧效果极其浓厚。当初 Bubba 第一次说这个事的时候，大家都觉得这哥们挺有意思，梦想居然是拥有一条捞虾船，但后来他不停地在每一个地方跟阿甘重复这个梦想，上前线之前说，训练的时候还说，一会儿说这船要这样那样，一会儿又说咱俩一起弄这条船，一会儿又说这虾一定要跟椰肉一起做才最好吃，还可以这么做那么做，各种烹饪方法都说了一遍……

所以很多人在看《阿甘正传》的时候，都会觉得美国的商业太厉害了，植入个广告都能植得这么有意思。咱们中国电影里的植入广告，经常就是一个特别生硬的大特写，比如这哥们拿出一张信用卡，就给信用卡五秒钟的大特写，对人物和剧情完全没有任何帮助作用，要不然就是一辆大卡车开走了，镜头又对着大卡车的背影拍五秒钟，因为卡车的屁股上写着一个什么楼盘的广告，总之咱们这植入广告太生硬了，简直就是洒狗血。

你看《阿甘正传》里这广告做的，植入广告的同时，还把人物性格也塑造得活灵活现。这段植入广告说明了什么呢？说明了 Bubba 这个人物对战争完全没有热情，他的热情是对和平、对回到家园过美好生活的向往，而且他想得特别细致，怎么捞虾、怎么做虾、怎么弄饭馆，而且在整个过程中不停地植入，连饭馆的菜单都植入进去了。现在如果你去美国的 Bubba Gump 连锁餐厅，根本就不用看它的菜单，直接就可以点椰子虾，因为 Bubba 在电影里都已经告诉你了，虾和椰子一起做最好吃，总之这个植入广告简直太巧妙了，把人物塑造和植入广告完美地融合在一起。

而且我还要再跟大家多说一点，这个植入广告的操作流程完全是反过来的，好莱坞的厉害之处也体现在这里。你说你有钱，你要出钱在电影里植入一个广告，好莱坞还真不一定接。不过最近好莱坞接了一个，有一部大系列电影里，有人在电梯里叼着一盒中国品牌的奶，跟疯了一样，大部分的好莱坞电影不是这么没有底线的，不是随便什么东西都可以拿来植入，植入是可以的，但是必须想清楚怎么巧妙地植进去。

如果没有人来你的电影植入广告怎么办呢？《阿甘正传》就给大家做了一个特别经典的案例，其实当时拍《阿甘正传》的时候，没有客户来出钱做广告，因为在美国的电影史上确实没有做过这种类型的电影，导演在拍电影之前筹备了16年，为什么弄这么多年？因为大家不是特别看好这部电影，它里面没有多么严重的冲突，也没有多么动人的爱情，什么大矛盾也没有，这能卖钱吗？所以大家都持怀疑的态度，谁也没想到电影最后能火成这样，所以，就是在没有客户来主动投资的时候，这部电影给大家上了一堂生动的商业课。

其实Bubba Gump Shrimp这个牌子是派拉蒙电影公司自己创造出来的，不仅融入到剧情里，还融入到台词里，电影演到和平年代的时候，阿甘戴了一顶棒球帽，帽子上就写着Bubba Gump Shrimp。当时根本就没有所谓的连锁餐厅，不过没关系，我先植入着，万一这电影火了，这不就变成一个餐厅的IP了吗？

结果这部电影果然火了，票房大卖，还得了那么多项奥斯卡奖，一年之后，1996年才开出第一家Bubba Gump餐厅，就类似咱们中国的麻辣小龙虾这种餐厅。这植入的成本真不高，如果这电影没火，就相当于白植入了，这电影如果火了，再去开店，于是派拉蒙公司又多出一个副业——开餐厅，开了几十家，当然它也不用真的自己开，它授权加盟就可以了。

好莱坞能把所谓的电影产业衍生品做到这么漂亮，而且这还不是一部肥皂电影，不是那种纯商业片，《阿甘正传》的创作初衷是一部伟大的电影，是想要得奖的电影。咱们中国导演，他要是想拍一部得奖的电影，谁敢给他植入广告，哥们就能跟谁拼了，不让用金钱去伤害他的作品，那种艺术金钢的劲上来了，谁都不行。

总之，阿甘的一位黑人战友为国牺牲了，后来阿甘捞虾发财后，就给Bubba家里寄去了支票，这就是美国右派典型的责任感，男人的责任感。当Bubba贫苦的家人突然接到一张大支票后，激动得晕倒在地，下一个镜头就是黑人老太太坐在那儿，一个白人仆人在伺候她用餐了。Bubba他们家祖祖辈辈都是黑人佣人，在美国南方伺候白人，因为袍泽情谊和阿甘的男人的责任感，发财后的阿甘把支票寄给 Bubba 的家人，于是 Bubba 的家人就有了白人佣人，这就是越战这一段我要说的第一个伏笔。

另一个男配角的伏笔我觉得更精彩，另一个男配角是 Lt. Dan Taylor（泰勒中尉），就是阿甘在越南打仗时的连长，也就是中尉。这中尉是一个什么样的人呢？他出身于军人世家，相当于是德国普鲁士的光荣军人后代，他们家世世代代马革裹尸。

电影用四个镜头展示了 Taylor 的家族：第一个镜头是一个人倒在冰天雪地里，这个人穿着破破烂烂的军装和帽子。这部电影中的每一个镜头都仔细地考据了历史，当年美国打独立战争的地方，都是冰天雪地的，所以这个应该是 Taylor 的祖爷爷或祖祖爷爷吧，是死在美国独立战争时期的。第二个镜头里的军人穿着蓝色的军装，死在绿草如茵的草地上，这就代表着是内战时期的北军军人。第三个镜头里的 Taylor 家祖先，应该是他爷爷了，倒在泥地里，这就是一战时期了，一战是那种阵地战，两边的堑壕阵地隔着 150 米、200 米不等，中间的地带被百万发炮弹犁过数百回，地面上的炮灰和碎土至少有一两米厚，所以一战的冲锋是最惨的，如果不下雨的话，十几万人就是在软极了的灰土里跑，根本跑不动，而且对方还架着机关枪、地雷、大炮、铁丝网等，跟屠杀一样，如果天下雨，弹坑里积上水，到处都是一片泥泞。斯皮尔伯格拍的《战马》，生动地反映了当时的战争场景。第四个镜头就是 Taylor 的爸爸，倒在"二战"的战场上，穿着典型的"二战"军服，天空飘着雪花，地上类似林地，其实就是"二战"时美军在欧洲战场上打的最激烈的一战，Battle of the Bulge（突出部战役），也是德国最后一次垂死挣扎的反攻，发生在 1944 年圣诞节前，德军把美军 101 空降师包围在那个地方，《兄弟连》讲的就是 101 空降师的故事。

这就是阿甘的连长 Taylor 的家世背景，所以 Taylor 完全就是一派军神的架势，打仗不要命，永远拿着电话在那儿汇报军情，后来腿都炸断了，阿甘去救他，他还不肯走呢，就要继续在那儿打仗。

很久以后，Taylor 跟阿甘说了这么一段话，他说你其实不该救我，我就应该死在战场上，战场就是我们家族的归宿，我们家族的每个男人都倒在那儿，我就应该倒在越南的小河沟里，我就应该倒在越南的丛林里，那就是我的归宿，你为什么救我？你把我救回来了，我们回到了祖国，我还被人歧视，还被闹革命的学生们骂，我的两条腿也没有了。

总之，Taylor 回到美国后颓丧了很长时间，喝酒、嫖娼，把自己的人生搞得一塌糊涂，但这毕竟是一部表达右派价值观的电影，像 Taylor 这样出身于世世代代都忠于国家的家族的孩子，是肯定不会在电影里沉沦的，他一定要回到主流社会，一定要光宗耀祖，一定要发财，不但发财，而且还要发大财。所以他后来突然出现在阿甘家旁边那个码头上的时候，整个人都变得干净了，胡子也剃得干干净净，也不酗酒了，仿佛前面的一切堕落都已经结束了。

一个堕落的人有这么容易转变吗？在正常的越战电影里，Taylor 要么就彻底沉沦下去，要么就去革命了。

另一部得过大量奥斯卡奖的越战电影《生于七月四日》，主演也是汤姆·克鲁斯，这部电影里的主人公更惨，不是腿没了，是男人最重要的器官没了，也是喝酒、颓丧，后来就变成了反战的斗士，冲进了国会，带领老兵们一起反战，这是大多数越战电影的价值观。但《阿甘正传》是右派价值观，所以 Taylor 不能沉沦，更不能去反战斗争，他必须要回到主流价值观，就是国家没有亏待你，政府也没有那么坏，你虽然没了腿，但不代表你就不能去发财了呀。

于是 Taylor 这哥们后来就跟着阿甘一起去捞虾，而且命还特好，风暴一来，别的船都吹倒了，就剩他们这一条船没事，还捞到了无数虾，最后两人开了连锁店，还上了《财富》杂志的封面。

中间有一场戏，Taylor 给阿甘来了一封信，特别逗，说最近咱们挣的钱又翻了好多倍，为什么呢？因为我投资了一个水果公司，其实"水果公司"这四个字是阿甘的画外音，因为阿甘不知道"苹果"是干什么的，他就知道那是一个水果公司，而且信里就是当年苹果公司的标志。

总之 Taylor 回到了主流社会，他不能反社会，不能反政府，而且他还得发财，还要投资苹果，整部电影始终贯穿着右派的价值观。

3. 阿甘与珍妮的爱情

《阿甘正传》这部电影的事件很长，因为导演为这部电影准备了那么多年，所以它特别特别地细致。我想我这辈子也拍不出这样的电影，因为我是不可能花那么多年去准备一部电影的，我们的电影工业也不允许一位导演花那么多年去准备一部电影。

细致到什么程度呢？整部电影两小时二十二分钟，女主角珍妮的姓只出现过两次，从来没有人叫过她的姓，大家都管她叫珍妮。珍妮的姓第一次出现是在信上，因为阿甘天天给珍妮写信，后来在医院里的时候，信被退回来了，阿甘拿起了一沓被退回来的信，信上落的就是珍妮娘家的姓；珍妮的姓第二次出现，是在她自己的墓碑上，那时珍妮已经去世了，而墓碑上的姓也不是珍妮的娘家姓了，而是阿甘的姓氏 Gump。就这么两个镜头，但却让人心里有一种战栗的感觉，鸡皮疙瘩都起来了，因为在西方人的观念里，一个女人只有嫁给一个男人，她才会改成他的姓。关于阿甘和珍妮的爱情故事，电影里只用了很少的篇幅去讲，但每一个镜头都非常精致，也非常重要。

再有就是越战到了最后，阿甘得了国会荣誉勋章，大家知道美国的勋章分了很多级，而且戴上勋章在美国用的是"装修"这个词，意思就是，一个军人的勋章就是他军装上的装修，所以如果一个人的军装有四排这么多的勋章，那就叫"well renovation"，就是装修得好的意思。这些勋章里有紫心勋章，这个勋章，那个勋章，这我们就不讲了，还有什么总统嘉奖勋章，在美国的军队里，这都不是最高奖励，美国的最高奖励叫国会荣誉勋章（Congressional Medal of Honor），简称 CMH。

如果你得过 CMH，你就是美国最光荣的军人，而且在战争年代，如果颁给你 CMH，不光是因为你的战功，还有你的道德，国会勋章的颁发标准里说得很清楚，比如你是为了救袍泽而牺牲了自己，所以大部分的CMH 都是颁给牺牲的军人的，活着的军人得这个勋章的不是很多。

阿甘居然得了一个 CMH。美国已经很多年没有颁过 CMH 了，上一次颁我记得 1993 年的索马里战斗，电影《黑鹰坠落》讲的就是这段历史，那哥们是自己已经上了直升机，安全了，准备走了，结果在直升机上看见自己的两个兄弟，还在一个街口的一辆悍马车旁边，被数百上千的索马里民兵包围着，而且民兵还都拿着 AK-47。

这种情况下，被包围的这两个人必死无疑了，但上了飞机的这个哥们说，让我下去，我得去救他俩。你明显是救不了的，于是这哥们下去之后也牺牲了，最后被授予了国会勋章，所以阿甘得的勋章是非常有分量的。

得了勋章以后，阿甘就又见到了一位总统，之前我说了，阿甘见过了那个时代的每一位总统，这次他见的是林登·约翰逊，咱们讲了那么多集美国，大家都很了解林登·约翰逊了。这一段也是把阿甘放到了真实的纪录片里，《阿甘正传》这部电影最牛的就是这一点，它绝不让演员去演过去发生过的历史，它就用纪录片的真人。

当年看《阿甘正传》的时候，我们还不是很懂特技，当时大家都看傻了，阿甘就在林登·约翰逊身后走来走去，而且林登·约翰逊还跟他说话。刚才我说了，虽然人都是真的，但声音是重新配的，有可能总统当时说的不是这句话，但配音员的声音都和总统像极了，反正林登·约翰逊当时就问阿甘，你得了这么牛的一枚勋章，你伤在哪儿了？阿甘回答伤在屁股上了，还脱了裤子给总统看屁股上的弹孔。

之前阿甘受伤到医院里的时候，专门给阿甘这个伤用了一个词，叫"一百万美元的伤"，这是军队里的俚语，不是说这个伤得一百万美元才能治好，那是什么意思呢？是指这个伤既不会让你变残废了，你也没法再继续回战场上接着打去了，你可以回家了，回美国了。但如果你伤得不重，就蹭破一块皮，那给你包扎包扎，你还得回战场上冲杀去，除非你像Taylor连长一样，两腿都打没了，那你就不用再上战场了，但那样一辈子太惨了，所以打在屁股上的伤，就像中了一百万大奖一样。

我发现凡是军队里的喜剧电影，不管中外，也不知道是谁抄谁，受伤都非得打屁股上，这个挺有意思。早在好几十年前，我们拍过一部抗战电影叫《小兵张嘎》，小兵张嘎同志，也是被日本鬼子一枪打屁股上了，于是大家看得特高兴，喜剧电影一定要把子弹打屁股上。

总之电影就从越战直接连到林登·约翰逊了，非常巧妙地把这两件事连起来了，这就是电影的魅力。如果你单纯就是讲历史时间，一骨碌一骨碌讲，那就成纪录片了，电影是用故事把历史串起来，《阿甘正传》串得真是特好，阿甘在这儿刚领完国会勋章，撅了屁股给林登·约翰逊看了，一走出来，外面正好就是百万学生的大游行。

百万学生到 DC 来进行反战游行，阿甘的心上人珍妮坐在一辆 mini

one（迷你）上，这真是一部非常考究的电影，因为当时美国这次革命，最大的标志就是学生们开着大众牌的 mini one，以至于我现在每次看到那种老的 mini one，都忍不住心潮澎湃，就想我必须也得有一辆这个车，因为这一款车就是喜欢摇滚乐的左派革命者的标配，留着长头发，提着把吉他，再叼支大麻（当然我不抽这个），反正一大群这样的青年挤到一辆 mini one 里。

这种 mini one 目前在美国不多见了，但在巴西，满大街都是这种美国革命时候开的 mini one，所以每次到了巴西，都感觉像是到了延安革命圣地。我在美国拍电影的制片人叫安卓·摩根，他的年纪就这么大，他这个年纪的美国人当年是比较悲哀的，一堆人在战场上卖命，另一堆人在国内搞反战，那些卖命的人伤了残了回来，看见自己的同学也好，同龄人也好，甚至自己的女朋友、爱人，都在骂自己，说你是个王八蛋，你去别人的国家干这种不要脸的事，这些士兵的失落感太大了。

这位制片人安卓·摩根，他当年就曾经开着这么一辆 mini one，带着同学们从加州一直开到 DC 去了，去参加反战游行。《阿甘正传》这部电影的细节太讲究了，不仅有 mini one，还有大巴士，大巴士的后面写着一行字——伯克利到 DC，UC 伯克利是美国西岸的左派大本营，美国的每次革命都是从美国西岸的 UC 伯克利开始。我之前曾给大家说过，UC 伯克利是美国西岸最好的公立大学，到现在都保持着革命的传统，比如裸奔、演讲等，所以每到革命的时候，都是以 UC 伯克利为首。它旁边还有一所名校，叫斯坦福，斯坦福没有那么激进。

UC 伯克利最激进的学生们来到了 DC，百万学生在那儿闹革命，于是电影里发生了一场非常感人的一幕，所以我总说这个导演太厉害了，他永远能把两件事巧妙地连到一块，先是政治，然后就是爱情，衔接得特别流畅。阿甘拿了国会勋章，一出来就遇到反战大游行，本来大家都排着队上台，结果可能是穿着一身军装的阿甘看起来比较好看吧，反正他就被轰到台上去了，说你上去讲几句吧。

阿甘也不知道讲什么，而且他是个彻底的右派价值观的人，他要是真讲出来，估计就被底下的人用西红柿砸下去了，所以阿甘上台刚要讲话，下边冲出来一个哥们，直接把话筒的线给拔了，于是阿甘讲的话谁也没听见。我看见网上有人根据阿甘当时的口型，猜他到底说了什么话，特别逗，当然都是推测，我就不讲了，因为接下来发生的事才是重点。

阿甘正在台上站着呢，突然珍妮从水池子边上出现了，这剧情衔接得真是天衣无缝，珍妮从人群中跑出来，大喊着阿甘的名字，接下来就是琼瑶电影里的画面，两个人都跳进水池子里，在水里奔跑，然后拥抱。本来大家都不知道阿甘讲了什么，但现在一看，一个学生最反对的穿着漂亮军装的人，和一个完全代表着学生的反战左派，两个人在水池中间拥抱上了，结果立刻全场热烈鼓掌，这是典型的美国式情节。

当然了，电影的节奏永远是要有起伏的，一场戏从消极开始，就得在积极中结束，从积极开始，就得消极结束，永远要有反转。阿甘和珍妮本来抱在一起，特别好，结果镜头一转，两个人已经跑到一个大帐篷里了，帐篷里全是穿着各种军服的人。有一个黑人穿的军服，一看就是革命军服，就是切格瓦拉、卡斯特罗穿的那种，戴着贝雷帽，都是古巴革命时期的那种激进派军服。最激进的就是珍妮当时的男朋友，居然穿着东德人民军（Volksarmee）的翻领军服。

这个地方，我认为对左派的打击和讽刺，稍微有点过了。你说美国的左派反战也好，吸毒也好，他们的口号是"做爱不作战"也好，他们四十万人脱光了裤子、光着屁股在伍德斯托克音乐节的泥里打滚也好，这毕竟还都是事实，但你说一个左派的激进学生穿上了东德的军服，这就有点说不过去了，有点太挤对左派了。

而且珍妮的这个激进的左派男朋友还打女人，打了珍妮不止一次，就在珍妮和阿甘重逢的这个地方，这个穿着东德军服的男朋友，就给了珍妮一个大嘴巴子，结果让阿甘给看见了。阿甘当然不干了，阿甘是典型的右派价值观啊，他永远要保护自己爱的人，所以阿甘冲过去把珍妮的男朋友暴捶一顿，还跟珍妮说了我爱你，但是没用，珍妮就是爱这个激进的左派男朋友，最后她跟着男朋友一起坐着大巴车走了。

阿甘和珍妮的结合特别有意思，他总为珍妮打架，其中有一次，阿甘是看见珍妮和一个男的在车里乱搞，那时候他们还都很年轻呢，阿甘特别生气，冲过去拉开车门就把那个男的捶了一顿，当时还下着雨，珍妮也没办法，她毕竟跟阿甘青梅竹马。

其实珍妮的第一次已经算晚了，美国的大部分年轻人，尤其是那个时代的年轻人，基本上都是在车里发生第一次的，美国姑娘的第一次差不多也就十三四岁，小伙子十四五岁基本上也已经有了第一次了。为什么大部分都是发生在车里的呢？因为美国的法律规定，未成年人不能独自待在家。

所以大家注意看，美国那个年代的车，清一色都是在方向盘那个位置换挡，就是因为前座必须是一个大通沙发，不像欧洲车，都在两个前座中间换挡，这样对车震来说是非常不方便的，两个人只能挤在前面的一个座位上，要不然就到后车座上去。车震这个事情可是很微妙的，这俩人拉开车门，从前座走到后座，这个过程顶多十秒钟，但成功的概率就能降低一半，因为姑娘觉得，这太麻烦了，万一下车被人认出来怎么办？所以最好就是车一停下来，两个人都别下车，直接就在前座上苟且了，这就是美国当时的车震文化。

当然美国也不是所有的地方都这么开放，在比较保守的南部州，还有圣母大学呢，结婚之前都不能有性行为，只有在纽约和洛杉矶这种大城市，年轻人才是比较开放的。

在《阿甘正传》里，阿甘对珍妮一直是一往情深，两个人的爱情线铺排得非常好，从青梅竹马开始，先是珍妮救了阿甘两次，然后阿甘也救了珍妮两次，珍妮第一次救阿甘，是一群坏小子要打阿甘，阿甘那时候腿上还穿着铁架子呢，走路都一瘸一拐的，珍妮就喊"Forrest run"（阿甘快跑），阿甘就开始跑，跑着跑着，铁架子就挣脱了……关于这里，我最后会总结一切，其实《阿甘正传》这部电影里的阿甘，他就是美国，他的好多好多行为，就是美国从建国开始到后来的历史遭遇，这里我们还是先说爱情。

珍妮第二次救阿甘，是阿甘上越战战场之前，珍妮跟他说，不要逞强，打不过就跑，阿甘就记住这一条了，所以后来在战场上被袭击的时候，阿甘想起珍妮的话，他撒丫子就跑，总之，就等于珍妮又救了阿甘一回吧。

接下来就是阿甘救珍妮了，他把珍妮从那些王八蛋左派中间捞了出来，而且还捞了两次，第一次他捞出来了，结果珍妮又回去了，第二次阿甘不仅捞回了珍妮，还把珍妮的孩子也一起救回来了，最后珍妮离开人世的时候，是安详的，她对阿甘是有爱情的。阿甘说过一段特别感人的话，他说我不是一个聪明的人，但我知道什么是爱，每当想到这一段我就有点热泪盈眶。

珍妮去世后，阿甘在珍妮的墓碑前，有一段很长的独白，也是一场特别感人的戏。从整部电影上来看，阿甘和珍妮的爱情没有连上线，因为电影要把大量的戏份交给国家，但有关爱情的每一场镜头，都安排得特别好，连贯，而且感人。

4. 阿甘与奔跑的美国

最后说一点《阿甘正传》中和中国有关的事，这件事的钩子也埋在阿甘去越南期间。

阿甘在战场上伤到了屁股，住进了医院养伤，在医院里百无聊赖没事干，有一个黑人哥们就跟他说，我教你打乒乓球吧。这事特别有意思，因为这在美国是几乎不会发生的事，美国人可能会说我教你打高尔夫球、网球、橄榄球、篮球等，但他们绝对不会说我教你打乒乓球，这事太逗了，而且白人还有几个乒乓球好手，但美国黑人打乒乓球，好像还真没听说过，因为黑人不擅长玩这么小的玩意，当然黑人的高尔夫球打得还不错，比如泰格·伍兹。

但电影总是要往下前进，所以阿甘后来就变成了专业的乒乓球选手，因为接下来又要连接另一个历史事件了——乒乓球外交。

靠着专业的乒乓球技术，阿甘来到了中国，参与了乒乓球外交，阿甘代表美国，先跟中国人打乒乓球，建立一下民间友谊，然后才是基辛格秘密访华，接着才是大家都知道的尼克松访华，也就是说，电影里的阿甘，成了中美建交的外交先驱，在那儿噼里啪啦地跟中国人打乒乓球。

咱们今天的特技已经发展到疯了的地步，演员有时候都不知道自己演的是什么，手里也不拿剑，就那么空挥，背后就是一块大绿布，比如《加勒比海盗》，拍的时候演员脸上本来什么都没有，等看电影的时候，发现脸上多了好多鱿鱼须。但拍《阿甘正传》时，特技还没有这么神奇，所以阿甘打乒乓球那场戏的特技是非常高级的，你别说阿甘了，就是容国团来，蔡振华来，也打不出那种高水准，其实电影里的乒乓球是用特效做出来的，当时也没有数字技术，是人工一格一格画上去的。由此可见为了这部电影，派拉蒙下了多大的功夫，最后的成功确实是众望所归。

但我还是要说一点小 bug（失误），《阿甘正传》当时好像在中国公映过，好像没有人对乒乓球这段戏表示抗议。大家仔细看乒乓球外交这段戏里的中国国旗，我从来没见过咱们的国旗被这么挂，五颗星放四颗在上面，一颗大星星在下面，按咱们现在的制度，国旗挂错了可是个大问题。

紧接着，阿甘又靠着乒乓球，见到了下一任美国总统——尼克松。

阿甘又进入了真实的历史纪录片，会见了尼克松总统，而且尼克松总统跟阿甘的对话也很有意思。尼克松总统问阿甘，你住哪个酒店？我给你推荐一个更好的酒店，这个酒店是 Water Gate（水门）。于是阿甘就去水门酒店了，结果又遇上美国历史上的另一个重要历史事件——水门事件。

阿甘不仅是目击者，而且还直接参与了水门事件。

当时，阿甘正在酒店里百无聊赖地待着，突然透过窗户看见有人拿着手电筒，潜入了民主党的总部，也就是竞选总部。水门事件大家都很了解，其实其他的事都无所谓，但竞选是最重要的问题，之前我们讲过，你可以用自己的党鞭竞选，但你不能用国家的公器去竞选，如果尼克松派自己的儿子去刺探民主党，问题还不大，但他派的是 CIA 特工，身为执政党，你居然动用国家公器去窃听对方总部，这是绝对不行的。电影直接让阿甘参与到了水门事件中，因为阿甘从窗户看到了 CIA 特工，所以他就打电话给酒店的保安，说我好像看见一些可疑的人，等于阿甘直接参与到尼克松辞职的历史事件中。

尼克松的事结束后，阿甘就见到了我的偶像——约翰·列农，而且阿甘还跟纪录片里真实的约翰·列农一起接受电视采访。我们一直说《阿甘正传》是右派价值观电影，阿甘是美国右派价值观的代表人物，所以在这部电影里，伟大的约翰·列农就成了小丑，因为约翰·列农就是典型的左派人物，接受电视采访的时候也就是说了一些不痛不痒的话，总之给人一种特别虚伪的感觉。

之后阿甘才目击了里根被刺等历史事件，这里就不多说了，接下来说说阿甘所代表的美国符号。实际上在《阿甘正传》这部电影里，创作者们把美国的符号放在了阿甘的身上。

美国是一个什么样的国家？美国最开始就是一个瘸子，走路都走不动，只能靠一个铁架子绑到腿上慢慢走，如果坏孩子追他，他就跑，为了不被坏孩子打，他就越跑越快，最后挣脱了腿上的束缚，把那些坏孩子都摆脱了。这一段其实就是美国独立，为了不被欺负，美国就一直在拼命地跑。

战争中也是，别人打仗，打死了，打残了，美国就会跑，所以他老是赚便宜，最后他反而还救了大家，这就是美国在战争中的形象，它受的损失最小，就在屁股上挨了一枪，但是它能跑能颠，最后还拯救了所有人，赢得了大家的感恩戴德，这就是美国。

阿甘接下来的命运更像美国，阿甘捞虾去了，也不知为什么运气就这么好，来了一场飓风，把他的竞争对手全都摧毁了，就剩阿甘的一条船，还捞到了最多的虾，这就是美国的成长。美国是怎么发迹的？就是因为"二战"中，别的国家都打得乱七八糟的，英国被打烂了，德国被打烂了，法国被打烂了，日本被打烂了，只有美国完好无损，所以美国捞出最多的虾，还能做连锁餐厅。

这就是典型的美国式发财之路，成功完全不是靠的智慧。阿甘在做生意的时候，连尔虞我诈都不会，觉得这不是我的风格，不符合我们美国的右派价值观，但不聪明的阿甘就是能打败对手，还能发财，我美国不聪明，我也不坏，我就是命好。

阿甘后来因为爱情而感到失落，他苦恋了一辈子，好不容易跟最爱的人在一起了，圆房了，结果第二天珍妮就死了，阿甘就颓废了，人不能光有钱，还得有爱情，爱情就是一种信仰，人一旦没了信仰，就会出去乱跑。

美国就乱跑，结果跑着跑着，发现自己居然火了，大家都来问美国，你为什么跑？是不是因为这个，是不是因为那个？美国说我不为什么跑，我就是想跑，于是美国跑着跑着就发现，好多人都在跟着自己跑，而且跟着它跑的人还越来越多，这就是那个年代的美国，大家都跟着它跑，大家都想知道美国要跑去哪儿，但其实美国自己也不知道自己要去哪儿。

奔跑的过程中，有一个特别有意思的细节，阿甘正在跑，突然开过来一辆车，溅了阿甘一身泥，然后有人过来给阿甘擦脸，拿 T 恤往他脸上一抹，等 T 恤拿下来一看，那形状刚好就是美国当时著名的一个文化符号"smiley face"（笑脸），所以阿甘不仅目击历史、参与历史，这里还创造了历史，很有意思。

后来到了冷战时期，包括冷战结束后，还有很多国家跟着美国跑，但是美国跑着跑着突然就停下了，于是大家都停下来了，大家问美国，你怎么停下来了？电影里，阿甘说，我累了，不跑了，说完阿甘就自己回家了。从阿甘小时候戴着那个铁架子，到他说自己累了，不跑了，这整个过程，就是美国整个发展过程的象征，开始很弱，被人追着打，但是自己跑得快，所以挣脱了枷锁，解放了自己，获得了独立，接着在战场上又幸运，到了商场又幸运，到处都能攀上巅峰，上了《财富》杂志封面，投资了苹果等，然后丧失了方向，丧失了目标，开始到处乱跑，没想到还有一堆人傻乎乎地跟着自己乱跑，最后跟大家说，别跟着我跑了，我也不知道去哪儿，我要回家了。

最后的结尾也收得非常非常地符合右派价值观，阿甘亲手送走自己的母亲，又亲手送走自己的爱人，只留下一个孩子，他希望孩子不要像自己这一代人一样，希望这个孩子能聪明而健康地成长，但是他不知道该怎么教育这个孩子。这部电影从始至终的每一句台词都设计得非常细致，最后一场戏，阿甘和他的儿子坐在路边的邮箱下等校车，校车来了，他儿子上车了，阿甘叫住了儿子。

儿子回过头来，正常情况下，阿甘得跟儿子交代几句话，比如说"打不过，你就跑"，我以为阿甘肯定要说这句话，但是他没有，他想了一会儿，最后说的是"我爱你"，然后儿子也回应了一句"我爱你"。

这段戏特别有深意，我觉得不管是阿甘，还是如今的美国，他们想说给下一代的话应该是这样的：我们这一代人曾经弱小过，经历过战争，打赢过，发过财，失落过，我们的爱人得了绝症（得了艾滋病的珍妮代表的就是典型的美国左派），我没有什么能教给下一代的，能留下的只有一句话，就是"我爱你"。

电影最后的画面，羽毛飞起。

以正常的电影艺术标准来看，《阿甘正传》没有《肖申克的救赎》和《低俗小说》伟大，但是因为它的独特，在整个电影史上也堪称是一部伟大的电影。

如果不是很了解美国历史的人，把它当作一部喜剧或爱情电影来看，或是当成一部个人传记电影来看，都极为不伟大，因为个人传记式的独角戏电影，一定要演出主人公内心的层次，人性的两面都要表达出来，《阿甘正传》里没有这种东西。

但是从美国人和了解美国历史的人的立场来看，《阿甘正传》无疑是非常伟大的，电影把美国塑造成阿甘的形象，表现了美国的右派价值观对祖国深沉的热爱。在左派眼中，美国没有这么好，美国很奸诈，美国到处欺侮人，到处骗人，但在美国的右派心中，美国是一个干净的、有信仰的地方，美国只是暂时迷失了，但下一代会把美国的精神传承下去，会把这个国家变好的。

《阿甘正传》这部电影在拍摄之前，导演筹备了十几年，最后取得了巨大成功，除了导演的努力和电影本身的各种独特之处外，也不得不说说男主角汤姆·汉克斯的功劳。

汤姆·汉克斯演得简直太好了，他大概就是凭借这部电影获得第一座奥斯卡小金人的。其实这部戏一开始没打算找汤姆·汉克斯来演，第一人选是约翰·特拉沃尔塔，但约翰·特拉沃尔塔可能是不想演阿甘这么一个傻子，而是选择了《低俗小说》，结果当年约翰·特拉沃尔塔和汤姆·汉克斯争夺奥斯卡影帝，反而输给了汤姆·汉克斯饰演的傻子；曾经找了切维·切斯，也没演；又找了喜剧大师比尔·默瑞，比尔·默瑞演过《土拨鼠日》和《迷失东京》等，演技非常好，但他的样子太精了，不适合演傻子，反正最后这仨都没演成，汤姆·汉克斯接下了这部戏。

所以一部伟大电影的诞生，是每一个组成部分和无数细节共同造就的。

代号大富翁

1. 军情九处的王牌

不知道为什么，全世界的情报工作者都爱用棋，著名的黄金大劫案里用的是象棋的一个棋子，当年拿破仑在圣赫勒拿岛最后流放的时候，也是他的部下给他做了一副国际象棋，国际象棋里头藏着一个能帮助拿破仑逃跑的秘密，结果拿破仑下了好几年棋也没发现这个秘密，最后在圣赫勒拿饮恨而终。

今天咱们就再讲一个和棋有关的精彩故事——"二战"期间，一副有趣的棋，挽救了成千上万盟军战俘的生命。

这副有趣的棋不是象棋，不是国际象棋，是什么棋呢？其实大家应该都玩过，至少我这个年纪，或者比我小十岁的人都玩过，叫作大富翁。现在全世界最火热的游戏好像是愤怒的小鸟，差不多有五亿人在玩，但在电子游戏时代之前，大富翁应该是全世界最火的一款游戏，大富翁的英文名是 monopoly（垄断者），当时不算中国在内，光西方就不止五亿人玩过，传入中国之后，玩家肯定就不止五亿了。

大富翁这个翻译名可能是从台湾传过来的，我记得当时我周围的人都玩大富翁，游戏里面有一个角色叫孙小美，还有阿土仔，还有钱夫人之类的，反正就是你选一个人，然后你就开始做买卖，然后你扔个骰子，按照骰子上的点数走几步，走到某个地方就能买块地，另一个地方就能卖个东西，或者投资，基本上就是从小锻炼你拜金，让你认识到钱很重要，就是这么一款游戏。为什么说大富翁是一种棋呢？因为它有个棋盘，你是在棋盘上扔骰子，然后按步数走。

那么，大富翁游戏是怎么救了盟军成千上万战俘的生命呢？这段故事几乎没有什么中文资料，至少我没看到过什么中文译本，只看到过一个特别简短的故事。所以我今天讲完之后，有心人可以去翻译一下这段历史，给大家看看。

咱们从头说起。

"二战"，大家都知道，一开始德军势如破竹，法国几百万军队投降，英法联军最后退到敦刻尔克，然后英法撤退，士兵被俘虏了一大堆，被关进德军战俘营里。当时德国差不多关了六百万战俘，绝大部分都是苏联战俘，大概有 570 多万，还有 20 多万英军战俘，很多士兵都是成建制被俘的，比如 Royal Highlanders（第五十一皇家高地人团，或者叫五十一皇家高地团）。

在敦刻尔克有一张著名的照片，前边趾高气昂的是第七装甲师的隆梅尔，后面垂头丧气的是皇家高地团的英国将军。英国人是很黑色幽默的，他们有一句著名的话用来形容皇家高地团，说它参加战争的时间是一小时零五年，意思就是，这个团用了一个小时战斗，然后被关在德军战俘营里五年。

德军其实对英国和苏联的战俘待遇是很不一样的，对苏联战俘是十分残酷的，对英美的战俘还是相对优待的，除了德国人的种族主义作祟之外，还因为有《日内瓦公约》做约束，总的来说，英军战俘在战俘营过得还算不错。

但这帮英国战俘过得再怎么不错，也不能让他们就在那儿养着啊，步兵在战俘营养几年也就算了，没准还能替英国省点粮食，但被关在战俘营里的还有很多英国飞行员，这些人可是英国非常非常珍贵的人力资源。

英国军队用三四个月就能培养出一名步兵，但是培养一名飞行员，没有三五年是绝对不行的，"二战"一共才打了六年，你想再培养一批飞行员出来，"二战"都要结束了。更重要的是，被德国人关起来的这些飞行员，都是最有实战经验的飞行员，他们不少人参加过英吉利海峡空战，轰炸过柏林。

所以，营救这些英国飞行员，就成了一个重要的任务，这任务重要到什么程度呢？英国专门成立了一个部门，叫 Military Intelligence（军事情报处），简称 MI9（军情九处）。MI 大家很熟悉了，因为《007》系列演了 20 多部，里面有 MI5、MI6（军情五处、军情六处），但是军情九处大家可能不太熟悉，因为它存在的时间特别短，"二战"结束后就被裁撤了，因为它的任务就是 Double E——Escape Evasion，Escape 就是逃跑，Evasion 是营救。

所以军情九处的唯一任务就是去战俘营里营救重要的、有价值的战俘，所以到 1945 年 "二战"结束后，战俘都被解救了，军情九处就被解散了，但是在战争期间，军情九处的重要性，不亚于军情五处和军情六处。

军情九处成立后，首先就干了一件特别有意思的事——雇了一大群魔术师。

雇魔术师干吗呢？大家想想，营救战俘这件事，除了要开发一套情报系统，比如用密码写信、用暗语交流之外，最重要的是得有工具协助战俘逃跑，你总不能跟大伙喊一声冲啊，让大家硬着头皮往外逃是吧？那肯定被德国人拿机关枪突突死，而且这种抱头鼠窜的行为，绅士的英国人肯定不会干。

英国的这些飞行员、军官老爷，你得给他们准备好各种各样的器具，比如锯子、指南针、地图，而且这些人逃出来后得有钱花啊，这些东西都得暗中送进战俘营里去，怎么送呢？军情九处就把英国的魔术师都找来了，魔术师除了会变魔术之外，最会干的事就是做道具，除了考验手速的近景魔术之外，大型魔术基本上就是靠道具。

总之，这些魔术师被军情九处找来了，就开始制作各种各样有意思的逃跑道具，比如钢笔里藏一个指南针啦、纽扣里放个指南针啦、鞋跟里藏一张地图啦，还有暗藏玄机的帽子、雨伞等，不胜枚举。

逃跑道具做好了，接下来就要往战俘营里送了，怎么送呢？

刚才提到了，德国对英美的战俘是很不错的，完全遵守了《日内瓦公约》，公约里规定了两种可以给战俘送东西的合法渠道：一个是红十字会和其他慈善机构的人道援助，它们可以给战俘送点游戏啦、纸牌啦、巧克力等；另一个就是战俘家里送来的小东西，比如每个月送点吃的、写封信、送本书等。

由此可见，德国对战俘的待遇确实不错。当然还有一个更重要的原因，德国人也不愿意拿自己的吃喝钱来白养着这些英军老爷，都由慈善机构和你们家人来送衣食才好呢，省花德国的钱了，所以德国人允许红十字会和战俘家属送东西进战俘营。

即便如此，军情九处还是觉得，我们利用这两条渠道送东西是很危险的，一旦被德国人发现这些东西有问题，别说送东西的人了，收东西的人也极有可能直接就被枪毙了，而且极有可能导致整条大渠道都被德国切断，这对战俘营外面和里面的人来说，风险都太大了，所以军情九处决定不采用这两条渠道来给英国战俘送逃跑道具。

关于军情九处的这个决策，我的感触很深，由此可见，西方人是非常有战争伦理的，他们首先考虑的是要保证战俘的人权。战俘的人权是什么？就是他们有权利选择不逃跑，我就想在战俘营里待着，我有权利享受红十字会给我的援助，我有权利收到家人给我的东西，逃跑不是一种命令，而是一种选择。

一名士兵一旦做了战俘，他从前在部队里的建制就自动取消了，在战俘营里，所有的战俘都是平等的，你没有权利再命令我，我是一个人，我有权利选择。

总之，为了保护战俘的选择权，军情九处决定放弃红十字会和战俘家人这两条渠道。除了出于对战俘的尊重外，这也是对敌人的尊重，既然德国人都遵守《日内瓦公约》了，英国人也必须得遵守，如果在合法渠道里夹带逃跑工具，那就是英国人违反《日内瓦公约》了。

军情九处到底怎么送逃跑道具的呢？它还真想到一个风险小的办法。当时，军情九处在利物浦、伯明翰成立了很多慈善基金会，专门负责往战俘营里送东西，这样一来，就算被德国人逮到了，枪毙了，牺牲了，也都是军情九处的人，不会有其他无辜的人受到牵连，而且德国人封了一个基金会，军情九处还有办法再开新的。

就这样，军情九处往战俘营里送逃跑道具的渠道，就这么形成了，这边不停地往里送，魔术师那边也就不停地继续研制道具。这时候，这篇故事的主人公，终于也该出场了，这个人就是这些做逃跑道具的魔术师里最聪明、最顶尖的一个，号称军情九处的 Joker of the Pack（王牌），所有人都不得不服他，最令人感到不可思议的是这哥们还不是一个魔术师。

这个王牌，咱们就管他叫科拉迪吧，其实科拉迪也不是他的真名，没办法，这个人就是不喜欢透露自己的真名。当然了，你在军情部门从事机密工作，身份总是要保密的，詹姆斯·邦德也不是真名，总之咱们就叫他的间谍名科拉迪吧。

科拉迪这个人特别有意思，他从小就喜欢奇技淫巧，20 岁的时候，这哥们在他叔叔的伐木场里工作，自己突发奇想地设计了一个特别结实的木头箱子，这个木头箱子有一副特别难解开的锁，科拉迪就用这个箱子赚到了他人生的第一桶金——一百英镑，在一九一几年的时候，一百英镑已经非常多了，能买好多东西。

这事如果放在大多数 20 岁小伙子身上，肯定就拿着这钱谈恋爱去了，可科拉迪做了什么事呢？他给胡迪尼写了一封信，胡迪尼是当时的一个世界级的大魔术师，很多人应该都看过胡迪尼的逃生魔术，被锁在水底怎么逃生、绑着铁链子怎么逃生等。

科拉迪很小的时候，在伯明翰看过胡迪尼演出，特别佩服这个魔术大师，于是这个在伐木场打工的 20 岁的小伙子，居然就给胡迪尼写了一封信，说，我发明了一个木头箱子，我用一百英镑跟你打赌，如果你能从我这个木头箱子里逃出去，我就把这一百英镑给你。

胡迪尼当时名满世界，应该就相当于咱们现在的刘谦，他每天接到无数封观众来信，估计都看不过来，但不知道怎么回事，胡迪尼就看见科拉迪的这封来信了，而且还动心了，胡迪尼琢磨，这个写信的小伙子挺有意思，居然拿一百英镑那么多钱跟我打赌，我会会他吧。

于是胡迪尼就真给科拉迪回信了，他在信里说，我同意跟你赌，但是你得答应我一个条件，我得先去你的伐木场里看一看。

当时科拉迪才 20 岁，人生经验还不够丰富，结果就受了江湖老炮胡迪尼的骗，说行啊，你来看看吧。而且科拉迪激动得不得了，世界大师胡迪尼给我回信了，要来我这儿看看呢。

于是胡迪尼就到了科拉迪工作的伐木场，过程很简单，俩人吃了一顿饭，然后四处转了转，就去见那个替科拉迪做木箱的木匠了。趁着科拉迪不注意的时候，胡迪尼塞给那个木匠三英镑，说，你帮我在木箱上做一点小手脚。当时木匠的工资还用先令计算呢，英镑这个单位太大了，所以木匠就在木箱上动了手脚，最后胡迪尼很轻松地就逃出了木箱子。

科拉迪就这么输了一百英镑，或者说是被骗走了人生的第一桶金，但这对于科拉迪来说不算什么大事，这孩子从小就奇怪，就是喜欢这些乱七八糟的东西。一战的时候，科拉迪就跑去当空军飞行员了，这也算是一个伏笔，因为科拉迪当过英国空军飞行员，所以他对飞行员有很深的感情，后来才会去军情九处，帮忙营救英国飞行员。

一战结束后，科拉迪这哥们就从英国跑到美国好莱坞去了，他去好莱坞干什么呢？当 publicity，就是咱们现在所谓的宣发，他居然在好莱坞帮人做电影宣发，可见这哥们天生爱刺激，什么新鲜事他都要干。

"二战"一爆发，科拉迪的热情顿时高涨了起来，立刻跑回英国，要报名参加空军，大家算一算，一战前这哥们就已经20多岁了，到"二战"时他都四十六岁了，还要上天当飞行员，报效国家。人家英军就说，你太老了，不能飞了，他说不行，我就爱国，人家就问他，你除了开飞机之外，还会干什么呀？他说，我还会做各种各样神奇的东西，于是科拉迪就被分配到军情九处去了。

科拉迪在军情九处如鱼得水，在他的组织下，军情九处做出了各种神奇的逃跑道具。英国人的思维方式是特别有意思的，跟德国人、美国人完全不同。德国人特别严谨，必须按照规定的程序和图纸，一点都不能马虎。美国人有钱，不搞这些奇技淫巧，美国人就喜欢飞机大炮、航空母舰，跟你直接干。英国人不一样，他们特别擅长做这些神奇的小东西。

当时军情九处的主要营救对象就是空军飞行员，他们给飞行员做了大量的逃跑道具。首先，在飞行员被捕之前道具就做了一大堆，比如说，一旦飞机被敌人击落了，就有一些道具能保护飞行员减少被俘的概率，比如能拆掉绑腿的靴子，飞行员当然都是穿特制的靴子的嘛。在飞机坠落到敌区后，如果幸运的话，飞行员能弄到一套当地老百姓的衣服穿上，但鞋不好解决，因为军靴的鞋底都是特制的花纹，敌军顺着脚印就能找到你，所以军情九处就专门研制了对付这种情况的靴子，飞行员恨不得在空中就把鞋底扯掉了，这样你落到地上，德国军人一过来，你就赶紧种地，假装自己是个老百姓。

包括飞行员的鞋跟里还能藏干粮，这事其实我不太理解，英国人不就是掉进德国了吗，又不是掉到缺吃少喝的非洲大沙漠，干吗非自己费劲地带干粮？有可能是因为英国人不会说德语，不敢跟当地人开口要饭，怕暴露身份，所以就得自己备点干粮。

还有藏在皮夹克里的丝绸地图，地图对飞行员来说十分重要，当他坠落到陌生的地方后，人生地不熟的，必须得有详细的地图。为什么是丝绸做的呢？因为飞行员跳伞的地方风吹日晒，万一跳到水里了呢？所以首先这个地图不能怕水，而且这地图还得隐秘，得偷偷地打开，打开的时候不能有声音，这么一想，丝绸材质最合适。当时还专门找了一家给英国皇家做丝绸的供应商来印刷这种地图，因为地图是一种很精确细致的东西，不像画两朵花，一丝一毫都不能有误差。

说到这儿，咱们这次要讲的主要道具终于要出场了——大富翁。

大富翁是美国人在1935年发明的，发明大富翁的美国公司发了大财，生意遍布全球，这家美国公司叫 Parker Brothers，帕克尔兄弟，或者叫派克兄弟吧。

大富翁在美国卖疯了以后，1936年就传到了英国，派克兄弟一琢磨，咱们在英国别自己弄了，搞本土化吧，找个英国的公司做代理吧。为什么呢？因为大富翁跟国际象棋不一样，国际象棋可以全世界通用，比如车、马、炮、王后等。大富翁最初的版本是很美国化的，里面使用的都是美国纽约的街道名，比如百老汇、华尔街等。所以大富翁传到英国，就找了一家英国代理商，把游戏里面的街道全都换成伦敦的地名。接下这个生意的，就是这家给军情九处印刷丝绸地图的供应商，当时这家公司都快破产了，硬着头皮把注下到大富翁的英国版上，结果一炮打响。

大富翁在英国也卖疯了，随后这家丝绸供应商又把大富翁推向整个欧洲，只在意大利碰了钉子，因为墨索里尼说，大富翁里的人物形象怎么这么像我？宽肩膀大脑袋的……

于是，大富翁风靡整个欧洲，只在意大利遭到禁止。

2. 逃跑委员会和悲催的拿破仑

当时欧洲风靡大富翁，还有人开玩笑说，在欧洲，比纳粹扩散更快的东西，就是大富翁。

所以，当军情九处印刷丝绸地图的时候，这家公司主动说，我们这儿不仅能印刷丝绸地图，还有大富翁游戏，您看我们还能为报效祖国做出点别的贡献吗？

当时军情九处也遇到一点问题，这问题就是，德国人不傻，军情九处伪装的慈善机构送进去的东西，德国人不可能检查都不检查，就直接转交给战俘。为了应付德国人的检查，军情九处想了各种各样的办法。

比如藏在钢笔里的指南针，它的螺旋就是左手螺旋，得反着拧才能拧出来；还有藏在板球里的收音机元件，五个板球里的元件凑起来，就能组装山一台收音机，或者一个小电台。但这些东西都不太理想，钢笔太小了，藏不了太有价值的东西，板球这个更难实现，首先保证五颗板球都能送到同一个战俘手里，就是一个大难题。

最重要的是，这些东西最后全都被德国人破解了，军情九处快要急疯了，就在这种情况下，这家公司把大富翁送来了，科拉迪一看到大富翁，立刻就说这东西太好了。

因为大富翁这棋够大，它有这么大一个棋盘，上面又摆放了这么多的道具、棋子、人物，就是玩家下注用的筹码等，内容也非常丰富。

大家想想，当时军情九处想往战俘营里送的东西主要是什么？首先是地图，地图刚好能嵌在大富翁的棋盘里，也就是先把地图放上去，然后再在棋盘上刷漆，画游戏的图案；而且画上去的图案也可以做文章，比如密码、暗码等；再来就是放筹码的地方，上面放的可以是游戏里用的假钱，但底下就可以混一点真钱；至于线锯，干脆就直接放在棋子里；还有德国人的 ID，也很容易藏进棋盘里。

这一套逃跑工具的作用是这样的，当你逃出战俘营后，首先你得有一个德国的 ID，证明自己是德国人；你还得有张地图，这样才不会迷路；线锯，能帮你锯开各种东西。总之，科拉迪立刻拍板，说太好了，咱们就用大富翁了。

这家公司也特高兴，赶紧把最忠诚的几名员工叫来，说咱们为国报效的时候到来了，所以这几个最忠诚的员工，就在一个没人知道的小黑屋里，天天生产这种藏有逃跑道具的大富翁棋。逃跑工具也不都一样，因为当时不仅要营救关在德国的英国战俘，北欧还关着一堆英国飞行员，挪威、法国都有，所以不同的大富翁里面，藏的都是适用于不同国家的逃跑工具，有德国的，有法国的，有挪威的……

道具有了，输送渠道也有了，接下来的一个重要问题又来了，这些东西送进战俘营里，由谁来接应啊？之前道具送进去之后，基本要靠英国战俘自己碰运气，比如有一次，一个战俘不小心把一张黑胶唱片摔碎了，结果竟然发现里面有 ID 和钱，于是战俘们赶紧把所有黑胶唱片都掰碎了，但这些唱片大多数都是正常的，仅有几张里边藏着道具，而且有一大半都被德国人识破了。

那么，该如何让战俘知道大富翁里面有逃跑道具呢？科拉迪想了一个非常聪明的办法，他从英国空军的每一个中队里都挑选了两名骨干飞行员，对他们进行培训，培训什么呢？培训一种密码。因为我对密码很感兴趣，从摩斯码开始，我也接触过很多密码，但是这种密码我还是第一次见，我给大家介绍一下科拉迪的这种密码。

战俘营写出来的家书，寄到英国来，肯定得先检查一遍，防止有间谍交换情报，于是就先规定了一件事。什么事呢？一是落款的地方，写日期的时候，如果你写的是单词，比如说 5 月 1 日，你写成 May the first，那这就是一封正常的信，但如果你不写字母，你写的是阿拉伯数字，比如 5 月 3 日，你写成是 3-5 ——英国跟美国写日期是反过来的，美国是先写月后写日再写年，英国人是先写日后写月再写年，反正不管你写英国的还是美国的，只要你写的是阿拉伯数字，而不是单词，这封信就会立刻被转交给军情九处，因为这就代表这封信里藏有情报。

那怎么读取信里隐藏的情报呢？这肯定不容易读出来，因为战俘营写出来的信，德国人肯定会先审一遍，所以情报不能直接写出来，而要用密码写。这个密码的原理是这样的，这封信的头两个单词的字母数相乘后得到的数字。举个例子，比如这封信的开头两个单词是 So nice，So nice 是俩单词，So 由两个字母组成，nice 由四个字母组成，二乘四等于八，这个八的意思就是，这封信里有八个单词，能连成一句话，这句话就是我要告诉你的情报。

说实在的，这真挺难，一封信里找出八个单词，能连成一句话的有很多，但是能连成一句有意义的话的八个单词就不多了，所以你看到八这个数字，算出来以后，你就开始找吧，最后你大概能拼出七八句话，都是八个单词的，但是其中一定能看出来有一句话是他想告诉你的情报，这就是聪明的科拉迪发明的密码。

科拉迪这哥们太聪明了，只要是被他培训过的飞行员被抓进战俘营了，立刻就开始行动了，往英国写家书，是不是真的家书，军情处一看就知道，有情报的信直接就转到军情九处，军情九处破解了情报，就给战俘回信，于是两边就这么沟通。这样军情九处就能告诉战俘营里的接应者，会有一批大富翁棋被送进战俘营，这一批棋里，凡是某某位置有某种标志的，就是藏有整套逃跑工具的，如果没有，就是正常棋，大家就可以拿来玩。

所以军情九处真的是非常谨慎的。如果战俘把所有大富翁都拆开了，肯定会引起德国人的怀疑，所以大部分的棋都是正常的棋，只有少部分有记号的，才是里边有逃生工具的。

并不是每一座战俘营里都有懂密码的接应者，为了保证所有战俘营里的英国军官都能有选择逃跑的机会，军情九处还开发了另一个方法，它先寄一批正常的棋进入这些战俘营，但在棋盘上贴了一个小标签，上面写着，收到了以后，给我寄一回执回来，如果能寄回回执，就说明那座战俘营里的德国人没有怀疑这批棋，于是就可以送藏有道具的大富翁了。刚开始也得试探性地送，十副正常的大富翁配一副有逃跑工具的大富翁，然后是八副里配四副，慢慢往各处送。

但工具送到战俘营里之后，还有一个很重要的问题，如果有一名英国战俘叛变了，或者有一名战俘的逃跑行动失败了，被德国人逮住了，德国人说我要枪毙你，战俘一害怕，为了不被枪毙，有可能就交代了，我的逃跑工具是从大富翁里发现的，这种情况怎么处理呢？

针对这种问题，军情九处在战俘营里采取了一种类似三权分立的策略，就是收棋的是一拨人，这些人根据消息拆开了棋，拿出了逃跑工具，然后把棋烧掉，把工具上交。

上交给谁呢？上交给 Escape Committee（逃跑委员会）这么一个机构，逃跑委员会拿到逃生工具，就秘密分发给想要逃跑的战俘，但逃跑委员会的人并不知道这些工具是从哪儿来的，他们也不问，因为他们最关键的作用就是隔断消息链。这样最终收到工具、准备逃跑的军官，如果逃跑失败了，被德国人抓住了，他就算想叛变，也没法泄露机密，因为他什么都不知道。

整个"二战"期间，军情九处营救战俘的道具几乎全部被德军破解了，唯独大富翁棋，直到战争结束，德国也没破解出大富翁里的秘密，最后军情九处一共从战俘营里救出三万五千名战俘，你别看人数好像不是很多，但是这三万五千人都是极其重要的财富，他们都是飞行员、军官、坚定的爱国者、战士等。

但这三万五千人到底哪些是靠大富翁逃生的，目前还无法统计，因为军情九处的信息链隔断得太好了。

当时，军情九处在很多地方都有据点，不光在欧洲有，北非也有，埃及也有，专门请一堆魔术师，魔术师是军情九处的主要员工，他们在沙漠里制造各种掩护，把坦克藏得无影无踪，或者跟沙漠融为一体，或者跟丛林融为一体。

军情九处在中国的华南也有分支，负责什么任务呢？香港沦陷的时候，大批英国军官被日本人抓起来了，军情九处专门去营救那些在香港被抓起来的军官，而且成功地救出了一百多人，这一百多号英国军人，最后就地参加了在重庆的服务队、在华南的游击队等，立下赫赫战功。

科拉迪不但给英国立了大功，还给美国帮了大忙。

1941 年年底，珍珠港事件爆发，美国参战了，和英国一起轰炸德国。

当时英国空军通常五六百架飞起，夜间出动，美国负责白天，一千多架一起，在德国哐哐一通炸，炸得火光冲天。大家看过《虎口脱险》，大批的美军飞机被击落，所以大批的美国飞行员落到德国人手里了。

于是美国也成立类似军情九处这么一个单位，专门来找英国人学，科拉迪就开始培训美国人，美国人也做各种逃跑工具，往战俘营里寄大量东西，这期间还发生了一些有趣的事。

当时美国的补给供应比英国好得多，美国同级别的军官，或者同级别的士兵，工资是英国的三到四倍。后来美国一百五十万美军驻扎在英国周围，因为德国老来轰炸，所以夜里都宵禁，不开灯。但是英国姑娘也穷，说夜里去美国军队里卖淫吧，姑娘们就拿火柴等着，听到英国口音，就不划火柴，因为英国兵没钱，一听美国口音，立刻划着一根火柴，照照自己，脸好看的照照脸，胸好看的照照胸。

当时英美战俘通常都关在一起，大量的美国补给寄到战俘营里，这英国战俘收到美国补给品，好多都不认识，比如花生酱就是英国没有的东西，英国人不认识花生酱，还以为是鞋油呢，拿来擦鞋。

总之，在科拉迪的指导下，美军也用大富翁救出了大批战俘。

所以，大富翁不但是人类历史上在电子游戏出现前最风靡天下的游戏，更在战争中立下了汗马功劳。

和大富翁的故事比起来，拿破仑同志的故事就比较倒霉了。他被关在圣赫勒拿岛的时候，他的忠诚部下用象牙跟珍珠精心制作了一副国际象棋，送到他跟前，拿破仑下了好几年，而且他特别爱下国际象棋，因为国际象棋就像打仗一样，讲究排兵布阵等。拿破仑戎马一生，最后在圣赫勒拿岛，只能靠下国际象棋来满足调兵遣将的渴望，结果还没能发现藏在象棋里的秘密。

这副象棋是请中国的能工巧匠做的，很有意思，在拿破仑时代，包括拿破仑三世时代，全世界最好的能工巧匠都在中国，你别看中国不会做大炮，不会做来复枪，但是做鼻烟壶可是全世界第一的，能用一根象牙雕出七层玲珑球，而且每一层还能转动，简直是巧夺天工，中国人的聪明才智全用在这儿了。

西方国家能造出大炮，造出枪来，但是不会做这种精细的东西。鼻烟壶其实是欧洲的东西，最后全从中国进口，中国人自己不吸鼻烟，就帮他们做这东西，用珐琅啊，玉啊，象牙啊，所以拿破仑的这副国际象棋，是中国人制作的，里面藏了整套的营救计划。

可惜，给拿破仑送象棋的这个人太倒霉了，他乘坐蒸汽船去圣赫勒拿岛，因为南大西洋风浪极大，船上的一根桅杆断了，砸在这哥们脑袋上，直接砸死了，所以说这个时候的拿破仑真的是气数已尽，被砸死的这个人是唯一知道整个营救拿破仑计划的，他一死，这事就没人知道了。

船到了圣赫勒拿岛，活着的人把棋给了拿破仑，也没人告诉拿破仑这棋里有秘密，能救他出去，拿破仑自然也就什么都不知道了，他就每天拿着这副国际象棋玩。

拿破仑去世以后，这副象棋被辗转卖给了各种人，因为这可是拿破仑玩过的棋，而且还是象牙、珍珠制成的，对全世界的收藏家都有很大的吸引力，最后这副棋辗转到万德波手里。这个万德波不是第一代万德波，第一代万德波是美国内战后，靠修建铁路等发家的第一代大富豪，洛克菲勒、摩根等都是万德波的后辈了，洛克菲勒就是靠万德波起家的，华尔街也跟万德波有很大的关系，这个咱们以后有机会再讲。

总而言之，第一代万德波发家后，他的几个儿子分别负责家族事业的一块，比如经济、艺术、文化等的基金会，其中一个掌管文化艺术基金会的儿子——乔治·万德波，拿破仑的国际象棋就辗转到了他手里。

有一天，乔治·万德波看着这副国际象棋，也不知道是手欠还是没事干，反正他就把棋子拿起来一顿拧，结果这才发现了这个尘封多年的秘密。后来乔治·万德波把象棋捐回了拿破仑纪念馆，这副象棋还曾在欧洲巡回展出过。

现在这副国际象棋就存放在圣赫勒拿岛上的拿破仑故居里。现在可能没人会去南大西洋了，但那里曾经是很繁荣的，因为当年想来中国、印度的英国人，都从那条路线上走，那里就路过圣赫勒拿岛，但1869年苏伊士运河建成，就很少有人从那里走了。

当年，英国派驻中国的外交官去圣赫勒拿岛，参见拿破仑，拿破仑还跟他们说过一句名言——中国是一头睡着的狮子，千万不要惊醒它，因为它惊醒了会震动世界。

不管怎样，如果大家有机会去圣赫勒拿岛，不但要看看那副象棋，还要看看棋盘边上的血迹，这个说起来就有点毛骨悚然了。

这副国际象棋的棋盘很厚，大概是一个小桌子的样子，抽屉里有很多深红色的血迹，这是为什么呢？现在很多人说拿破仑是被毒死的，因为全欧洲都怕他，说最后验尸的时候，从头发丝里测出毒素，于是要解剖拿破仑，查明他的死因。解剖的时候，医生正好就站在拿破仑最心爱的这副棋旁边，当医生顺手把拿破仑的心脏取出来的时候，棋盘旁边的小抽屉刚好是开着的，医生居然就把拿破仑的心脏放在小抽屉里搁了一会儿，所以小抽屉上的血，真的就是拿破仑的心血。

总之，棋跟情报有许多解不开的缘分，有关情报的故事就跟大家先聊到这里了。

马与骑士

1. 骑士精神的诞生

随着人民生活水平的提高，随着中国梦的实现，马开始从各种各样的贵族传说里、画里、电视里、奥运会里，走入了中产阶级家庭，大量的人开始骑马，北京、上海都有大量的马术俱乐部，大家把孩子们送去学骑马，浪琴主办的一系列马术大师赛进到中国，到了上海，到了北京，甚至进了鸟巢，爱看的人也很多，所以咱们今天就讲一讲马。

在中国的文化里，马并不是很重要，因为我们是一个农耕民族，在我们的民族里，牛比较重要，历朝历代里牛都很重要，杀牛是重罪，吃牛肉是重罪，甚至重到私藏一块牛皮就要被判死罪，所以大家看到各种小说里，英雄一坐下来就要吃牛肉，意思是我不怕法律，我就要吃牛肉。

相比牛，马对我们这个社会和民族的塑造，没有特别大的符号或者图腾的意义。当然了，对朝代兴旺还是有一些意义的，但是马在中国，主要的意义还是在军事上，对整个民族的信仰和精神意义不是很大。

马的军事意义其实也很简单，就是有马的时候就赢，没马的时候就输，汉唐有马的时候，就能逐匈奴于漠北，有马的时候就能当天可汗。咱们中原地区建立华夏文明的时候，跟马的关系还不是太大，后来我们占有了西域，就有了马，大宛名马来了，汗血宝马来了，我们再杂交杂交，养一养，所以汉唐的时候我们才有良马，有骑兵，能打仗。宋明时期我们没有良马，就打不赢，只能被人欺负。

今天中产阶级喜欢让孩子去学骑马，因为骑马这个事听起来好像挺高雅，戴上头盔，穿上靴子、马甲、马裤，拿着马鞭子，而且骑马的姿势也很高贵，挺着身子骑，绝不能像流氓的那种范儿。这种把骑马当成高雅行为的思想是从哪儿来的呢？当然是从西方来的，我们虽然受了西方影响这么多年，但自从我们被西方侵略开始，就潜移默化地觉得西方的一切都是好的，一切都以冠以洋名为荣，洋火，洋茄，洋这洋那。

我们中国古代是万般皆下品，唯有读书高，只有会书法，字写得漂亮，还能吟吟诗，这人才能被称为上流社会人物。但在西方完全不是这样，在西方文明里，马是一个重要的文化符号。

民国时的十里洋场，最重要的是什么呢，是一座跑马场，香港现在还有个地名，跑马地，反正洋人一来，马就跟着来了。香港当了这么多年的殖民地，马的文化在香港重要极了，以至于收回香港的时候，邓小平同志专门说了这么一句话，叫"马照跑，舞照跳"，可见跑马对香港人来说是多么的重要，对西方文明来说是多么的重要。

为什么呢？西方跟我们有很大的不同，我们是很早就进入了农耕文明，用牛来耕地，马在这方面真是不行，别说牛了，马连驴和骡子都不如，驴还能拉拉磨呢。马是一种很高贵的动物，在整个西方的世界观里，马跟人是差不多的。不光是西方，咱们纵观整个人类文明的历史，所有的动物，不管是野生的，驯化的，哺乳的，天上飞的，水里游的，真正跟人类休戚与共的只有马，除了马以外，你想不出任何一个动物，能跟人类有这么大的关系。

人类不但兴旺荣辱跟马有关系，身份标志也跟马有关，修养、教育各方面，都跟马有关。马跟人平等到什么地步？奥运会所有的项目，都是人在玩，没有一个项目是猴在玩，或者是熊在玩的，只有一个项目——马术，是人和马一块玩，而且获奖的时候是人和马一起获奖，马也和人一样有名有姓的，叫冠军马，而不仅仅是人得冠军，人再厉害也就是一个骑手，给你一头驴试试？奥运会上没有保留斗鸡、斗蛐蛐这些项目，这说明什么呢？说明马是人类最近最近的朋友，不光是朋友，而且是伙伴，战斗的伙伴，兴旺的伙伴。所以在崇尚武力的西方社会里，人们崇尚骑士精神，跟我们中国人崇尚文人、崇尚写诗是完全不一样的。

所以马在西方传统社会里，地位要比我们这里高得多，从神话开始地位就比我们这里高，我们的神话谱系里，好像马的地位并不是很高，听起来还不如猪，因为猪八戒的地位比白龙马还要高一点，白龙马还排在沙和尚后边。

西方的马就厉害了，从希腊神话开始，马就是人类最亲密的伙伴，地位仅次于波塞冬、阿波罗等大神，《荷马史诗》里那些英雄，罗马时代的军团，到后来的骑士团等，都是西方的整个历史以及神话谱系，乃至一切社会标杆的最重要符号之一。

马在西方整个的历史文化中间，是异常重要的，尤其是到了西方封建割据时代，这边有个国王，那边有个教皇，还有公、侯、伯、子、男，这些人的领地都靠谁来保卫呢？那么多城堡靠谁来防守？贵族都得高高在上、养尊处优，总得有一个阶层去做这些事吧，这个阶层就叫作骑士阶层，是西方文化最重要的阶层。

今天的主题虽然是马，但我们不是讲生物课，所以有关马本身的事，就让生物学家和动物学家去讲好了，我们主要讲和马有关系的人——骑士阶层。

咱们讲任何事的时候，老是喜欢对比，拿东方的东西跟西方的做对比，我想了一下骑士阶层，跟东方哪个阶层可以对比，应该这么说，跟日本的武士有很强的对比价值，这两个很像，为什么呢？所谓西方就是指欧洲吧，欧洲和日本都是长时间处于封建制度，上边有一个王，下边分封成公、侯、伯、子、男或各种大名，再下面的阶层就能对应上了，在日本，再往下就是武士阶层，介于真正的世袭贵族和平民老百姓之间，武士阶层和西方的骑士阶层，实际意义上是一样的。

在这儿我们稍微讲一下中国，这是钱穆先生和大多数历史学家共同承认的观点，就是我们实际上从秦汉之后，就已经没有封建制度了，那变成什么制度了呢？我们一开始也有贵族阶层，有周天子分封诸侯——公、侯、伯、子、男，诸侯下面开始有士，士在最初的阶段，其实就有点像西方的骑士阶层和日本的武士阶层，只不过我们的士阶层消亡得比较早，跟着贵族一起消亡了。

因为我们的封建社会到了秦大一统之后，尤其到了汉朝之后，变成了一个官僚社会，官僚社会就没有分封的地了。在西方、在日本，这是你的国，你的领地，你又分封给下面，你在上面收税，保卫自己的领地，因为这是你的财产，这叫作封建。但秦汉之后，我们罢黜百家、独尊儒术，所有那些东西都没有了，普天之下莫非王土，率土之滨莫非王臣，所有的土地都是汉家的，所有的土地都是皇家的。

剩下的人都干吗呢？都成了官僚。官僚是什么呢？今儿让你上那儿，你就是那儿的县令，明儿让你上那儿，你是那儿的知府，哪块地也不是你的。就算封你采邑、食邑也是象征性的，说你食两千石，食两万石，食两万户，也不是你去那儿，那地方就归你了，也不是那地方的税收就归你了，而是说象征性地那地方归你，那地方的钱归你，但是你不是那个地方的领主，你不是那个地方的诸侯。哪怕后来象征性地依然有爵位，封你为公爵和伯爵，但是对不起，您在京城或某一个大城市给我乖乖待着，那块地不是你的，所以我们变成了官僚社会。

而在西方的公侯和伯爵，我在这个地方生存，这个地方就是我的，我要为自己的荣誉而保卫这个地方的人民，这个地方和我的名字、家族名字是在一起的。大家看看西方贵族的名字，基本上就是他的封地的名字，跟中国春秋时代差不多，就是你封在哪儿，基本上你最后就姓那地方的姓。但是后来中国已经没有这种分封诸侯制度了，所以中国等于就没有了真正的封建贵族。

封建贵族的意思是，我们家族的姓，就是这块土地的姓，这个城堡就是我的生命，我下面的骑士就是捍卫我的，那骑士我也封给了他领地，骑士除了每年给封他的领主服役——通常情况下每年服役 40 天——他自己也是一个封建领主，他自己在自己的土地上收税，在自己的土地上搞各种各样的事情。

总之士这个阶层在中国后来就没有了，失去了封建贵族阶层以后，大家都变成了官僚，所以后来在西方发展起来所谓骑士精神，以及在日本发展起来武士精神，就是我们常说的武士道精神，在中国就没有发展出这么一套精神，所以中国春秋时期的那些重义轻生的士文化并没有得到传承，而是变成了儒家的忠孝礼义廉耻这套东西。

忠孝礼义廉耻这套东西就说不清了，今天姓朱的来当皇帝，忠于姓朱的，明天姓李的当皇帝，那就忠于姓李的，后天姓爱新觉罗的又来当皇帝了，想来想去，那还是忠于爱新觉罗吧，所以忠孝礼义这一套东西，和那种"这是永远的我的领地，这是永远的我的家族、我的荣誉"的骑士精神，是完全不一样的。

其实不论是骑士精神也好，武士道精神也好，都是有其消极的一面的，不能说都是好的，但这都是从贵族的荣誉感里传承下来的东西。这在每个国家的体现是很不一样的，离封建贵族那个时代越远的民族，就离那种荣誉感越远，大家都变成奴才了，大家都变成臣子了，就是你一个人说了算，大家的荣誉感就低了很多。当然了，离封建贵族时代比较近的，依然保持着那种荣誉感的民族，今天那荣誉感也基本都丧失得差不多了。

哪怕追溯到五十年前、八十年前、一百年前，其实还是有所谓的骑士精神的，比如"泰坦尼克"号那个时代就还有骑士精神，到"二战"的时候也还有，但在今天的西方，其实已经沦落得差不多了，因为大家都离贵族时代越来越远了。今天西方的皇家也好，王室也好，都开始平民化了，大家对贵族的精神已经越来越疏远了。

但是那曾经是我们人类文明的一个重要阶段，也是今天所谓的西方传统文化里最最重要的组成部分。

其实早在八九世纪的时候就有骑士了，但是骑士真正崛起，开始有自己的荣誉感，有自己的骑士团，并在西方社会产生重要影响，实际上是从十字军东征开始。十字军东征是在整个西方的历史上，第一次为理想去作战，也就是所谓的骑士精神。十字军捍卫上帝，捍卫领地，捍卫女人，重义轻生，为了家族荣誉和理想去战斗，但后来十字军变质了，因为打着打着，人就开始产生了贪婪和欲望，总之就是西方人所说的七宗罪，或是东方人所谓的贪嗔痴。

但在最开始的时候，因为十字军东征，骑士团获得了巨大的荣誉，也由此产生了最初的为理想而战的骑士精神。

2. 骑士的自我修养

不论是骑士、武士，还是春秋时代的士，在对贵族的要求方面，其实东西方都差不多。

春秋时的士要学六艺，什么叫六艺呢？就是礼、乐、射、御、书、数。乐咱就不说了，因为大家都知道，实际上乐对我们来说，不光是乐器，主要还是诗，因为那时候诗是唱的。

礼是东西方都有的，骑士当然有礼了，一整套的礼节，武士也一样。大家看到各种骑士电影里，各种各样的剑都有不同的拿法，家族的徽章也有一整套规定，包括授予骑士和武士时的整套礼节，也是非常的繁复。只要是出现武士的日本电影，武士永远是这样的礼节，出门进门的时候，一定要右手拿着武士刀，这儿插一把短刀，为什么要拿着呢？因为这样表明我对你没有攻击性，插上就已经违背了礼节。要出门的时候，把这长刀插上，一定要插在左边，便于右手拔刀，于是武士一直在左边走，因为这样可以避免碰到日本武士的刀鞘。在日本，碰到武士的刀鞘是一种极其不尊重的表现，恨不能俩人立刻就准备拔刀了。为了尊重这礼节，所有的武士都在左边走，这样刀鞘就不会碰上，今天日本的车也在左边开，估计也是因为这个礼节。

然后是御，御就是赶车，这个挺有意思，西方这叫马术，日本叫骑术，咱们叫御，因为咱们所谓的封建贵族时代，结束得比较早，结束的时候世界上还没有马镫子，所以骑马这事就不是很容易，所以大家只能御车。御车有很多规矩，打猎的时候要在左边射，不能在右边，在河边御车有河边的规矩。

还有射、书和数，书就是写字要漂亮，数其实不光是指数学，中国自古并不重视数学，我们所谓的数其实还包括五行和占卜等。以上就是中国的六艺——礼、乐、射、御、书、数。

西方的骑士要学什么呢？学七技。一名合格的骑士，七样技能都必须要学会。

第一条是马术，西方因为封建时代特别长，马镫子早已经有了，所以马术是西方骑士最最重要的技能，到现在贵族还要学马术，还要去奥运会上参加比赛。然后是剑术和投标枪，这跟我们的射箭有点不一样，但道理是一样的，剑术是近身肉搏，远距离攻击我们用射箭，西方人用投标枪。

为什么要投标枪呢？因为西方骑士觉得自己特别光荣，我得跟你们那些腿跑的步兵不一样，西方的骑士阶层认为拿弩射箭是步兵的事，他们看不上，而步兵在西方传统中世纪的骑士时代，是极其没有地位的。我看中世纪的西方电影里，骑士们永远穿得特别光鲜，鲜衣怒马，而且马上还要披着床单，床单上画着骑士的徽章，这样就能在战场上告诉敌人，我是哪位骑士，这是我的名字，我的徽章印在这上面。

骑士时代的战争，每个骑士的马上都要弄一张床单，上面印的内容很清楚，这是我，我来了，对方的骑士也一样，骑着马挂张床单。说是床单，其实里边是有护甲的，这个就不多说了。其实那时候打仗根本打不死几个人，因为大家都秉承着骑士精神，你投降了，或是失去知觉了，我就不能杀你了。当然还有经济原因，骑士最重要的收入是我把敌人逮着了，他家里人会来赎，最低级的骑士也要用一匹马或一套铠甲来赎，骑士是很贵的。

很多人当了一辈子侍从也没当成骑士，最重要的原因就是没钱，因为我当侍从，骑士给我马，骑士给我甲，我跟着骑士上战场就可以了，而如果我被晋升为骑士——当然晋升为骑士还有一整套的规则，但最大的前提是得有自己的马，有自己的一套盔甲，否则就当不了骑士。

而且在骑士时代打仗，战场上还专门有仲裁员，这仲裁员是干吗的呢？他们专门负责审核骑士的徽章。骑士们的徽章特别像咱们现在所谓的专利，举个例子，如果一个骑士被伯爵册封了，他从此不再是侍从了，不再是附属品了，而是一名正式的光荣的骑士了，那么他就得给自己设计一个徽章，拿到商标局去注册。商标局核查一下骑士的册封文件，准确无误，您确实是一名骑士，但是对不起，您的徽章重复了，已经有人用过这个徽章了，麻烦您改一改设计方案吧。这就跟咱们今天的工商局特别像，咱们设计了一个商标，首先得拿到工商局去审核一下。所以当时专门有这么一个仲裁机构，机构里有厚厚的一大本徽章图谱，上面画着所有骑士的徽章。

两边的骑士打仗的时候，也专门有一个督战官，拿着厚厚的徽章图谱，一边看两边骑士打仗，一边在那儿登记，这个骑士战死了，就把徽章勾掉，因为骑士是不能世袭的，到现在为止，晋封骑士，尊称都是"sir+绰号"。

在这儿跟大家多说一句，大家经常称呼别人叫sir什么什么，披头士也被当过sir，曼联队的主教练弗格森也当过sir，李嘉诚也是sir，因为骑士不能世袭，所以sir后面是不能跟你的姓的，因为跟你的姓，就代表你儿子也可以叫sir了，所以sir只能跟骑士的绰号和花名，而不跟姓氏，sir其实就是骑士的意思，还有极少数的sir不是被封为骑士，而是被封为从男爵①，但因为数量实在太少了，所以我们就不特别讲了，总之一直到今天，绝大多数的sir什么什么的人，他真正的封号就是某骑士。

直到今天，骑士依然是西方，尤其是英国分封传统里最重要的头衔，但骑士是不能世袭的，不能传给儿子，一定要自己奋斗得来。

在骑士时代，打仗的参战人数特别少，这边60个骑士，那边100多个骑士，打仗前，督战官在旁边负责记录，参战的骑士分别是谁谁谁，最后也是由督战官负责打扫战场，看到这哥们死了，直接就在图谱上把骑士徽章勾掉了，那哥们赢了，就给他的徽章上记一笔军功。辨认骑士主要就靠马背上的那张印着徽章的床单。

骑士对荣誉感是极为看重的，大家看古代打仗的电影里，骑士都穿得特

① 从男爵（baronet）是英王查理一世1611年设立的，尊称为sir，头衔可以世袭，但不属于贵族，不能进入上议院。与之类似的是德国的世袭骑士ritten。

漂亮，马上罩着护甲，你再看旁边的步兵，一没有统一的军装，二没有像样的盔甲，有人干脆顶个锅盖就来了，有人手里抄着擀面杖，有人拿着琅琊棒，有人挥着大菜刀。因为步兵不是职业军人，他们连侍从都不算，侍从也要先接受骑士训练，步兵就是骑士领地上的老百姓，或者贵族领地里的老百姓。

打仗的时候，骑士们有服役的义务，老百姓没有这个义务，但是骑士可以命令老百姓说，老百姓们，你们当步兵吧，拿上菜刀，拿点弓箭，去战场上助助威，因为骑士觉得弓箭这个东西太丢人了，不能用，那是步兵用的东西，后来就因此吃了很多大亏。

大家想想，骑士都骑着高头大马，重装上阵，这儿有胸甲，那儿有锁子甲，头盔弄得极其重，还有十尺长的长矛，还有几根标枪，还有剑，真打起来的时候，长矛就只能用一下，因为骑士们打仗是很讲究的，先说我们要冲锋了，你们等着吧，那边立刻就把盾牌竖起来，然后就一个回合，基本就能解决战斗了。决斗也是如此，双方各拿着一杆长矛，一个回合下来，基本就能捅死一个，不像咱们张飞大战马超，动不动就大战三百回合。

当时经常是两个骑士团一起决斗，最多的一次在科隆，60个骑士同时死在决斗中。骑士是为了十字军而战的，老这么相互血拼决斗而死太不划算了，所以后来教会规定，骑士们相互决斗的时候，要在枪头上套一个东西，恨不得弄一根随时能折断的木头杆，端头上涂点灰，一个回合下来，我把你击下马，看看你身上沾没沾上灰就可以定输赢了。

但是真正战斗的时候，骑士使用的这根长矛，实际上就是一次性的兵器，骑士排队冲锋，对方是一排盾牌，长矛一路刺过去，估计一次能串好几个人，快成羊肉串了，这长矛肯定就不能用了，只能扔掉，拔出剑来继续。标枪也是一次性的，投出去就没了，而且不管骑士的马血统多么高贵威武，驮着那么重的盔甲也根本跑不动。最夸张的时候骑士的铠甲重到什么程度？他自己都穿不了，只能坐在那儿，让侍从帮他一件一件地往身上穿，后来还有人开玩笑，说骑士穿完厚重的铠甲之后，根本都站不起来了，恨不得用滑轮杠杆把他吊起来放到马上。总之，骑士的装备本身已经负担很重了，作战的时候又有诸多讲究，坚决不用弓箭，所以效率是十分低下的。

后来蒙古骑兵来了，大破条顿骑士团。蒙古骑兵当然也有有甲的骑兵，但是只占30%，这30%有甲的骑兵先按兵不动，在那儿等着，最后再冲锋，剩下的70%是轻骑兵，马也不要甲，人也不要甲，都用弓箭骑射，冲上来朝你射两箭就跑，欧洲骑士就开始追。你想想，欧洲骑士这么重的铠甲、长矛、标枪，武器还都是一次性的，追一会儿从那儿又跑出一堆人，冲你射几箭，这时候你也没法还击，因为你都没有武器了，你的马也累坏了。

蒙古人不但马小，人也轻，没有铠甲，而且每股大军出动的时候，都是一个人带三四匹马，最好的战马平时都舍不得骑，真正战斗的时候才骑上，人轻马也健，重甲骑士追了几回就人和马都没劲了，这时候蒙古的30%带甲骑兵才冲上来，骑士根本都没劲打了，惨败。

后来英法百年战争的时候，英国的长弓手大破法国骑士军团，也就是骑兵团。总之那个时候的骑士有一种无法形容的荣誉感，他就不学射箭，所以骑士的主要技能是马术、剑术、标枪、游泳、狩猎，最后是诗歌和下棋。

游泳这事挺逗，日本武士道也好，中国的六艺里也好，都没有游泳这一项技能，西方骑士还得会游泳，所以大家一看奥运会的项目设置，就知道这是西方人的运动会，因为全都是西方人崇尚的运动。奥运会里的射击项目，就是从骑士时代的狩猎技能演变来的。

咱们中国的六艺里没有下棋，但我觉得下棋应该是属于"数"的一部分，另外中国还有琴棋书画。日本武士学的东西更多，人家是七技，什么剑道、马术、弓箭等，还要学一大堆别的东西，比如文学、茶道等，恨不得连插花都要学。

所以武士、骑士，包括我们春秋时期的士阶层，其实不光是武士和士兵，而是一个上升阶梯，是从平民通往贵族的道路。虽然武士不世袭，骑士不世袭，我们的士也不世袭，但那总归是一个上升通道，当你立了很大的军功的时候，就有可能被封为贵族、男爵，最终得到世袭的爵位。

武士的那套技能要学很久很久，中国的六艺也要学很久，骑士在西方有标准的 14 年课程，7 岁起，你就要被送到一所骑士学校，其实也不是骑士学校吧，就是互相送到贵族家里，比如一座城堡里，去学骑士技能，要学 14 年，最后到 21 岁的时候，才能被册封为骑士。

当然极少数皇家王室的子弟是有特例的，十五六岁就可以被封为骑士，但即便是贵族出身，你首先也得成为骑士，接下来才能继承公爵、伯爵等世袭爵位。总之，大部分骑士都是 21 岁得到册封的，但如果你不是贵族，或者你家里没有钱，买不起马，那到了 21 岁学成了骑士技能，你还得耐心地一步一步走，先从侍从当起，靠战功来进入上升通道，这和我们中国的科举制度差不多。

我刚到美国的时候，特别不明白为什么干什么事都得等到 21 岁，去酒吧，问你够不够 21 岁，去买烟，问你够不够 21 岁，去买枪，问你够不够 21 岁。美国的法律特别逗，18 岁是可以买长枪的，但是不能买手枪，手枪要等 21 岁才能买，也不知道为什么，美国人觉得长枪反而没那么大威胁，他们认为手枪的威胁更大。

在美国持枪要先考证，考试之前首先要问你，是 18 岁还是 21 岁？意思就是长枪证还是短枪证。以前我一直不知道 21 岁有什么特别，后来才明白，这是骑士时代传下来的，7 岁开始学骑士技能，学 14 年，21 岁时一把剑搭在你右肩，正式册封你为骑士，你的领主可以册封你，主教教皇也可以册封你，或者俩人一起册封你。

所以大家看到，贵族时代的东方西方实际上差不多，都保持着这一套士的规矩，你学这套东西不光是学手艺，还有精神，一旦被册封为骑士了，你就得有骑士的精神，不能耍无赖，不能欺负妇女，不能欺软怕硬等。

大家如果看过骑士小说，就知道侍从是十分重要的。堂吉诃德就是一名深受骑士小说荼毒的骑士，他一定要找一名侍从，找来找去，看我们村的桑丘不错，给我当侍从吧，于是堂吉诃德当骑士，桑丘在后边跟着当侍从。

平民阶层要想成为骑士，只能从侍从开始逐渐晋升。真正上了战场，骑士还分了两档：第一级真正的骑士叫 banneret（小旗），就是一面长方形的旗子，大家看《星条旗永不落》里的骑士，就是拿的这种长方形的旗；第二级骑士叫 bachelor（学士），旗帜形状是下边缺了一块三角的形状，有点像燕尾，就叫它燕尾旗吧。

这两种级别就像今天的本科和博士，banneret 就是今天的本科，bachelor 就是博士，但都得从侍从当起，靠着军功一点点向上爬。在没有科举制度的欧洲和日本，军功是最重要的上升通道。

当然也有火线入党的，在前线，为了鼓舞士气，领主当场就可以把侍从封成骑士，伯爵说，好，我现在封你们这几十个人当骑士，这帮侍从立刻士气大涨。特别像咱们的战场上说，今天你就是党员了，士兵立刻就想，我是党员了，那我就要冲锋在前，我就要保护群众，我就要重义轻生，为理想献身。骑士也是这么一套流程，你是骑士了，你就得为上帝献身，为保卫领地献身，为保卫妇女献身，等等。

保卫妇女在西方一直是一个重要的使命，骑士精神里，不管怎么排，保卫妇女都排在前几条，一个骑士团就是有一个共同的信仰，就像一个党有一个共同的信仰一样，发展你为党员，你就必须任何事情都冲在最前头。

关于火线封骑士，西方历史上有特别多的故事，其中最有意思的是英法百年战争时期，封了一堆兔子骑士。怎么回事呢？当时法军以为英军冲上来了，因为队伍前面突然开始骚动，其实不是英军，是突然窜出几只兔子，导致马有点惊，站在后边的伯爵不知道是兔子啊，他就准备战斗了，立刻就把身边的十几个侍从都封为骑士，说你们冲吧，这十几个哥们火线入党，特别高兴，结果冲上去一看是几只兔子，于是这几位骑士就被叫作兔子骑士。

骑士阶层，首先培养你的荣誉感，培养你的道德，培养你的贵族精神，有了这些精神，你才能战斗。因为在古代，国与国之间的武器差距不是特别大，不是那种你有飞机导弹，我只有小米加步枪的悬殊，古时候大家的实力都差不多，所以士兵接受的训练就很重要了，再就是精神。

贵族精神在西方也好，在日本也好，传了很久很久，一直传到上个世纪初，到一战的时候还有骑士精神。可以这么说，宗教、贵族和骑士精神，这三样东西支撑了整个欧洲的传统文化。

3. 三大骑士团

骑士精神传到美国以后有点走样了。

因为美国最讨厌贵族和教皇，也不知道这次教皇来美国，怎么受到那么热烈的欢迎，我觉得这违背了美国立国基础，当时欧洲人就是因为讨厌贵族和教皇，才跑到美国来的。

美国是重商社会，所有人都是怀着发财梦而来的，人们到美国来就是挣钱的，美国梦就是淘金梦。所以欧洲长时间看不起美国，美国刚立国的时候，法国人写文章讽刺说，那块土地太可笑了，就没见过那么多贪财的人。其实西方人也爱钱，但他们都偷偷摸摸地爱。

以至于美国人自己都开始有点看不起自己了，所以美国人只要发了财，都想娶一个欧洲贵族，欧洲贵族也很高兴，我没钱，你有钱，我有身份，你没有身份，各取所需，于是美国资本家和欧洲贵族联姻，成了那个时代特别特别流行的事。

宗教在美国当然是很重要的，但商人精神才是美国的立国基础，所以美国人把欧洲的骑士精神变种成了牛仔精神，牛仔精神把骑士精神里的各种繁文缛节都剔除了，但精神内核都得以保留，比如保护妇女、捍卫信仰等。

所以大家看《泰坦尼克号》这部电影，当船要沉了的时候，除了极少部分王八蛋，大多数的富豪和贵族阶层，还是能保持着让妇女和小孩子先走的骑士精神。"二战"的时候也是，欧洲的军队投降了，美国人就把他们放回去了，亚洲军队就不放，为什么？因为东方没有骑士精神，而日本的武士道精神是不用敌人杀我，战败了我就剖腹自杀。包括在太平洋战场和欧洲战场上，德国、英国、法国、美国都是由师长出面说，你被包围了，我依据骑士精神给你一封劝降书，如果你现在投降，我们保证不虐待俘虏等。

下面咱们开始讲骑士团。

大家经常在各种电影中看到圣殿骑士团，台湾翻译成圣堂骑士团，他们的全名其实叫"基督和所罗门圣殿的贫苦骑士团"。

圣殿骑士团是被影视文学作品讲述最多的，为什么呢？因为他们有钱。

为什么有钱呢？首先，他们是保卫圣地的骑士团，所以教皇免了他们的税，只要是保护圣地的骑士团，统统都免税，而且还封给他们土地，骑士团还能在自己的领土上收税；其次，在十字军东征的时候，威尼斯人不要脸，靠收船费发了十字军的财，但威尼斯人赚的钱跟圣殿骑士团根本就不能比，在十字军东征期间，圣殿骑士团赚到的钱，到今天都无法计算清楚，因为至今仍不知道那些钱被埋在什么地方。

十字军东征的时候，圣殿骑士团驻扎在耶路撒冷的最前线，其他骑士团抢了大量的财宝，但保卫圣地的任务是非常艰巨的，很多骑士就说，我立个遗嘱吧，如果我牺牲了，我抢到的东西，除了一点留给我的家人，剩下的都捐给骑士团，或者捐给上帝吧，所以圣殿骑士团负责看管着大量的十字军的财产。

有了财产，接下来圣殿骑士团能干吗？当镖局。骑士团抢的东西，要千山万水地送回各自的祖国，德国、法国、英国等，这个运送的任务就由圣殿骑士团来负责了。

圣殿骑士团在欧洲各地有数百座城堡，为什么？因为他们要把那些委托他们保管的财宝放在里面。一开始是骑士们的委托，后来连国王都委托他们来保管财产。大家想想，十字军在前线打死的国王不是一个两个，法国国王战死了，德国国王也战死了，国王委托圣殿骑士团保管国王的财产，甚至保管贵族的税收和财产，这太厉害了。为什么由他们来保管？因为他们不归国家管，他们是教皇册封的，只归教皇管，所以大家觉得财产给他们最保险。

于是乎，圣殿骑士团开始保管国王的财产，到了巅峰时代，居然开始保管教皇的财产。教皇当时不仅从各地缴税，还能卖赎罪券，但圣殿骑士团的骑士们不用买赎罪券，因为教皇专门给了他们一个赎罪证，这太逗了，教皇给他们一个证，说你们都没有罪了，上帝已经宽恕你们了，你们为上帝战斗过，你们可以上天堂。

圣殿骑士团越来越壮大，他们甚至发行像山西银票的那种银票，比如一个人背着东西赶路太累了，你就在我的城堡里把东西放下，我给你开一个相当于多少面额的银票，你到另一个城堡去取钱就可以了。这是什么？这就是银行啊，所以圣殿骑士团的数百座城堡，就相当于欧洲最早的银行网络，而且你在圣殿骑士团存了财产，他不仅给你开个银票，还负责派骑士一路保护你，你想想看，这中间得吃多少利息？

最后圣殿骑士团还放贷，因为太多钱在他们手里，谁缺钱，我就给你贷款吧。国王打仗没钱怎么办？向圣殿骑士团借钱。所以圣殿骑士团放了大笔的外债，因为他们武力强大，又跨越国境，还有教皇特许，所以他们比国王还厉害，放贷、银行、银票，在战乱年代，干这种事永远会发大财。

所以圣殿骑士团成为当时最富有的部门，只要一富，立刻就有人开始惦记你。法王菲利普四世就想尽办法，想给他们罗织点罪名，他们有什么罪名呢？圣殿骑士一上战场特别醒目，他们是白底大袍子加红十字，旗子也特别逗，是两个男的同骑一匹马，这个旗子的意思是，圣殿骑士团的骑士们都是兄弟，大家为了保护袍泽献出生命，所以是两个男的骑一匹马。

法王想了半天，最后灵机一动，说你看他们俩男的骑在一匹马上，而且是一前一后骑着，这不就是同性恋吗？总之法王最后罗织罪名说，圣殿骑士团搞同性恋。

这在今天当然没问题，但在当时的宗教社会，连教皇都不敢出来替他们说话。教皇其实很相信他们，因为他们替教皇敛财，可法王说，教皇你闭嘴，他们搞同性恋，你的宗教不允许吧，圣经不允许吧，教皇也只能默许法王的行为。

于是菲利普四世下令，查抄法国境内的圣殿骑士团城堡，并对骑士们采用酷刑，让他们承认自己亵渎宗教了，同性恋了，贪污了，等等吧，罗织了很多罪名，最后把每个骑士团最大的大头目都火刑烧死了。不过圣殿骑士也是很牛的，大团长临上柴火堆之前说，你们这些人，今天动我们，你们必下地狱。

说起来也邪门，大团长被烧死一年内，教皇就病死了，死于红斑狼疮，菲利普四世打猎的时候被刺杀了，不知道是不是圣殿骑士团的骑士干的，总而言之，俩人都死了，诅咒成真。

但是圣殿骑士团至此基本上被打压下去了，传说这些骑士有的逃到英国，有的逃到美国，成了共济会的前身。也有人说他们的财宝在各地埋着，所以寻宝电影里经常讲圣殿骑士团的财宝，因为圣殿骑士团只有一小部分财宝被查抄，大部分都还藏在各个地方，大家有兴趣的话，可以找找圣殿骑士团的财宝去。

圣殿骑士团销声匿迹之后，大量的财宝归了各国国王，还有一部分转给了医院骑士团，因为大家说医院骑士团是靠谱的，人家不敛财，人家不搞银行和贷款。

医院骑士团就是我们要说的第二个大骑士团。

医院骑士团也是驻守在耶路撒冷的骑士团，但他们更加清廉，他们不搞金融，专做小生意，十字军来的时候，他们开医院，人们来圣地朝圣的时候，他们就开招待所，然后为了保卫这些医院和招待所，他们就形成了强大的武装力量。

医院骑士团有一个信仰，就是不敛财，而且要苦行，拒绝成为圣殿骑士团那样的大富翁，所以医院骑士团一直保留下来了，而且还接受了圣殿骑士团的部分财产。

十字军失败后，所有的骑士团都被打跑了，回到了欧洲。刚才我们讲的圣殿骑士团，就是失败了逃回欧洲后才被法国国王灭掉的。医院骑士团也回到了欧洲，他们回了哪儿呢？马耳他岛①，所以医院骑士团后来改名叫马耳他骑士团国。

圣殿骑士团的徽章图案是八把剑，我觉得更像两个十字，后来就成了马耳他骑士团国的国旗。这个国家曾经一度跟威尼斯有一拼，称为地中海航线上的霸主，后来被拿破仑打败了，战败的骑士们重新找到教皇，教皇金口一开，好吧，你们来罗马吧。

所以医院骑士团最后跑到罗马，一直到现在，马耳他骑士团国在罗马的殿，依然是不属于意大利的领土，而是属于马耳他骑士团国的领土。

马耳他骑士团国到今天依然是联合国的观察员，巴勒斯坦也当过观察

---

① 实际上医院骑士团先以罗得岛为基地，1523 年罗得岛被奥斯曼帝国夺占，1530 年神圣罗马帝国皇帝查理五世把马耳他岛赐给该骑士团。

员，所谓的观察员就是准国家，因为大部分国家都不肯承认你。马耳他骑士团国比梵蒂冈还小，应该是全世界最小的国家，不过它是第一个承认美利坚合众国的国家，所以现在有很多阴谋论，说马耳他骑士团国跟美国的共济会有千丝万缕的联系，不知道是不是真的。总而言之，这个小国现在依然存在，它也是唯一存留到今天的十字军时代的大骑士团。

接下来就是大家更熟悉的条顿骑士团了。

军事迷们都太熟悉条顿骑士团了，因为军迷们都喜欢德军，觉得德军有骑士精神。德军确实有骑士精神，除了党卫军屠杀犹太人不能算之外，一战"二战"时的主力国防军都还有点骑士精神，而且德军的国防军用旗，一战也好，"二战"也好，都不用白底黑十字的万字旗，因为那是纳粹的党旗，挂万字旗的都是党卫军，屠杀犹太人的坏事都是党卫军干的，但德国主力军挂的都是条顿骑士团的团旗。

十字军时代，条顿骑士团也是驻守在耶路撒冷的，那时候还没有德国，骑士团主要由日耳曼人组成，一开始负责迎接日耳曼人来圣地朝圣，后来就弄了一个条顿骑士团在那儿。条顿骑士团勇武善战，成为三大骑士团之一。条顿骑士团的团旗其实跟圣殿骑士团一模一样，只是十字从黑色变成红色。

十字军失败后，条顿骑士团也回到欧洲，成为中东欧一带很大的一股势力，武力强，又有教皇撑腰，条顿骑士团曾经一度比波兰和东边的那些小公国都强大得多，于是他们堵住了所有出波罗的海的通道，于是他们经常打一些小仗，但是还好，主要是骑士之间打一些小仗，真正的大仗是蒙古人来的时候。

蒙古拔都西征，最重要的一战就是跟一万多条顿骑士打的，咱们之前讲过的骑士团被蒙古军全歼，就是这一战。

条顿骑士团的主力，在蒙古拔都西征的时候被全歼，当然还剩了一些，流散在欧洲各地，等蒙古人走了以后，条顿骑士团居然又起来了，所以条顿骑士团是生存时间特别长的一个骑士团，最后这个骑士团演变成了普鲁士。

跟医院骑士团不一样，因为马耳他骑士团国就是医院骑士团建的，但普鲁士不能说是由条顿骑士团建的，而是由条顿骑士团衍变的，比如条顿骑士团的大团长，慢慢成了普鲁士的国王，所以普鲁士的军事传统、军人世家，还有贵族姓以及骑士风度、骑士传统、战斗精神等，都是从条顿骑士团传承下来的。

拿破仑曾经赞扬过普鲁士，说普鲁士的军队是用炮弹孵出来的，所以后来普鲁士统一了德国，条顿骑士团的旗帜就成了德国国防军的旗帜，一直沿用到今天。如今纳粹的旗帜没有了，但是条顿骑士团是德意志民族的骄傲，所以今天德国的军队，坦克和飞机上印的依然是条顿骑士团的铁十字。

今天，除了医院骑士团和条顿骑士团外，其余的骑士团都只是荣誉性的，比如说英格兰最高的骑士荣誉，叫作 garter，勋章就是一个吊袜带，又被翻译成吊袜带骑士团，也有翻译成嘉德的，嘉德比较好听，但其实 garter 就是吊袜带的意思。这个名字是怎么来的呢？当年爱德华三世开舞会，有位女士的吊袜带松了，掉了，现场哄笑，爱德华国王亲自去帮她把吊袜带捡起来，然后对着全场说，谁有邪恶的想法，谁羞耻。而且为了这位女士的荣誉，他当即宣布，我现在就组织 garter 骑士团，后来它成为拥有英格兰最高荣誉的骑士团。

garter 骑士团还有一个名字，就是大家比较熟悉的圆桌骑士团，当然圆桌骑士不光是 garter 骑士团，但最著名的是 garter 骑士团。为什么叫圆桌骑士？因为国王本人就是骑士团中间的一个骑士，所以国王表示，在外面的朝廷上，当然我是国王，我坐中间，你们站两边，但是在骑士团内部，我们是一个圆桌，没有高低贵贱之分，骑士们都是兄弟，所以叫圆桌骑士，就是这么来的。garter 骑士团到今天都是个圆桌骑士团，女王是其中的一个骑士。如果是国王，国王是其中一个骑士，还有 24 位由他本人册封的，或者他爸爸、他爷爷册封的骑士，最多不能超过 25 人，必须死了一个人，才能再册封一个新的。

关于怎么推荐新骑士的制度，英国搞得复杂极了。英国贵族是公、侯、伯、子、男，都是世袭的，下边一级就是骑士，骑士不世袭，骑士死了以后，你儿子不能继承，得由国王再授予新的人 garter 骑士的称号，让其加入骑士团，比如弗格森和披头士，他们都不能世袭，男骑士就叫 sir，女骑士就叫 dame，这就是英国今天的骑士团。

法国也有骑士团，法国骑士团还分成了很多个。有叫文化艺术骑士团的，文化艺术骑士团里的很多人，是我们优秀的中国文化艺术工作者，他们获得了法国文化艺术骑士勋章。我亲自去法国大使馆参加过周迅授勋的仪式，是外交部长亲自来给周迅授的勋。还有姜文、张艺谋、贾樟柯、葛优等中国的优秀文化艺术工作者，他们都获得了法国文化艺术骑士团的骑士勋章。

所以骑士到今天为止，已经变成荣誉性的了，已经开始有点卖萌了。

4. 奥林匹克的马术竞赛

中国没有骑士精神，很重要的一个原因是地理决定论，也就是自然环境因素。

咱们确实没有良马，良马这种动物跟中原的农耕文化没太大关系，我们是在占领西域的时候才有了良马。汉唐时代，西域进贡过好马，汗血宝马、大宛名马，写在诗里有很多，汗血马到今天其实还有，就在土库曼斯坦，还有几千匹汗血马。但是汗血马据今天的生物学家研究，其实不是一个马种，而是那边的马身上有一种寄生虫，所以汗是红色的，就像是血一样，所以咱们叫汗血宝马。咱们关公、吕布骑的赤兔马，都不是咱自个的。

西域进贡了马，我们自己难以繁殖，尤其是难以杂交。为什么呢？咱们自己的马太小了，蒙古的马也很小，跟人家的大马去杂交的时候，生都生不出来，所以咱们这儿始终没有养成大骑兵、大骑士这些传统。因为我们确实没有良马，我们就是人多，所以人来抬轿就行了，士大夫出门都坐八人抬大轿，根本不用去骑马。

西方是有马的传统的，首先蛮族灭罗马，蛮族的马就是高头大马。当然了，最好的马依然是阿拉伯马，就是从土库曼斯坦来的汗血宝马，以及埃及的阿拉伯纯血马。

英国的马术也好，马球也好，赛马也好，最好的，比如埃及纯血马，比飞机还贵，温血马也很贵，但没有纯血马贵，今天所谓的英国纯血马，已经不是纯的埃及纯血马了。

大家看多哈亚运会，骑术比赛中的马，都是由王子上来骑的，那是真正的阿拉伯纯血马。所谓纯血马，都是有血统证明的，每匹马都有详细的家谱。

实际上今天所有的英国贵族骑的最好的马，都是由有名有姓的三匹阿拉伯马，以及一百多匹英国母马杂交而来的。在英国，只要是由这三匹阿拉伯种马繁育的后代，都昂贵到什么地步？大部分国家根本玩不起。

差不多到"二战"以后的奥运会，才开始有平民参加奥运会的马术比赛，之前都没有平民，全是贵族。大家看英国的安妮公主母女俩——女王的女儿跟女王的外孙女，全都得过欧洲马术冠军，没办法，贵族从小就被封为骑士，接受骑士教育，骑马是必须得学会的，所以母女俩都是马术冠军。

每次看奥运会的马术比赛，参赛者都是德国的贵族，瑞典的公爵，阿拉伯的王子，平民想玩这个是非常非常难的，因为好马太贵了，在骑士时代，一匹好马比四十多头牛都贵。所以为什么咱们说很多人当了侍从，最后却当不了骑士，因为买不起马。

中国的体育总局，这么多年不惜代价地砸钱，要把我们打造成体育强国，但砸了半天，其实也就跨跨栏、举举重，还有体操、乒乓球等，就这些东西，像马术这种真正特别花钱的玩意，咱们真不行。

2008年奥运会的时候，咱们的马术比赛直接搬到香港去了，因为光是马术要求的场地，我们就做不到。当然，场地里面的一些小要求我们还是能做到的，但人家要求划定免疫区，因为马太贵，人家一匹马跟飞机那么贵，到你这儿万一得了疾病死了，你说这算谁的？就算有保险公司给赔，人家比赛也比不了了，因为马术比赛是两位选手得奖——骑手跟马一块得奖，马没了，给人家一头毛驴，人家肯定不干。

最后国际马联说，考察一下北京奥运会吧。考察了半天，最后北京奥组委说，干脆这样得了，我们香港当过那么多年英国的殖民地，赛马长时间都是香港的基本文化，人家有免疫区，就在那里比赛吧。免疫区的意思就是，在马术比赛场地周围35平方公里，连一只老鼠都不能有。

国际马联里的人都是贵族，当时马联里的约旦公主不答应去香港比赛，说我们马术运动员也要体会奥运大家庭的温暖，我们要住在奥运村，和运动员们在一起升旗，香港太远了。中国做了很多工作，国际奥委会也去说情，你们就去香港吧，最后好歹是同意了。

香港人民还挺争气，把那场奥运会的马术比赛办得特别热火，因为香港人民受英国影响多年，他们爱马。

中国人这么多年就出了一位马术选手——华天。2008年还没有小鲜肉这个词，反正用现在的话来形容，华天就是一个小鲜肉，他长得很帅，骑马本身就是一件特帅的事。

当时广东有一个老板，直接赞助给华天三千万，给华天买了五六匹马，但只有一匹是纯血马，其他都是温血马，因为纯血马太贵了。最后华天去伦敦参加奥运会，因为各种各样的原因吧，反正那三千万买的马，全都病的病、伤的伤，只有一匹马能参赛，马的名字叫乾隆。虽然没能进入决赛，但好歹也算给中国人争光了，因为这是第一次有一个中国人，骑着一匹昂贵的马去参加世界级的马术比赛。

现在西方已经离贵族时代越来越远了，大家也对骑士精神没那么热衷了，如果今天再发生泰坦尼克这样的事情，肯定不会出现当年那么多的绅士。现在的欧美，也都是一派屌丝气息，互联网出现了以后就更是如此，在互联网上，管你是什么贵族，我想骂你就骂你，你说什么也没用，所以贵族被逼得也都露出了本来的面目。

咱不说西方的骑士精神都是好的，就像咱们经常以儒家的四书五经为傲，但也培养出无数的伪君子，西方也一样，骑士精神也培养出大量的伪君子，为了争夺钱，争夺领地，骑士们也是打得一塌糊涂，但至少在表面上，大家还都维系着谦谦君子般的骑士风度。

人类现在有了互联网，大家连表面都不要了。互联网把大家最后的遮羞布也撕掉了，在互联网上，所有人都一样，我骂你，你骂我，现在大家看看西方，今天大家不但反贵族，反骑士精神，还觉得这些东西可笑，不仅反爱情，甚至反智。

有一天我看见网友夸我们的《奇葩说》，说《奇葩说》是一个好节目，反了反智，我看了还挺感动，因为在《奇葩说》里，智慧还是有一点用的。但现在在大部分的地方，大家都反智，谁反智谁牛，谁蠢萌谁最厉害，所以基本上骑士精神已经消失殆尽，但是至少它塑造了我们人类很长时间，长达上千年吧……

再补充两句西方人对马的热爱程度。以前西方很多做马具的，最后都成了著名的贵族品牌。你看一个做马具的，在中国能算什么？就算是做出故宫的建筑师，社会地位也不见得有多高。但在西方，做马具就做成了爱马仕，现在中国的多少新贵富豪，排着大队要进爱马仕里买一个包，其实这个品牌最早是做马具发家的。

马很贵，马具也贵得很，不光是爱马仕，英国、德国和奥地利都有很多马具品牌，包括做马后杆的 Polo。其实 Polo 就是印度的一个乡村游戏，说白了，是英国殖民印度的时候，俩英国军官一看，这东西挺有意思，于是就弄回了英国，立刻在英国贵族圈风靡。

现在看 Polo 觉得好高大上，其实就是个梵语，大概就是球的意思。

打马球可不容易，要练很多年，不但要打马球，而且还要形成那种传统。在英国的贵族阶层，马球不光是男人在那儿打，贵妇们要坐在旁边看，每次贵妇们看马球比赛的时候，帽子上的装饰品都千奇百怪，当时经常有贵妇因为帽子的奇异而上新闻，Lady gaga 应该参加过这马球比赛，她经常弄一顶怪帽子。

观看马球比赛的贵妇，除了戴繁复的大帽子，还要穿那种里面绷着各种弹簧的大裙子。马球比赛休息的时候，要由太太、小姐们跑到这个场上去踩草坪，因为马跑的时候经常把这草坪刨起一块，所以把刨起的这块草和泥踩平，就是马球比赛时，最重要的贵妇运动。

到现在为止，每年都有两三场重要的马术比赛，这些比赛依然保持着传统，比如女士比帽子。大家如果五月份去伦敦看马术比赛，就会看见女王一定要戴一顶特别好看的帽子，穿的也特别好，坐在中间的包厢里。你再往两边的包厢一看，男的都穿得特别整齐，一定要穿马甲，贵妇也一样，不能穿着暴露，带子不能低于三英寸，而且一定要戴一顶帽子，这就是欧洲的贵族传统。

关于马和骑士就跟大家聊这么多，以后有机会再聊聊古代骑兵的战争。

美国生活成本报告

1. 住在美国

历史，有的人喜欢，听得心潮澎湃，有的人不喜欢，听得昏昏欲睡，但现在我要讲的东西大家都会喜欢听，因为现在要讲美国的物价。

为什么要讲这个呢？因为现在全球一体化，TPP 了，WTO 了，大家海淘了，网上可以买到全世界的东西了。代购合不合法咱不懂，但是海淘总是未来的趋势，而且中国未来会从全球的工厂变成全球的市场。之前咱也讲过，等有一天中国从全球工厂变成全球市场的时候，谁都不敢跟中国叫板了。所以大家要爱国，尽量增加内需，尽量去淘，去买东西，把全世界都买了，全世界就都听你的，全世界都用人民币。

海淘现在刚开始，大家在海淘的时候会遇见各种各样的小问题，有没有人给你送货，有没有人给你运输。如果大家要去海淘，一定要认准海淘的标志性伙伴——DHL，它是全球最重要的运输和快递公司。

说实在的，一开始我觉得美国的物价这题目很好讲，因为我在洛杉矶生活了这么多年，后来稍微一查发现不太对，洛杉矶的物价还真的挺高，不能代表美国，所以我和我们的主编，我们的团队，我们大家一起来查了很多资料。

先跟大家报告一下，大家不要动不动就到百度上去查中文资料，因为我们对比了一下，发现中国的资料通常要滞后好几年，而且统计的方法和各种奇怪的数据层出不穷，所以我们这次查了很多官方的资料，比如劳工部的、美国税务局的，以及美国各种各样的权威数据，再结合我在美国这些年的切身体会，跟大家稍微聊一下美国的物价。

我偶尔会用中国的物价比一比，但是大部分时候我就不主动比了，大家自然都知道中国的物价，我们主要说美国，大家自己去比。我就尽量不比较，而且说实在的，我对国内的物价也不是很了解。

而且我也不去把价格折成人民币，因为我觉得折成人民币不合理，我都是直接说这个地方挣多少钱，吃多少钱，住多少钱，这样比较合理，一折合成人民币，就容易乱了，因为收入不一样，所以花销也没法比较。

但大部分情况下，美国普通的中产阶级的收入，比中国的普通中产阶级高很多，中国的大富豪当然就另说了，但中国的大富豪再多，也还没有超过美国，美国依然是富豪最多的地方。但是中国的富豪活跃，他们刚有钱，所以他们老觉得自己特牛。

我在美国经常接待一些中国的富豪，他们来了就说，美国有什么了不起的，你看这什么破玩意，街上也没看见多少豪车，房子也不怎么样。我也经常跟他们说，我说咱要是比的话，您这种大富豪，您别跟美国的中产阶级比，您得跟美国的富豪比，美国的富豪有美国富豪的标配，比如说海景别墅，比如说飞机，比如说游艇，你得比这个。反正我特怕中国富豪说，你就住这种地方，这有什么了不起的，你就开这么一辆破车。

今天我们不说富豪，主要说美国的普通中产阶级的生活，主要分成衣、食、住、行、教育、娱乐这么几大项。

衣，我不太了解，所以咱们先往后说；食我太了解了，也往后说；咱先说最大的一块，也是中国人民最关心的，其实也是美国人民和全世界人民最关心的——住。

别的方面都能忍，有的民族爱吃，有的民族不爱吃，有的民族爱穿，有的民族不爱穿，有的民族爱光着，但是没有一个民族不爱住的，我还没发现有一个民族说，我就喜欢住小房子，我不喜欢住大房子，我就喜欢住垃圾堆旁边，我就不喜欢住海边，所以住是全世界人民最最关心的一件事。

本来我觉得洛杉矶的房价还行，为什么呢？主要是我一看北京、上海、深圳的房价，我就觉得洛杉矶挺便宜的，几十万美元就能买一座别墅，还带一个游泳池。几十万美元在中国的大部分地方，别说买别墅，估计你只能在村里买一座大宅子。

不过洛杉矶至少不是美国的大部分地方，美国也有特别穷乡僻壤的地方，你去美国中部那些地方，几十万美元，那一眼望不到边的土地，就都是你的了，你就随便看吧，眼睛能看完的都是你的。

所以要拿来跟美国的第二大城市洛杉矶比，就得是中国的第二大城市北京。要这么一比，洛杉矶的房价太便宜了，所以我以前总觉得洛杉矶的物价不怎么贵，等我这次一查数据，我很生气，原来洛杉矶的房价非常地贵。为什么呢？

美国最常见的房子是什么样的呢？中国人管它叫别墅。别墅的意思是，我首先得有一个主房子，别墅是我的一个别的住的地方，所以中国人管美国的房子叫别墅，我觉得挺怪，咱就叫 house 吧，美国的华人都管它们叫独立屋，只有特别有钱的人才住别墅呢。

独立屋不一定有游泳池，但是一定要有院子，有车库，这个院子的面积咱先不算，就说平均下来的面积，差不多在两千六百平方英尺，两千六百平方英尺差不多就是两百四十平方米吧，就这种配置的一座独立屋，全美国的中位价是 28 万美元，平均价是 34 万美元。

这里给文科青年们解释一下中位价和平均价。中位价，就是最高的价钱到最低的价钱都列出来，正中间这价钱，这就叫中位价；平均价，所有东西都加一块，除以单位，这叫平均价。举个例子，假如美国有五千万座独立屋，那么五千万座独立屋的总价钱除以五千万，就是平均价。平均价34 万美元、中位价 28 万美元的意思就是，贵的房子比较多，因为平均价比中位价高。

在美国如何区分富人区和平民区？其实这两种区都是独立屋，有院子，有车库，唯一的区别就是富人区有风景，有好多树，平民区树少。

洛杉矶很差很差的区，差到种树都已经很稀疏了，一条街上也就能看见几棵树，那种区 30 万美元也基本买不下来；正常的区，34 万美元也好，28 万美元也好，基本都买不了一个 240 平方米的独立屋。

当然了，也不是完全买不到，比如说洛杉矶里墨西哥人聚居的区，菲律宾人聚居的区，很穷很穷的区，十几二十万美元也有可能买到一座独立屋，但是正常的情况下，你要离开洛杉矶，稍微往加州中部走一点，或者去内华达州。

或者去拉斯维加斯，拉斯维加斯大家听着好像很繁华，很富有，其实拉斯维加斯只有城中心那儿有赌场的那几条大街比较繁华，稍微远一点的房子，20 万美元也能买到有游泳池的独立屋。所以所谓的平均价，基本上是被少数几个特别贵的地区给拉起来的，整个美国其实都很便宜，但那少数几个特别贵的地方，贵得也确实离谱，北京、上海也应该没有这么贵。

比如说纽约的曼哈顿岛上，能看见中央公园的那些公寓，大家看过各种各样的美剧里，纽约上流社会都住在那种公寓里，楼下有戴着白手套、穿着制服的人，给你拉门。那种公寓贵到一万美元一尺，那是很吓人的，就是十万美元一平方米，十万美元一平方米这个价钱在中国应该是没有的，所以美国的大富豪们住的地区，就是纽约的中央公园旁边，洛杉矶的房价应该在全美排第三。

纽约的房价是全美最高的，其次我看见过的很贵的，还有湾区，湾区是一个很贵的地方，为什么很贵呢？因为美国最重要的两大富豪就住在那里。当然洛杉矶也有不少富豪，但是更多的是明星，差不多有几千个明星，集中在马里布那几个区，那儿也很贵，马里布的一座独立屋价值一千万美元，这很正常。

湾区就是硅谷所在地，大家想想硅谷造出多少富豪，一个公司上市，几十个亿万富翁、几百个千万富翁、上千个百万富翁就出现了。别说硅谷，咱中国公司上市也是一样，百度一上市，阿里一上市，造出多少富豪，硅谷可不只有百度跟阿里，硅谷有那么多那么多公司，所以硅谷不光是房价，各方面的物价都被大批的 IT 富豪给拉起来了，所以那儿也很贵。洛杉矶其实跟它们比，我老觉得不算贵，但是跟美国绝大部分地方比，洛杉矶已经算比较贵的了。

光说房价其实并不是很形象，还要谈谈收入。首先要说一下，美国人统计收入都是按税前计算，因为美国的税千变万化，每个州、每个县都不一样，而且你有一个孩子和有两个孩子，有一座房子还是两座房子，当过兵和没当过兵，缴税的方式都不一样，所以在美国，按税后是无法统计的。

总之，在美国一个家庭一年的平均收入，差不多是税前六万六千美元，但是中位数将近五万两千美元，这是最新的数据。其实已经降低了，在 1999 年，也就是金融危机还没有摧毁美国经济的时候，还没有两房税这些事的时候，中位数是五万七千美元。

那个时候美国很高兴，这回下降了很多，从中位数五万七千美元，降到了中位数将近五万两千美元。我个人觉得中位数比平均数要更合理一点，因为中位数是体现了真正的中产阶级收入，平均数被有钱人拉得太厉害了，比如比尔·盖茨一个人有八百多亿美元，他一个人就拉起了多少人？所以平均数六万六千美元不太能说明问题，因为有钱的人太有钱了。

中位数基本上能说明美国中产阶级的收入，大概就是五万美元吧，五万七降到五万二。这个收入在洛杉矶算还可以，就是纳完了税可能会稍微紧一点。但是在美国大部分地方，已经能过上很好的生活了，除非你要去纽约、湾区这种地方，那就不够了。

总之，按照中位数五万多美元的收入来看，29 万美元的中位数房价，也就是美国人五年多的收入，五年的收入就能买一座有院子、有车库、差不多 240 平方米的独立屋，这就是基本的美国房价。

在中国，我只知道北京、上海平均下来的收入，不是说北京有富人，或者说杭州有阿里的高层，不能这么算，就平均下来的这个城市的收入，五年，肯定是买不了一栋别墅的。而且中国马上还要征房产税，这个我有一点不理解。

美国是收房产税的，但在美国，你买了这块地，这地就永远都是你的，这地底下的东西也是你的，地上边的东西也是你的，树是你的，水是你的，什么都是你的，所以这就叫你的地。其实在地上盖房子的钱不贵，在洛杉矶盖房子，差不多就 150 美元一尺，也就是 1500 美元一平方米，连内部装修都算上了。这已经算贵的了，全美国平均房价，如果按照平尺算的话，中位价差不多是 90 美元，平均价差不多是 100 美元，那是指连地带盖全算上了的价格。因为这块地上的一切都是你的，所以政府才收税，税率差不多是 1.35%。

大家稍微想一想，就觉得有点意思。为什么？因为咱们的政策是，这地是租给你 70 年而已，你买房子，只是地上的建筑是你的财产，但这块地不是你的，这块地是国家的，70年后，国家就把这块地收回去了。

地收回去了，那我地上的建筑怎么办？如果是一座独立屋，我可以把屋子铲了，还是放卡车上，找个便宜的地方放那儿。那这要是一座30层的公寓怎么办？30层的公寓没法铲走，这就没办法弄了。70年这个概念从哪儿来的，我没问过咱们政府，但是大家算一算，假如以美国房产税税率1.35%乘以70等于多少，几乎就是百分之百，这是什么意思呢？

意思就是，地是你的，但是70年，你要再重新付一次钱，70年攒起的这房产税，等于你又买了一次这房子、这地。70年后交的房产税等于把房价翻了一番，与其这么麻烦，我还不如就直接给你70年，反正道理是一样的，70年后这房子你肯定得再买一次。我估计政府定这政策的时候，就是这么想的。

所以现在我就不明白了，既然都已经规定了70年产权，怎么现在又要提出开征房产税了？相当于什么呢？相当于你已经收了我养路费，等我上了高速公路，你还收我钱，而且我买车的时候，你收了我车的车船使用税，你都收了我这些税，然后你在燃油里又给我加了一个燃油附加税。

在西方国家，包括美国，你如果在燃油里收燃油附加税，就相当于已经收了我道路税和车船使用税，因为我一烧油，车开出去，就等于我用了你的道路，我在燃油里已经用附加税的方式付了路的钱，那我就不再付路的钱，我上路不能再每走一段交你十块钱，那样的话我这燃油里的附加税是怎么算的？而且买车的时候，你又征我一次车船使用税。我用一回这路，我交三回钱，我买车的时候我交一回钱，我烧油的时候我又交一回钱，我上路您还有一堆收费站，又收我一回钱。

其实住跟普通人的关系还不是特别大，只是跟有钱人关系大，因为各种各样的有钱人来买房。好多人说洛杉矶的房价就是被有钱的中国人炒起来的，对此我也有点深受其害，因为洛杉矶的房价确实涨得很厉害，每一年都涨得很厉害，而且确实看到大量的中国人，直接在洛杉矶拿现金买房子，也不贷款，直接就用现金买，洛杉矶有好几个区，就因为中国人的大量到来，房价被炒得非常厉害。

当然了，这也说明我们国家富强了，中国人在洛杉矶已经买掉了将近10个city（城市），大洛杉矶地区一共就有130多个city，其中将近10个city里面，现在几乎全都住着中国人。而且这10个city自己还分有钱的中国人区，都是好几百万、上千万美元一套的房子，以及稍微差一点的中国人区，也得两三百万美元一套房子；还有两三个city是特别穷的中国人，都是几十万美元的房子。

而且听说华人在洛杉矶还有二奶村，我没去亲眼看过，但洛杉矶的房价真的是涨得很快。普通的华人还是非常勤奋勤俭、精打细算的，现在因为洛杉矶的房价太高，很多华人开始往达拉斯转移，据说达拉斯的房价也开始涨了。

另外，关于美国人每年收入五万多美元，五年的收入能买一座独立屋的事，再举一个例子供大家体会。比如你是一个洛杉矶的本科毕业生，你毕业后应该就有将近五万美元的这样的一个年收入；如果你是正经大学的硕士毕业生，年收入差不多就六万美元；所以在美国，你不用熬到三四十岁才可以买房，工作几年就可以买了。

但美国人买房子的愿望并没有那么迫切，这是个文化传统和习惯的问题。首先美国人对成家这件事就不急迫，不成家就不太需要买房，所以美国人开始买房的岁数是三四十岁，虽然是工作五年就可以买了，但是美国人觉得更应该去旅行，更应该去实现点自己的爱好。

美国人不是没地方花钱，这个一会儿再慢慢跟大家讲。美国人不喜欢把钱攒起来，美国的储蓄率是负数，人人都欠债，所以美国人不急着买房，而且他们的房价也没高到要父母帮忙买，不像中国人，二十几岁就一定要买房，否则就觉得娶不上媳妇了，就觉得生活很艰难，就觉得很痛苦。

我看到自己的很多同事，每天都痛苦得要死，我问你为什么那么痛苦啊？他说我得赶紧买房结婚，我说你才多大岁数就买房结婚。现在的计划生育政策还好，四个父母供一对小夫妻结婚，这还能供得起，等开放二胎了，大家买房和结婚的年龄估计还得继续往后推。

住就先说到这儿。

2. 行在美国

住说完了，说说行，出行基本上靠车和飞，坐船基本上就是旅游了。

美国应该是全世界出行最幸福的国家，之前应该讲过很多美国高速公路网的事，美国就是一个长在车轮子和飞机翅膀上的国家，美国人出行如果在1000公里以内，基本就靠开车，再远一点就坐飞机，这就是美国人的出行习惯。

先跟大家说一个简单的数字，现在中国到处都在建机场，国家发改委每天都在批机场，目前我们建成了300多座机场，大家觉得出行已经很方便了，到哪儿都能买张机票，下飞机再坐一会儿火车就到了，但美国有15000座机场。

当然，这15000座机场不是都能停波音737那么大的飞机的，能飞波音737的机场当然也有很多，但大多数机场都飞小飞机，也就是民航机。

在中国很少见到七个座的民航机，在美国到处都是，你飞波士顿，飞纽约，飞任何一座小县小城，那里都有一座小机场，七个座位的小飞机，一张机票几十美元，就能去了。在那种小飞机上，乘客永远都是那几个人，一架小飞机一天飞四回，经常跑这条线的乘客都已经很熟了，就跟咱们中国人坐公共汽车似的。乘客跟飞机驾驶员也很熟，就跟相熟的公交车司机似的。

由此也能引申出美国的战争潜力，在美国，有40多万人有飞行驾照，你要知道，训练一个飞行员，得用好几年时间，但美国有几十万人本来就会开飞机，所以一旦开战，训练几个月，立刻就能有好几十万飞行员上阵了。

美国的航空体系极为发达，而且在美国乘飞机还有一个好处。现在美国主流的航空公司，飞机上都已经有Wi-Fi了，这个事我也有点不理解。在其他国家的航空公司，就算没有Wi-Fi吧，但飞机起飞后，乘客也可以使用手机，你用手机看个文章，看个电影，都是可以的。但咱们中国就不允许，我问过很多次，为什么别的国家的飞机上可以用手机，人家美国的飞机上连Wi-Fi都能用，而且那还不是飞机内的Wi-Fi，是跟互联网一样的Wi-Fi，想干吗就干吗。当然有的是需要交钱的，有的是免费的，会员是免费的，交钱也不贵，几毛到几块钱一个小时。

咱们国家的飞机不也是波音生产的吗，咱们的飞机不也是空客生产的吗？同样的厂家生产出来的飞机，在同样的航线高度飞，都是一万米、三万英尺的高度，为什么咱这飞机就这么金贵，没有Wi-Fi，还不让开手机？我有时候想看个文章，手机关了就看不了。我估计咱们这飞机还是主要考虑安全问题，所以不让开手机。但Wi-Fi就没办法了，因为美国的飞机飞到中国也没有Wi-Fi，因为地面没有基站。

总之，在美国坐飞机是非常非常方便的，平均每个人每年都要坐好几次飞机。

车就更别提了，美国的车是全世界最便宜的，你在美国买一辆德国车，比在德国买还便宜，因为德国车出口到美国还退税。你在美国买一辆奔驰ML350 的 SUV，价钱是 45 000 美元，也就是 28 万元人民币，同样的车在中国买要 90 万元人民币，价格差距就这么令人发指。而且关键是奔驰公司一分钱也没多挣，德国奔驰公司在美国卖一辆车和在中国卖一辆车，赚到的利润是一模一样的，多出来的钱全都是税，各种各样的税。

刚才说到的房价也是同样的道理，在中国，你盖一座房子能比美国还贵吗？美国 1500 美元一平方米，就能盖出很好的房子来了，中国的人工能比美国贵吗？肯定没有，中国那房价里头，恨不能百分之七八十都是税，所以说税这个东西实在是太要命了。

所以在中国买车，三分之二都是税，三分之一是真实的车价。关键不光是车价的问题，而且可以有多种选择。其实对于美国的普通家庭来说，45 000 美元买一辆车也挺贵的，所以美国人就有各种各样的选择，如果你不想买车，那就租车，租车的前提是，你得有信用分，所以留学生想租车就比较难。

在美国，如果你的信用分达到了七八百，咱们还是以奔驰 ML350 为例，你就可以一个月 600 美元租用这辆车，而且是全新的，但是要签一个合同，因为这是长期租赁，不是临时租赁，一般都是 24 个月，或者 36 个月，然后你再还给我。这期间你不能超过规定的英里数，但是你肯定开不到那个数的，除非你是个神经病，每天跨大洋，跨两岸地开，反正通常都开不到那个英里数的。

大家算一下，600 美元一个月，一年才 7000 美元，差不多六七年才顶一辆车的价钱，一天才 20 多美元，这样的优惠是非常划算的，所以美国很多人都选择长期租车，租两三年再换车。而你如果买车的话，怎么也得开个五六年才会换车，不然你会觉得自己太亏了，租车就没有这个问题，你永远都能开新车。

所以刚来美国的人，看到电视上的汽车广告特别不理解，上面总说229美元一个月，129美元一个月，怎么不写车的价格在广告上呢？美国电视上的汽车广告基本上都不写车价，因为大部分人都选择长期租车，他就写一个月的租金是多少钱，所以你看到一辆丰田229美元一个月，你看到一辆韩国车100多美元一个月，都是这种价钱。

另外在美国，不但买新车便宜，买二手车也很便宜。二手车当然有很多来源，其中一个来源就是被人长租了两年的车，这些车还回去就不能再租给别人了，因为大家都要租崭新的车，所以这种车就当二手车卖了。二手车的价格就降太多了，而且只开了两年的车，性能上也没有一点问题，所以美国的二手车市场非常庞大。

除了长期租车之外，美国还有短期租车，短期就是租一天、五天、一个礼拜。比如在机场一下飞机，在美国就很少有人打出租车，当然也有坐出租车的，那都是外宾和一些完全不会开车的人，而且美国也有类似滴滴打车的这种软件，很多美国人都用这个叫出租车。

滴滴打车这种软件，在中国是严重地伤害了出租车，因为中国的出租车行业竞争本来就很激烈，满大街都是出租车，但在美国，除了纽约和拉斯维加斯之外，其他地方街上很少有那么多出租车。在北京、上海，街上有一半都是出租车，在美国，滴滴打车这类软件出现之前，基本就是租车，为什么呢？因为租车太便宜了。

每个机场都有一个特大的牌子，上面写着短期租车，有一半人下了飞机就直接往短期租车那儿走，到那儿租一辆便宜的日本车、韩国车，差不多一二十美元一天。如果你是美国人，这租金里面还带着保险，外国人的话，再多买四五十美元的保险，但不管怎么说，都是很便宜的。

但如果你要在美国打车，那可就贵了，一天至少得几百美元，因为你除非哪儿都不去，否则只要一出门，几十美元的出租车费都是很正常的，因为美国大，它的道路都是为车设计的，大部分美国城市都是有车以后才有了延展而出的城区。像洛杉矶，你要打车你就疯了，因为洛杉矶太大了，一打车打出三百美元去。即使在纽约，你如果不坐地铁，你也不租车，你就自己打车，一天你也得打一百美元。

但纽约和其他城市还不一样，纽约租车也贵，租一辆车一天至少也得花一百美元停车费，因为在纽约曼哈顿停车太贵了，一进门头45分钟要你十几美元、二十几美元、三十几美元的都有，就往那儿一放，所以一天停车费一百美元太正常了，所以纽约的出租车多，就是希望你们尽量少租车，选择打车和坐地铁，减小城市交通压力。拉斯维加斯的出租车多，是因为这个城市太小了，没必要租车。

总之，在纽约和拉斯维加斯之外的美国城市，如果你觉得打车太贵，就一天二十几美元租一辆车吧。我租过别克的SUV，很大的一辆车，80多美元一天。而且租的车都是很新的，我甚至租到过几乎是全新的，因为那上面的英里数才只有13，这就说明在我之前这辆车从来没有人租过开过，因为不可能一个人租了车，开了六英里出去，又开了六英里回来了，这是一辆纯刚出厂的车。但大部分时候租到的车都是开过几百英里、上千英里的，我还租过一两次开过上万英里的车。

我曾经问过出租汽车的公司，为什么要租那么新的车，他们解释说，如果不是太新的车，保险公司不愿意理赔。说起来是挺简单的，但租车的人总归没有买车的人那么爱惜车子，虽然美国人总体来说素质还是挺高的，但毕竟不像开自己的车那么注意，所以在美国租车还有一条附加规定，如果租车的人比较年轻，低于25岁，那么租车的价格也会涨一点。

因为年轻人喜欢胡开，一脚油门一脚刹车的，对车子的磨损更大一点，但就算是再理智的成年人，也难免有那种不心疼车的，租来的车开一万英里，和你自己家的私家车开一万英里，那车况是不一样的，所以就会出现很多这种诉讼，保险公司不想添这麻烦。比如一个人开着一辆租的车子撞了，这辆车都已经开了六万英里了，那这租车公司就要赔死了，因为租车的人就咬定你的车子有问题，踩刹车踩不住，一来租车公司承担不起这种赔偿责任和医疗费用，二来保险公司也不想保那么老的车。

所以出租的车基本上就在一万英里以内，保险公司觉得行，租车公司也觉得行，大家都觉得还行，出事了也不会赖到车上。后来我就问人家，我说这么多车开了一万英里以上之后，都干吗去了？肯定不能是去当出租车，一是美国没有那么多出租车，二是美国的出租车就那么几种车型，所以开过一万英里以上的车，只能当二手车卖了。

所以后来我看了一个数据才明白这事，中国说现在我们的汽车销售量超过了美国，成为世界第一了，实际上指的是新车的销售量，就是我们现在每年能销售新车一千多万辆，超过了美国，美国的新车销售量也是一千多万辆。这的确能说明中国的内需市场庞大，但是大家忘了另外一个数字，美国每年还能销售掉很多二手车。

美国的二手车就是三个来源：长期租的车，短期租的车，以及自己开了两年不想开的车。在二手车方面，美国的交易量远远超过美国每年的新车交易量，所以中国只是新车交易量超过了美国，汽车的总销售量还是落后于美国的，因为中国的二手车几乎就没什么交易量。

首先中国的诚信系统就很难建立起来，你搞不清楚这辆车是怎么来的，是沉过底的还是割过顶的，是走私的还是偷来的。我就看见过一辆车，怎么看怎么奇怪，里面的档都是反的，后来我问了一个行家，对方告诉我，这辆车是割了顶进来以后，把方向盘换到左边来的，为的就是能在中国卖。总之，中国的二手车交易完全做不起来，因为这里面的虚假信息和骗局太多了。

我在中国买过两次二手车，两次都被骗得特别惨，一次就是刚才那辆改过方向盘方向的割顶车。当时买的时候车还挺新的，刚开了没一个月，车就变得跟烧煤球似的冒黑烟，送到修车厂给认识的哥们一看，哥们说你买二手车之前怎么也不问问我，他就让我趴到车底下看，我一看，那车底下的排气管都烂了。我那哥们告诉我，这车一看就是从广东那种湿热的地方弄过来的，稍微给表面翻翻新就卖给你了，因为在北方开，再怎么开排气管都不能烂成这样。

所以整个中国的车辆销售市场，全靠新车撑着，而且二手车市场做不起来。除了诚信问题之外，还有一个重要的原因，那就是大多数中国人没有二手车，中国发展到今天，很多人家都是刚开始有第一辆新车。所以我们的汽车市场跟美国没法比，不仅销量没法比，还有服务呢，与车辆配套的服务也很重要。

你开着车在美国路上走，到处都是汽车旅馆，39.99、69.99 美元，包括洛杉矶周边，有的是这种小旅馆。当然了，你要非像明星似的，住那种豪华酒店，那就不在咱们讨论之列了，咱们讨论的就是正常的美国老百姓的生活。

人人都开一辆车上街，车坏了怎么办？你是不是有购买服务，打一个电话就有人来免费救援你了？美国几乎所有的地方，都有大量的这种服务，比如银行，到处都有专门针对车辆的 ATM，你在车里把手往外一伸，插一张卡，就把钱取了，美国的饭馆也都有专门的车辆购买通道，加上高速公路等等，所有的一切加起来，才能形成一个完整的汽车出行文化，不光是有车就行了，有车，有路，然后有整个的汽车文化，汽车的服务。美国的汽车文化是渗透到几乎所有地方的，汽车电影院现在没落了，但当年汽车电影院是年轻人最喜欢去的地方。

华人来美国最幸福了，因为华人太喜欢开车了，其实美国人也喜欢开好车，但美国人量力而行，我没有那么多钱，我就买一辆二手车，或者我长期租车。

我看到好多华人来美国，一来就先把奔驰和宝马全买了，因为觉得好便宜，在中国买一辆本田的钱，到美国能买一奔驰大吉普，于是美国的华人全开着奔驰，连中餐馆里的服务员下班都开着奔驰车走。每年到了感恩节和圣诞节，美国都会有新闻报道，在政府领失业救济金、食品券的地方，好多华人都是开奔驰和宝马车去的，把车停在一百米开外，就去排队领救济金和食品券了。

在美国领这些贫困补助和食品券，查得不是那么仔细，但是你千万别被人逮住，只要被逮住一次，你的信用纪录就完了。美国是一个信用社会，你只要报一个很低的收入，就能享受州政府的保险，生孩子一分钱都不用花，但你一定要小心，因为只要查出你欺诈政府一次，问题就相当严重了，以后你在美国买房子、买车，你一买就会有人来你们家找你，说你去年生孩子的时候，你报的收入这么低，低于四万二，你现在怎么突然买了一个两百万美元的房子，怎么回事？那些人真的来你们家，马上就来调查你。

我见过很多人跑到美国生孩子，一分钱不花，相当于花了加州纳税人四万美元生下了孩子，而且还要求人家给寄奶粉，因为在美国，不光给你生孩子的救济，而且你这孩子既然是在美国出生的，美国政府就有义务养活这个孩子，我还看见有人要求把奶粉寄到中国呢。但这种事都是一锤子买卖，干完了之后，你就不能在美国干别的类似的事了，否则就很危险。

既然聊到车，就不得不说说美国的油价，大家可以尽情地骂我是美分，因为美国的油价确实比中国低太多了。美国的油价调得很厉害，对国际市场的反映差不多也就一天，每天油价都不一样，而且每个公司也不一样，每天挂出来的牌子上的油价都不一样。

有个月的油价差不多是平均全国 2.4 美元一加仑；91 号，就是美国最高标号的无铅油，平均 2.8 美元一加仑。我也有点羡慕，因为洛杉矶没这么便宜，洛杉矶高标号的油平均也得过 3 美元吧，现在差不多 3.3 美元的样子，但是美国很少有地方超过 3 美元的。

大概这一两个月，除了加州的洛杉矶和湾区，全美国其他地方的油价平均下来是 2.4 美元，最高标号 2.8 美元，一加仑差不多是 3.75 升，大家来算算吧，差不多是五块人民币一升，还是最高标号的，相当于中国 97、98 这种标号，中国的一升油差不多要比美国贵了一倍，之前我说了，这都是里面含有各种累赘的燃油税。

最近油价不停地跌，洛杉矶最贵的时候要 4 美元多，现在便宜的加油站只要 2 美元多，只有最高标号的才 3 美元多一点。所以美国统计 CPI 的时候，有两种统计，一种当然是正常统计的 CPI，因为油价不停在跌，所以 CPI 就始终很低很低。你要看美国整个的 CPI，维持在非常非常低的程度，大的环境是因为美国整个信贷金融危机以后，信贷减少了。信贷减少，流通的货币就减少，所以整个通货膨胀起不来，通货膨胀其实对经济发展是有一点好处的。还有一个重要原因，就是美国人用油太多了，美国这个国家恨不能用掉全世界一半的油，所以当油价往下跌的时候，就严重地把CPI 拉低了。

因为油价一直在跌，而燃油又是美国人民最日常的开销，是比吃饭还要日常的东西，所以美国还有一个统计数据，就是把油价刨掉，再统计出CPI，这个相对就比较准确了，因为其他各方面的价钱涨跌都能看出来，而不是被油价这么一下上、一下下地拉来拉去。

美国人的消费观念是这样的，一有钱就使劲买，所以美国人一有钱，物价就疯涨，这几年因为经济不太好，所以美国这几年的物价还是相当平稳的。

3. 吃穿在美国

接下来说说吃吧，我是比较爱吃的人，但美国很少有人像我这样，如果世界上有一个爱吃的指数排行榜的话，美国应该排在倒数，我猜美国人也就比茹毛饮血的爱斯基摩人稍微爱吃一点。

美国真的不是那种爱吃美食的民族，凡是不爱吃的民族，比如美国、澳大利亚、德国、英国，它们的经济都比较好；爱吃的民族比如意大利、中国、西班牙，做顿饭做两小时，经济都不是特发达。

法国人吃一顿晚饭得花三小时，美国人吃顿晚饭正常情况 40 分钟，中午吃顿饭 20 分钟，早饭恨不能 10 分钟就吃完了，所以吃在美国整个的消费比重里，是很低的。美国家庭花在吃上的开销，只占家庭收入的不到 10%，这是很低很低的。

有一个恩格尔系数，我不太认同，恩格尔系数就是说，吃在收入中占的比例越高，说明这国家越贫困，吃占收入的比例越低，说明这国家越富有，比如朝鲜，90% 都用来吃了，那确实是比较贫困的。

但是在相当接近的时候，我觉得不能这么算，比如说咱们国家的广东，广东特别发达，但广东的恩格尔系数却是很高的，因为广东人爱吃，今天要吃蛇，明天要吃果子狸，四条腿的除了桌子都吃，俩翅膀的除了飞机都吃，所以他们在吃的方面占的比例高；还有法国，法国人也爱吃，又要吃鱼子酱，又要喝红酒，但法国是很发达的。

美国人吃什么呢？我在美国录音，中间休息的时候跟美国的乐手聊天，他说你们中国人爱美食，我也爱美食，咱们谈谈美食吧？我说好吧，咱俩坐下来谈美食。他就开始跟我讲，哪儿的汉堡好吃，跟我讲了 20 分钟汉堡，我都听傻了，敢情他的美食经验就是哪儿的汉堡好吃，这就是典型的美国人，而且还是个乐手。和其他行业的人比起来，按理说艺术家还应该是更讲究吃的，可见美国人对吃真的不太在乎。

大家看那么多美剧和美国电影，尤其是中产阶层的影视剧，应该基本上没有看到过美国人吃饭摆一大桌子菜的，都是爸爸坐那儿，妈妈坐这儿，孩子坐这儿，一个人面前放一个盘子，中间那么大一张桌子基本都空着，摆蜡烛。

中国人要吃饭，别说蜡烛，什么东西都摆不下，全都是菜盘子，而且还得特意设计盘子的摆放，因为一桌子都摆不下，要盘子叠盘子。美国家庭吃饭就是很简单的，也没有前菜，没有主菜，就是一个盘子，不管是中午饭还是晚饭，盘子的一半就放土豆，土豆泥、薯条等，反正就是土豆做的各种东西吧，先想办法把盘子摆上一半，剩下的地方就放点肉，放点豆子，再来一个特浓的汤，浓汤也是主食之一。

特意在盘子里摆上肉的情况都是比较好的，很多美国家庭就是一碗大浓汤，汤里有豆子和肉，拿面包把汤碗一擦，吃完了。像那种工作比较忙的家庭，基本就是周末去采购一次，完了就熬一大锅浓汤，每天舀出来点汤热一下，拿面包蘸着吃。家里有家庭主妇的就幸福点，能做点土豆制品，或者弄一个馅饼，弄一个披萨，也就这样。

正常的美国家庭，比如夫妻俩带一两个孩子，就在家吃饭的话，一个月也就花 300 美元，一天也就十美元，大家想想，一个家庭一年收入六万多美元，一年花在吃上的才三四千美元。就算出去吃也没多贵，大部分饭馆，两个人去吃一顿饭，花 80 美元，对美国人来说都已经是一顿大餐了，算是吃得很好很好了。

美国的中餐馆，中午饭差不多全都是六美元、七美元，当然你要是愿意去那种六美元三菜一汤的店，也有的是，八美元四菜一汤的店，也有的是，你想点菜吃，一个菜也就是七美元、八美元，晚餐你想吃一道特别大的菜，比如吃一条全鱼之类的，19 美元。在美国的大部分餐馆里，包括中餐馆在内，一道菜 19 美元，对于普通老百姓来说，就已经是大菜了，20 美元出头，你就能吃上牛扒加上虾，或者牛扒加上龙虾尾，而且美国人不爱吃鱼，因为美国人不爱吐刺。

当然美国也有很多贵的地方，听说有 500 美元一个的汉堡，而且排队的人都订到三四个月以后了，因为洛杉矶有明星，人家明星就愿意吃 500 美元的汉堡，我猜里面可能有白松露、黑松露、鱼子酱，反正就这些东西，再加上和牛，用两片面包一拍，吃下去了。这种我就不讲了，我们主要讨论美国正常老百姓的日常消费。

正常的美国老百姓去买东西，有很多便宜的地方，一个披萨两美元，你要是去学校，那就更便宜。美国有好多所谓的穷人商店，里面有各种各样的牌子，有叫九毛九店的，有叫什么奥迪店的，店里头的东西都低于一美元，我爸当年住在美国的湾区，他就买什么东西都去九毛九的店。

美国统计局统计过数据，2015 年统计的结果是，美国家庭平均一年花在吃上的钱是 6700 美元，差不多就是收入的十分之一。这里边在家吃差不多占 4000 美元，剩下的 2000 多美元就在外面吃了，美国人一年在外面吃的饭是有数的，就是过节的时候才到外边吃。

美国人喜欢在家里吃饭，还有一个原因，美国人的家都大，刚才说了，美国人住的都是 240 平方米的独立屋，在那里住着和吃饭都很舒服。中国人喜欢到外面吃，除了中国人爱吃之外，家里的环境不好也是一个方面，人一多家里就坐不下了，还得把床搬过来坐着，再加两个小板凳什么的，所以中国人请客基本都是到外面去吃。

美国人家里都有一个大餐厅，周末的时候美国人到别人家里聚会，大家都每个人端出一个自己带的菜，摆在一张大桌子上，大家就一起吃起来了，根本也花不了什么钱，包括美国的华人也是如此，华人也是偶尔才出去聚餐，大家 AA 制，一人出几十美元，所以美国家庭花在吃上的钱很少。

美国的中产阶级，高收入的不算，IT也不能算，普通的美国中产阶层，一个小时赚20多美元是正常的工资，全美国的最低工资也有七八美元每小时。

美国的法律保障最低工资，全美国平均是7.5美元，加州平均是九美元，2017年涨到十美元，我也看到洛杉矶地区经常有各种议论，说洛杉矶地区要涨到13美元了，等等，反正不管怎么说，最低工资十几美元，那已经就是通下水道、扫地这种最最底层的工作了，正常情况下一小时二十几美元是很普通很普通的薪水。也就是说，你工作半个小时，就能吃到一顿不错的饭了，你工作一个多小时，今天的三餐就解决了，所以吃饭在美国是一件很简单的事。美国人也确实不爱吃，中西部地区，大量的人不爱吃海鲜，每天吃点牛肉就行了，墨西哥人也就吃点墨西哥人的东西。

在美国，真正爱吃的其实就是华人，华人把吃搞得花样翻新，洛杉矶地区现在有1000多家华人餐厅，在一个送餐网站上，就有600多家华人餐厅，所以华人来洛杉矶生活得还不错，而且那里的东西也都不是很贵。

在中国你吃顿龙虾，再加上大螃蟹，这估计都得是逢年过节了，在美国龙虾很便宜，做好的龙虾十几美元一磅。你去超市买鲜的，贵的时候九美元，便宜的时候六七美元一磅，一磅就是将近一斤吧，九两多。螃蟹也一样，刚开始我都不相信，两美元多能买到活的螃蟹，而且还能买一磅，真便宜。象拔蚌，我看中国都是799块钱一斤，399块钱的都是起步价了吧，你到美国买，都是八美元，十美元，而且这价格还都是有证明的。

美国的报纸一般都登车钱和房钱，华文报纸登菜价，我专门去美国的华人超市里拿了写菜价的报纸，给大家读读价钱：芥兰89美分，也就是0.89美元一磅；大豆苗挺贵，1.99美元一磅；波斯黄瓜——进口海淘，大家不要海淘淘到波斯黄瓜，海淘的时候不要忘了著名的转运公司DHL，因为海淘你到各个网站去淘，人家不帮你送货的，DHL负责送货——波斯黄瓜 0.99 美元；罗马番茄 0.69 美元；金针菇，好东西，0.39 美元一磅；四季豆 0.79 美元；长豆角 1.29 美元一磅；矮脚白菜苗 0.79 美元；尖柿子 0.89 美元；大红葡萄 0.99 美元。基本上菜价就是这样的。

在美国，鸡腿比鸡胸脯便宜，美国人特奇怪，鸡胸脯在中国都不知道干吗使，在美国鸡胸脯是好东西，鸡腿叫 drumstick，就是鼓槌，一美元多一磅。我在中国上大学的时候，只有每个月的第一个礼拜能吃到一个鸡腿，第二个礼拜的钱就已经不够吃鸡腿了，那是八几年的时候，学校食堂的鸡腿要三块钱一个，结果我到了美国一看，鸡腿一美元多一磅，不错的牛肉，5 美元多一磅，简直太便宜了。

接着念菜价：进口的中国酒酿 1.88 美元，一大罐；进口的老干妈三丁油辣酱，1.78 美元，我不知道这是不是赔着钱进口的，那么便宜，一美元多钱就全买了；羊前腿肉 4.99 美元一磅；智利鳕鱼 14.99 美元一磅，这已经是很贵很贵的了，美国人通常都不吃这鱼，中国人才吃这么好的鱼；夹心肉，很好看的夹心肉，1.69 美元一磅。

如果你喜欢喝点酒，美国也比中国便宜，全世界最贵的葡萄酒都在中国，同样的酒，美国卖 200 美元，拿到中国就得照着上千美元卖去了。正常的加州的酒，红葡萄酒、白葡萄酒，一大瓶 5 美元到 7 美元。

美国的孩子去学校里上学，就是妈妈往书包里揣一个三明治，中午从书包里拿出来就吃了，所以吃在美国是非常非常便宜的。但是你要吃好的，你在纽约，你在旧金山，你在洛杉矶，当然也是多贵的都有，你到最好的、最顶级的餐馆去，也有那种 3000 美元起步的包房，但食物并不丰富，因为所有贵的地方，都是贵在那几样东西。

我偶尔有幸去一次高级饭馆，也就是鱼子酱，特别贵的一瓶酒，然后日本的和牛，那面条上给你刮上那一堆白松露、黑松露，十美元一克也有，但那是极少的，而且在美国的大多数城市没有那么贵的餐馆，只有在发了大财的纽约有。大家想想，纽约的房价能贵到那种地步，发了财的富豪有消费的需求，所以纽约有高级的餐厅，另外洛杉矶明星多，旧金山湾有一些硅谷富豪，就这三个地方，美国的其他大部分地区，都没有那么多奢侈的东西。

接下来说说美国的穿。

我最不擅长这个，所以问了很多人，基本上大家的第一反应是，美国人穿的衣服都是中国制造的。总而言之，美国人不在乎吃，也不怎么在乎穿。

但美国人就算再不怎么在乎吃，他也知道哪个地方的汉堡比较好吃，美国的肯德基里人也不多，因为美国人觉得汉堡包比肯德基好吃。而在穿这件事上，美国已经不在乎到了你都无法忍受的地步。

洛杉矶已经是全美第二大城市了，你上街看看，基本上都是不知道什么牌子的拖鞋，不知道什么牌子的大裤衩，不知道什么牌子的破 T 恤，随便穿穿就上街了，基本上大家都那样。

当然有一些阶层还是很讲究穿的，比如明星要穿得好一点，但是你看狗仔队拍明星的时候，其实明星平时出来样子也是很随意的。大家经常看到，小李子出来了也就穿一件破 T 恤，一条破裤衩，一双大拖鞋，大肚腩也在外边露着，如果是一件好的 T 恤，我估计那肚子是能遮住的，因为料子好，但是你看他们那 T 恤的肚子处，也都是一堆的褶皱。

我自己在洛杉矶的街上偶尔也见过一两个明星，我也不知道那明星是谁，就看见狗仔队围着他们拍，我一看那明星，穿的也就那样，可能也就是鞋跟比别人高一点。

明星只有在极少数走红地毯的时候，才光鲜亮丽地出来，但那时候穿的衣服估计都不是明星自己的，都是品牌赞助的，品牌跟明星说，大哥，您穿一下我这衣服，大姐，我给您定制一套晚礼服，再配一个手包，您出去在镜头底下走一圈。

这就是美国的文化，因为凡是那种穿得西装革履的，凡是裙子蓬得走不动路、戴着千奇百怪的大帽子的那种人，他们都留在欧洲了，不来美国。来美国的人基本上就是穿着大裤衩子和拖鞋来的。

所以美国这个民族基本上就这样。当然了，如果你有钱了，大家要过过瘾的时候，也可以去名店街买点东西，但我每次去洛杉矶的名店街，基本上就剩下给人签名、跟人合影了，因为那地方都是来美国旅游的中国人。中国人到了世界上任何地方，首先就要先把名店街逛了，所以中国人来了美国经常感觉很失望，因为按照他们的想象，美国的名店应该比北京和上海多多了，结果来看了半天，也没有多少名店。

北京和上海是很神奇的地方，那些商业大厦里面，有各种大牌名店，我还奇怪，因为我看那些店里根本就没几个人逛。有一次我就问，你们怎么开了这么多大牌名店？结果他们告诉我，这些商厦不收我们钱，人家要先给商场招商，招商就必须得有我们这种大牌子，才能撑得上场面，才能把其他人吸引过来。所以只要是大牌子，第一就给免三年租金，第二装修费我给您出，您把商品摆上来就行，让模特穿上您的大牌衣服，往橱窗里一站就行了。

所以这些大牌名店为什么不多开几家店呢？反正是零成本，卖一个包都是利润，所以就到处开分店，也不管有没有人买。

洛杉矶好歹还有一些名店，但是你去美国其他的一些大城市，基本上转一天也找不到名店，更别提名店街了。这美国人真的不是很爱穿，所以美国人虽然和欧洲人长得很像，但只要到了欧洲，一眼就能被欧洲人认出来。

美国人就这么几个特点：首先就是拖鞋配大裤衩子配破 T 恤，就在欧洲街上溜达。第二就是吃饭的时候，只有一只手拿叉子。欧洲人吃饭永远要一手刀一手叉，特别认真，切一小块放嘴里，很安静地咀嚼，美国人是上来就乱切一通，刀一扔，一手拿叉子就开始吃，另一只手就比画，边吃边大声喧哗。

所以基本上，美国是一个爱房子、爱车、不太爱吃、不太爱穿的这么一个民族，所以在美国穿的东西都很便宜，都是 10 美元、20 美元一件的衣服，尤其是到了打折季的时候——马上又要到感恩节了。美国的女人也总是喜欢买化妆品和衣服的，所以每到黑色星期五之前，天没亮就人山人海在店门口那儿排着，一开门就冲进去，一通抢。

黑色星期五的价钱简直不能想象，经常低到个位数，三美元买条牛仔裤，五美元买件衣服，所以大家才都在那儿拼了。而且现在因为网购特别发达，除了黑色星期五以外，过了这个周末以后，又出现了一个叫 Cyber Mondy（网购节），这个有点像阿里巴巴的天猫双十一和双十二，其实都是打折促销，只不过我们跟美国不一样，美国特别爱用星期几，我们爱用数字。

总之到了这个时候，商家都会打巨大的折扣。另外在美国买东西，有法律保障的 30 天退货权，你可以丢了发票，美国其实也没有什么发票，你也可以丢了刷卡的凭据，你什么都可以丢了，你只要能拿出这张卡，说我就是用这张卡买的，你就能退货，包装没了也能退，东西用了也能退。

我在美国买过摄像机，打开一看，里面居然有一家子的照片，一家人都特别高兴，原来是之前的买家退货了，直接装上个包装又卖给我了，我觉得这事还挺有缘分的。美国人当然也愿意省钱，偶尔也有美国人说，实在要出席一个好地方，衣服只要不摘掉牌子，穿一次，出席完婚礼就可以退回去，当然那是极偶尔的情况，大部分美国人不会这样蓄意退货，恶意退货的更是很少很少。

尤其是这圣诞树，这又说到华人的问题，听说了美国的无条件退货法律后，华人干了一件挺丢人的事，除了把拍过照片的摄像机退给我之外，华人在美国的圣诞节之后，居然要退圣诞树，照相机换个包装还能继续卖，用过的圣诞树得等到第二年 12 月才能再卖出去。

因为有好多华人要退圣诞树，所以美国很少见很少见地推出一个政策，退圣诞树不能退全价，你退其他东西都是原价退给你，只有退圣诞树要打个什么二折三折之后再退给你。所以咱们华人现在慢慢地越来越光荣，越来越有钱了，但咱们真的不能再干这种丢人的事了。

你要是黑色星期五下午去买东西，估计就傻了，因为到处都是一片狼藉，翻得乱七八糟，所有店铺全都那样，所以大家海淘的时候要注意，美国打折的季节是感恩节的时候，黑色星期五的时候，而且美国跟咱们有时差，到了这些时候大家就赶紧海淘。

美国跟欧洲还不一样，因为欧洲没有感恩节，欧洲是圣诞节的时候，折扣打得比较厉害，美国感恩节是打折最严重的，圣诞节所有的店铺就全关门了，你也不用打折了，圣诞节人人都回家了，所以大家要是想疯狂购物海淘，感恩节的时候先淘美国的，然后紧接着圣诞节的时候淘欧洲的，春节的时候淘中国香港的，连续的打折季，美国、欧洲、中国香港，你就全淘齐了。

还要记住一个问题，那么多那么多海淘的网站，如果没有人给你寄回来的时候，要想到我们的 DHL。DHL 其实不是美国公司，而是一家德国公司，德国公司做到全世界很大很大的服务型公司很少，DHL 就是其中一家。

你去海淘的时候，美国的购物网站不像我们的阿里巴巴，是直接给你送货的，它会把那东西寄到 DHL，DHL 实际上是个大转运中心，它会把东西分送到全世界的每一个地方，包括转运到你的手里。

接下来说在美国穿衣的数据。

刚才说了，美国平均每个家庭，收入的 1/10 用于吃，那美国人平均每年花多少钱在穿上呢？ 1700 美元。

大家想想，1700 元人民币，在中国还不够买一个包呢，一个包 1700 元人民币，两双好鞋 1700 元人民币，没了。人家一年就花 1700 美元，占收入的 3%。

可能有些人说，一年花一万元人民币买衣服，那也不少了，但是你看看人家美国人的平均工资是多少，而且这 1700 美元是包括了所有穿的东西，包括了包，包括了鞋，包括了化妆品，包括了手表，包括了首饰，包括了洗衣服，整个周边的所有这些东西都算起来，才花一年收入的 3%。

4. 玩在美国

连吃带穿，美国人每年就花全部收入的 13%，刚才还说了，美国的房子也不贵，五年的工资就能买一栋独立屋，车子也不贵，一年的工资就能买一辆奔驰，美国人还不储蓄，因为储蓄率是负数，那美国人的钱都花到哪儿去了呢？

美国这民族爱玩，这是它的一大特性，你别看它不爱吃，不爱穿，它就爱玩，它一天到晚就得出去玩，而且大家玩一个东西，就玩得特别深，而不是那种浮光掠影地玩一下就拉倒了。

美国人喜欢一样东西，就要花一堆钱去玩这个东西。之前咱们讲过军迷、枪迷，你去枪迷家里，一个人拥有十几二十支枪很正常，打靶什么的都要花很多钱，军迷还去买那种高价的古董枪，比如一定要买真的南北战争时期的军装，真的是南北战争时期的枪。大家知道，一支"二战"时候的汤姆森 M1 步枪，在美国这儿卖 25 000 美元，吓人吧，一下就把其他所有方面省出来的钱都花出去了。所以我当时还想，我是不是去抗美援朝战场上刨两根回来，因为抗美援朝的战场上还有很多 M1 的枪。国民党军队当时也拿了很多这种枪，去淮海战役的战场，没准也能刨出一杆枪，25 000 美元。

但除了古董枪之外，正常的枪是不贵的，大长枪四五百美元，小手枪四五百美元，基本就这价钱，你要是去射击场打枪，基本上走到哪儿都是十几美元 45 分钟，使劲打，可劲造，其实也不太贵。

我觉得一个成熟的社会应该是，挣钱您就从粉丝身上挣，这哥们是枪粉丝，他绝对不买那 400 美元的枪，因为他觉得，我掏这样的枪出来跟您的一样，这不行，太不酷了，我得掏出一把谢菲尔德哪年哪年产的枪。让整体的老百姓生活得有尊严，生活得不艰辛，再使劲地去挣粉丝的钱，我觉得这是一个成熟的经济。

所以美国人在吃穿住行方面特别节省，他们花很多时间弄团购、返利这种东西。美国就是这样，你只要愿意花时间，你就可以省下钱，买到更便宜的东西。中国人花时间在网上淘东西，花时间搞团购等，美国人也一样。

美国的手机不贵，你要是愿意签约，一台苹果也就 199 美元，中国也有这种签约机，其他手机还有白送的。我就亲眼见过一个美国哥们，拿着一个黑白手机打电话，恨不能手机上的玻璃都碎了，我是在 Super Bowl 现场看到这个哥们的，Super Bowl 的门票 9000 美元一张，他舍得花钱买门票，但是不舍得花钱换手机。

美国人就是这样，每个人都愿意花特多的钱在他的爱好上。美国人普遍地爱好体育，登山、滑雪、冲浪等，都是要花很多钱的运动，美国人就喜欢玩。

美国人还喜欢搞发明创造，你去美国人的车库里看，经常能看到他那儿有一堆机器设备，而且他花了好多钱去弄那些东西。坐在我对面的这位摄影师，他的车库里就有价值好几十万美元的各种东西，他连滑轨、升降都自己做，什么都自己做。

这就是美国人的生活方式，我爱这事，我不惜一切地花钱。大家挣钱也挣在你爱这事上，所以要培养你爱这事，尽量让你爱这事爱舒服了，其他的地方反正你也不愿意花钱。商人们挣什么人的钱，挣懒人的钱，就是你不愿意去花很多时间去弄那些事，那就挣你的钱了，因为你懒，基本上就是这么一个消费形态。

刚才已经说到了看体育比赛，Super Bowl 是很贵的，但是普通的体育比赛并不贵。娱乐也花钱，美国人也爱娱乐，但是娱乐也不是很贵。

美国是全世界最大的电影市场，也是最大的电影生产商，电影票也就 8 美元一张，洛杉矶这种大城市要贵一点，十一二美元一张，就这么多钱。换句话说，正常的人在洛杉矶，一小时挣 30 美元，这是很正常很正常的工资，你工作 20 分钟，就能看一场电影。最穷最穷最底层的人，由政府保障的最低工资也有 9 美元，基本上也能看一场电影，最底层的人民工作一个小时，能看两个小时的电影，正常人工作 20 分钟，就能看两个小时的电影，这很便宜。

演唱会也不贵，2015 年的统计结果是，全美国演唱会平均票价为 47 美元，而且还有好多人嚷嚷呢，说怎么现在的票价越来越贵了，已经比以前贵了百分之好几十了。

只有特别特别火爆的演唱会才贵一些，比如说我们热爱的 U2 乐队，U2 2016 年在美国办了几十场巡回演唱会，洛杉矶五场、纽约五场、芝加哥两场等，U2 的门票也就两三百美元，最贵最贵的位置，都已经快要近到

U2 的舞台下边的地方了，也就 900 美元，这票价跟中国差不多，但要是按收入的比例来看，那美国这票价就比中国低太多了。另外美国比较贵的门票，就是百老汇的演出，百老汇的门票贵一点，100 多美元一张票，一家子去四五百。当然了，如果你不想花时间的话，你就 100 多美元去看一场，差不多 120、125 美元就算比较好的位置了，但如果你愿意花时间，早早地就跑去排队，那下边有一个大阶梯，底下卖便宜票的，或者在网上早早就去买，也有半价票，几十美元都能买着，除了特别特别火的戏，提前仨月也买不着票的，比如说 *Sleep No More*（《今夜无眠》）这种戏。

黄牛票也有，市场经济嘛，我也买过黄牛票，375 美元，太贵太贵的黄牛票。实际上如果我提前三个月订票，100 美元就够了，但我事先不知道这部戏，临时到了纽约，听到朋友们说，那我必须得去，而且我时间有限，不愿意去排队买，所以就只能找黄牛。给黄牛打了一个电话，让我去门口取票，我一去发现也是在卖票窗口取票，但一张票的价格就从 100 美元变成 300 多美元了，可见这里边也有小黄牛的小利益。

NBA 的票价，加州每个官员每年都要去向一个公平委员报告自己前一年收到了多少礼，每年三月份的时候公布礼单，我看见过加州的州长收到的礼单里，湖人队的票价是 150 美元一张，在湖人队当然不算特别高，但在 NBA 里已经很贵很贵了，NBA 过百的票，大概就只有洛杉矶湖人队跟纽约尼克斯队了。

纽约和洛杉矶，这俩城市是第一大和第二大城市，收入也高，纽约尼克斯很厉害吗？除了林书豪去的时候好像火了一阵子。洛杉矶湖人队最火的时候，最前面最前面的票，大概 400 多美元一张，那已经都坐到最前面了，几乎就快跟教练挨着了。所以体育比赛的门票基本上也不是很贵，除了 Super Bowl 这种超级超级的东西比较贵，正常情况下都不是很贵。

拉斯维加斯的辉煌大秀，苹果花了一亿多美元做的那些大秀，平均票价 80 美元，125 美元就能坐到很前面很前面了，就这样大家还抱怨贵，美国人已经习惯了正常的衣食住行，娱乐体育都非常便宜。

除了每个人自己热爱的那件事，那就活该了，每个人一辈子都有一件活该的事，除了这件事以外，其他的生活应该是体面的，有尊严的，不会觉得自己低人一等。所以在美国，看个电影看不起，看个演出、看个球赛看不起，那是不会的。在美国你去饭馆，没人觉得服务员好像瞧不起你，大部分人的生活都是有尊严的，就是因为这个基本的平均收入，是能保障衣食住行娱乐的。

5. 美国的教育、医疗和法律

说了半天好的，咱们不能说美国是天堂，所以咱们公正地说一说，在美国比较贵的东西吧。

在美国，比较贵的东西分别是学、法、医。

这三件事都很贵。在美国上大学不便宜，尤其你要上好大学的话，那就更贵了，美国私立大学的本科，平均一年要 30 000 美元，这可比中国贵多了，无论是绝对值还是收入比例，都比中国贵得多得多。中国清华大学一年才要本科生 5000 元人民币，5000 元人民币相当于正常情况下中国人的一个月工资，但在美国，一个月能挣 30 000 美元的人是很少的。所以美国的教育很贵。

公立大学是这样的，如果你是本州的人，你爸妈是本州的纳税人，那么你就可以平均每年花 9000 美元来公立大学上学。其实也不便宜，大家想想看，就算是 9000 美元一学年，按每年六万美元的税前收入来看，也比中国贵很多。

而且外州来的人跟外国来的人一样，因为本州的公立大学只对本州纳税人负责，你不是本州纳税人，我不管你是中国人日本人，还是美国的外州人，都是一样的，平均下来每年要两万三千美元左右。所以美国人的钱都花哪儿去了？除了自己的爱好，就是这教育费用了。

当然了，美国人部分都是边打工边读书，或是贷款去读书，平均读完一个硕士学位下来，要贷个八九万美元，然后你再去工作慢慢还，买房子也得往后推一推，因为在美国贷款的利息是非常贵的，不仅比中国贵，比欧洲贵得更多。欧洲大陆上基本就没有要钱的大学，你在德国、你在法国、你在西班牙、你在意大利这些国家上大学，都是不要钱的，英国是要钱的，但是除了特别好的学校以外，英国的学校也没有美国的大学贵。

美国的大学确实比较贵，但是教育质量是比较高的，尤其你要去更好的大学，当然就更贵了。这还只是本科的平均价格，如果你要念好学校的商科，念法律，念艺术和医科，那就更贵了。

美联储前主席伯南克的女儿上大学，贷款了 40 万美元，可见她上的是多贵的大学，一方面可见美国教育有多贵，另一方面可见美国人真不给孩子出钱，买房不给你出首付，上学也不给你出学费，就算你是美联储主席的女儿，也得自己贷款 40 万美元上学，毕业后也得你自己努力挣回来。

正常情况下，40 万美元的大学，还不是你想花钱就能上的，你还得学习好，才能进入这些好学校，你要是只有钱，但学习不好，那就去另外的一些学校。美国现在中国留学生越来越多，一年来 20 多万人，现在美国也开始给中国留学生设计一些学校和课程，你要是有钱，可以去那些地方。

但如果你学习特好，真没钱，也有比较好的顶级的公立大学，比如加州的 UC 伯克利、UCLA，伊利诺斯州的 URUC 等，好的公立大学也还是有的，但你必须得是真的学习特别好，得去拼了命地学习才行。

这是本科，如果你要读硕士，公立大学是三万多美元，私立大学最起码得四万美元起，也就是一年的工资，全扔在学校里头了。那你就去贷款吧，打工吧，打工也打不了那么多，美国学生可以多打工，中国留学生规定你只能在校内打工，而且规定你一周只能打 20 小时工。但工资还可以，如果你在私立大学打工，一个月能挣两千美元，在公立大学打工，一个月能挣一千六到一千八美元，大概也就是这样，平均下来 20 多美元一小时。

当然了，贵有贵的地方，便宜也有便宜的地方，贵的地方还有什么呢？书贵，在美国，不仅教科书贵，什么书都贵，在美国当作家，出版一本书就够一辈子花了，你去美国的书店里看，只要牵扯到知识产权的书都特别贵。在这方面，美国跟咱们是完全不同的社会，教科书就是知识产权，所以很贵，一个学年光教科书就得 1000 多美元。

1000 多美元的教科书就很贵了，吃住再便宜，你一个月也得花几百美元住吧，得花 200 美元吃吧，听说也有的留学生一个月 100 美元就够吃，那你也得吃啊，还有最基本的坐公共汽车。总而言之，再节俭的一个留学生，在美国读研究生，一个学年也至少得万儿八千美元的生活费，所以大家算下来，你要读私立大学，学费四万美元，加上万儿八千美元生活费，这万儿八千美元还不是奢侈的。

奢侈的留学生我见多了，我看到一篇文章说，中国留学生平均买车就能花四万多美元，四万多美元能买到宝马 X3，或者奔驰 ML350（还差一点点，低配的可以），但是我见到的真正清贫努力的中国留学生也有很多，这就更能想象出，那些有钱的中国留学生到底有多奢侈，因为把他们跟清贫的留学生一平均，居然每个人都有一辆四万多美元的车。

总之，留学生的两极分化很严重。我觉得既然来留学，就要做好艰苦奋斗的准备，人家美国学生也贷款，也打工，中国留学生也一样。好在哪儿呢？很多东西都便宜，首先看病不要钱，然后很多地方都可以用学生身份打折，买吃的也可以打折，尤其是去博物馆、买机票、去迪士尼，等等。在美国的大部分地方，你只要说自己是学生，就能打好多折扣，所以在美国当学生，生活花费比老百姓还是能便宜一点的，但大家最起码也得准备好三四万美元的学费，和万儿八千美元一年的生活费，再来美国留学。

　　当然了，如果你学习好，你拿全额奖学金，不但学费可以给你免了，书费、生活费也基本上都够了，当然你得给学校做一些工作，帮人家打打工，总之全奖是最好，因为那是最最顶级的学生，那种学生一年也没几个。我经常看到一些比较矛盾的学生，他们的成绩其实能上更好的大学，但由于一所稍微差一点的学校给了他全奖，所以他只能退而求其次，去那所差一点的学校了。除了全奖，还有半奖，半奖可以免学费，但生活费你得自己去赚，但这已经轻松很多了。

　　美国的硕士开始就有很贵的专业了，比如你要读医，你要读法，你要读MBA，这可就贵起来了，这三样东西——商、法、医是美国最贵的三个专业，为什么呢？因为这三个专业毕业后最挣钱。

　　为什么最挣钱？因为美国是个商业立国的国家，所以你要读哈佛的MBA，去读那些顶级的商科学校，那很贵很贵。医跟法，美国更独特，跟中国有个大不同，就是美国没有本科的医和法，因为美国觉得医和法这两件事，人命关天——自由跟人命一样重要，这两件事在美国特别受重视，所以美国不允许十七八岁高中毕业的人就来学医学和法律，你得先学一门别的专业，然后再到硕士的时候学医和法。

　　所以医和法这两件事，从上学开始就贵，你学完了以后，基本上得学到博士吧，法学到GD，医学到MD，你差不多也三十来岁了，你还得去考执照，实习，最后等到你能真正开业的时候，小半辈子都过去了，那能不贵吗？

在美国，法律之贵，经常连富人都受不了，大家经常看到美国一位特富有的富人，就因为牵扯到一场官司，一辈子就声名狼藉了，例如 O.J. 辛普森、泰森、希拉里·克林顿的老公克林顿总统。克林顿牵扯到一个拉链门事件里，跟人家旷日持久地诉讼，欠了一屁股的债。你要知道，希拉里和克林顿总统，两个人本身就都是律师出身，结果最后克林顿从白宫出去以后，为了还债，不得不去中国去出席剪彩，一百万美元剪一场，过了好几年，这夫妻俩一块努力，才把这债还清。即便贵为克林顿夫妇，都受不了这律师的费用。

大家经常听说，美国的法庭一判就几百万美元，一判就上千万美元，其实那里边相当一部分钱都被律师挣走了，律师太挣钱了，所以在美国律师的地位相当高。

医生的地位也相当高。我在洛杉矶碰见过一个医生，他在自己的诊所里贴了一张布告，控诉他的财务助理，就是替他收钱的会计，说这会计居然收钱的时候黑钱，最后在 San Marino 买了一套房，反正这医生现在就控诉这位会计，让大家都不要雇用这个人。大家知道 San Marino 是洛杉矶的富人区，在那个地方买一套房子，最便宜最便宜得两三百万美元，这个会计居然就在医生的眼皮底下，能顺手划拉走两三百万美元，可见一个医生能挣多少钱。

你经常看见洛杉矶的豪宅，六七百万美元一套的那种，你问这宅子谁的，就是一个医生的，或者一个律师的。所以说刚才的说法要改一下，不是说美国人把钱都花在爱好上了，其实在美国，只要碰到沾上人的事，你只要碰到人，有人给你服务，那就非常贵。

美国的人工特别贵，只要是雇人来，这事可就贵了，哪怕你是雇搬家公司，哥几个替你扛东西，尤其是遇到还有点技能的工人，那就更贵了，你要是雇工人来修水管子，那都很贵很贵的。大家看美国电影里，都得是非常非常有钱的人，家里才能雇得起保姆，就算雇了保姆，保姆也是有工作时间，不像中国人雇了个保姆，就得让人家24小时给你干活，半夜我饿了，你保姆就得起来给我做宵夜，这在美国是绝对不行的。

在美国，住有住的规定，吃有吃的规定，有各种各样的睡的规定，还有不能种族歧视的规定。你在美国雇一个保姆，她一天给你工作八个小时，周末她还得休息两天，就跟正常上班一样，她就要你六万美元一年，所以美国吃住穿行都便宜，但人工贵极了。

另外，美国人还有一件事比较大方，就是给小费，美国人给小费，是全世界最大方的，这个应该是没有之一了。因为我观察过全世界各地的人，欧洲人给小费远没有美国人大方，美国人是那种热情的民族，欧洲当然也有热情的，但只是态度热情，给钱不热情，欧洲热情民族意大利、西班牙都没钱，有钱的北欧德国、英国人都很冷酷，顶多给你一个三欧元、五欧元，欧洲人就这样。

美国的小费能给到消费的20%，不单是吃饭，什么服务都给20%，而且酒店里头，你收拾房子，你铺床，天一亮，都得在枕头上放个两美元，三美元，人家给你开车门，得给人家几美元，总之美国就是个小费国家，这在欧洲很少很少见。美国人身上的钱包里永远带着零钱，最多50美元吧，因为怕有一天有人拿枪抢你的时候，你要是没钱，就崩了你，而钱太多了又心疼，所以就带着几十美元零钱，到处给给小费，被抢劫的时候还能保命，基本上就是这样。

美国的人工贵，但是再贵也没有这三种人贵，就是有人要教你读书，读书不能在电脑前读，得真有人来教你，有人要给你看病，有人要当你的律师，这三件事，把一个美国人一生挣的相当大一部分钱，就给消耗掉了。

即使你买了医保，在美国简直都贵死了，自己看病就更别提了，差不多你要到医院里去一躺，一天几千美元就没了。

为什么大家一定要用保险去生孩子，来这么多中国人在美国生孩子，就是要欺骗州政府，说我自己没钱，你要说你有钱，医院都不让你进去。医院不管你是中国人、韩国人还是马来西亚人，你到美国生孩子，医院先问你有没有保险，你要是没有保险，医院就让你填表，好多中国人不知道这表是什么，其实这表就是证明你低收入，要用州政府的保险，医院让你填这个，就是怕你突然早产什么的。

我就碰见过一个华人，跟我还认识，到美国来生孩子，花了70多万美元，幸亏医院让她填了那张保险单，最后是花了加州纳税人70多万美元，其实那都是正常的，因为美国的医疗贵极了。

当然了，如果你非要坚持说自己没有保险，只付现金，那价钱确实会比有保险便宜一些，这就说明美国的医疗真是太贵了，因为有保险，医疗价钱涨到比没保险贵三倍，就因为他要从保险里面多挣钱。如果你不用保险，用现金支付，医生也很欢迎，而且会便宜很多，当然只是大手术便宜很多，基本的诊费是差不多的。

所以医疗是美国一个左也不是右也不是的东西，共和党也不是，民主党也不是。民主党要全民医保，那全民要付很多钱，也不见得更好，现在民主党强行全民医保，我就不支持，全民医保会导致什么？我跟大家说一个最简单的，一旦开始全民医保，保险公司就牛了。原来是保险公司求你，因为你自愿买医保，保险公司就求你，我给你这个家庭计划计划吧，你如果是夫妻俩，咱就按那个年纪小的算吧，因为年纪越轻，保险费越便宜，您都60多岁了，保险费贵死了。

奥巴马一旦强制全民医保，保险公司就什么优惠都不给你了，反正你不买保险，就抓起来坐牢，现在只是警告你一下，但到了那时候，你要是不买，你就是犯罪了。包括现在买保险的家庭计划也没有了，年纪小的优惠也没有了，大家分着买跟合着买都一样。民主党就是天真，他们以为全民医保就能全好了，其实他们没看到整个行业里边，积累了这么多年的问题，所以美国医疗，一个大顽疾，到现在也没有一个美国人能想出解决的办法。现在想出这么一个好办法来，说咱干脆都上中国台湾去看病，中国台湾看病不要钱，医疗水平又高，大夫全是美国学成过去的。

对于法律，美国没办法，它是法制国家，法律多如牛毛，你要是不雇一个律师，真是没办法，你真不知道自己该怎么弄。当然了，如果你特别穷，政府也可以给你配公共的律师，公共律师不要钱，但是这些律师一来水平不高，二来不专心给你弄，上法庭就随便说两句话，你就被判刑了，而你要找个好律师，那简直贵得不得了。

普通的美国人的生活差距是很小的，收入差距和贫富差距都很小。中国不光有收入差距，还有地域差距，住在西北的人跟住在东南沿海的人，差距是很大很大的，美国因为是高度商业化和城市化，走到哪儿去都一样。

当然了，如果你是一个特别爱旅游的人，你在美国也挺烦的。你在中国旅游，到哪儿都觉得这地方挺新鲜的，这儿有一个这个，那儿有一个那个，但你到美国，几乎去所有的地方，看到的都是这些东西，都是一个大超市，都是吃汉堡包，一共就仨汉堡、两披萨品牌，买东西、买衣服的便宜超市和商店，也就那么几个，所以美国的每一个地方，都差不多，旅游的话就会觉得无聊。

但美国虽然旅游无聊，生活却是很方便的，平均每个美国人一生大概要换十几座城市生活，他为什么能那么容易融进新的城市呢？因为他到那儿一看，这些东西跟我家乡的全都一样，那些饭馆，你还没进去呢，就已经知道要点什么了。

当然了，爱吃的人会很烦，美国人不爱吃，他们讲究高效率，不像我，我每次到了一家新饭馆，先对着菜单看上二十来分钟，还得问问服务员，你这儿的招牌菜是什么呀？美国人的招牌菜就是牛肉汉堡，根本不用问，所以效率特别高。不管换到哪座城市，换了什么工作，基本上走到哪儿，住在什么地方，都差不多。

但也不是说美国就完全没有贫富差距，美国的富豪那是很富很富的，而且听说这几年富人和穷人之间的差距拉得更大了，但富豪毕竟只是一小部分人，他们有他们的世界，跟我们关系不大，绝大多数美国人的生活水平都是差不多的。

美国的物价就跟大家聊到这里，我只是比较客观公正地讲了讲我生活的地方——美国。

附
回答网友提问

1.

下面回答网友的问题。有一个网友问我，美国国会投票不是匿名投票吗，为什么电影《林肯》里通过《第十三修正案》的时候，大家是公开实名投票的，怎么回事？

我来回答一下，美国国会从来没有匿名投票过，美国国会任何时候都是实名透明投票，只有在极少数情况下例外，因为那个太不重要了。比如说咱们今儿开会，先讨论哪个，后讨论哪个，如果几百个议员再一个一个去实名投票决定先讨论哪个问题，那实在太耽误工夫了，于是大家就喊一声，你说一，他说二，大家一喊，谁的声音大，就听谁的。

最庄严的时候，都要全体起立，一起出去，在门外排队，然后列队进来，同意这个的先进来坐到这边，同意那个的再进来坐到那边，不但要实名，而且连脸都要对得上，因为你光说名字，有的人还不知道这位议员是从哪儿来的，参议员当然是知道的，因为每州有两位参议员，但众议员人数太多了，好几百人，不知道谁是谁，所以得让你知道这人是谁。

国会是不能匿名投票的，因为参议员代表了你的州，众议员代表你的选区，每70万人选一个众议员，每一个众议员代表70万人民，你怎么能匿名呢？你匿名我怎么监督你，要是我选了你，你到国会匿名投票，我也不知道你到底去干吗了，我也不知道你被哪个资本家买通了，还是你背叛党，人家都不知道。

所以最重要的是对选民负责，对本州负责，这是他们所谓的那套制度，管它叫代议制吧，咱就不说民主了，因为民主这事说不清楚。所有代议制体制的国家里，都有双基石，第一个基石，就是选民都是匿名的，我去投你议员，我投你总统，我当然匿名了，我就是一升斗的小民，我还怕你报复我呢，所以选民匿名，但是代表必须实名，因为我要对选民负责任，这就是所有代议制体制的最基本的俩基石。

所以美国国会从未有过一次匿名投票，必须实名投票。我回答这问题的时候，我就想到我们很多很多人，可能对所谓代议制这个体制还不是很了解，我就再多说一句。我们最经常误解的两个地方，一个就是刚才说的匿名投票这事，很多人认为匿名投票才是民主，匿名投票才是我可以想投谁就投谁，其实不是，那只是选民匿名投票想投谁投谁。你只要当了人民的代表，你必须实名，公开表明态度，人民可以打电话骂你，每次投完票，你回到议员办公室里，一堆电话进来，开始骂你，说你怎么回事，你今天怎么投的，我们下回不选你了。不但这个，你还要公布所有的财产，公布这一年被请了多少顿饭，都是谁请的，谁埋的单，不单是请，自己埋单也要说，只要不是在家跟老婆吃饭，在外面吃了多少顿饭，每顿饭吃了多少钱，谁埋的单，都要公布。

还有一个地方大家一直有点误解，咱就说美国吧，很多人认为所有官员都得公开财产，但美国也清楚地规定，官员也有隐私，官员也是一个人，只有民选的官员才公布财产。为什么？因为你愿意站出来竞选，你就要对人民负责，你愿意竞选，你愿意被人民投票，你就要放弃隐私权，你就要放弃你自己的所有那些权利，你就要被人民监督。

如果你只是来当一个任命官，什么副处长，当一个司长，当一个副部长，没人要求你公布财产。任命官不是民选官，任命官就相当于找一份工作，在美国又不是一级一级升上去。有时候这个人是一个CEO，这个CEO突然跑到这个部门当副部长，这人是一个教授，这教授突然跑到那个部门当司长，就像找一份工作一样，我去大学当教授，没有人要求我公布财产。

作为对等义务，所有的民选官在任期内都是不能被撤职的。

2.

今天回答一下希拉里宣布竞选总统这件事对中国的影响。

第一，民主党比共和党对中国态度更恶劣，因为民主党是工会党，工会说，因为工厂都搬中国去了，所以我们失业了，所以对中国来说，民主党上台不是什么特别好的事，但对美国人民有什么影响，以后再慢慢讲，这不着急。

第二，女性执政通常比男性执政风格更为凶悍，因为男性政治家通常实用主义的想法比较多，女性政治家执政的时候，理想主义的想法比较多。就像女性对爱情的坚贞比男性更强烈一样，女性对理想的捍卫也比男性更强烈，所以大家看撒切尔夫人、默克尔，都是明显的例子，她们都比男性强硬得多，因为她们老是觉得理想的底线不能突破，而男性政治家通常把理想先放在一边，咱们先做交易。

所以，我认为希拉里上台后，会对中国采取比较强硬的立场和态度。

当然了，现在中国越来越强大，美国越来越那个，不管谁上台当美国总统，大的趋势还是不会改变的。最后说一句，我打赌希拉里会当选，因为美国人民实在也找不出更合适的人选了，党内党外都没有人能跟希拉里比，也就是说，美国人民继创下第一个黑人总统的纪录之后，紧接着又会创下第一位女性总统的纪录。

接下来是不是要创下同性恋总统的纪录，我就不知道了。

3.

今天讲一个比较敏感的问题——美国的排华问题。

南北战争后，美国的黑人解放了，可 1882 年的排华法案，歧视华人，美国虽然到处都有种族歧视，但是美国联邦通过了一个对单一种族的歧视法案，那是美国有史以来的第一次。

但我也经常说，每一个种族被歧视也好，出现问题也好，当然他们自己首先是有问题的。不知大家是否看过一部叫《海囚》的，电影里讲的是詹天佑他们那一批留美的幼童，大家不知道那里边的细节。容闳是第一个留美的中国人，他是中山人，当时叫香山县，后来因为是孙中山的故乡，改名叫中山县。容闳跟着一位澳门传教士到了美国，读了耶鲁大学，拿了学位，然后回到中国，希望中国多派点幼童去美国学习。清政府一想，那也对啊，我们要对外开放，正好太平天国打完了，咱们消停点吧，和平搞建设。

结果国家出钱，征求在京的所有官员意见，问谁家的孩子愿意去美国留学，结果没有一个人愿意去，为什么？因为当时的人都认为美国是蛮夷之邦，而且去美国留学就不能参加科举，也就不能当官了，所以谁也不去。

最后全都便宜了香山县的人，第一批留美的幼童，全是离澳门最近的人家，因为他们经常见到外国人，所以不怕外国，但这些人都是中国最贫困、最底层的孩子，所以给美国人的观感是不好的，因此英文里还有一个单词，叫 coolie。英文里中文的这种外来语是很多的，但是大部分都是饺子等食物，而这 coolie 是很不好的一个词，就是"苦力"的意思。

我推荐大家去看一本优秀的小说，严歌苓写的《扶桑》，这是严歌苓所有小说里我最喜欢的一本，看得荡气回肠，看完之后我泪如雨下。那本小说讲的就是淘金时代的华人在唐人街的悲惨故事，就是如何被人歧视，包括那个白人年轻的小孩，爱上了这个华人妓女，他就对情人说，我在这儿不能娶你，咱们逃到蒙大拿州去结婚。就因为全国性的排华法案，只要你是华人，不管你有没有身份，不管你是怎么来的，都要把你抓起来，受到严重的管理、歧视，甚至遣送，更不能结婚。

排华法案到什么时候才被废除呢？一直到 1943 年的时候，中美已经是盟国，并肩和日本战斗的时候，一个热爱中国的、在中国过了大半辈子的美国诺贝尔奖获得者赛珍珠（Pearl Burk），慷慨激昂地替中国人民在美国国会演讲，感动了美国国会的那些议员老爷，议员老爷们这时候才想起来，咱这儿还有一个排华法案呢。但是排华法案虽然废除了，种族之间不能通婚的法案，依然延续了很多年很多年。

美国是联邦制的国家，各州的权力是非常大的，所以大部分立法都在州的层面，联邦只立那种全国都需要的法律，婚姻法就是州法。我们来看看自由世界的领袖——美国自己国内，与其他种族之间不能结婚到什么时候。美国大部分州都是在 1967 年以前逐步废除这条歧视法律的，其中就包括加州。加州废除种族之间不能结婚的法律，是到了 1948 年的时候。有一个黑人想娶一个墨西哥姑娘，但是他填自己是个白人，无所谓了，你填什么都没关系，反正那是黑人，他就不能结婚。最后这两个人为了爱情，一直诉诉诉，诉到州最高法院，州最高法院判例说他们俩可以结婚，于是加州废除不同种族禁止通婚的法律。

这么多州，从西南横贯到东北，都是靠所有的相爱的人，不停地为了自己相爱的权利去起诉，然后才一个一个逐步废除。大家看到每次美国种族的问题都是从那儿闹起来的，南部的这些州，当年的刺杀马丁·路德·金，到最近的弗格森事件等，全都是，大家看这一片红的。到 1967 年的时候，一对相爱的人，男的是个白人，女的是个黑人，这个男主角名叫 Loving，就是爱着的意思，我觉得这个太有意思了，他先诉到州法院，州法院不但不同意结婚，还判他一年徒刑，这 Loving 不服，一直诉到美国最高法院联邦，最后胜诉，他是在佛吉利亚州，所以这个判例在美国非常著名，叫 Loving v. Virginia，变成了美国全国都必须执行的一个高法判例。大家看到红色的这么大一块整个南部的所有州，就是这么废除了种族之间不能结婚的法案的。

可是这位 Loving，他替千百万美国相爱的人争取到了权利，大概是 6 月 12 号判的，6 月底的时候他就出车祸撞死了，而且他的太太，刚刚才能结婚的太太，也因此撞瞎了一只眼，当然了，没人知道那车祸是怎么回事。

高法的判例只是说，各州法理的种族歧视婚姻条款是违宪的，至于这个法律要不要在州法律里取消掉，还是要本州人民来决定。到 1998 年南卡州才公投取消掉了这样歧视性的条款，而且公投的时候，是 62% 的人同意，还有 38% 的人反对。最后一个州就是阿拉巴马州，阿拉巴马州是美国种族歧视最最严重的南部州之一，一直到 2000 年才公投，而且公投的时候，只有 59% 的人同意取消。

这件事咱可以对比一下咱中国，在这方面咱可远远走在了美国的前面，中国当然允许不同种族通婚。元朝的时候不能通婚，人太少，怕被你同化了。清朝的时候，最开始不但能通婚，而且还鼓励，那是因为统治大家，笼络一下汉人的官员。清朝人也很少，咱们经常说整个满族才二十多万人口，进关统治一个一亿多人的大国。就是满汉之间，或者旗民之间吧，旗人跟不是旗人的人通婚，要报到户部备案，后来就开始禁止了，也是因为人口太少，怕被你这汪洋大海同化了，从康熙时代开始，到 1902 年的时候就已经废除了。被八国联军赶到西安去的慈禧，刚刚回到北京，准备推行大量的改革，融进世界，我们中国就废除了旗民之间不能通婚的这个法律。

说实在的，在中国种族问题是很小的，中国的民族团结始终做得都还不错。大家老说美国是种族大熔炉，其实种族大熔炉是这样的，大家都先分别在小锅里炖，先没进那大锅，在紫米粥锅里炖一锅紫米粥，白米粥锅里炖一锅白米粥，小米粥锅里炖一锅小米粥，最后说种族大熔炉，把已经炖好了、炖烂了的黄、白、黑的粥，汇到一口锅里，成了一锅八宝粥。

今天黑人当上了美国的总统，这是经过了无数年，无数个种族，无数人前赴后继的奋斗，才有了今天美国的这锅八宝粥。